石头是梦

忻延 著

团结出版社

图书在版编目（ＣＩＰ）数据

石足梦 / 忻延著. -- 北京：团结出版社，2016.8
ISBN 978-7-5126-2610-2

Ⅰ．①石… Ⅱ．①忻… Ⅲ．①长篇小说－中国－当代
Ⅳ．①I247.5

中国版本图书馆CIP数据核字(2015)第301500号

出　版：团结出版社
　　　　　（北京市东城区东皇城根南街84号　邮编：100006）
电　话：(010) 65228880　65244790
网　址：http://www.tjpress.com
E-mail：65244790@163.com
经　销：全国新华书店
印　装：三河市东方印刷有限公司

开　本：170mm×240mm　1/16
印　张：19.25
字　数：340千字
版　次：2016年8月　第1版
印　次：2016年8月　第1次印刷

书　号：978-7-5126-2610-2
定　价：38.00元

作者自述

在《草根夫妻的生死情书·珊瑚梦》(团结出版社2010年出版)第十五章《倾尽心油心亦甘》里我曾写下这样的话:

"你我人世与天堂间的心灵热线就这样正式开通了。你知道,我原本准备这次在京的几个月里要写完那本熔铸了我一生苦难、坎坷、悲愤、思索与感悟等心路历程的书的,它只剩八九章了,我想在我们返乡时能让孩子们给打印成册带回去。但你的突然离去,让我完全改变了原先的想法。在现在的心境下,我已经无法继续写那本书,我的心无时无刻不在你身上。""在此之前,我从未想过要为你或者说为我们写一本书,因为我们太普通、太平凡了,普通得简直毫无写点,平凡得简直不值一提。但你突然离去在我心底引起的巨大震颤却让我意识到我们之间那种纯得不能再纯的真情是多么的弥足珍贵。我的书从来不是为别人写的,完全是为自己写的,上面的那本是这样,现在的这本更是这样。也许这就叫做敝帚自珍吧,我们自己珍爱,完全与别人无关。所以,我才决定倾自己毕生心血务求在有生之年完成。我已经嘱咐孩子们,在我百年之后,一定把这两本书包好放进我们的墓穴里。"

这段话里的"那本书"指的便是《盗圣赌》。

2012年,铄骨焚心的悲痛渐趋平静之后,我才又开始继续《盗圣赌》的写作。2014年,这部百万字巨著全书完稿。但作为第一读者的妻子却早离我而去未能一睹全卷,令我终生遗憾。而此时,距我接到高考录取通知书在泪水涟涟、心事苍茫中突然萌发想以此为题材创作一部长篇小说念头的那一刻,已过去五十个春秋!

这两本书有诸多相同之处:都是用"心"写成,都用了"忻延"("忻延"即"心言"之谐音)的笔名,都没有想到要出版。亦有诸多不同之处:《珊瑚梦》是纪实,其写作动机是在爱妻病逝肝肠寸断的不眠之夜猝然萌发的,整个写作过程仅用了一年多时间,是地地道道的"急就章";而《盗圣赌》是小说,其写作缘起却可以追溯到五十多年前当我接到高考录取通知书的那一刻,其创作过程光构思就用了几十年，即使单就文字的写作算起，亦已三十余年，用"一生心血"来形容似不为过。

创作这部书的最初动机虽肇始于上世纪 60 年代的高考录取，但经过几十年的炼狱烘烤与理性思索，今天呈现在读者面前的这部百万字的书则并非只为发一己之胸中块垒，而是通过叙写一群"40 代"在激情年代的悲情人生，荒诞年代的怪诞人生，剧变年代的异变人生，全景展现一代草根在苦涩岁月中的多味人生，试图从广阔的历史背景和深层社会意义上反观历史、叩问人性，诘天责名、寻钥人心，写出一部特定时代的"另类"史诗。

书名取主人公颜冠仁石足洞中之梦名之。全书分三部：《石足梦》、《葍华劫》、《瀛海祭》。每部 33 章，共 99 章，寓"九九归一"之意。主要人物为"一打（12）三组"：第一组颜冠仁、柳亚心、郑殿维、柳士威，第二组贾成名、贾效实、吕香香、吕蓓蓓，第三组肖天娇、钱步云、甄幽兰、胡善行。第一组为主干，第二、三组为两翼。第一组四人三姓，乃颜回、柳跖、嬴政后裔，颜冠仁、柳亚心系全书主人翁，盗跖孔圣二翁博弈、冠仁亚心双子狱炼为全书主线。首有"序诗"，末有"尾诗"，合 101 之数，寓"一元复始，涅槃重生"之意，仿《诗经》和屈原《天问》的句式，两相对照，增强小说的悲剧感、人生的沧桑感与史诗的厚重感，含蓄揭示全书主要内容及主旨所在。

第一部《石足梦》：石足者，跖也；洞名，亦人名。这一部写盗圣赌之缘起，为全书蒙上一层朦胧而神秘的面纱，但创作方法的主体则是现实主义的。叙述主人翁们从高中入学到毕业高考三年的生活，展现激情年代中的悲情人生，并通过他们的家庭及父辈的遭际，在更广阔的社会背景下，反映 20 世纪二三十年代以来中国的社会现实。

第二部《葍华劫》：葍华，山名；亦花草名。石足洞隐匿于山中，旋葍花盛开于山麓，《跖语》镌刻于山巅，浩劫发端于山底，二翁博弈于山崖，双子狱炼于山间，一切之一切，皆与葍华连于一体矣。这一部书稿通过展现"文革"荒诞年代中的怪诞人生，试图从更广阔的历史背景和深层社会意义上揭示这场浩劫带给民族文化和人性的深刻烙印。

第三部《瀛海祭》：瀛海，即夏瀛海，从柳夏（隐柳下跖）、郑瀛（隐嬴政）、闫海（隐颜渊）三人姓名中各取一字而名之也。在前两部里，主人翁们生于斯、长于斯；在第三部里，他们将死于斯，其灵魂萦于斯。这一部里，主人翁们生活在一个似乎与前两部截然不同的时代，但又是他们的命运更为曲折诡异的时代，以此展现剧变年代中的异变人生。祭者，生者对死者之祭，后死者对先死者之祭，本书作者对书中主人翁之祭。既为个体祭，亦为家国祭；既为昔日祭，亦为未来祭。这亦是本人倾毕生心血、务求在有生之年完成此书的主旨所在及心灵归宿。

《石足梦》出版过程中，责任编辑在与我交流时，曾委婉地表达过这样的意见："这书让人有点看不大懂"。我则坦诚地回应说："这就对了"。为什么这样说呢？

《石足梦》只是"盗圣赌之缘起"，且又被"蒙上一层朦胧而神秘的面纱"，怎么能让人一下子就看得懂呢？"石足洞"，为何以"石足"即"趷"命名？"趷"，何许人耶？"石足梦"究竟是个什么梦？它与"盗圣赌"又是什么关系？他们又为什么要"赌"？"赌"什么？又为什么要以全书主人公颜冠仁和柳亚心为"注"呢？这场赌局的"结局"会是什么呢？覆华山摩崖石刻上到底镌刻了些什么？"趷语"到底是一部什么样的书？它里面到底写了些什么？这一大堆问题萦绕在脑际，教人怎么能一下子撕扯得清楚呢？这还不算，那首放在全书前的"序诗"更是全部由问句组成，竟一口气提出了十六个"天问"式的问题，把人的脑子还不搅成一团乱麻，让人一下子怎么能回答得出呢？

但正如我们开首读了《红楼梦》第五回"贾宝玉梦游太虚幻境"后觉得"看不大懂"一样，这并不影响我们下面的阅读，看完全书后这些自然会明白。亦如我前面所言全书创作方法的主体则是现实主义的，它记录的是一个时代的真实轨迹，一代草根的多味人生，试图从广阔的历史背景和深层社会意义上反观历史、叩问人性、诘天责名、寻钥人心，写出一部特定时代的"另类"史诗。"序诗"全是问句，连用了十六个问号；"尾诗"则连用十六个句号，对"序诗"之问，一一作答……石足梦，覆华劫，瀛海祭……只要您一页一页读下去，自会懂的……当然，这也需要您的体悟与思考……

关注社会的阴暗面，关注大灾难里小人物的命运，这是2015年诺贝尔文学奖获得者、白俄罗斯作家S.A.阿列克谢耶维奇所有著作中不变的主题。她认为，只有小人物自己的声音，才能让我们更加接近世界的真相。为无言者代言，是一切有良知的作家一致的追求。

忻延
2016丙申春
于京秀轩

序　诗

天杳冥冥，何以光之？
地瞢暖暖，何以视之？
女娲抟土，人焉生之？
苍颉造字，鬼奚哭之？

※　※　※

生民之初，性本善之？
武敏在石，胡至恶之？
二翁博弈，何由赌之？
双子狱炼，谁与归之？

※　※　※

尾翛室翘，音盍晓之？
江天星地，岂不反之？
心动无漪，曷术测之？
匪夷所思，孰为解之？

※　※　※

摩崖漫灭，安可考之？
合璧爇余，恶能传之？
盗圣之赌，可否止之？
劫后思之，宜乎然之？

▶▶▶ 目　　录 ◀◀◀

第一章　大幕初启

　　这是一座依山傍水的小城。城不大，但格局却很奇特。三面是山，而又不三面环山，除白玉山是一座从东北方向绵延而至的山脉外，朱龙、双乳都是孤山。虽然，这白玉山无玉，朱龙山亦无龙，双乳山更无乳，但这三山之名却颇有来历。

　　相传，这小城所在，正是上古时代共工与颛顼争夺天下的战场。当日，共工战败，一怒之下，一头撞到不周山上，竟将那山撞成两截，连支天的柱子也撞断了。亏得娲皇炼五色石修补，天地才勉强恢复了原样。颛顼是黄帝的后代。抢得天下后，便祭祀三皇，自立为帝，以龙为图腾，把那撞断的两截山分别命名为白玉山（白玉为皇）和龙山。后又在与自家兄弟的争抢中，夺得了娲皇膏腴的双乳，这便有了那座孤立的双乳山。以为自此可以天下太平，万世承传了。可是几千年来，作为炎帝后裔的共工氏却屡屡作乱，一旦他们夺得天下，便要大加杀戮，将这"龙山"更名为"诛龙山"。也不知过了多少朝多少代，换来换去，连皇帝老儿也弄不清自己到底是颛顼还是共工的后代了。这山到底是叫"龙山"好呢，还是叫"诛龙山"好呢？一班御用文人便想出一个两全其美的法子，要万岁爷并称自己是炎黄的子孙，把这山定名为"朱龙山"。这三山之中朱龙最小，但它却关乎皇室命脉，小城当然该以它命名了。

　　城的方位很不正，整个城池是一个呈西南、东北斜向的长方形。当地人便习惯上把西南称为南，东北称为北，东南称为东，西北称为西。城的西南面是夏瀛海。叫海，其实只是个湖。西门就建在夏瀛海大堤上。那面的护城河也就成了夏瀛海大堤的一部分。护城河的水也从那里引入，由西北流向东南，环城一周后在朱龙山北麓又流入夏瀛海。南门就建在这朱龙山北麓，北门则建在白玉山南麓。南北大街两面高，中间低。农夫说它像一把割禾的镰刀，渔人说它似一条打鱼的小舟，武士说它是一张无法拉开的硬弓，富翁则把它看成是小公子的摇篮。人们说这条街因在朱龙山脚下，就叫朱龙大街。可也在白玉山脚下，为何不叫白玉大街呢？无人能回答得出。东门建在双乳山北麓。东西大街由东向西顺势而下，到十字街口达到最低点，再平直沿伸至西门。农夫把它当成在谷场上拍打禾穗的一副连枷，渔人则说它是横在小舟上的一支桨，武士把它看作是一条曲节钢鞭，富翁则干脆说那是他家老太爷的躺椅。人们说这街因双乳山顶建有复圣祠，就叫复圣大街。但是先有复圣祠呢，还是先有复圣街呢？谁也说不清楚。两条大街交叉的十字街口是全城最繁华的地方。今天是公历九月十号，农历八月初七，逢集。一大早，街上气氛就异样了许多。

天边似有云霞升腾，但太阳还隐在山的背后，小城仍笼罩在一片烟雾之中。倏间，朝阳的第一缕光线从双乳山顶的复圣祠上斜射过来，把复圣大街东段照得通亮，影影绰绰的景象一下子映在迷迷蒙蒙的大地灰幕中央。

街上少有行人，几个像是囚犯又不像是囚犯的人，神情麻木，行动迟缓，没有人看押，好像是自由地，其实是被迫地，不紧不慢地，抡着大扫帚正在清扫街道。

内中有一位五十多岁的女人，头发花白，瘦骨嶙峋，也抡着一把大扫帚吃力地扫着，两只尖尖的小脚像在踩高跷，时不时用眼睛斜瞟着街口。原来，街口边有一个十五六岁的孩子也在往这边瞅着。那孩子既像是要出门做工，又像是要上学报到。穿一身土布衣服，有好几处打了补丁；一双老牛鼻尖鞋，倒是崭新的。侧身坐在一小卷行李上，身边放着一个像是装满书的挎包，靠行李还放着一个村里人常用的竹篮，上面盖着一块破布，里面好像放着什么贵重的东西生怕人抢走似的，那孩子老把一只手轻轻地放在竹篮系子上。

过了一会儿，那孩子瞅周围无人，急急地跑到老女人身边，说：

"娘，你歇会儿，让我替你扫吧！"

那老女人心慌地推了孩子一把，在他耳边低低地说：

"快走开！仁子，千万不敢让人看出咱们是娘儿俩！娘扫完，一会儿就过去。"

仁子不敢再停留，不情愿地，一步一回头地又走回原地，坐在行李上，呆呆地等着。

一忽儿，一辆吉普车急驰而过；一忽儿，又有一队警察跑步穿过大街，并把几张布告贴到街上的板报栏里……

"又要枪毙人了……"街上的人三三两两地互相咬着耳朵，脚步也不由得加快了。

仁子感觉好像有什么不祥的预兆，脑子里出现了可怕的幻影，心咚咚地好像要跳出胸膛，手不自主地压在胸口上，惊慌地望着母亲渐渐远去而模糊的身影。

一群中学生走了过来，有的拿着刷子，提着浆糊桶，往墙上贴着红绿标语；有的抬着梯子，在十字街口挂起一条写着"热烈欢迎新同学"的过街横幅，给小城增添了一些喜庆的气氛。

"看来今天朱龙中学还照常开学，新生报到也许不会推迟吧。"仁子心里揣测着，刚才紧缩的心又稍稍放开了一些。他又把手放在竹篮系子上，静静地环视着十字街口。

太阳渐渐升高，驱散了笼罩在小城上空的烟雾，天空明静了许多。街上的人渐渐多了起来，十字街口四角四家店铺的门还没有开，但门口已经挤满了人。

东北角是一家五金商店。门口前几天贴出一张告示：

> 自行车每辆 680 元，敞开供应，
> 勿失良机！

"啊，这么贵！是平价的四五倍哪！"有的人在望洋兴叹。可有的人还是跃跃欲试，拍打着门板，吆喝着：

"快开门！快开门！"

东南角是一家副食店。门口挂出一块小黑板：

> 39-42 号 11 日作废，
> 43-46 号 10 日开始供应，
> 分别供酱油半斤、食盐二两、
> 黑酱一两、醋半斤

下面又补了一行：

> 47 号供国庆月饼 2 个，
> 也从今天开始

小黑板上那"国庆"两个字写得特别显眼，专门用红粉笔标出。这是为什么呢？仁子虽还是个孩子，又生在农村，但毕竟已初中毕业，稍一想，也就明白了：虽说我们是有五千年历史的文明古国，但开国大典才刚开过没几年。新年与旧年、五一与端午、国庆与中秋像麻团一样地搅到一块儿。稍有不慎，过错了节，就可能招来天大的灾祸。是的，自己就要上高中了，以后在这方面可要多加小心哪！

他这样想着，就不由得向那面多看了几眼：唉，看来新家、旧家还都离不了油盐酱醋——那门口的人排成了长队，把东大街口都阻断了。

西北角是一家粮店。铁门关得紧紧的，窗框上上着钢筋条，什么告示也没有，但门外照样挤满了人。人们议论着：

"听说新进回一些红薯面来，供应的一斤粗粮可以买二斤，又不太贵。"

"这是多好的事呀！保险轮不到咱就卖光了！"

"那面是红薯干磨下用来喂猪的，连泥也没有洗，又黑又难闻，能吃吗？"

大家你一言我一语地议论着，都想看个究竟。

西南角是一家百货商店。一点特别的消息都没有，可门口也还是有不少人等着开门。有的像是新订了婚的，有说有笑，来置买衣服的；有的像是家里刚死了人，哭丧着脸，来置办丧葬杂物的；有的只是快秋凉了，准备买点布做过冬衣服的；有的则纯粹是来游逛游逛的……

太阳已升得老高，商店的门陆续开了，街上也开始热闹起来。那一伙因犯模样的人扫完了街，集中到十字街口的一个角落里，排成两行。一个像是公安人员却不穿公安制服的人——点名后，像背台词似地进行训话：

"你们听好了，只准规规矩矩，不准乱说乱动，如要乱说乱动，立即实行专政！现在，街道扫完，你们可以回家了。在家里要随时听命！"

那伙人像遇了赦似地连声诺诺答应着，步履蹒跚地散了开来。

仁子的娘小脚颤颤地紧走了几步，混进人群里，转了几圈，环顾左右，确信已不再有人注意时，才从另一个方向折了过来，走到仁子跟前。

"娘……"仁子一句话也说不出来，抽噎着抱住娘，任泪水溢出眼眶，淌过脸颊，流到嘴里，咽进肚内。一股苦咸的味儿，浸透了全身。

娘抚摸着仁子的头，亲切而坚定地说：

"孩子，不要哭，今天，你就要上高中了，要像个大人样！"说着，抹了一下脸，顿了顿，"现在时候还早，娘在这里看着东西，也歇一歇。咱家虽离城不远，可你还从来没有到城里的大商店看过呢。趁这当儿，你去附近的商店里转转吧！这是一元钱，你看有什么需要置买的文具就顺便买下吧！"娘一边说一边把钱塞进仁子的口袋。

"我什么也不用买。"仁子推辞着，要把钱还到娘手里。

"还是去转一转吧，在这儿也是呆等着。"娘依旧把钱塞给仁子。

仁子不再坚持，擦了一把眼泪，点了点头。他向四周看了看，一时拿不定主意该先到哪个商店去。

这时，从北街那面过来一辆胶轮车，赶车的老头儿吆喝着牲口，打着响鞭，示意要人们让开，车到十字街口停了下来。车上拉着两卷行李，坐着四个人。一对，像是夫妇：男的四十左右，穿一身蓝色制服，像是个国家干部；女的三十多岁，虽是农村妇女打扮，却显得干净、利索。两人亲亲热热地说着话。一对，像是兄妹：十五六岁，都是学生装束。男的个头挺高，肩宽背阔，脸上疙疙瘩瘩；女的身量不高，胸挺腰束，皮肤白嫩细腻。两人在车头上并肩坐着，指手划脚、嘻嘻哈哈地谈论着。这两对儿：乍看，很像是一家子；但细瞧，又有点不大像。下车后，干部模样的人对那女人说：

"孩子们要上高中了，我看给他们买辆自行车吧，星期天回家方便。"说着，便一起走进了五金商店。

仁子看着四人的背影，没多思索，也便跟了进去。

自行车只有几辆，都是挑剩的，不是这里碰了漆，就是那里变了形。他们很是失望，打问是否还会再进货，答曰不知道。男的说：

"只能不得已而求其次了，就在这几辆里挑吧。"

"花这么多钱，要买还是买辆好的，也不在这一两天。"女的说。

男的摸摸鼓鼓囊囊的内衣口袋，点点头；问两个孩子，都蹙起眉，唉一声，一脸的无可奈何。四个人只好悻悻地走出了店门。仁子断定这一对少年男女是报到的新生，以后就是自己的同班同学了，有心上去打个招呼，先认识一下，但看那男孩儿老高昂着头，一脸傲气，根本没有把他看在眼里，那女孩儿也一直依偎在男孩儿身边，他压根儿就没有进入她的视线，也就打消了打招呼的念头，随便转了一圈，默默地走出店门，来到副食店。

这里的油盐酱醋缸倒还没有见底，售货员喊着：

"排好队，按次序来！"

可喊归喊，挤还是挤。买上的出不来，没有买上的还在往里挤。只见一个带小孩的女人怕把孩子挤着，用手去拉孩子，结果不仅孩子没拉住，把打上酱油的瓶子也掉到了地上。黑乎乎的酱油流了一地，她急得差点儿哭出来，恨不得用嘴把那酱油全舔起来。人们怕染污了鞋袜，慌忙散开。仁子赶忙挤过去，把打掉一大截的瓶底拾了起来。他看里面还存留了一些酱油，便递给那女人；又从人群里找见小孩，抱了过来。

这时，女人的丈夫急匆匆地从后面挤了过来，冲那女人就骂：

"你真是个窝囊废，连个酱油也买不了！"

回头又冲他的儿子骂道：

"你死到哪儿去了？不好好看住弟弟！"

"我……我……"男孩儿个子不高，像是有点结巴，急得连一句囫囵话也说不出来了。

"都成高中生了，还这么窝囊！"父亲又骂了起来。

仁子听说这孩子是高中生，忙靠近前问了一句：

"你是不是刚考上高中的？"

"是。你也是吗？"

"我也是。那我们是同学了，你叫什么名字？"

"我叫胡善行，你呢？"男孩高兴得说话也流利起来。

"我叫颜冠仁。"说着两人亲热地手拉手站在了一起。

善行父亲听说他们是同学，觉得脸上无光，有点尴尬，也不好意思再怪怨妻子了，转口说：

"你快带孩子回家去吧，我和善行到粮店买粮去，今天他还要报到呢！"

"那我也帮你们去买粮吧。"冠仁忙说。

"不用了，他们娘仨都是农户，只我一个人是市户，没有多少的，有我们父子俩就行，不用麻烦你了。"

冠仁听如此说，也就不再坚持，和善行道了别，看他们进了粮店，自己便往那面的百货店去了。

百货店里人分外多，挤得水泄不通。冠仁在一面柜台前停下。看那里面一排排整齐的钢笔，心里痒痒的，但一问价钱，要3元多，咋了咋舌头，转头向另一面走去。

这时，忽听得那面柜台旁吵吵嚷嚷，全场的人都往那面挤，他也不由自主地被人流挤了过去。见有两个年轻女子在靠着柜台抱头大哭。听旁边的人说，原来她俩是准备买一瓶墨水，上高中姐妹合用的。挑好后一掏钱，口袋里早已空空如也，钱包不知何时不翼而飞了。没有了钱，墨水买不成尚在其次，但开学要的学费、伙食费可从哪儿弄呀？那可是个大数目啊！更让人揪心的是把录取通知书丢了，不能到校报到，这可怎么办呢？冠仁一听说也是新考上高中的，赶紧挤到跟前，安慰说：

"反正钱已经丢了，哭也没用。我也是新考上高中的，正准备买一瓶墨水，这下咱们买上一起用吧。"说着掏出母亲给的那一元钱，交给售货员；售货员给他找了零，把墨水递给她们。冠仁又对她俩说：

"今天到校报到,我可以给你俩作证明,请求学校允许你们入学。至于以后的花销再慢慢想办法吧,天无绝人之路的。"

这两女子一听,虽愁眉依旧,但毕竟云开雨停,露出一线曙光,便止住哭泣,与冠仁谈说起来。问了冠仁名字后,其中一个身材苗条、鸭蛋脸型的说:

"我们是姊妹俩,我叫吕香香。"又指着站在旁边的那个个子不高、方圆脸庞的说:

"她叫吕蓓蓓。俺们该怎么谢你呀!"

"都是同学了,还有什么谢的?我们出去吧。"说着,三人一起走出了店门。

外面冠仁娘早等急了,正张惶地往四下望。见他们走出来,赶忙问:

"怎么进去这么长时间?"

冠仁把刚才发生的事向娘说了一遍。娘嘉许地看着儿子,说:

"仁子,你做得对!对外人都该接济,何况是同学呢?"又拉住香香姊妹的手说:

"好闺女,在家有爹娘,出门就要靠你们自己照顾自己了,以后可要小心哪!"
又回身对冠仁说:

"仁子,那你们就在这儿等一等,娘到那面转一转。"一边说,一边挎起篮子,依旧用布遮着,沿街走去了。

商店里挤得水泄不通,但街上做买卖的却很少。说是逢集,其实如今早没了集,只不过人们习惯了,还按赶集的日子进城罢了。冠仁娘挎着篮子,小心翼翼的,有人挨近时,稍稍掀起那块布,小声嘀咕着。终于有人有意了,便相随着转到背巷子里去。原来,那篮子里面只是些鸡蛋!这年代,鸡蛋是"奢侈品",但却必须按低的可怜的公定价格卖到供销社去"支援国家建设",而这可怜的老女人却要靠挖鸡屁股来养家糊口,还要靠它来供儿子上学。如能卖给私人,便可多得几个钱,但这种可怜的交易是非法的,说不定会招来无情的"专政",因而只得冒着极大的风险悄悄地进行。冠仁娘急急地把鸡蛋捡到那人的挎包里,慌慌地揣了钱,匆匆地往十字街口走。

在巷口,遇到几个山里打扮的人,都背着口袋,里面像是装着玉米、黄豆、高粱之类。冠仁娘认出其中一个是熟人,便上前打招呼:

"他忠大伯,进城赶集来了?"

"噢,是他婶儿。孩子们今天开学,顺便给他们换几件衣裳。刚才我们在街口碰见仁子,士威和亚心都留在那里了。"

说着,那边又过来几个中年男子,看打扮像是平川地方来的,都背着个小包祆，里面像是装着衣物之类。忠大伯便说：

"他婶儿，你过去吧。我去转转。"说着，便向那几个中年人悄悄地走近，互相嘀咕着，转到背巷子里去了。

这些人都不是商人，而是道地的农民。只因粮食、棉花等都是国家统购统销的，不准民间私自买卖。平川的土地是一分一厘都经过精确丈量的，上边要的必须一粒不差地按亩数交上去，没有丝毫余地；而山里的土地没法精确丈量，除上报的土地亩数外，农民还可以开一点儿零星荒地，自家收几粒粮食。上边说遇上了连续几年的自然灾害，庄稼人倒不怎么觉得年景不好，只是上边收的太多，口粮留的太少，平川人才比山里人更闹饥荒。一些棉织衣物的票证除供城里人外偶尔也按人口数往村里分配一些。村里人用抓阄或其他他们认为更好的办法分配到个户。平川人口多，分到衣物的机会相对也多一些。衣服烂些破些还可凑合，饭却是一顿不吃就饿得慌的。所以，平川人就连偶尔分得的极少衣物也舍不得穿，拿去想换山里人的粮食。山里人买不起高价的衣物，遇有娶媳聘妇，儿女上学，只好从嘴上俭省，拿粮食去换平川人的衣物。这种可怜的交易同样是非法的，也只能悄悄地暗中进行。

将近正午，南门广场上响起了高音喇叭，那里要召开公判大会，全城都成了会场。各个机关、单位里的人都必须到广场去开会，一般市民和农民则可以自由参加。

有些好奇心强的年轻人想亲眼看看那些犯人是怎样的凶恶狰狞，枪决犯人是怎么个场面，便三五成群、嘻嘻哈哈地高声呼叫着，涌到广场上，好像他们要去执法一样。那些上了年纪的人却对这些不感兴趣，只想听听又有什么人，犯了什么罪，判了什么刑，他们三三两两、脸色严肃地低声议论着，那声音低得简直连他们自己也听不清楚，似乎稍微高了就会连他们也抓去坐牢。

秋日的中午，太阳升到正南，但也只能把它的光辉斜射到这个斜向的小城，以致所有房舍的影子都无不走了样，变了形。南门广场像是快要决堤似的，人潮向前涌过去，又缓缓后退回来，几经反复，终于在大门边豁开一个口子。由一辆警车开道，两辆大卡车上押着犯人向朱龙大街缓缓行来。

有的是死刑犯，要立即执行枪决的；有的是判了徒刑，押上陪斩的。一个个都五花大绑，胸前挂着大木牌；那几个死刑犯，更是背插亡命牌，直指青天，嘴上了销子，脸色铁青，一副死不悔改的样子。

车行至十字街口停下来示众，四周挤得水泄不通。男人们把大点的孩子扛到肩头，好让他们放眼赏鉴；女人们则把吃奶的孩子抱得更紧，生怕他们吓得丢了魂。也不知是故意不走，还是人挤得走不了，反正刑车在十字街口足足停了两三个钟头。

这可苦了那些要报到的学生。冠仁和士威、亚心兄妹，香香、蓓蓓姊妹，五个人被困在十字街口。冠仁从一大早到现在整整折腾了一个上午，又困又饿，对这种场面更是躲之唯恐不及，早就蹩到一边半躺在行李卷上，一动也不想动了。香香、蓓蓓姊妹本来就走了远路，早已累得筋疲力尽，又丢了钱，心里烦躁，根本无心思看那示众，也远远地坐到街边等着。

只有士威、亚心兄妹，一来家离城比较近，二来士威又身强力壮，一人用扁担挑着两卷行李，还挺轻松，所以路上没有太费劲，这时看示众的兴致还蛮高。他俩找了一处高台阶，并排站着看。

过了一阵儿，只见从南面挤过来两个男孩儿，像是一对孪生兄弟，一样的中等个头，一样的圆方脸庞。两人用一根木棍合抬着一大卷行李，脸上的汗流得一道一道的，头上冒着热气。眼睛向四处望着，像是要找个地方歇一歇。

士威猜他俩都是报到的学生，就高声问：

"喂，你俩是不是要去中学报到？"

"是。你也是吗？"两个男孩儿高声回答着，走了过来。

一问，他俩真的是一对孪生兄弟，哥哥叫贾成名，弟弟叫贾效实。士威笑着说：

"这下咱们班可热闹了！刚才有一对孪生姊妹，现在又来了一对孪生兄弟，真好玩儿！"

"怎么？还有一对孪生姊妹？"成名、效实兄弟一起惊讶地问。

"走吧，到那儿就知道了"说着，便拉他俩一起来到香香、蓓蓓跟前。笑着说：

"你们认识一下吧。"

四人互通姓名后，也都不由得笑了。冠仁听了，似有感触，也笑着说：

"咱们七个人中，倒有三对是一母同胞，真是难得！你们真让人羡慕！"

"咱们既是同学，那也就是兄弟了！"成名笑着拉住冠仁的手说。

"是，是，那咱们也就是姊妹了。"香香、蓓蓓也拉住亚心的手笑着说。

七个人说笑着，不觉已经太阳西斜。刑车开过，人们散开，他们才拖着自己长长的影子，抖起精神，快步来到学校门前。

朱龙中学占的是原来的复圣书院，就建在东门外的双乳山半坡上。大门是一座三进的重山歇顶式牌楼，显然重新油漆过，光彩夺目。牌楼顶上飘扬着十几面五色彩旗。正中挂着一块新做的牌匾，上面写着"朱龙中学"四个金光大字。大家都仰起头注目观看起来。那"朱"字，横不平，竖不直，撇不成撇，捺不成捺，倒像是一个只有一条腿的人两面各拄了一根拐杖。那"龙"字不是真楷，好像要写草体，但又不合章法，写——其实是画——成了蛇盘九颗蛋的样子。这两个字本容易写好，却很难看；那"中学"二字本就难写，便更不堪入目了。士威撇嘴一笑，说：

"嗨，真像个淘气的小学生写的，还不如我那两个臭字呢！"

众人细看旁边的小字，才知是中央某位大人物的笔迹。亚心赶紧揪了一下士威的衣角，士威舔了一下舌头，作了个鬼脸，不敢再说话了。

这时，冠仁正看着这块匾上方挂着的那块旧匾上傅山先生手书的"复圣书院"四个大字出神，发出由衷的赞叹声：

"真是遒劲有力，笔法不凡哪！"

众人听冠仁一说，也都过去仰首观看。两块匾上的字的确是天地之差，光泽也形成强烈对比：一块金光耀眼，一块却灰暗无光。两块反差如此大的匾挂在一起，真不知设计者是怎么考虑的，要达到什么效果？当然，除了颜冠仁以外，没人会想到这些。

进了校门，是一座小巧玲珑的汉白玉石拱桥，桥头的弧形石栏杆上镌刻着"玉带桥"三个字。桥两边各有一个小湖，通过石桥相连，汇流入护城河中。湖水清澈见底，鱼儿在水中往来嬉戏。玉带桥对面是一座汉白玉群雕，因年代久远，显得有些灰暗，但下面底座上用红漆写的"人人为我，我为人人"八个大字却很显眼。

"啊！真是个好地方，像公园一样！"他们都是第一次走进这所朱龙的最高学府，嘴里啧啧赞叹着。但因天色不早，急着去报到，都来不及细细观赏。

群雕之后是一横排办公室样的房舍，显然是新建的，倒也高大雄伟；只是机关味儿太浓，学府气息凸显不足。好在前面挂了一条写着"热烈欢迎新同学"的横幅，把学校气氛渲染了许多。迎面墙上，"新生报到处"几个黄底红字也十分醒目。

今年只招一个班，上午大部分已报到完毕，他们几个赶到时，报到的同学已寥寥无几了。便赶紧交验通知书，递上准考证，核对无误后，交钱，注册。待办完各种手续，天已黑了。最后，由原本校初中部毕业的学生领着到宿舍去安顿。香香和蓓蓓因丢了钱和通知书，被暂时卡住；但有冠仁作证，学校又查阅她二人的档案，一看是贫农出身，校长便决定给予特殊照顾，免交学费，准予入学。二人也欢天喜地地去宿舍收拾。

学校要求无论城里的还是村里的，都一律住校。男生宿舍在东边"怀德斋"，占1011、1012室；女生宿舍在西边"至善斋"，占1021室。男女宿舍布局都一样：两间大，入深三步多一点，宽不足五步；木板通铺，靠后墙一溜直铺，睡十二三人；靠前窗一溜横铺，睡五六人；进门有一块七八尺见方的空地，靠墙摆着一张课桌，用来放碗筷。各人的小箱子、衣包、脸盆之类，只能放在床铺下面。

女生由一个穿一身学生女制服、中等个儿的城里女孩儿领过去。床位是早已分配好的，女生听话，便都对号入位。只是香香、蓓蓓姊妹俩要共用一副被褥，必须挨着，请求那女孩儿通融一下，女孩儿想了想说：

"那你俩只能占一个人的地方了。"

"我们两人合着睡，当然只占一个人的位置。"

"那好，这样别人睡得还可以稍微松一些。你俩就挑其中一个好的位置吧。"

姊妹俩便欢欢喜喜地铺床去了。

男生由一个城里的高个子男孩儿领着，床位也是早已分配好的。但男生人多，要比女生挤，一人只能占不到二尺宽的地方。褥子铺不开，只能互相叠压着，弄得整个床铺高低不平，有的睡在高坡上，有的则睡在凹地里。成名、效实兄弟俩也是两人合睡，必须挨着，向那高个子说了一下，那高个子鄙夷地瞥了他俩一眼，没好气地说：

"那只能睡那个差的床位！"

他俩看那高个子趾高气扬的样子，不敢再说二话，只好睡到紧靠门口的位置，给大家挡风。而铺板上不知何时戳了一个大窟窿，两人只得问那高个子能不能找学校派人给钉上块木板，不然没法睡。高个子火了，大声说：

"我又不是你们的佣人，想找自己找去！"

两人再不敢吱声，只好自己跑出去四处找木板，想办法堵上。众人看这样子，也都不敢再吱声，床位不好的也只能自认倒霉。瘦小的胡善行分在临窗的位置，窗玻璃掉了一块，他一句话也不敢吭，只好自己四处找报纸，想办法糊上。

柳士威被分在最靠里的墙角，心里很不舒服，闷闷地上去准备铺床，又发现床板中间塌了老大的一块，根本无法睡人，心里窝的火更大了。回过头一看，和对面那高个子的床位横顶着，看那高个子的样子是要头朝外睡，他则只能夜夜闻人家的臭脚。实在想发作，又寻思："今天新报到，还是省点事吧。"就强忍了忍，向那高个子说：

"老兄，你是不是可以头朝里睡？"

"那怎么行！头朝里睡还不把人憋死呀！"高个子连头也没抬。

"那我夜夜闻你的臭脚就憋不死吗？"柳士威的怒火已顶上了喉咙。

"那有什么办法！能怪我吗？"高个子抬起头轻蔑地扫了一眼。

"那你这床位是怎么分的？为什么我的最差？"柳士威由守势转入攻势，完全是质问的口气。

"是根据中考成绩分的。你的成绩最低，当然就该睡最差的了！"高个子揶揄地一笑。

"那你的成绩难道是全县第一名？就该睡最好的床位？！"柳士威反唇相讥。

"当然了。不是第一名，我能分到最好的床位吗？"高个子理直气壮。

"胡说！我们老师说，是我们学校的颜冠仁考了全县第一，怎么会是你？"柳士威寸步不让。

"就是人家郑殿维考了全县第一嘛，是教导处通知的，还能有错？"一个本校初中部毕业的学生讨好地插了一句。

"我就不信！郑殿维，你中考成绩是多少？"柳士威步步紧逼。

"我……我……我考了453！"郑殿维来不及细想，冲口而出。

"哼！453就是全县第一了？人家颜冠仁考了496呢！"这下可让柳士威抓住了把柄。

"颜冠仁？！谁叫颜冠仁？他考了496吗？"郑殿维显得有点慌乱，众人都面面相觑，认识冠仁的便都对他肃然起敬。

"我……我也不太清楚，那只是我们老师告诉的，"颜冠仁没想到事情会牵涉到自己身上，不好意思地看了郑殿维一眼，赶忙拉住士威，说：

"算了，算了，总有个先来后到，咱们来得迟，就将就些吧。来，咱俩换换，我去那里睡。我在家里老睡墙角，习惯了。"

"那不行！要是按先来后到分，咱们来的迟，我没说的。可他说是按成绩分的，我非要闹一闹，看他是不是全县第一？"柳士威执拗地挣脱了冠仁的手，气势汹汹地靠近郑殿维。

"怎么，你要打架？"郑殿维看颜冠仁是个软蛋，便胆壮了，摆出一副准备打架的气势。

"打架就打架，老子会怕你吗？"柳士威已攥紧了拳头。

"看你那满头的猪鬃，一定是山大王的野种！"郑殿维的拳头已举上了头顶，对骂急剧升级，斗殴一触即发。

"看你那鹰钩的鼻子，一定是帝国主义的狼狗日的！"柳士威瞅准郑殿维的高鼻梁一拳打去，一下子鲜血喷涌，满脸血污。郑殿维想不到会有人真敢对他动手，嘴角喷吐着淡红的唾沫星子，怒吼着挥拳迎了上去，一拳打在柳士威的眉际，头上顿时肿起一个大包。柳士威抬起右脚，一脚端在郑殿维的小腹上，郑殿维"哇"的一声倒了下去。柳士威还要上去猛揍，众人慌忙上前劝阻，冠仁死命拽住士威的胳膊，郑殿维抱着肚子从地上爬起来，脱身跑到门口，回过头来喊着：

"我告校长去！有你好受的！"

"告去吧，老子不怕你！"柳士威余怒未消。

这时，正好教导处的教导员来通知，明天上午八点在大礼堂召开开学典礼大会，要新生准时参加。郑殿维像见了救星，赶忙上前告状：

"老师，柳士威不服从床位分配，还动手打人！"

教导员一看他满脸是血，赶紧让人陪他去校医室包扎。回过头来，厉声喝问：

"柳士威！你刚报到，就动手打人。是不想念了？！"说着，便把士威带走了。

熄灯铃响过，宿舍一片漆黑。忙乱了一整天的新生们，先还在你一言我一语地议论着刚才的事：

"你们知道，郑殿维是谁家的儿子吗？"

"谁家的？"

"是二县官的。"

"哎哟，这下可有好戏看了！"

"这下，柳士威可闯下大祸了！"

…… ……

后来，议论渐渐停息，大家很快就进入了梦乡。

夜深了。除了夜猫子偶尔叫两声外，一切都睡着，整个校园以至整个小城都陷在无边无际的黑暗之中。柳士威和郑殿维都一直没有回来。颜冠仁躺在墙角的床位上，回想着刚才同学们的议论，牵挂着士威，久久难以成眠……

第二章　愚乎智乎

当当、当当、当当当……

起床的钟声划破黎明的宁静，震颤着传进宿舍。

颜冠仁迷迷糊糊地睁开眼，一骨碌坐了起来——按时起床是他从上小学一年级起就养成的习惯。他看看对面，郑殿维好像一夜未回；赶忙又看自己原先的床位，士威正打着鼾。他过去推了一把，想问个究竟。

"今早儿没事，睡个懒觉吧。"柳士威像是醒了，但翻了一下身，又打开了呼噜。

"事情可能了结了。"这样猜测着，不想再叫他，更不想惊扰其他同学，便一个人悄无声息地穿好衣服，把门轻轻掩上，出去了。

晨雾渐散，朝霞似锦，校园显得更加迷人。这朱龙中学虽说是一所学校，可实际上真像一座依山而建的园林。冠仁对这所学校心仪已久，但尽管他家离城并不远，以前却从未来过。昨天下午因为急着办理报到手续，也没有来得及到校园各处逛逛。现在可以尽情游玩一下了。

他沿着东边的林荫道和道边小溪蜿蜒曲折地往南上行，但见白杨成行，柏墙成阵；绿草如茵，野花点点。各处庭院都依山取势建在东西林荫道中间，大小不一，布局各异，但都屋脊高耸，飞檐斗拱，相对独立，又互相连通。门楼上都有一砖雕牌匾，镌刻着"四书五经"中的名言，如至善、正心、修身、慎独之类。庭院间或古木参天，或新柳垂地，幽雅中焕发着勃勃生机。半山腰处是一座新建的礼堂，看上去高大雄伟，但色调灰暗，像一块灰不溜秋的青砖镶嵌在玲珑剔透的木雕之中，显得极不协调。礼堂前有几个花坛，但坛内却种着玉米，已经秆枯叶败。礼堂两面是运动场，倒是葱绿一片，连跑道上也全种了萝卜和白菜，高年级的同学只好沿林荫道跑操了。礼堂后面又有一排新建的房舍，虽较低矮，倒也齐整，是学校后勤和食堂用房。后面的一排烟囱里冒出股股浓烟，山风吹下来，浓烟像几条黑龙似的在地下打了几个滚，又翻卷着蹿到山那边去了。

走到林荫道尽头，冠仁抬头向上一望，只见飞瀑如帘，潺潺下注，水气似雾，翻卷升腾，觉得心灵也像洗过一样，便毫不迟疑地拨开丛生的花草，不顾露水打湿裤脚，攀上了建在学校最高处的六角亭。举目四望，顿觉心旷神怡。俯瞰整个校园，亭台楼阁，林木掩映，小桥流水，曲径通幽，像一个焕发着青春气息又含羞遮面的纯情少女。他想到自己能在这样的学校学习三年，感受到了平生从未感受过的幸福。放眼望去，朱龙城尽收眼底。城楼飞檐高耸，如同官帽加顶；房舍鳞次栉比，又如蟒袍裹身；护城河清澈如镜，恰似玉带束腰；整个城楼俨然一位要入朝面圣的高官。看着眼前美景，他忽然想起孔子"学而优则仕"这句话来，心中不由生出无限感慨。远眺东北方向，白玉山峰峦起伏，云遮雾障，像巨蟒由远而来。西南望去，朱龙山恰是一个伸入夏瀛海中的半岛，宛如一条巨龙从天外飞来。夏瀛海烟波浩渺，波光粼粼，山河是如此的壮美。"长风破浪会有时，直挂云帆济沧海"，他随口吟诵起李白这联千古传诵的诗来，心情振奋地走下六角亭，沿西边的林荫道和小溪往北下行，在校门前的那座汉白玉群雕前停了下来。

昨天因为急着报到，没顾上好好看这座石雕，现在可以仔细观赏了。他很快看出，这是一组孔门弟子问学的群雕，雕刻得很有气势，人物形象栩栩如生。子路的粗犷豪放，颜回的谦恭好学，夫子的循循善诱，都活灵活现，呼之欲出。群雕下方的石座上原来镌刻着八个大字，已被用白粉涂抹，但冠仁凭着对《论语》的熟悉还能隐约看出那是"己所不欲，勿施于人"八个字。这"己所不欲，勿施于人"与"人人为我，我为人人"区别在哪里呢？为什么要用后者把前者遮盖了呢？设计者到底要教育我们怎么做呢？冠仁端详着雕像，苦苦思索着。当然，对这样的问题，十六岁的他是不可能一下子想出明确的答案来的。"也许有人会笑我傻吧，怎么会想到这样的问题？！"的确，除了他，也真的再没有人会想到这样的问题了。大多数同学对这座群雕都不感兴趣，更不用说下面的标语了。不是吗？你看，群雕前很少有人驻足停留，而群雕两旁的黑板报前却围满了人。

冠仁见那边围满了人，也便凑上前去。原来黑板上密密麻麻地写着今年高考录取的学生花名，考上重点大学的更用大红字标明，显得分外醒目。同学们叽叽喳喳地议论着。冠仁在心里对自己说：

"我也一定要考上重点大学！"

但他是不爱张扬而喜欢独处的人，自己新入学，高考还是三年以后的事，现在八字儿还没见一撇，有什么好说的呢？便没有去参与那群同学的议论，只是一个人暗暗想着，绕小湖转了一圈，返回宿舍。

宿舍里有的同学刚起床，有的还在被窝里躺着聊天。冠仁便拿起水桶去水房为大家打洗脸水。打水的同学很多，都是各个宿舍的值日生，排了长长的队等着。他见大多数都是两人用木棍合抬一桶水，有心回宿舍叫一个同学一起来抬，又一想："士威还没有起床，其他同学只是刚认识，不熟悉，算了吧。"轮到他了，只好一个人提着满满的一大桶热水，左右摇摆着一步一又地走，好不容易才提回宿舍，鞋子、裤腿都像在水里浸过了。

"打水也不叫我一声，你一个人怎能行？"士威正好穿衣下床，看见冠仁的样子，大声责备说，"你傻不傻呀！今天又没轮开值日，你何必急着一个人去打水呢？"

"我先起来了，给大家打点水，这有什么。"冠仁说着，把水一一倒在各人的脸盆里。一桶水不够，倒完后他又准备再去提。

"我和你一起去吧。"士威说着，拿起水桶往外走。

大家还未洗漱完毕，早饭铃就响了。冠仁三把两把洗完了脸，边用毛巾擦手，边对士威说：

"咱们打饭去吧。"

"咱们打了水，打饭的事该别人干了。"士威瞪了瞪眼前的几个同学。

"冠仁，我和你去吧。"善行看着士威和冠仁说。

"也好。"两人便一个拿着柳条筐箩一个拿着饭桶往伙房走去。

一会儿，冠仁端着柳条筐箩回来了，大家迫不及待地一齐伸过头去：啊，里面竟是金黄的小米饭！考上高中就转成了城镇户口，每月国家供应27斤成品粮，还有15%的白面。早饭竟然可以吃上金黄的小米饭，真让人高兴极了，要回去给村里人讲，还不让他们羡慕死！同学们一个个眼睛瞪得大大的，盯着柳条筐箩：

"快分饭，快分饭！"众人催促着，口水都流出来了。

冠仁拿起木勺——这勺子虽和小铁勺差不多大小，但外沿厚得多——觉得里面实在盛不下多少，就征求大家意见说：

"是不是一人先按两勺分？"

"要是分得不够了，你喝西北风去呀！"士威坚决主张先按一勺分，多数人也都附和。

"那就先按一勺分吧。"

"少点儿，少点儿，担心后头没有了。"分过七八个人之后，大家都看出来了，不用说两勺，连一勺也恐怕不够。众人提醒着，冠仁的手都有点哆嗦了。

越到后头，他只得越往下抹，他为分得前后不均感到十分过意不去，向后面的同学投去歉意的目光。待到最后只剩下他自己时，筐箩已经空了。他长舒了一口气，庆幸还没有让一个同学空碗。

"只留下自己就好说了。"他用筷子把粘在笸箩四周的米粒儿刮到一起，弄到自己的碗里。

"怎么样？不听大哥言，吃亏在眼前！"

"也差不多。"

"还差不多？！我们分了一勺，还不够垫牙缝儿呢！这三年的时光可怎么熬呀！"

"学校的饭怎能那样吃啊？"早饭没有菜，胡善行只好打了半桶开水回来，见众人都成了空碗，便向大家传授起初中三年在校吃饭的经验，"米饭吃三两口尝尝香就行了，在碗里还有米时，就得赶紧倒开水。"说着，用勺子盛了满满一大碗，"看，把这一大碗喝下去，不就饱了吗？"

"你那是灌饱了，不是吃饱了。"柳士威反驳说。

"管它是吃饱还是灌饱，反正填饱肚子就行。"贾效实解嘲似地说。

"尿两泡不是又饿了？"有人反驳说。

"那有什么办法呢。"大家无可奈何地说。

众人你一言我一语地，把上高中的第一顿饭吃完了。

当当当、当当当、当当……

上课的铃声响了，学校高音喇叭里传出了教导员的声音：

"全体同学请注意！全体同学请注意！现在按班级迅速在礼堂门口整队，参加开学典礼大会！"

同学们匆匆走出宿舍，往礼堂跑去。

一位瘦高个子、戴一副宽边近视眼镜的中年教师，招呼新生班的同学在礼堂东北侧整队。

"这位老师是我们的班主任吧。"同学们猜测着，自觉站成了两排。

"我姓祝，祝贺的祝，是专门来祝贺你们考上朱龙中学的。是你们的副班主任，也就是班务院的常务副总理。"队整好后，那老师作了自我介绍，逗得同学们嘻嘻地笑起来。

"班主任还有副的，真逗！还班务院副总理呢！那总理又是谁呢？怎么不见出来？"同学们低声议论着。

"'别吵吵，分马了！'"

"这不是初中语文课上学过的周立波《分马》中的句子吗？怎么，莫非开学典礼上要搞'土改'，给咱们'分马'呀！"同学们一下子未领会过来，不由得瞪大了眼睛；可稍一想，便都会心地一笑，自觉地关上了嘴门。

"你们的正班主任是范老师，总理以后会正式接见你们的。今天你们是第一次参加学校的大会，一定要把自己的嘴和手管紧点儿！昨儿晚上就有同学嘴上缺了把门的，手也放错了地方！"男生们都瞅着柳士威若有所思地皱起了眉，女生们则迷惑不解地笑了起来。

当新生班的同学走进礼堂时，台上来宾席上已座无虚席，交头接耳，嘀嘀咕咕；台下学生们也都席地而坐，整整齐齐，嘻嘻哈哈；新生们初来乍到，则东张西望，叽叽喳喳，觉得什么都稀罕。

台上后墙正中贴着领袖的大幅画像，两面是国旗，显然都是临时布置起来的。画像是用浆糊粘上去的，浆糊抹得太多了，又稀，又不均匀，洇得画像上脸的颜色黑一块紫一块，像一个五道将军，看上去很别扭。国旗是用图钉钉上去的，墙太硬，钉不住，有一个角脱落翻卷下来，把两颗星遮住了，连中间的那颗大星也被遮去了一半。不过，同学们的注意力不在这上面，而在礼堂（兼饭厅）两侧满是灰尘的窗玻璃上，那上面人们用手指头胡乱涂写了不少字画。你看：那几块玻璃上大叉地写着"饿的伟大，穷的光荣"、"开水灌大肚，光吃不长肉"等字句；那几块上画着面目浮肿的人头、骨瘦如柴的孩子等漫画；那一块上更是新奇，好像画的是"猪八戒背媳妇"，旁边还配着一首诗"才貌诚可贵，爱情价更高，若为吃饱故，三者皆可抛"。新生们指手画脚、七嘴八舌地议论着，礼堂里一片嘈杂的人声。

"静下来！静下来！"有人开始吆喝了。

嘈杂声慢慢地停息了。

"尊敬的各位领导、各位来宾！老师们！同学们！朱龙中学新学年开学典礼大会现在开始！"台上台下一片热烈的掌声，人们把嘴和耳朵放回正当的位置。新生们的眼睛则一齐聚焦到主持人的身上——啊，这一定是校长。瞧那圆而大的头，一看就像是学问渊博；个子不高，大脑却很发达。那副远看去黑而发亮的圆形墨镜，使人不由得产生一种敬畏感，新生们都不敢再东张西望，更不敢叽叽喳喳地说话了。

"请让我先介绍一下光临大会的尊敬的各位领导和来宾：

"县委书记肖礼同志。"坐在来宾席中央首位的人站起来稍微点点头，拍了几下手。台上的人都向大县官——不管名堂怎么变化，新分出什么书记、县长，但小城的人只知按权力大小分别叫大县官、二县官，如此等等——笑笑，发出条条谄媚的射线，想与大县官的视线相交一下，可有的相交了，有的却射歪了；又都紧跟着拍起手来，那射歪的人当然拍得更响一些，次数也更多一些，以便传送更多的信息，反而使得鼓掌七零八落。主持人的手一边向大县官的方向拍着，一边转了一个大弧，从台上转到台下。学生们一下子明白过来，不住地拍起手来。不少学生想站起来看看大县官是怎样的三头六臂，可离得远，一点也看不出个道道，况且待学生们站起来时，县官大人早坐下去了。

"县委第一副书记、县长郑志斌同志。"在来宾席上和大县官并排坐在一起的人站起来向台下招招手，点点头，一副谦和的样子。小城人弄不清如今衙门里何以要分什么书记和县长，书记又有什么第一、第二，只是见他的权力和位次总比肖礼矮一截，便叫他二县官。当然对二县官小老百姓也是不敢怠慢的，都一齐拍开了手。学生们照例想看个究竟，可县官大人也早坐下去了。

"分管教育的副书记 *** 同志"

"分管教育的副县长 *** 同志"

"县委文教部长 *** 同志"

"教育局长 *** 同志"

"分管学校教育的副局长 *** 同志"

"教育局学校科科长 *** 同志"

"教育局学校科干事 *** 同志"

…… ……

台上台下一切都重复一遍，只是那活动幅度成降幂排列。到最后，被介绍的人懒得再站起来，只是点点头了事；台上的人几乎无动于衷；台下的学生们也吝啬起巴掌来了。

"下面请校长闻清直同志讲话。"一位戴一副深度近视眼镜的瘦老头儿慢条斯理地开始了他的演讲。

"噢，原来这才是校长。那个主持人是个啥官呀？"下面开始吵吵起来。

"他是副书记郝文正，同学们都叫他圆大头。"朱龙中学初中部毕业的同学咬着耳朵告诉说。新生们不由得笑出了声，吵吵个不停。

校长很大度，不管下面如何吵，他讲得还是很起劲儿。他先代表学校向光临大会的各位领导和来宾表示热烈欢迎，接着大讲特讲了本校上学年的成绩，特别讲到今年高考创造了历史新纪录，"第一次"踢开了名牌大学的大门——可如今的二县官正是当年京华大学的毕业生，现在就在这儿坐着呢！此时校长可没想到这一点——结束时又着重强调这些成绩的取得是伟大光荣正确的党的思想、路线、方针、政策指引的结果，是大县官、二县官……以至八县官正确领导的结果。讲到此，显得感激涕零，三呼万岁，连声调都变了。

可听众却好像没有被感染，连那打破纪录的喜讯也好像没引起多少人的兴趣和注意，一直不停的说话声越来越大了，累得教导员在他一个多小时的讲话中竟跑下去十几次维持秩序，主持大会的圆大头也把嗓子喊破了。

"下面宣布今年高中入学考试第一、二、三名的新生名单：

第一名　郑殿维

第二名　肖天娇

第三名　颜冠仁

"请这三位同学上台来领奖！"

郑殿维第一个快步走上台。

"第一名真的是他？！"

"我看是打架第一！我们不是已经在昨天见识过了吗？"

"我看打架他也只能屈居第二。"

可是他却与昨天判若两人，没有理会同学们的议论，摆出一副豁达大度的样子。今天特意穿了一身合体的草绿色仿军装，脚踏一双草绿色军用鞋，腰杆挺得笔直，双腿颀长矫健，简直就像是一名威武的军官。只是鼻子发肿发红，越显得太高太大，像个洋人似的；眼睛显得有点小，与脸庞不成比例，又呈三菱形，眨眼时有一种使人捉摸不透的感觉。他向台上的人笑着鞠了一躬，然后转过身来，向台下招招手，一副要检阅千军万马的样子。

第二名是那位昨天带领女生安排宿舍的城里姑娘。她个子不高不矮，身子不胖不瘦，穿一身剪裁得体的学生女制服，女性的曲线不明显，但却显得干净、利落。脸型圆中显方，脸色白里透红；眼睛大而上挑，总爱斜眼看人；嘴唇厚而上翻，好像老在朝上撅着；头发硬而有力，两条齐耳的短辫垂直向下，毫不上卷。缺乏少女的妩媚，倒像一只骄傲的公鸡。她也学着第一名的样子向台上的人鞠了一躬，然后转过身去。但她没有向台下的人招手，而是向第一名笑笑，走到他跟前，想说句什么，又没有开口，停了一下，转过脸来，把头抬得高高的看着正面。

颜冠仁当然还是穿着他那身打了补丁的土布衣裳，老牛鼻尖鞋，一看就是个土里土气的农村孩子。他一上台就立正向台上的人行了鞠躬礼；然后，后退两步，转过身去，走到那两位旁边，点头笑笑。那两位却似乎都在看着下面，并未答理他。他便收起笑容，面向台下，两眼平视，站成标准的立正姿势，显得腼腆而拘谨。

"郑殿维考了第一名，是真的吗？"

"肖天娇要是真考了第二名，那让我头朝下走三遭！"

"低点声儿，大县官、二县官可都在台上坐着呢。"

先前校长讲话的时候，底下吵吵不停的是学生，这会儿在底下咬耳朵的却是教师了。由于有人提了醒儿，议论的中心很快便由郑、肖两位转到这个农村娃身上了：

"一个农村娃能考全县第三名，不简单啊！"

"第三名？我看第一名非他莫属！"

"听说他考了 496 呢！可咱们学校最高的才考了 460 多。"

"听说他是仁里复圣颜子的后代。"

"看那宽宽的额头，天庭饱满，将来准成大器！"

"贤哉回也！一箪食，一瓢饮，在陋巷，人不堪其忧，回也不改其乐。贤哉回也！"

"那他家肯定是地主成分了。唉，真可惜！"

"看那下巴瘦削，地格就不够方圆嘛。"

"这年头瓜菜代，有几个是地格方圆的？"

"这孩子那眉毛怎么恁黑呀？"

"那叫一字卧蚕眉，是大智之相。"

"眉清目秀才聪明，我看他两眉交叉，连而不分，说不定于世事上是个糊涂蛋呢！"

"治学与处世是两码事，聪明与糊涂，谁又能说得清楚呢！"

"不过，看这孩子的长相、举止，就觉得老实厚道，倒是挺招人喜欢的。"

"不是说，忠厚是无用的别名吗？"

…… ……

台上的人虽听不清下面老师们在嘀咕些什么，但总觉得不大对劲儿。闻清直心里有点发毛，赶紧示意圆大头快进行下面的议程。

"肃静！肃静！下面请肖书记、郑县长为他们颁奖！"圆大头心领神会。

郑县长神采奕奕、精神抖擞地快步走上前来。肖书记却不知是由于在中间坐着，出进不方便，还是心不在焉没有听见，不情愿似的，老半天才踱出来。让那位猫着腰、等好样子准备照相的师傅泥塑似地在台檐上支了好半天，完了一伸腰，脚没站稳，跌到了台下。好在台子不高，倒也没伤筋痛骨，可机子摔出老远，把玻璃镜头也摔坏了。历史的画面无法摄下，还惹得学生们一阵哈哈大笑，秩序更乱了。最可恼的是在整个颁奖过程中，那些教师们一直三三两两不知在嘀咕些什么，咬着耳朵，说个没完。

"肃静！肃静！"圆大头扯着破嗓子向台下喊着，返回脸一看，大县官已坐回原处，赶紧对准话筒：

"请肖书记给我们作指示！"

堂堂大县官被这位毛毛圆大头牵的脚不沾地，臀不挨座，心里的无名火简直要熊熊燃烧起来了，但还是强压下去，又站起来走到台前主持席上落座。

"我今天本来还要主持一个重要会议，走不开，教育上的同志非要我来，就来这儿了，教育是关乎培养接班人的大事嘛！"开头客套两句后，接着，他先从国际形势讲起，叫做"敌人一天天烂下去，我们一天天好起来"，"东风压倒西风"。又讲到国内形势，以至本省、本县的形势，那当然是国家繁荣富强，人民生活幸福，市场繁荣，物价稳定，国民经济有计划、按比例、高速度发展。把那些从内部参考消息上得来的材料为我所用，加上合理的想象，编织成耀眼的花环，讲得天花乱坠。又从工业、农业、财贸、科技，讲到教育，把那些大小报刊上的精彩篇章，加以适当的改编，像变戏法似的成了他自己的东西，讲得头头是道。最后，才回到今年高中招生、学校开学的现实中来。说是国家压缩招生，由往年的招 200 人，压缩到 50 人，真可谓是百里挑一了。要同学们好好学习，报效党和国家云云。

同学们跟着他周游世界，漫游全国，听得津津有味。可返回来一想，无非只是下面十二个字：形势大好，教育重要，压缩招生。这很像是一个命题的证明过程，可同学们那只学了初中几何的简单头脑却怎么也证不回去。

证不回去就不想往下证了，在冰凉的水泥地上已经坐了三个多小时的学生们实在有点顶不下去了，他们早饭就没有吃饱，肚子早饿得咕咕响了。有的人受不了这水泥地的冰凉，肚子开始碌碌作响，急着要上厕所。台下又开始骚动不安了。

"肃静！肃静！"圆大头又在向台下喊了，他也巴不得大县官的讲话快点结束。可正像一个一心想灭火的消防队员，看见柴堆的明火刚熄，但还在冒着青烟，想让它快点完全熄灭，又泼了一盆水，不想那火苗又顿时蹿起老高。大县官一下子变了脸色，放大了嗓音：

"太不像话！太不像话！学校的纪律竟然乱成这样！连教师们也老在下面嘀嘀咕咕，怎么有那么多说道？你们学校是怎么搞的？我早就给你们讲过，要抓阶级斗争——阶级斗争，一抓就灵；要抓政治——政治是生命，是灵魂。你们就是不听！排名次只看分数，就不看看他政治思想如何？分数是第一名就一切是第一名了吗？刚才我还听说，连宿舍排床位都按分数，学生之间竟然因此打起架来，真是笑话！不能只看到会场秩序混乱这种现象，要透过现象看到本质！"

学校领导傻了眼，学生们倒觉得好玩儿，竟鼓起了掌。大县官受到了鼓舞，离开了讲稿，又想把那些大小报刊上的名言警句，加以适当的改编，为我所用，但却总是驴唇不对马嘴，讲得台下不知所云，讲得台上目瞪口呆，讲得下面的会不知该怎样开，讲得食堂的饭打出锅来又倒回去反复了好几次。

"今天的会真是糟透了！那前三名是怎么排定的？为何不事先通一下气？！"好不容易把会开完，大县官同众人连招呼也没打一下，车屁股一冒烟飞了。二县官冲闻清直和郝文正发开了火。

"前天高考总结表彰会上书记才指示要奖，我们昨天搞了一整天，又加了一个晚上的班才捏弄出来的，还没来得及给您汇报。"校长本来想照实说，可话到嘴边又改了口：

"全是我不好，累您跟着我们戴红胡子，真过意不去。改天我们亲自到府上赔罪，再详细汇报——只是肖书记那里……"

"再商量吧……"二县官特意用力地握了一下闻清直的手，也坐车离开了学校。

"疥蛤蟆跳门舷，又蹾屁股又伤脸！"不知什么人在后面迸出这么一句话来。

第三章　榜首之争

说这话的正是那位新生班的副班主任。

他叫祝嵒馨，曾是一所名牌大学的高材生。父亲在一家报馆当副总编，他毕业后也到这家报馆做记者，不几年就小有名气。又娶了一位漂亮的妻子，还写了不少小说、散文和诗歌，在青年作家群中也算一个。尽管那时战争频仍，但他的家庭还算和顺安定。后来，战乱结束，几家报馆合并为一家大报社，父亲虽不再担任副主编了，但父子依旧在报社工作，一家人倒也衣食无忧。不料，没多久父亲便因一桩反革命特务案被捕下狱，他也被牵连进去。最后父亲死在狱中；母亲也连惊带吓，贫病交加，溘然而逝。几年以后，说是弄错了，父亲与那桩案件毫无瓜葛，连间谍案本身亦纯属子虚乌有，他总算被放了出来，恢复了记者工作。又过了两三年，来了一场"运动"，鼓动人们给上边提意见。他这只呆鸟哪知人家是"引蛇出洞"，就把自己受牵连无辜坐牢家破人亡的事在公开场合讲了一下。结果"枪打出头鸟"，他被抓个正着，又因此获罪，二次被开除了工职。妻子也与他划清界限，带着刚满三岁的女儿离他而去。他孑然一身，被送到这个偏僻的山区劳动改造。后来，朱龙中学新办高中，缺少教师，有人提议让他来暂时顶一下。因他上课大受学生欢迎，几经周折，就把他正式留下了。他刚来时郁郁寡欢，除了教书外，就只是钻在宿舍里看书，很少与人交往。可后来不知怎的变得洒脱起来，与人们交往日多，还常爱说一些俏皮话，滑稽而幽默。有人说是看书看出了名堂，悟出了真谛；有人说是教书教出了道道，被天真烂漫的学生感染。反正与以前简直判若两人。

前几天学校通知他仍和范老师合作带这个高一新生班。自那次"运动"以后，为加强政治思想工作，上边规定，班主任必须全由在党的人担任。学校在党的人凑不够，就从其他行业抽调。范老师原是一个公社供销社的主任，后来因一次失火事故被免了职，当普通售货员。他气不过，常借酒浇愁，整天喝得醉醺醺的，结果得了一种酒瘾症，整日昏昏欲睡，几乎无法正常上班了。正愁无处打发，恰好教育上要调人，他又符合在党条件，商业局便像卸包袱似的把他推到学校。到校后无法胜任工作，又推不出去，只好名义上还安排他是班主任，具体工作都由别人去做。一般老师都不愿意受这种黑苦，还担责任。唯独祝老师无所谓，还觉得挺好玩儿，于是学校就常让他俩搭配，安排祝老师当个副班主任，实际全是他一人包干。这次一接受任务，祝老师就把新生的档案都拿来翻阅了好几遍，以便先掌握情况，好针对性地进行教育。

肖天娇和郑殿维都是本校初中部的毕业生，一个是书记的千金，一个是县长的公子，老师们没有不知道他俩的。

这天娇，听说从小就失去母亲，肖礼在战乱中只好把她寄养在农村一个亲戚家。后来安定了，才把她接回来。肖书记虽然又续娶了妻子，但至今没有孩子，所以对天娇十分的宠爱。在家里她想怎就怎，没人敢说半个不字。上小学时，由于一、二年级的课她在家里早有人教过了，所以老考第一名。可自上初中后，她对学习越来越放松，成绩每况愈下，到初三时，她的成绩在班里只能是倒数了。为此，肖礼还专门让夫人去学校找了校长，专门安排带课教师给补课，但也没有多少进步，老师们一提起她的学习就头疼。

这殿维，从小父母爱如珍宝，对他期望极高。特别是他母亲原本是大学毕业，却一直在家未参加工作，更有时间和精力精心培养教育他。所以他从小学到初中一直是尖子生。但由于他对社会活动兴趣特浓，把这看得比学习功课更加重要，又一直担任学生干部，这方面占去了大量精力，所以到初三时成绩便渐渐落了下来。有几次考试成绩在班里都出了前十名，在全校更出了五十名了。为此，县长大人专门给校长打了电话，学校也专门安排老师辅导，但收效并不明显。

中考成绩出来，郑殿维发挥得还算不错，勉强进了前五十名，不需要照顾录取。而肖天娇的成绩却是马尾提豆腐——没法提了。好在考试成绩是保密的，当然也就录取在册了。按照前几年的惯例，录取结束后，把卷子一封存，通知书一发，一切就都神不知鬼不觉地过去了。

今年的开学典礼会上原先也没有安排颁奖这一项，学校也从没有奖过一入学的新生。可是书记刚刚在开学前的高考总结表彰会上讲了，言犹在耳，能不照办吗？

闻清直原想：干脆直接按考试成绩排出前三名算了，最高成绩的这个颜冠仁不是本校初中部毕业的，谁也不认识，也不会产生多大矛盾。可又一想：不行！堂堂全县最高学府，中考前三名连一名也没有，闹出去还不舆论大哗！自己作为一校之长，如何向县太爷们交待？说不定会砸了自己的饭碗，我也丢不起这个人呀！反正成绩又不公布，也不通知考生本人，现在知道成绩的也就学校领导和教导处几个参与其事的人。就是提前让祝邑馨看了档案，那也不要紧，他是有辫子的人，又是咱留下的，也不至于忘恩负义，把内幕捅出去，事先打一下招呼也就得了。

想到此，闻清直便与郝文正商量。郝文正是肖礼一手提拔起来的，专会逢迎拍马。高考会上书记一讲，他像领了圣旨似的，早在心里盘算着借此机会报答一下提携之恩。二人一拍即合，当即议定：综合衡量，根据需要，重新排定。

只排一个前三名，想来此事并不难。可没料到具体操作起来却十二分的艰难。而这时距开学典礼上正式颁奖满打满算只有二十多个小时了。不说吃饭睡觉，这其中还有好多开学典礼的准备工作要做呢。闻清直把几个头头叫来，把主导意见讲了讲，大家一致表示赞同，但具体提名却很不一致。县里头头脑脑太多，与各人的关系又错综复杂，一人一台聚光镜，都对准那耀眼的光源，细心地调整着各自的焦距，一心把光线聚焦在自己那一点。结果，光线更加散射，光谱成不规则排列。将近中午，才觉得这种办法不行，得先统一焦距，研究出些原则。对此形成一致意见，已是下午两点，决定吃了饭继续研究。可通知食堂时午饭已经收拾完，大师傅们赶紧新做。师傅们手脚麻利，饭菜也精选简化，吃饭又狼吞虎咽，饭后立即上会，可已是下午四点。

从太阳西斜一直研究到繁星满天，战果辉煌——定出三条原则：第一，以本校毕业生为主，三名中本校占两名；第二，突出政治，以县领导子女为首选对象；第三，综合考察，适当参考试卷成绩。

晚上继续挑灯夜战。全县这一名，就按试卷成绩定颜冠仁；本校这两名，起先提出十几名，后来比较来比较去，集中到郑殿维和肖天娇这两人身上。可这三人怎么排名次呢？又犯难了：如第一名排颜冠仁，成绩上是绝对站得住脚，也可稍微缓和另两家的争斗，但全县中考第一名让其他学校占去，咱朱龙中学面子上实在过不去，况且对这个农村孩子，排在哪儿都无所谓，这个方案很快便被排除了。如第一名排肖天娇，完全按老子官大官小排，倒也省事、省心，人们至少在公开场合也不敢说什么，可又显得咱们太过巴结。天娇学习明显不如殿维，这是谁都知晓的，首先二县官那里就无法交待，舆论也会大哗。该维护的没维护得了，不该得罪的却得罪了。这个方案尽管圆大头一直坚持，但最后还是被排除了。第一名排郑殿维，本就是咱校的尖子生，虽说初三时成绩有所下降，平时没考过第一，但这次超常发挥也是可能的。第二名排肖天娇，对她也是最大的照顾了，按她在全县的实际名次连录取也是成问题的。按三条原则衡量，也只有这一方案比较符合。没有十全十美的办法，也就只好不得已而求其次了。待这一方案确定下来已是凌晨五点。大家都熬得筋疲力尽，有的已经靠着椅背呼呼入睡了。

最后，闻清直又和郝文正商议这个方案要不要向县太爷们汇报，郝文正生气地说：

"要汇报你汇报去，我本来就持反对意见！"

"好！那我就不汇报了。反正里面有他们本人的子女，他们也不会明确表态的，汇报反而还好像我要推卸责任似的。要有什么事，责任全由我来负！反正我是出于公心，问心无愧！相信我的心意和苦衷，县太爷们定会领受和理解的。"闻清直自信比郝文正高出一筹。

但县太爷们对他的心意却不屑领受，对他的苦衷也并不理解，他们打得完全是另一套算盘。

大县官原本姓李，从小是孤儿，在乞丐和窃儿中长大，据说受过师傅的真传，很得器重。后来战乱开始，他想这样混下去总不是长久之计，乱世出英雄，到外边说不定会闯出大名堂来。于是，便跑出去投了军，给一个团长当勤务兵。团长称他"小李"，以后因他办事机灵，服侍有功，一下就提升为连长。他为感恩，就改名为肖礼。胜利后，那位团长当上军区司令，他转业到地方，当上了县长，也算是老革命了。这两年闹饥荒，朱龙县饿死了上千人，原来的县委书记不会来事儿，又有人乘机想搞垮他，这事就被捅到了上头，派下人来追查。那人知道人命关天，无法交待，就写下一封遗书，跳井自杀了。全县因此大哗，闹得沸沸扬扬，不可收拾。上边便调肖礼来任代书记，进行整顿。他觉得灾荒饿死人，这种事全国多了，没有什么大惊小怪的。更何况那人已自杀，自杀便是叛党，就把所有责任都推到那人身上，大事化小，小事化了，草草把此事掩过。结果上下相安，都十分满意，一下子就在朱龙立稳了脚，当上了县委书记。

二县官出身名门望族、书香门第。当年，朱龙镇百分之八十的人家都是他家的佃农，连府台、道台大人来朱龙都要登门拜访。他兄弟三人在社会剧变之时，遵从老太爷"狡兔三窟，方保无虞"的教诲，效力于红白之间，混迹于文武各界。老大郑志文，大学毕业后，弃文习武，曾就读于南湾军校，很得校长器重，当到师长。两党争战失利后，跑到了海岛。老二郑志武，自小爱文，上大学后，追逐新潮，研读异学，曾留学外邦，回国后一直在中央情报部门工作，深得领袖赏识，现已升为中央委员。郑志斌是老三，大学未毕业，就因一则桃色新闻，不得不远离京师，随大哥投笔从戎。后见冰山欲融，又抽身投二哥混迹文界。不料，险些被当作异己分子处决。虽经郑志武多方疏通，但在上面已无法立足。他只得依二哥所嘱，韬光养晦，返回家乡，将全部家财捐献政府，摇身一变，当上了新政府的副县长。肖礼升任县委书记后，经郑志武从上面打招呼，他便当上县长，从八县官一跃而为二县官了。如今，郑家虽一窟暂封，但两窟尚存，较之先前更加显赫。

老革命对酸秀才总有一种说不出的反感。大县官想的是：天下是老子们打下的，你是旧社会过来的，让你当个县长，是抬举你，不要不知足。说是县长，其实还不是花瓶一个，什么时候想摔不就摔了。只可惜上面有个中央委员关联着，投鼠忌器，不然，借前段饥荒饿死人的事，早把他摔到茅厕里了。现在，反过来在他面前倒显得低了三分，真是世道不公哪！每想及此，大县官就恨得咬牙切齿，气得捶胸顿足。螳螂捕蝉，黄雀在后，不可不防啊！

老政客对土豹子也总有一种说不出的蔑视。二县官想的是：你只不过是沾了"革命"的光，要不，还不是个小混混。即使当上书记，也仍然是土豹子。不是官运不济，给我个专员我还看不上呢。现在虽然下到县里，可我中央有人，一个中央委员压在那儿，你敢把我怎么样？

平时，书记对县长还是挺信任的，充分发挥政府的作用嘛。而且，说不定这还是一条进身之路呢。县长对书记也还是挺尊重的，该请示的定要请示，该汇报的必要汇报。不管内心想得如何，工作关系还蛮好。可背地里都喜欢透露对方的一些隐私。什么肖礼是陈世美呀，喜新厌旧，抛弃了前妻，听说还有个孩子呢。郑志斌是西门庆呀，勾引有夫之妇，老婆原是人家的，孩子还不知是谁的呢。如此等等，是真是假，谁也不去查证，反正背地里传得沸沸扬扬。

遇到关乎个人的私事，尤其是一些要面子的事，两人都在暗地里叫劲儿。那天高考总结会后，二县官就一直在琢磨：肖礼怎么突然想出这么个点子来呢？想来想去，他断定是肖礼想试试朱龙中学到底掌握在谁的手里。他知道自己处于劣势，县里的大权明显在人家手里。但又不甘心当傀儡，也正想试一试。把这个难题给闻清直和郝文正吧，看你们怎么排？这样想着，似乎拿定了主意，可又不由得心里打鼓：郝文正是肖礼的人，必然全力报效；闻清直八面玲珑，定会两面讨好，胜败难以意料啊！他最怕的是他们来请示，那就正中了肖礼的奸计，把他放在一个尴尬的位置上了，只得把肖千金放在第一，此番较量便必败无疑。于是那两天他专门到一个别人找不着的地方躲起来。谁知闻清直他们竟自作主张了。到底是书呆子，不懂得搞政治！可见我这个"现管"还真管用，你那个书记只好干瞪眼。如今，我是在干河岸上，你肖礼天大的气无法往我身上出。我反而可以内心高兴地看你发疯似的表演，外表上却假心假意、又打又拉地向他们发火，真是畅快之至！这样想着，顿觉志得意满。又赶紧告诫自己：只能内心窃喜，不可稍加宣示。那天一回家，便让夫人炒了几个菜，独酌自饮，算是小庆了一回。

肖礼回家，余怒未消。大骂圆大头草包一个，闻清直老奸巨猾。又怪怨女儿不争气，累他输在郑志斌手上。亏得夫人好言劝慰，说女儿考了全县第二，应该高兴才对。他才慢慢静下心来，想：那天提出奖励前三名原本是兴之所至，随便说出来的，并未经过深思熟虑。会后一想，觉得实在不妥。一来没有突出政治，有悖书记职责；二来女儿确实也太差，犯不着去争那个第一。可是一言既出，驷马难追，堂堂县委书记，说话也至少得一句顶一句，他们敢不照办吗？更何况我又没说绝对按分数排，无论办任何事情还能把政治放在后头？！郝文正是自己的人，不会不卖力；闻清直虽然老奸巨滑，谅他也不敢不留面子。谁料结果竟会是这样！关键是这个郑志斌。郑志斌呀郑志斌，你不要高兴得太早了！你有中央委员，我还有军区司令呢。看我怎样收拾你！他恨得咬牙切齿，一些手段便在脑际出现、酝酿……想着想着，肖礼觉得到底还是比郑志斌高出一头，和他争高下反倒显得自己低了。

"朱龙县绝对掌握在我肖礼手中！"他小声但坚定地说着，右手从下往上一挥，紧紧地攥成了拳，又有力地顿了一下，心里觉得胜算在握，也平静了许多。

大人之间的勾心斗角，丝毫未能影响孩子之间的亲密无间。天娇一来朱龙上学便和殿维是同班同学。两人一起上学，一起回家，一起做作业，一起玩游戏，关系十分亲密。在外人看来，这真是天生的一对，地造的一双。两家又门当户对，背地里早有人想撺掇这门婚事来讨好两位县太爷了。两个孩子虽然还没有过多地想过这事儿，但互有好感确是真的。天娇虽比殿维大一岁，但她扎两条小辫儿，个子又不高，看去还像个小姑娘；而殿维却人高马大，腰阔腿长，两眼一眨一眨的，看去倒像个大小伙子了。去年，县里搞全民皆兵大比武，朱龙中学的学生也集中搞夜间拉练，晚上男女生两人一组轮流站岗放哨。天娇总要和殿维在一起，说和别人在一起她夜里害怕。她们两人在一起，站岗放哨的事大都是殿维一个人干。到后半夜冷风袭来，树叶沙沙作响，天娇又冷又怕，带着她爸的黄军大衣，非要和殿维裹着躺在一起。天娇本来傲气十足，但对殿维却是十分敬慕的。

开学典礼上肖礼大发雷霆后，回到家问她郑殿维这小子到底如何，天娇毫不隐讳地说：

"人家殿维就是比我强，你不服气我服气！"说得肖礼无言以对。

郑志斌回家告诫儿子说：

"这下你是宣扬出去了，以后可要提防那个肖天娇啊！"

殿维胸有成竹地说：

"有什么好提防的，天娇的心，我最清楚！"说得郑志斌夫妇哑口无言。

天娇和殿维亲密依旧，好像什么事也没发生过一样，但闻清直和郝文正却坐不住了。郝文正虽也觉得无颜见肖书记，但还可以往闻清直身上推；闻清直却只能自认晦气，吃不了兜着走。他本来是十分精明的人，对书记和县长之间的关系非常清楚。他和大县官的夫人沾一点拐弯亲，和二县官又是高中时的同学，好多事情他都处理得恰到好处，八面玲珑。可这次却没料到马失前蹄，会弄成这样！这事又无法和任何人商量，只能回到家里，一个人彻夜不眠、翻来覆去地想：事已至此，现在只能亡羊补牢，想办法弥补了。可到底该怎么弥补呢？……二县官那里，别看他表面发火，内心还是很惬意的，暂时还无须太过接近。当前至关紧要的是要安顿好大县官……看来先得登门去给大县官赔不是，说明原委。再者……，还得赶紧堵住祝岳馨的嘴，不能让他随意乱说……还得让他做一做郑殿维和肖天娇的工作。只要两个孩子之间没事，大人的气就会慢慢消下去的……是不是给肖天娇安排个团支部书记，让郑殿维当班长，这不又父子相平了吗？……

想着想着，他似乎睡着了，但又好像还醒着。——突然听得有人敲门：

是谁半夜三更来敲门？难道大县官会半夜找上门来？………

第四章　畅游夏瀛海

敲门的是祝昱馨，这时已经是第二天上午八点多了。

按原定计划，今天开始形势教育。要带领学生去参观夏瀛海跃进大堤，让他们亲眼目睹国家建设的伟大成就，出发前校长还要亲自给学生作动员。因此，一吃完早饭，祝老师就跑去请示，今天新生的活动具体如何安排。

闻清直从昏昏沉沉中醒来，匆匆忙忙穿好衣服，把祝老师让进里屋。拉住他的手，严肃而诡秘地说：

"祝老师，以后可得注意，不能随便乱说。"接着，又放低声音说，"昨天的事你也看到了，我也很难处呀。你是我留下来的，可不能胳膊往外扭呀！"

"闻校长，我知道。昨天是我不对，嘴上缺了把门的。您说怎办，我听您的。"祝老师诚恳地说。

"对外，什么话也不要讲……注意关照好那两个孩子……"闻清直越发放低了声音，几乎是对着祝昱馨的耳朵说。

"我明白了。……那今天的形势教育……"祝老师赶紧把话转到正题。闻清直一下子提高了嗓门说：

"形势教育很重要，一定要搞好！"

"那您……"祝老师估计校长要亲自去作动员了。

"嗯……我还有事……学校就不统一安排了。就由你带领他们去吧，出发前要好好给学生讲一讲。"

从校长家里出来，祝昱馨回味着闻清直的话，不由得笑了起来：

"你自己不小心钻进了风箱里，却要我小心翼翼地拽好拉杆，既不能吹出风去，又不能让你憋气，难哪！"又想着今天的形势教育，"有什么好讲的，不就是去游夏瀛海嘛。"

这样想着，顺脚就走到了学生宿舍。见同学们有的在整理床铺，有的在看书，有的在闲聊。就说：

"今天是星期日，没别的事，我带你们去游夏瀛海吧。"

同学们一听，都很高兴，三个宿舍一通知，全班马上就集合齐了。祝老师"动员"说：

"你们记住了，今天这可是'形势教育'！——特别是当学校有人问你们的时候，一定不要忘记。当然了，对这'形势教育'各人有各人的理解。古人云：'仁者乐山，智者乐水'，今天大家一定要细心琢磨朱龙的'山形水势'，从中受到'教育'，得到启迪。这就是我对'形势教育'的理解。你们每一个人都要好好想想，自己是仁者，还是智者？好！立即出发。从学校后门出去，一翻山就是，走这条路近得多！"

祝老师既是领队，又是导游。他们沿小溪蜿蜒而上，出了学校后门，从荆棘中攀援过去，不一会儿就从后山门进了复圣祠。

说是复圣祠，可现在实际上已成了仁里初中了。整个祠堂面南而建，三进院落，一个比一个大。最后面是孔夫子祠，正殿七间，已经破败不堪。正中悬挂的"万世师表"巨匾尘封土积，中门上了锁。从门缝和窗棂往里看，塑像全无，只是两面墙上还有些残缺不全、模糊不清的壁画。这大殿平时不开，只在开大会时用。两边东西廊房都做了教室，今天是星期日，学校不上课，也上着锁。中院是复圣祠，是祭祀孔子的弟子颜回的。格局和夫子祠一样，只是小一些，正殿五间，也一样的破败不堪。正中挂的"千秋学范"的大匾，已掉了一个角。中门也锁着，做上大课时的教室。两边东西廊房也做了教室，没什么看头。唯一吸引人的是正殿前有一眼泉，水从泉底汩汩地往上冒，翻卷成喇叭形的大水花，比一般公园里的人造喷泉壮观多了。泉眼四周砌成一个六角梅花形的水潭，中间立着一块石碑，上书"西乳泉"三个大字。从水潭向北引出一小股，沿石渠流向双乳山北麓，形成校园内的飞瀑和小溪；向南引出一大股，沿石渠向南流去，水势相当大，翻着浪花，哗哗作响。前院是颜家祠堂，正殿三间，匾上写着"颜氏宗祠"四个字，门也锁着。从门缝里看去，里面堆满了各种泥胎塑像，后墙上还依稀可见画着的先人牌位，前面还摆放着一些供桌祭器之类，上面满是尘土，屋内蛛网与尘缕交织，看样子无人来祭祀。

看到这里，祝老师忽然想起：颜冠仁不就是这仁里中学毕业、仁里村颜氏的后代吗？

"颜冠仁！颜冠仁！"祝老师连叫了两声。

"到！祝老师，有什么事？"颜冠仁快步来到祝老师跟前。

"给同学们讲讲仁里颜氏的事吧。"

"听村里老人们说，相传在秦始皇焚书坑儒的时候，孔子弟子们的后裔首当其冲，纷纷隐姓埋名，四处逃难。其中有一人是颜渊的后代，便取颜、闫谐音，渊、海谐义，化名闫海，逃到这荒无人烟的夏瀛海一带定居下来，以后就发展成今天的仁里村。到汉武帝时罢黜百家，独尊儒术，遍访孔门及其弟子后裔，仁里闫氏才恢复颜姓。后来，先祖颜子被尊为复圣，当地官府奉旨在这西乳山顶修建了复圣祠，供人们祭拜，一直香火不绝。新国家建立后，就不让再祭祀了。那年一跃进就把它变成仁里初中了。"

"哈哈哈哈……"颜冠仁本无心说笑，可这末了的一句话却引得大家发出一阵不知是可喜可笑还是可悲可叹的哈哈笑声。

想象中的复圣祠是那样的雄伟、壮观，没想到却是如此的破败、荒凉，没一点看头，同学们游兴大减。

"走吧。"祝老师说一声，大家懒洋洋地走出了山门。

一出复圣祠，大家立刻被夏瀛海那壮美的风光吸引住了。同学们都没见过大海，想来大海也不过如此罢了。只是大海波涛汹涌，浊浪排空，海天一色；眼前这海却水平如镜，波光粼粼，山水相连，在秋阳的辉映下，真可谓是红云与翠鸟齐飞，绿水共长天一色，好看极了！

"名扬天下的西湖绝没有如此烟波浩渺，不然，它怎么叫湖，咱这叫海呢？"同学们啧啧赞叹着，放眼远眺。

整个夏瀛海真像一匹要腾空而起的骏马。西北方向，清水河像跃起的前腿，伸向远方；北面，朱龙山伸入海中，海面变窄，使前方海面恰似马首仰起；南面，双乳山一带，海面宽阔，正像马的后身向上跃起；东南方向，浊水河如同骏马壮实的后腿，蹬向远处。三条大堤像三条小龙窜入海中，在珠山相会，一起攀上大云寺宝塔的尖顶，自然地把海面分成面积不等、深浅不一的三部分。西海翠绿，与清水河的碧波，覆华山的草坡，配合得十分协调。东海湛蓝，水天一色，渔舟点点，飞鸟翩翩，另是一番景象。中海墨青，形似圆盘，托起双乳飞瀑在日光照射下的五彩水帘和溅起的雪白水花，蔚为壮观。

"看，那就是我们柳下村。"身材魁梧的柳士威指着对面，大家都把目光移向南方。但见，覆华山苍苍茫茫，从西南方向逶迤而来；海对面半山腰处一座庙宇，历历可见；山脚下有一处村落，村前一株大柳树依稀可辨。

"柳士威，能看见你家吗？"祝老师拍着他的肩膀问。

"我家就住在那株大柳树旁边。"柳士威手指着对面说。

"那座庙是什么庙？"不知谁问了一声。

"闯王庙，听说不少人都祭拜他呢。"柳士威顺口回答。

"你也一定祭拜过吧。我早猜出你是山大王的后代，应该姓李，怎么姓起柳来呢？"郑殿维眨着他的三菱眼取笑说。

"我早看出你是帝国主义的狼狗日的，应该姓'外'（'歪'），怎么姓起'郑'（'正'）来呢？"柳士威瞅着郑殿维的大鼻子针锋相对。

"怎么？又想打架！你小子听着，上次的事还没完呢！"郑殿维气得变了脸，准备奋起反击。同学们都领教过他俩的厉害，谁也不敢上前劝阻。一场恶斗眼看又不可避免了。

祝老师赶紧跑过来制止，但还未等他开口，有人说话了：

"哥，又要和人打架？前天打得还没过了瘾，是不是？爹走时是怎么吩咐的，全忘了？"柳亚心边说边揪了揪哥哥的衣角，士威愤愤地不再说话了。

她又向殿维笑笑，轻轻吐出一句：

"都是同学，何必呢？"殿维瞅了瞅这女孩儿也不吱声了。

不动容，不发火，一颦一笑，一两句话，就平息了两个大个子的争吵，化干戈为玉帛，祝老师不由得把目光投向这位女孩儿：她个儿不算高，但身材却很匀称秀美，像正在拔节的竹笋，还处在快速地成长中；脸不是很白嫩，但丝毫不显粗黑，白里透红，像含苞欲放的莲花，越发显得富有朝气。鸭蛋形的脸，配上两条长长的辫子，一张圆圆的小嘴；秋水似的眼，配上好看的双眼皮，长长的睫毛；尽管她的穿着有点寒伧，也不太合身，可丝毫也不减她的美丽与妩媚。但一眼就看出她又绝不是那种柔弱女子，那一双稍稍上挑的杏子眼和那两道倒立着的柳叶眉上明显地透露出一种坚韧、刚毅的神采。

"你家就住在夏瀛海边，一定听说过不少有关夏瀛海的传说吧。是不是给大家讲讲？"祝老师有意试试她的学识和口才。

"祝老师，有关夏瀛海的传说，我从小倒是听了不少，可就怕讲不好。"

"没什么，你就随便给大家讲讲吧。"

"快讲讲吧。我们都想听。"同学们都有点迫不及待了。

"好吧，那我就讲讲。传说在秦朝末年，关中战乱不断，民不聊生。难民们纷纷渡过黄河，往北地谋生。有一群难民扶老携幼，乘船渡河。不料船到中心被大浪打翻，都掉入滚滚波涛中葬身鱼腹。里面有三个年轻人由于水性好、身体壮，才得脱生游上岸来。上岸后，三人面对滚滚黄河水，仰天长叹，悲喜交加，抱在一处。便撮土为香，滴血盟誓，结为生死之交，相伴往北地走。一日行至一处，见绿波荡漾，水天相接，三山环抱，林木森森，只听猿啼鸟叫，不闻鸡鸣狗吠。便留下来，相约各占一山，开荒种田，在此定居。其中一人就是刚才颜冠仁讲到的他家始祖当时化名闫海的孔子大弟子颜回的后裔，住到了双乳山，后来取名仁里村。另两人一个姓郑名瀛，住到了朱龙山，后来取名朱龙村；一个姓柳名夏，住到了覆华山，后来取名柳下村。这三个人也就把这片水各取他们姓名中的一个字，命名为夏瀛海。"讲到这里，亚心停了下来：

"祝老师，这都是我从小听来的传说，不知道是不是真的？我总觉得这里面还有不少疑问，您能不能给我解答解答？"亚心把自己积了多时的问题提了出来。

"你讲的这些，我在县志上也看到过，肯定是有一定的历史事实根据的。"祝老师不由得对这位女生刮目相看了。一个刚上高中的学生历史知识竟如此丰富，语言功底竟如此深厚，讲得又如此流利、生动，富有感情，还能质疑问难，提出一般人提不出的问题，真不简单！他倍感振奋，像上课一样给同学们讲开了：

"据县志上说，三人虽是生死之交，互相救助，但对本人出身，却都讳莫如深，只字不提，性格情趣、行为举止也大相径庭。闫海以孔子为神，供孔子牌位；郑瀛以龙为神，供祖龙牌位；柳夏在村口植一柳树，以柳为神，供神柳牌位。这是为什么呢？县志上却没有具体说明。只写到在汉武帝罢黜百家、独尊儒术时，仁里村闫氏改回颜姓。皇帝下圣旨修建复圣祠，对颜氏后裔大加褒奖。仁里颜氏声名大震，成为当地望族。但不知为何自那以后，历朝历代，三个村子经常发生争斗。县志有记载的就有七八十次，最厉害的一次竟打死上百人。后到清朝末年，京师掀起了倒孔运动，郑氏后裔在京师上大学，回乡在朱龙带头提倡'打倒孔家店'，率领村人捣毁了仁里孔庙，仁里颜家开始衰落，朱龙郑家声名越来越大。但三个村子的争斗仍未停止，可他们之间的争斗究竟为了什么，连这三个村子的老百姓也糊里糊涂。直到新国家建立后，破除封建宗法制度，教育人们不要以姓氏划线，而要以阶级划线，同姓并非一家人，异姓许是亲弟兄，三个村子的争斗才渐渐消减。从历史学的角度看来，这里边必有很多我们至今无法解开的谜团。柳亚心，你如果在这方面有兴趣，将来可以报考历史系，到大学再深入研究。不过，现在按这些传说论起来，你们兄妹和殿维、冠仁三家的老祖宗是共患难的生死之交啊！柳士威，郑殿维，你们现在是同班同学了，可不要动不动就吵嘴打架，一定要团结互助，将来才能成为国家的栋梁之材呀！"听了祝老师满怀深情的一席话，大家都若有所思，一时竟沉默起来。

"同学们请往东看，那就是东乳山吕祖观。"还是祝老师打破了沉默，边说边把手指向东面。相隔不远，那又是一座乳头状的小山，与这座山简直一模一样，两面的山门也正对。大家便沿着碎石路像蚂蚁爬锅底似的，从两山之间的凹处来到了吕祖观前。

走进山门一看，也很荒凉、破败。院内砖铺的地面到处是坑坑洼洼，大殿的门窗都破破烂烂，殿顶上瓦也打碎了许多，长着老高的茅草。但院内收拾打扫得还挺整洁，两株古松苍劲挺拔，枝繁叶茂。

一位道长迎了出来。看上去有六十岁光景，但仍步履矫健，像受过专门训练似的，还隐约显露出一种军人的风姿，似与道士的身分不太相宜。听说是一班中学生来游览，很高兴，主动领着大家观瞻。

这吕祖观虽与复圣祠遥遥相对，但格局却大不一样。复圣祠想是修建时动了大工程，尽可能把山头铲平，院落比较宽阔，三进院的坡度不算太大。而吕祖观却完全是依山势而建，院落比较狭窄，但一个比一个高出许多。第一个院落正殿三间，是三清殿，里面塑像还在，正中是玉清原始天尊，左边是上清灵宝天尊，右边是太清道德天尊，道德天尊就是我们常说的太上老君。东廊的偏殿两间，是紫微殿，供奉的是紫微大帝，两边是金童玉女。西廊的偏殿两间，是太乙殿，供奉的是太乙真君，两边是天丁力士。道长一边指着，一边讲着，如数家珍；同学们一边听着，一边看着，饶有兴味。

从正殿后面登九级石阶，进入第二个院落。院中与复圣祠一样，也有一眼泉，也砌有一个梅花形水潭，中间石碑上大书"东乳泉"三个字，南北各有石渠把水引出。这个院落比第一个大些，正殿五间，是纯阳殿，供奉八仙之一的吕洞宾。吕洞宾名嵒，字叫洞宾，号纯阳子，人们称他吕祖，所以这观叫吕祖观，也叫纯阳宫。道长依旧一边比划，一边讲解，特别那"嵒"字，怕同学们不会写，还特意说明是三口"品"字下面一个山峰的"山"字，并在空中用手一笔一笔写了一下，像教小学生似的。

"不就是祝老师名字中的那个'嵒'字吗？我们早认识了。"有的同学大声说。祝老师忙向道长解释，说明自己叫"嵒馨"，就是用的这个"嵒"字。道长笑着说：

"嵒馨，好名字啊！好像有一点道家气息。"

"真的吗？我倒没想到这一点。"祝老师也笑着，仔细地端详起吕洞宾的塑像来。塑像很高大，装束像个书生，面容和善而亲切，像正在劝人学道。两面墙上的壁画虽已模糊不清，但还可依稀辨认，画的都是关于吕洞宾出世学道和成仙讲道的故事。

"呀！还有三戏白牡丹的故事呢！"祝老师有些意外地叫起来，那道长也为之一震。同学们特别是那些女生都有些表情不自然，那一对孪生姊妹吕香香和吕蓓蓓更好像不知想到哪里去了，连脸色都变了。祝老师自知失言，不该在虔心修炼的道长和这些少男少女面前提起那样的风流韵事，显得有些尴尬，急急忙忙走出了殿堂。道长也紧走了几步到前面带路，从东北角的石阶登上去，引大家到了后面最高的观象台上。

这观象台是在原来一个烽火台的基础上加砌砖石扩建而成的，中间高高的石台上有一个观象仪，虽很破旧，但还算完整。四周砌起像城墙上女墙那样的垛口，有两三丈见方，全班都上去还不太显得拥挤。这真是个观景的好地方，比校园六角亭和复圣祠山门前更是不同。朝各个方向看都一览无余，四野的景象尽收眼底。

"当年吕祖云游至此，登上这观象台一望，不由得惊叹一声：好一个二龙戏珠，真是块风水宝地，五百年后必有王者兴！"道长用手指着，又继续讲：

"同学们，你们看！北面白玉山，南面覆华山，都莽莽苍苍像两条巨龙从天外飞腾而来，伸入夏瀛海，在那珠山相会，这不是二龙戏珠吗？哪里能有这样的好景致呢？"同学们正听得入神，那道长又把话题一转，"吕祖又忽地大叫一声：哎哟，不好！北面那条白龙被斩杀在夏瀛海边。你看那白玉山由远而来，快到海边蓦然被截断。朱龙者，诛龙也。那朱龙山不正是被斩断的龙首吗？吕祖说着，口中念念有词，把袍袖一摆，那朱龙城便像海市蜃楼般冉冉浮起在两山之间，把龙首与龙身连成一体。城池又正好跨在夏瀛海这匹骏马的马背上。骏马腾空，蛟龙入海，真是神奇极了"！同学们被道长那绘声绘色的讲述迷住，陶醉在对壮美山川和神奇传说的欣赏与赞叹之中。

"我家就在这条龙的脊梁上。"前天坐胶轮车来报到的那个男孩儿指着远处的白玉山说。

"钱步云，那你以后可要飞黄腾达了。"那女孩儿半开玩笑半认真地说。

"甄幽兰，你家不也在这龙脊上吗？"

"你家在高坡上，我家在凹地里，我怎么能和你比呢！"

"还不都在龙身上嘛。"

两人说着，没想到引来同学们异样注视的目光，甄幽兰不好意思地看着大家，低下头不说话了。

出了吕祖观，大家沿东乳溪西侧、两山的凹处往下走，溪水也从两山的山门外抛出，形成条条飞瀑。人夹在中间，水气如烟，水声如涛，水流如练，水色如虹，仿佛置身在水晶宫里。飞瀑有的几丈高，像仙女的彩绸；有的只几尺高，又像闺秀的丝巾。有的相当的宽，像铺展的竹帘；有的十分的窄，又像曳开的白绫。从上往下看，像天女散花；从下往上看，又像巨龙吐珠。最奇特的是到半山腰，两条溪水汇流一处，又从岩石上迸射出去，飞瀑顿时加宽，像是银河倾泻。在下面蓄成一个深潭，像蛟龙翻腾，声如雷鸣，对面石崖上的"双乳飞瀑"四个大字也好像在不住地晃动。同学们被这奇妙的景观吸引，流连忘返。周身又似被水花喷湿，顿感寒气袭人，不可久待。

再往下走，两边石壁上有不少文人墨客的题字、题诗，更把人引入高雅的艺术境界。不少同学拿出笔记本来记，便渐渐走的拉开了距离。那对孪生兄弟贾成名和贾效实走在最前面，见左边石壁上镌刻着一首诗，没有署名，写的是：

> 娲皇抟土始生人，
> 补天泻乳育万民。
> 妄称淑士珍膏肠，
> 谁人稍有恻隐心？

二人不解其意。这时，正好颜冠仁走了过来，他俩便问：

"颜冠仁，你看这首诗是什么意思？"

冠仁读了几遍，思考了一会儿，回答说：

"女娲抟土造人、炼石补天的故事，咱们都听过，相传这双乳山就是女娲的两个乳头变的，双乳山的溪水像乳汁一样养育了我们这一方的人民，前两句写的大概就是这些意思吧。这第三句不知道是什么意思，因而第四句，虽然字面上的意思还好理解，'恻隐'是同情的意思，但这一句显然是反问，是说人们没有一点同情心，这就让人费解了。还是问问祝老师吧。"

说着，祝老师和同学们都走过来了，他们便去请教。祝老师皱着眉头想了一会儿，开始说：

"关键是'妄称淑士珍膏肠'这一句。记不太清了，是《山海经》，还是《淮南子》上有过记载，有一位名人还据此写过一篇小说。说女娲炼石补天以后，人民恢复了正常生活，可她却心力交瘁，累死在荒野上。那交战的双方颛顼与共工两家都去哄抢她的尸体。有一个自称是颛顼的儿子的，率领人马在女娲的死尸上扎了寨，抢得了膏腴的肚皮，并称自己是女娲的嫡亲，打出了'女娲氏之肠'的旗号，建立了淑士国。写这首诗的人一定是看到双乳飞瀑，联想到这个故事，有感而发。我们是炎黄子孙，当然也是女娲的嫡亲，我们这一方人不是也抢得了女娲膏腴的双乳吗？女娲是中华民族共同的母亲，是她抟土造人，生育了我们；是她炼石补天，拯救了我们；是她用膏腴的身体和甘甜的乳汁，养育了我们。可我们有谁想过应该对她有所报答呢？不要说报答，对她死后尸体被肢解分割又有谁动过一星半点恻隐之心呢？‘娲皇抟土始生人，补天泻乳育万民。妄称淑士殄膏肠，谁人稍有恻隐心？’深刻哪！痛心哪！”祝老师越说越激动，大声地朗诵着诗句，发出无限感慨。

“妄称淑士殄膏肠，谁人稍有恻隐心？”同学们也高声朗诵起这催人泪下的诗句，整个山谷都激荡着巨大的回响。

“都过午了，快点走吧。”有人说了一句。大家便加快脚步下山。由于心境还萦绕在刚才的题诗上，很少说话，默默地不觉已沿着北堤走到了珠山脚下。

这珠山是一座海中小岛，原来岛上草木繁茂，建有一座云中寺，除此外无人居住。那年跃进，县太爷们一想向上头表功，二想为自己留名后世，便像苏东坡修苏堤、白居易修白堤那样，决定在夏瀛海修建跃进大堤，要求必须在一个冬春完工。云中寺便成了总指挥部所在地。砸毁了所有的佛像，把房子都腾出来做工程用房。天寒地冻之时，成千上万的民工还像蚂蚁一样紧张地劳作，人拉肩挑，把珠山的土石填进海里。山上的树木全被砍光，植被全遭破坏。三条堤从三面取土，珠山像一个原本就很小的馒头三面都被咬去一大口，百孔千疮，煞是难看。现在工程已完，总指挥部早已撤离，珠山又恢复了昔日的宁静。只留下了用过的破平车、烂箩筐、竹帘、草袋等，杂乱地堆在库房里，由原来云中寺的一位老和尚和仁里、柳下村派的两个工程中被打折了腿的残疾人看管着。原来上山石级路上的石条已早被挖走，山路崎岖不平，路旁到处是工程留下的垃圾、土堆、碎石，除了山顶上那座佛塔还显示着这里曾是佛门圣地之外，几乎看不出一点寺院的痕迹了。有几个不敢喝冷水的同学进去想讨杯热水喝，可真是应了那句“三个和尚没水喝”的古话，他们说除了吃饭的时候从来没有开水。大家便连山也没上，就从山边绕过去，顺西堤往朱龙山走去。

“善有善报，恶有恶报，把佛像砸了，不怕报应吗？”胡善行若有所思，自言自语地说。

“你真是个‘胡’‘行善’！没听说过‘天上没有玉皇，地下没有龙王，我就是玉皇，我就是龙王’这首大跃进诗歌吗？谁报应谁呀！”柳士威冲胡善行说着，把身子扭过去，顺手拾起一块石子，向山顶上的佛塔砸去。石子在半山腰“当”

的一声反弹起老高，又顺着山坡滚了下来。他连扔了三颗，看砸不到佛塔，只好作罢，匆匆赶上同学们的脚步。

一过正午，太阳便加快了速度，更快地往西滚去。同学们又饿又累，好不容易才捱到朱龙山脚下。

这朱龙山因紧靠县城，修大堤时不仅未受到破坏，还在紧靠大堤的山崖边修建了一座牌楼，油漆彩绘，名曰得胜门，以庆祝大堤的胜利建成。但牌楼两边朱龙村老百姓的土窑洞还照样是破门烂窗，没有因为修建大堤而有丝毫改变。穿过得胜门，沿山路往上走，半山腰处原来建有一座天主教堂，现在早改为朱龙小学了。与云中寺一样，除了那尖屋顶上的十字架外也看不出一点教堂的影子了。

"我家就住在这教堂下面，我天天看着那十字架，可就是不知道这教堂为什么要建成那种样子呢？"肖天娇仰望着十字架，像是自语，又像是问别人。

祝老师便给同学们从耶稣基督的诞生讲起，讲到他带着十二个弟子传教，犹大卖主求荣，耶稣在最后的晚餐后被捕，钉死在十字架上，最后耶稣复活，基督教传遍世界……

"哇，原来是这样！那今天您也是带着我们几十个弟子传教了？"

"我可不敢……今天咱们这是进行'形势教育'，忘了我出发时给你们讲的话了吗？"

"我们同学里头可不要出个犹大，把祝老师和大家都全给卖了啊！"

"哪会呢，我还盼着你们当中能出个国家主席呢。"

"那我们大家可就一齐沾光了……"

"一切皆有可能……"

同学们嘻嘻哈哈地边走边说笑调侃，以至忘了疲劳和饥饿，不觉已到了学校门口。

"今天大家游了一整天，太累了，回去就休息吧。明天开始阶级教育，上午八点准时整队到大礼堂听忆苦思甜报告。"祝老师安排后，大家便四散走开了。

第五章　无解的难题

　　按原定计划，星期一上午学校请了一位老长工做忆苦思甜报告。不知是事先没有给老人讲清楚，还是老人脑筋有问题，反正，有时把该苦的讲得带了甜味，有时又把该甜的加了一些苦涩。主持人想插句话点拨点拨，老人还固执地说："就是那样的嘛！"弄得大家哭笑不得，大大影响了教育效果。

　　中午是忆苦饭，吃高粱壳窝窝。为这顿饭也颇费了些脑筋。先说吃谷糠窝窝吧，有人说："这饭如今算好饭呢！"那么就照书上说的吃草根树皮吧，可现在草根树皮早被人挖光了，这么多人吃，到哪儿弄去？最后才决定吃高粱壳窝窝，虽说这饭如今也有不少人吃，但一般都要磨细了，咱们可以做得粗一点儿，不就显出苦来了吗？结果不少同学吃得好几天拉不下来，在床上疼得哭爹叫娘。苦是够苦了，但连课也不能上，又怎么思甜呢？原定的军训只好暂停，其他活动也都无法进行。放假休息吧，又无人敢负这个责任。

　　车到山前必有路，不知什么人想出个主意：改为让同学们自己写家史。贫下中农出身的写悲惨的苦难史，地主富农出身的写残酷的剥削史，以此作为阶级教育的一项重要内容。写的地点可以自由选择，教室、宿舍都行；一般一周写起，如情况不十分了解，也可推到下周完成。这样，一项重要的政治活动就等于是学生虽在学校却基本放假，可谓一举两得。

　　但这却给颜冠仁出了一道无法解答的难题。这位向来视解难题为乐事的学生，几天来却绞尽脑汁也无法作答。

　　宿舍早已熄灯了，但他却翻来覆去，怎么也睡不着，还在苦苦思索：自己的家史到底是悲惨的苦难呢，还是残酷的剥削呢？论成分，当然是该写残酷的剥削史；但论实际，又只能写悲惨的苦难史。他一会儿大睁着眼，看着那穿过室外柳梢印到后墙上的点点月影；一会儿又紧闭着眼，想着母亲给他讲过的桩桩往事，久久不能入眠。脑子里像过电影似的，镜头摇来摇去；又像两个人在争辩，迟迟没有结论。

他是复圣颜子的后裔，但那只是遥远的传说而已，与自家的现实似乎没有多少直接关系。但他还是为复圣后裔而自豪不已。对这位先祖真有"仰之弥高，钻之弥坚"之感。父母给他起名叫"冠仁"，他也把这个"仁"字作为自己的座右铭，时时、处处约束自己，力求做到"非礼勿视，非礼勿听，非礼勿言，非礼勿动"。他最敬佩的是那先祖颜子"一箪食，一瓢饮，在陋巷，人不堪其忧，回也不改其乐"。他幻想着，如果按先祖定成分，颜子总是贫农。出身在这样的家庭，能有这样的祖宗，该有多好啊！可为什么我有那么一个该死的爷爷呢？

镜头摇到了往昔塞外的古战场上。

北风怒吼，冰天雪地，旷野无人。一辆骡子拉的轿子车在雪地上咯吱咯吱地行进着。棉缎轿帘早已放下，轿子车内坐着四个人，都穿着羊皮大氅，把狐皮领子竖起来紧紧裹着脖子。两只手紧紧地套在衣袖里，不时伸到木炭火盆上烤一烤，又赶紧缩进去。四个人的腿交叉着靠在火盆边，把那穿着羊毛毡靴的脚尽量往火盆边靠，不时发出一股羊毛被烤焦的腥味。车夫在轿外也实在挺不住了，把老羊皮袄一裹，挤进了车里，任骡子自个儿向前走。车上的人都蜷缩着身子，屏住呼吸，不出声，好像出气说话都会把热量放走似的。只是时不时车夫吆喝一下牲口："驾！驾！"骡子就走得快一些。车上的人过一两袋烟工夫向车后面喊两声：

"珠子！珠子！"

"哦，我在。"原来车后面还有一个身材瘦小、穿着单薄的孩子，一路小跑着，跟定骡车……

这个被人叫做"珠子"的就是爷爷。那时曾祖父房无一间，地无一垅，当在雇农之列。他养活不了三个儿子，就在一个严寒的冬天，临近大年之际，托一位远房族人把十四岁的大儿子带到塞外去做工。爷爷跟着那辆骡车一路小跑，一个多月，行程几千里，才到了传说是唐僧取经时收孙悟空为徒的那座两界山边的一个小镇，被介绍到一家皮货铺里做杂工。干的是最脏最累的硝羊皮的活计。每天天不亮就起床，一直干到黑夜二三更天才收工。三年学徒期间只管饭，不挣钱。

镜头又摇到了一个除夕之夜。

店铺的门楼上一对大红灯笼高高挂起，大门两边的红油漆柱子上贴上了长长的金字春联，福字小灯笼像两条火龙似的从大门一直排到正厅。正厅上红烛高照，香烟缭绕，五绺长须的财神老爷容光焕发，"招财进宝"的塔楼上堆满了金银元宝，供桌上摆满了各种祭品：烤熟的整猪、整羊，整笼大的花糕、枣山，各种叫不来名堂的山珍海味……一切都已准备就绪，掌柜在进行最后的巡查，单等这"一夜连双岁，五更分二年"的午夜子时一到，便举行迎神大典。这时候，从一个墙角的阴暗处却隐约传来小伙计的抽泣声。掌柜一楞，赶紧近前盘问：

"过年是大喜的日子，谁会在这时候哭泣？"

爷爷慌忙跪下，止住抽噎，说：

"看到咱们这里红红火火过大年，想到我家里爹娘兄弟们穷得还不知道怎么捱过这年关呢，一时心酸，忍不住哭起来，求掌柜宽恕。"

掌柜明白了原委，同情地说："快起来，快起来，看你小小年纪，倒挺孝顺的。"回头吩咐跟班的说，"过年后从我名下提出两吊钱来，给克安（这是掌柜给爷爷起的'字'）家里寄去。"爷爷慌忙叩头谢恩。

不久，家里收到了寄的钱，欢喜不尽，又都纳闷：孩子刚出去不到一年，哪来的钱？

从那以后，掌柜很看重爷爷，有些出外跑腿的事常差爷爷去办。爷爷也更加勤勉，尽心竭力去办，很得掌柜器重。三年学徒期满，就当上了外柜，负责去各处置办皮货。五年头上就顶上了一厘的"生意"。家境开始宽裕起来。本村一户人家主动要把女儿许配给爷爷，家里父母作主就定亲了。

爷爷28岁那年，掌柜年老多病，向财主推荐让爷爷接替他。爷爷接手后，呕心沥血地日夜操劳，又进一步扩大经营，新开了几处分店，生意更加兴隆。几年后家中二老相继去世，爷爷就将女人接去，把一应家务杂事推开，一心想大展宏图……

月亮越升越高，宿舍里好像也有些亮堂了。冠仁睁开眼看看，翻了一下身，一闭眼，又一个镜头出现在脑际：

一场瘟疫横扫了整个小镇。病魔肆虐，哀鸿遍野，城门白天也紧闭着，里外隔绝，禁止通行，店铺都关门停业。皮货店乱成一锅粥，号哭声嘶心裂肺；死去的人需要入殓发丧，却无人手；重病患者的呻吟夹着发高烧时的胡话，简直把人的脑子都要炸裂了。爷爷拖着带病的身子顾了店里，顾不了家里，女人和刚出世不久的孩子无人照料，相继离他而去。爷爷死里逃生，但已成孤身一人，呆呆地望着破败的店铺，连眼泪也没有了。多年相交的一些朋友，也都死的死，亡的亡，留下的也都似乎改变了模样，几乎认不得了。更可气的是有人竟乘机敲诈勒索，甚至趁火打劫，落井下石。爷爷心灰意冷，想到还是田园生活，恬静闲适，便变卖了全部家产回到家乡。

爷爷虽然多年在外，但经常给家里寄钱，又想方设法周济村上的人，所以在村里声望极好。邻村一户有钱的人家看爷爷孤身一人，托人说合，情愿让三女儿续弦。爷爷觉得自己已三十多，人家却只十八九，委屈了她。可她却说只要爷爷不嫌弃，再怎也情愿。成亲后，得丈人家资助，买下一个大户人家废弃的院落。爷爷奶奶没明没夜地苦干，几年以后，不仅把宅院整修得全村数一数二的齐整，而且还清了全部外债，还置买了二十多亩地，自耕自种，日子过得有滋有味，和和美美。

到父亲十几岁时，家里已有土地八十多亩，自家人耕种不过来，只好雇工耕种。可到春种秋收之时，爷爷总说"春忙秋忙，绣女下床"，还是要带着奶奶和父亲去帮着干活。雇工们多会儿收工，他们也多会儿收工。

那时，父亲已在上高小，想一直读书成就功名。爷爷说，咱们是穷人家，不图什么功名，还是早些学点本事为好。便以他十四岁出外谋生为例，将十五岁高小还没毕业的儿子打发到塞外的一个边远小城去"住地方"。为祈盼孩子离家远去一生平安，临走时给父亲起了个字叫"远平"。和爷爷一样，父亲在五年头上也顶上了一厘的"生意"，这才第一次回家。连定亲带成婚，只住了一个月，就赶往店里，决心要长期干下去，干出一番事业来，实现爷爷未了的心愿。但那时已是兵荒马乱，交战双方在那个小城展开拉锯战，他们的店铺成了败方出气的对象，屡屡被抢。又被胜方诬为"敌方内探"，店铺被查封，货物全部充公，财主和掌柜都被抓进衙门。父亲也险些被抓，连铺盖行李都撂到店里，空身一人逃难回家。

战火不断蔓延，都喊着在为百姓而战，百姓却被搅得无一刻安宁。连年遭灾，反而税赋日增，家里渐渐入不敷出，只好忍痛卖地。地越少生活自然越困难。到我出生时，家境已大不如前，只有二三十亩地了，早已辞退了雇工，自家耕种。

后墙上的月影由斑驳而灰暗，以至没有，宿舍里一下子暗了许多。

这些都是奶奶和母亲讲的，她们站在地主阶级的立场上，当然要说爷爷的好话了。可前几天做报告的那位苦大仇深的老贫农怎么也说了他东家那么多好话呢？人性除了阶级性之外，究竟还有没有别的什么东西？真是太深奥了，得慢慢去探索。可眼下这家史怎么写呀？

地主都是贪得无厌的守财奴，爷爷为什么不供父亲上学而要置房买地呢？要不，父亲肯定会接受马克思主义真理，去参加革命的，自己不成了革命后代吗？许多伟大的无产阶级革命家不就是这样吗？爷爷真是该死！

爷爷是地主，残酷剥削贫下中农是无疑的了。他送父亲"住地方"，也一定是去残酷剥削人的。但有一本阶级斗争教育读物上说那正式名称叫"店员"，属于工人阶级。一个老地主送儿子去当工人阶级，真是莫名其妙！可那时在朱龙这是很普遍的现象，这又是怎么回事？

颜冠仁脑子里乱哄哄的，搅成一团乱麻，头开始疼了起来。"夜深了，快睡吧，不要再想了。"他在心里数着一、二、三、四……强制自己的脑际变成一片空白。可是不由自主地，那一片空白的屏幕上却又隐约呈现出一个老人血肉模糊的脸来……

好不容易盼得战火平息。不管谁家夺得天下，终归要休养生息，发展生产的吧。可万万没有想到，反而祸不单行，惨事一桩接着一桩。

一场"革命"开始了。良田千顷的地主理应把土地分给地无一垅的农民。可只有二十多亩地、低于全村人均亩数的人家，怎么也是地主呢？这土地又是怎么个"改革"法呢？谁叫你家有一个偌大的宅院呢？房主不就是地主吗？

于是便将爷爷抓去，三个月音讯全无。说是审清财产，便可放回。奶奶说咱家财产就那么几亩地，几间房，都是明摆着的，还用审？哪怕都拿去，只要能把人放回来就谢天谢地。可是爷爷这一去却再也没有回来。直到今天也不知道遗骸在哪儿。后来只隐约听说，先被解到覆华山后的石足洞里严刑拷打，后又拉到山坡上高粱茬地里脱光衣服套上骡子拉着磨，到全身血肉模糊、无法辨认时就扔下山崖。连当时在场的人也都觉得惨不忍睹……

月亮早下去了，宿舍里越来越黑。冠仁觉得头昏脑胀。他眯缝着眼，仰面躺着：

地主是不是都像小说上写的周扒皮、黄世仁那样的呢？爷爷，印象很淡薄；但从奶奶、父亲、母亲身上，似乎一点也看不出周扒皮、黄世仁的影子。是地主阶级的立场蒙蔽了自己的眼睛吗？可有一位被称为"地主阶级的逆子贰臣"、"中国的第一等圣人"的"伟大的文学家思想家革命家"（这可是伟大领袖说的啊！），在他的笔下，好像他的爷爷、父亲、母亲也不是和周扒皮、黄世仁一样，他似乎也对他们充满了亲情，并不觉得该千刀万剐。可又为什么要把那些被定为"地主"的人一股脑儿从我们生活的这个世界上铲除掉呢？爷爷真的该死吗？

黑暗中天花板好像幻化成了阎罗宝殿，一群青面獠牙的鬼怪在上面晃动，冠仁顿觉阴森可怕，不提防那最惨的一幕又在脑际浮现了……

六岁那年，一天晚上，与父亲原在小城店铺里一起做过事的一位朋友突然来访。说是路过，顺便看看，住了一夜，第二天就匆匆告辞走了。过了不到半月，听说那人被抓，是反革命。父母亲大为震惊，只说是要好的朋友，却不知他在干啥。正在嗟叹，突然闯进一伙人来，说父亲是那人同伙，也要抓走。在监狱里，父亲被施以各种酷刑，逼他招供。他铆眼不知榫头的事，有何供可招？结果十几天过后便传来消息，说已经判过，要押上刑场枪决。奶奶和母亲两个女人家叫天天不应，叫地地不灵，除了烧香祷告，再无其他办法可想。

行刑那天，母亲很想带我们去刑场，能最后看上一眼父亲，听他还有什么最后的交待和嘱咐。可奶奶已病得不省人事、奄奄一息，跟前不能没有人；又怕吓坏只有几岁的我，不敢让我去；不得已只好让十几岁的姐姐先到刑场打探消息，嘱咐会一散就赶紧回来叫她。

可我还是趁母亲照料奶奶不注意时跑了出去。

天阴沉沉的，风正刮得紧。村前的空地上，用刚锯倒的碗口粗的整株小树临时搭起一个台子。台前作柱子的两株小树青皮被刮掉，露出瘆人的白茬，上面贴着白纸黑字的标语，被风吹得七零八落，发出哗啦哗啦的悲声，完全是一副发丧的样子。台上靠后摆着一溜桌子，桌子后面坐着一排人。台前两面柱子边五花大绑捆得有二十几个人，都插着高高的亡命牌，各由两个人押着。有的头扬得高高的，不时被押着的人强按下去，又立刻扬起来；有的头低着，只是偶尔把头抬起来，向场下环视一下，也很快被押着的人强按下去。

我费力地从那里面搜索着父亲，第一个、第二个、第……左边……右边……我终于看到了：

父亲在右边第四位上。父亲属于低着头、只是偶然抬头环视场下的那种——他一定是想看看下面有没有自己的妻儿——可被那押着的人狠心地按下去了。我目不转睛地看定父亲，等他再一次环视场下时，我用尽浑身的力气大声地喊：

"大大！大大！"

可是我离得太远了，我的声音太小了，场上的人太多了，声音太嘈杂了，父亲根本不可能听见，也根本不可能看到我，反而引得周围的人把乜斜的眼光瞅向我。我不敢再喊了，只是当父亲环视场下时，尽量把眼睛睁大一点，想把父亲看得清楚一点。

过了一会儿，好像是要正式开会了。先上去一个人，在台子靠前正中的地方站下，声嘶力竭地喊了一通，因为离得远，什么也听不清。喊完后，就跑到两边被绑着的人跟前，脱下鞋来用鞋底抽打，到没劲了，或不想再打了，就下去了。

接着又上去一个，喊一通，打一顿。再上去一个，又喊一通，打一顿……

风刮得更紧了，连台上的柱子都在摇晃，发出咯吱咯吱的响声，像要倒塌下来。那些被绑着的人都由两个人押着，推下台来，被强扭着穿过人群往前跑。

我时时盯着父亲，父亲也在时时环视四周，父子俩的视线终于相遇了！相遇了！在这一刹那，我看见父亲眼睛忽然亮了，干裂的嘴唇稍微动了动，头向我点了点。我似乎懂了父亲的意思，眼泪夺眶而出，没命地叫着：

"大大！大大！"

可我也似乎没有全懂父亲的意思，我呆住了，竟一句话也没对父亲说。就在这一瞬间，父亲早被推扭着过去了。我真后悔为什么没有多看父亲几眼，为什么没有和父亲哪怕只说上一句话！

绑着的人都一个个被推出去了，人群呼啦一下子跟着涌了出去。我也被裹挟着往前走，但幼小的身躯无法跟上那奔涌的人流，渐渐落后了。待到连续几十声枪响过以后，人潮逐渐后退松散，我才逆潮而上，从人缝中挤上前去。我看见姐姐在前面没命地跑着，我也没命地跟着跑。我们都完全失去了理智，早忘了该先回去叫母亲。

绑着的人横七竖八地躺倒了，多少男男女女、老老少少在血泊中辨认着自己的亲人，哭声盈野，哀恸动天。我和姐姐差不多在同时认出了父亲，父亲仰身躺着，两眼圆睁，脑浆顺左颊流下，挡住了半个脸。姐姐大叫一声，两眼发直，口吐白沫，趴到父亲身上起不来了。我只觉得天昏地转，也不由自主地栽倒在父亲的身边，就好像和往常一样，父亲抱着我甜甜地睡着了。

后来才知道，我昏迷了三天三夜才苏醒过来；姐姐却再也无法恢复理智，长时间的疯了；而奶奶就在那天晚上永远地离开了人世……

不知什么时候，泪水早已湿透了枕头，把被褥也洇湿了一大片。冠仁睁开眼，天花板上又出现了青面獠牙的鬼怪，但这会儿他却一点儿也不怕了，把眼瞪得大大的，从心底向他们发问：

"我的家史到底是残酷的剥削史，还是悲惨的苦难史？！是谁残酷？！是谁悲惨？！你们能回答得出吗？"

那些鬼怪一下子全不见了，只剩下漆黑的夜幕在一圈一圈地打转。

他把手放在自己的胸口上，扪心自问：

"颜冠仁，你能回答得出吗？"

从当前书本的现成字句中，从上边和学校的种种教育中，他完全可以作出回答，但好像那些都还无法使他折服。他是一个不盲从、爱思考的人。但他还小，知识还少，阅历还浅，他还无法弄明白，这究竟是怎么回事。

冥冥中的祖父、父亲能回答吗？……祝老师能回答吗？……苍天能回答吗？……古今中外的种种主义、思想、教义、经典能回答吗？

颜冠仁把平放着的手攥成了拳。他知道，现在他还没有地方可问，没有人可去请教；但并不等于这道无解的难题真的无解。他暗暗发誓：我一定要找到这个问题的答案，哪怕为此付出一切……

想着，想着，他睡着了——甚至起床的铃声都没能惊醒他。他稚嫩的心太累了，太累了……

第六章　情心初萌

　　好不容易盼到了星期六，又恰逢八月十五。虽说新国家不过旧节，可中秋节非同一般，是象征团圆的佳节，在中国人心目中份量很重。离家多日的新生们归心似箭，最后一节课的下课铃还没等敲完，就都匆匆回到宿舍，三下五除二，整理好要带的东西，呼朋唤友，相伴着往家奔去。

　　柳士威甩着他的空挎包走出宿舍，正要抄近道从老师们住的"忠恕斋"直穿过去，到那面女生宿舍叫妹妹亚心一起回家。猛地看见有几位老师正站在院门口围在一起聊天，他不好意思从老师们跟前走过，就从前院绕过去。到宿舍一推门，见只有肖天娇一个人在看一本画报，就问：

　　"我妹妹亚心哪去了？"

　　"早走了，她没找你去？"天娇抬头一看，抿嘴一笑。

　　士威一扭头，二话没说，就沿林荫道往上走，他想：还是从后门走吧，近得多。

　　亚心本来也是想从老师宿舍院直穿过去找她哥的，看见有老师也就不好意思直走过去，可她却是从后院绕过去的。没有碰着士威，却正好与刚走出宿舍的冠仁遇上了，就问：

　　"冠仁，见我哥了吗？"

　　"你哥不是找你去了吗？"冠仁边走边说。

　　"准是走两岔了，我到校门口等他吧。"

　　"好，我们一起去等。"

　　说着，两人便一起走过石拱桥，在校门外的石阶前停了下来。

　　这时，士威正走到后门边，见门上了锁，上面写着："此门不开，请走前门"八个字，有几个同学正要往下返了。他停了停，正要往回返，有几个高年级的同学上来了。他们二话没说，两脚往起一蹬，双手一抓墙沿，身子一耸，爬上了墙顶，再一跳，便翻过去了。士威看很容易过去，寻思：既然上来了，就从这里走吧。亚心一定是从前门走了，有冠仁相伴，也不会有事。再说他们肯定早走远了，再下去赶也挺费劲儿，还不如到珠山那里等他们呢。于是便也从墙上跳过去了。

"这可怎办，我哥肯定是从后门走了。"亚心等候多时，不见士威来，急着说。

"要不，你在这儿等，我上去找他。"冠仁一只脚踏上了台阶。

"算了，等你上去，他早翻过墙走远了。还是咱们一起走吧，反正路也不算太远。"

于是，两人便开步了。

今天回家的同学很多，街上熙熙攘攘，中秋佳节的气氛没有体现到商店里、柜台边，却体现在人们的面容和脚步上了。颜冠仁和柳亚心也夹在人群里快步地走着。一会儿他走前去了，她紧走几步赶上；一会儿她又走前去了，他也紧走几步赶上。

转过十字街口，街上车辆增多，行人都走到旁边的人行道上。同学们分道扬镳，冠仁和亚心开始并排走起来。他俩是五年的老同学了，但在这热闹的朱龙大街上单独并排着走在一起，还是第一次。都觉得有点拘束，总保持着一定的距离。像他们刚在一起上高小五年级时第一次并排坐在同一条凳子上那样。

柳下村村子小，只有初小，从上高小开始他俩就一起在仁里学校上学。那时班上同学大都年龄比较大，有的甚至已经结婚了。只有他俩最小，那年冠仁十一岁，亚心才十岁，还是两小无猜的孩童。亚心穿着碎花格子的粗布上衣，梳着两条小辫儿，由他爹领着第一次来到仁里学校。老师安排她和冠仁同坐在第一排，合用一张课桌，同坐一条凳子。两个孩童，一男一女，腼腼腆腆，怯生生的，一句话也不说，都坐在凳子的两端，离得老远。

冠仁清楚地记得：有一次，老师提问他，他站起来回答；亚心没有防备，凳子一翘老高，摔在地上，惹得同学们哄堂大笑。他很觉得过意不去，以后要站起来时，就先用小手指戳一戳，她则用小脚板踢一踢作为回答；亚心要站起来时，也先向他咴咴嘴，他则笑一笑表示明白。两人配合默契，再不会上演翘凳子的滑稽剧了。

亚心也清楚地记得：新课本发下来了。冠仁从家里拿来几张旧画纸，一声不吭，连她的也一起包上了书皮。课桌下面没有放书的屉子，冠仁又一声不吭，从家里拿来母亲纳鞋底用的细麻绳，一圈一圈缠绕在课桌下面的横梁上，再把高粱杆插编在麻绳中间，像家里蒸饭用的箅子，又光又平，既好看又好用，连她那边也一样。她见眼前这位小男孩儿如此心灵手巧，又乐于助人，便桃来李报。一次上课，冠仁忘了带铅笔，老师让做课堂作业时急得什么似的，她也一声不吭，把自己还没舍得用的另一支带橡皮的铅笔削好磨尖，悄悄递了过去。有一次，父亲给她带了些炒黄豆，她又一声不吭，用小手帕包了一包，悄悄地放在冠仁那面的课桌下面。

不知不觉中，他俩坐得靠近了……

这时，他们已出了南门，走上爬山的路。人渐渐少了，不知不觉中，他俩也走得靠近了……

"上山路费劲儿，把你的背包拿过来，我背上吧。"冠仁边说边用手托起亚心背上的背包。

"这包不重，还是我自己背着吧。"亚心则竭力想推开他的手。

"我是男的，有劲儿，还是让我背吧。"冠仁亦竭力坚持。

"这包里又没装着铁矿石……"亚心拗不过冠仁，摸着已背在冠仁背上的背包，眼眶里满是泪花。

"你怎么又……"冠仁也有点哽咽了。

"我……"

亚心不由得想起：他们上初一那年，全国大跃进，搞大炼钢铁，每逢星期六，学校都要组织学生去背铁矿石。中午饭后从学校出发，半夜时分才能走到县城东南方向覆华山姑姑岭的矿石场，背上铁矿石，第二天下午才能返到县城西北方向清水河畔新建的小高炉厂，放下铁矿石，到晚上星星满天时才能回到家。不少男同学都累得吐了血，有的甚至晕了过去，更不用说女生了。要不是冠仁和哥哥士威每次都帮她背，她简直怀疑自己能不能挺过来。特别是冠仁，他自己还身小力薄，有几次都吐了血，但却每次都坚持帮她背好长时间，让她任何时候想起来都感动莫名、心疼万分。

"上高中就这样！"不擅言辞的冠仁说了这么一句不知是赞叹还是伤感的话。

"初来乍到，人生地不熟，觉得挺别扭的，哪像咱们学校同学们在一起快活呢！"亚心说出了自己的感受。冠仁何尝没有同感呢？几天来经过的事使他的心好烦，真想和一个知心朋友好好聊聊。无意中他们走得更近了。

"冠仁，你学习那么好，假期里听咱们学校的老师传回的消息说，你考了全县第一，怎么开学典礼上成了第三了呢？那天会上你们上台时，听老师们在下面嘀嘀咕咕，好像是说那排名有问题呢。"冠仁的学习在仁里学校是有名的，从上小学一年级到初中毕业，一直是第一名。在亚心的心目中第一名非他莫属。

"按那天郑殿维自报的成绩，比我的竟低了30多分，这排名是可能有问题。可话又说回来，强中自有强中手，能人背后有能人，这个班是通过全县统考选出来的，肯定有比咱们强的。咱们没有必要把那个排名看得太重。那天就为这士威和郑殿维打了一架，我真担心他一进学校就背上个处分，多不值得！亚心，你得好好劝劝士威，千万不要使性子。大人们供咱们上学不容易，咱们可都得发愤努力啊！"

"我哥就是那个犟脾气，我时常提醒他就是了。至于我，怎么能和你比呢？只有加倍努力了。"亚心的成绩，在柳下村小学时老是第一，到了仁里学校后，每次考试总和冠仁差几分，只能屈居第二。她暗暗使劲，想赶上冠仁，却总是略逊一筹。冠仁却一点也没有自高自大、瞧不起人的样子，总是谦逊地说："考试是碰的，多几分少几分并不能说明谁就比谁强，谁就比谁差。"亚心越发从心底里佩服冠仁，爱慕之心油然而生。

路越走越窄，人越走越少。翻过朱龙山，走上西堤，就只剩他俩了。

堤下水平如镜，波光粼粼；堤上野花点点，姹紫嫣红。一对蝴蝶在花间翻飞嬉戏，忽上忽下，双双落在一株山丹丹花上，舒展着双翼。亚心跳着跑过去，掏出手帕，轻手轻脚地慢慢靠近。还未及把手帕张开，那对蝴蝶像互相递了眼色似地同时翩翩飞起，嬉戏着渐飞渐高，渐飞渐远，渐飞渐小，最后消失在水天之际了。可亚心还在呆呆地站在堤边望着，望着，她的眼前又出现了那令人永远心驰神往的情景。

那是初二时的事了。也是临近中秋和国庆的时候，学校组织学生排练文艺节目，选定一个采茶扑蝶的舞蹈。挑选七位女生扮演采茶姑娘，亚心是被挑中的最小的一个；挑选一位男生扮演翻飞的蝴蝶，当然非冠仁莫属了。舞蹈开始，姑娘们红袄绿裤，腰系彩绸，手捂花篮，脚踏花鞋，在一片葱绿的茶园的背景下，跳起采茶舞。并随着伴唱采茶歌：

> 百花开放好春光，
> 采茶姑娘满山岗。
> 采呀，采呀，啊！
> 采到东来采到西，
> 采到西，
> 采茶姑娘笑眯眯。

想到这里，亚心不由得哼起那悦耳动听的调子：

```
‖: 6 5 | 3̂5 6̂5 | 6. 5 6 | 6. i 5 | 3 6 5 2 | 3. 2 3 :‖

6. 5 6 | 3. 2 3 | 3 5 3 5 | 5 3 2 | 1̂ 6 1 2 - |

5 6 5 3 2 | 1 1 2 | 1 3 2 | 1 6 1 2 1 | 6 - |
```

"你又想起咱们一起跳采茶扑蝶舞了？"冠仁早站在她的背后，端详好久了。

"哎。你那舞跳得多好啊！"亚心想起，那时冠仁身披红绸，腰系缎带，手舞一根用彩纸裱糊出来的柔软的柳条，枝头扎着一个大花蝴蝶，跳的那段彩蝶翻飞舞，笑眯眯地说。

"那时咱们跳得多用心啊！"两人都沉浸在幸福的回忆之中：姑娘们放下花篮，每人手执一把彩扇，跳过一段扑蝶的群舞后，一个一个地与冠仁对舞。最后一个是亚心。"蝴蝶"向下敛翅滑翔，而又向上展翅飞起；"姑娘"向下扑捉未果，而又向上扬起彩扇。这时，两人的目光骤然相遇，秋波融融，含情脉脉，那份甜蜜的感受至今想起来仍令他们激动不已。

他俩手拉手欢快地走着，珠山宝塔的尖顶在夕阳的照耀下闪闪发光。他们的话越发多了起来。

"婶婶腰痛好些了吗？"亚心瞅着冠仁，关切地问。

"假期里又请一位老中医开了几服药，见点儿效，可就是除不了根。"冠仁忧心忡忡地说。

那是三年前修跃进大堤时的事了。冠仁的母亲和亚心的父亲都被派到工地上去，早出晚归，两头不见太阳，连午饭也是自家带上在珠山云中寺的大公共食堂里重蒸热一下凑合着吃。冠仁和亚心兄妹都在仁里上学，中午家里无人，也只好到工地上去。

一个北风呼啸、大雪纷飞的日子，中午放学后，他们三个孩子一路滑滑溜溜、跌跌碰碰来到大堤工地。堤上已经没什么人了，大食堂里人来人往，正在打饭。食堂外一堆一堆的人端着碗，就着雪花，在狼吞虎咽地吃着。他们找了半天，没找着亲人。用舌头舔舔干裂的嘴唇，咽口唾沫，润润苦涩的喉咙，向本村的人打问。人们都似乎不愿意回答，只用手指一指，示意去西堤那面去找。他们跑到那面一看：可不，有两个人还在风雪中艰难地推着平车运土。三个孩子一起跑了过去。冠仁娘一看见孩子就抱着他坐在地上哭起来了。亚心从小就怕父亲，站在一边呆呆地看着。还是士威胆子大些，问父亲说：

"爹，都收工了，怎么你们还在这儿运土？"

"那狗日的们不把人当人！"父亲气愤地指着那边说。冠仁娘看出眼前这位汉子是自家孩子同学的父亲，抹了一把眼泪，对冠仁说：

"全怨娘，连累了这位大哥。"这才止住哭，说出了事情的原委：

"今儿早上上工时，天黑沉沉的，风卷着雪，路上很滑，又看不清路，娘下坡时不小心摔了一跤，腰窝正撞到一块凸起的石头上，钻心般疼痛，可还是强忍着到了工地。挑了一会儿土，疼得更厉害了。后来实在忍不住了，就坐下用手揉了揉。这时一个监工的正好走到跟前，不问青红皂白，开口就大骂：

'地主婆还敢偷懒！'

娘赶忙站起来解释，那人却根本不听。提起手中的木棒一戳，娘一个趔趄，头朝后摔倒在地，疼得不由得'哎哟'叫了一声。

'倒会装蒜！'那人把娘揪起来，大吼着'我看你再叫疼不叫疼！'举起手中的木棒就要往下打。

这时，这位大哥恰好推土过来，从后面用手架住了。那人一扭头，就骂：

'你是什么人？敢护着地主婆！'

大哥说：'我叫柳忠，是八辈子的贫农！不信你去打问。这女人摔着了腰，坐下揉揉，就犯法了吗？地主婆也是人，你就能想怎就怎！'

那人自知理屈，恼羞成怒，反诬蔑说：

'她是寡妇，你是不是想弄回去做老婆？'

这下可惹火了这位大哥，抢起拳头就朝那人打去，三拳两脚就把他打倒在地，吓得夹着尾巴跑了。不一会儿，工头来了，围观的人七嘴八舌地把经过向工头讲了一通，工头裁定说：

'你这个地主婆，要好好劳动改造！监工的是不该随便打骂人，可你这个柳忠，既然是贫农，怎么能帮地主婆说话呢？反正你打人不对，你俩又误了工，罚你们中午加班运土十车。'

这位大哥还要争辩，众人都打劝说：'算了，反正以后还在人家手里。'这位大哥也就只好认了。"说到这里，母亲拍着冠仁的肩膀说：

"仁子，你看这事还不都是娘惹的！你替娘谢谢忠大伯！"

"忠大伯，俺娘多亏了您，叫您受累了。"冠仁说着深深地鞠了一躬。

"有什么好谢的！原来你们是同学哪！士威，还有五车，咱爷俩运吧。亚心，你同姊姊，还有这位同学，先去吃饭吧。"

"咱们仨一起运吧。亚心，你和俺娘先去。"冠仁说。

"也好。"忠大伯说。……

自那以后，两家大人也就熟惯了。亚心兄妹没有母亲，一些缝缝补补的事，远平婶婶就全包了。一看见他们兄妹衣服鞋袜哪里破了，中午就在工地上为他们补好。冠仁母亲用的铁锹断了把，或是箩筐破了底，忠大伯也主动帮助修好。

可恨那个监工到底还是寻了个由头，把忠大伯调到后山去开山炸石，干更苦更险的活，中午连亚心兄妹也无法照料了。他们便一起跟着远平婶婶在工地上吃。后来工程结束，中午便干脆在婶婶家吃了。远平婶婶像对待自己的亲生儿女一样对待他们兄妹，他们兄妹也把远平婶婶当成自己的亲生母亲。

"大伯还在开山炸石吗？年纪大了，可要注意安全。"冠仁用中指抹了抹眼角的泪水，关切地问起忠大伯来。

"还是开山，爹说干惯了，这能多挣点工分。"亚心望了望覆华山后父亲开山的方向，眼里含着泪花。

"大伯还老咳嗽吗？再看医生了吗？"

"还是那样，咳得太厉害了，吃两颗麻黄素，可那药太贵，据说还上瘾，哪能买得起啊。"

"倒也是啊，可再没钱也总得治病呀。"

"是啊。英子姐怎么样？好点吗？"亚心又把话题转到了冠仁家。

"唉，一言难尽。"冠仁无可奈何地说，不由得心酸起来。他本想把自己昨天夜里一夜没睡好，想了整夜的问题向亚心倾诉，但又一想，都还小，尤其是她，和自己处境不同，还不会更深刻地理解这些，就只简单地用几个字带过。

"我知道你心里很苦，你这两天的面容我早看出来了。你的家史我还不清楚？分明是悲惨的苦难啊！不要把学校说的那些太当回事，你家有你家的具体情况嘛。"

亚心的话像熨斗熨烫着冠仁褶皱的心。冠仁非常感激这位贫农出身的同学竟能体谅到他这个地主出身的人的苦处，和他想到一起。但他不会说什么感激的话，只是憨厚地说：

"你真是有心人，竟能看到我的内心！"

但在亚心听来，这话语虽不多，内涵却很丰富。觉得两人的感情深厚了许多，心也贴近了许多……

"亚心！冠仁！"是士威的声音。

"哥！""士威！"他们呼唤着跑到了一处。

"哥，你怎么走后门，叫人家好等。"

"哎，好过得很哪！像趟平地一样。只有新生才走前门，高年级的老生都是从后墙跳出来的。看！我早就到了。不是等你们，这会儿早在家坐着呢。"

"还是走前门保险，万一让学校发现，就麻烦了。"

"好，好。你俩是遵守纪律的好学生，以后听你们的。"

"明天下午依旧在这儿会面，谁也不能单独行动。"他们互相叮嘱着，士威、亚心往南，冠仁往北，顺着大堤回家了。

第七章　蚀月有泪

　　夕阳的最后一抹余辉从那棵大柳树顶抚摸过去，夜幕就要降临了。大柳树似与山峦相依，天穹相接，显得更加高大。

　　士威、亚心来到村边，正是社员们收工的时候。虽然人们天天从这棵大柳树边走过，但总有一种神秘的感觉。柳树本来是一种速朽树种，长得粗了，就会被虫蛀空，干枯叶败。这棵树长得特粗，村里人常常手拉手抱着玩，总得十二三个人才能合抱。但树干坚实如初，树皮坚硬如铁，主枝无一干枯。枝繁叶茂，遮天蔽日，像一把巨大的伞，遮荫了周围几十亩大的地方。村里最年长的老人也无法说出它到底何时长出，从他们记事起好像就是这么粗。更确切地说，从一辈一辈传下来的老话中，都说从来就是这么粗。它的树龄恐怕比柳下村的村龄还要长得多。因此，村民们都把它当作神树供奉。有许多关于它显灵的传说，说得活灵活现，不由人不信。

　　有一个故事说，明朝时大兴理学，朱龙县令想取悦朝廷，要用整木雕一座与真人一样大小的颜子圣像，选中了这株柳树的那根主枝。柳下村人死活不让砍，全村人围在四周舍身保护。但还是被县令派来的军士强行砍去，请能工巧匠雕成了颜子的圣像。开光那天，县令请了州、府，以至朝廷上的大员齐来观光，还特请翰林院大学士揭幕。谁知，一揭那块覆盖圣像的黄绸子，呈现在人们眼前的却是一个青面獠牙的强盗的雕像。结果，那县令被撤职查办，砍头示众；而那根主枝又完好地长到了大柳树上，依旧枝繁叶茂，郁郁葱葱。至今，柳下村人还常常指着这根主枝讲着这个故事。那根主枝长得也真怪，一面看去，像个慈眉善目的儒者；另一面看去，却像个青面獠牙的强盗。

　　不要说这树干、主枝，就是一根歧出的丫枝、一段裸露的虬根，甚至一个突出的树瘤、一处意外的伤疤都会有多个版本的传说、故事在柳下，甚至整个朱龙广泛流传。

　　当然，这些传说讲的都是很早以前的事了，带有明显的迷信色彩。可就是现在的一些事不知怎么也传得那么活灵活现。就说刚刚前几年修建跃进大堤时的事吧。盖得胜门需要大量木料，县太爷们早就盯上这棵大柳树了。现在谁还敢搞封建迷信，可真的要谁去砍这棵大柳树时，还都是推三阻四。最后，还是选派了几个觉悟最高的在党的人，他们说："云中寺的佛像我们都敢砸，一棵柳树算什么！"于是喊着"破除迷信"的口号，手持斧头来了。结果，斧头一下去就赤血四溅，溅得人满身满脸，吓得人魂飞魄散；更要命的是，溅到哪里哪里就烂，怎么也好不了。因此砍树这事只好作罢。

尽管医生反复解释说，那是由于树老了，树干里就会有毒水，但人们还是越说越玄，宁愿相信那是神柳显灵。即使现在不准搞迷信那一套了，但总还是有不少人在遇上急难之事时，半夜里悄悄地去烧香祷告，那树枝上挂的成千上万的红布条，便是明证。连最淘气的孩子也不敢爬上这株树去掏鸟蛋，那满树的鸟巢像丰收的果实挂满各个枝枝杈杈，形成一道独特的风景。黄昏时分，众鸟归巢，鸟声一片，像一曲雄壮的交响乐响彻云天。

大柳树西面，有一圈弧状的矮土墙，中间开了一个篱笆门，门虚掩着。这就是柳忠的宅院了。北面山崖上是两眼窑洞，开着一个小窗户，门上着锁。显然他还没有回来。

亚心掏出钥匙开了门。窑洞里灰锅冷灶，家徒四壁。她想先洒水扫地，一看靠在锅灶边的那口破水缸，回头对士威说：

"哥，先挑担水吧。"

"哎。"士威答应着，挑着水桶出去了。

她脱了鞋，把炕上乱七八糟的东西整理了一下，暂时不用的放进后墙上的那个方洞——算是衣柜——里。又拿起笤帚轻轻地把炕扫了一遍。这时，士威挑水回来了。她下地盛了一盆水，麻利地把锅灶洗刷了一遍，把那个靠炕沿放着的既没有门也没有油漆的破碗柜用湿布擦了擦，坑坑洼洼的地也洒水扫过。她伸了一下腰，环顾四周，看着像个家了。

对着墙上挂着的已经开了裂的鸡蛋型的破镜子，她理了理散乱的头发，镜子里映出少女标致的脸庞，她已然是个大姑娘了。

八月十五是她的生日。有人说，生在这一天，将来必大富大贵。按旧时的说法，女儿家生在这一天，日后会做皇后皇妃的。她如今已十六岁了，日后会如何，不得而知；可这十六年来却没有丝毫富贵的征兆，相反，用"多灾多难"来形容倒是一点也不为过。

也有人说，这是"贵人多磨难"。她是痦生，一生下来母亲就去世了，人家说这是"贵人克母"。她觉得自己不像是贵人，可真的是她把母亲克死了，她将为此抱愧终生。父亲肯定没有听说过"郑伯克段于鄢"的故事，要不怎么还会对女儿如此珍爱呢？听哥哥说，她生下来的时候，全身冰冷发紫，是父亲搂着她，用温热的身躯才把她暖了过来。三天后她才第一次哭出了声，宣布降临在这个世界。

她小时候正是战乱时期，覆华山一带打过好几场恶战，直打得血流成河，尸横遍野。尸体多得连埋都埋不过来，竟成了野狼的美味佳肴。后来发动全县各村村民全部出动，才总算入土为安。但野狼已嗜食成性，还是掘出来撕吃净尽。死尸吃完了，野狼也吃得红了眼，狼荒闹得人心惶惶，吓得人们都不敢出门。必须下地干活时，也要三五成群，各人在背上还得背上一扇烂窗子，以防野狼背后伤人。

她四岁那年，狼荒小了一些，人们的警惕性也放松了一些。一天，父亲带着她和哥哥去山坡上收庄稼。晌午时分，不提防一匹狼从背后窜过来，叼上她就跑。哥哥吓得大哭大叫。父亲一回头，见女儿被狼叼走了，一边大喊救人，一边提着镰刀就追。地里干活的人听见喊声，也都提着镰刀、铁锹等农具去追。一直翻过两道山崖，那野狼看四面全是人，又喊声一片，才吓得丢下她逃跑了。当人们跑上前去时，她全身血肉模糊，已是奄奄一息。众人把她抬回村里，请来医生诊治。那先生说，好在人们追赶得紧，那野狼来不及换口，要是一换口，就没救了。奄奄一息的她总算又从阎罗殿前被拽了回来，至今身上还留下块块伤疤。

经过这次惊吓，她的身体一直很虚弱，精神上也经不起任何大的刺激。可也正因为这个，父亲对她格外的亲，哥哥也处处让着她。这几年闹饥荒，父亲和哥哥两个大男人自己饿着，也尽量让她吃饱，所以她的身体反倒渐渐强壮起来了。

今年中考，她和哥哥都考上了朱龙高中，这是她长这么大遇到的第一件喜事，也许是吉祥开始显现的征兆吧。她想到自己长这么大，还从来没有好好过过一个中秋节。不知怎的，到这一天父亲总是忙得整天不回家，比平时回来得还迟。今年家里有了喜事，他们长大了，应该和父亲好好过个节，祝愿全家团团圆圆，平平安安。

这样想着，她从书包里取出自己饿了两顿饭节省下来的两个馒头。放在案板上，切成像月饼一样厚薄和大小的片片，又特意用刀小心地削得圆圆的。然后生着火，放在锅里烙着，不时小心地翻动。一会儿，几块黄里带棕、不软不硬、不是月饼又酷似月饼的东西做成了，满屋子都散发着诱人的清香。

"好香！哪儿来的月饼？"士威打扫完院子，回到屋里，大惑不解地问。

"是我省下的馒头，烙了烙。"

"我怎么就没想到也省一个拿回来呢。你也不对我说一声！"

"你本来就不够吃，还省什么呢？"

"那倒是。"士威口里这样说着，但心里总觉得像欠了家里什么似的，低下了头。

　　他是哥哥，比亚心大好几岁，但他知道亚心比他懂事得多。他从小淘气，动辄对人使拳头，像一匹不受管束的小马驹。常常生事惹祸，累父亲受气。但在妹妹面前他却总是服服贴贴。一则因为他对这个妹妹太过疼爱，二则她也确有使他折服的地方。她才思敏捷，聪慧过人。虽然身体羸弱，但性格坚强。

　　那一年年终，大队结算时，全村本来获得了粮食丰收，但一个工才算下一角七分钱。父亲整整干了一年，除下雨天外几乎没有误过一天工。可最后连三个人的口粮都领不回来，还欠下大队一百多元钱。数九寒天，晚上被扣在大队部的一个冷房子里，非得让还清欠债。实在还不起也得找下保人才准回家。而全村有赢余的只有三家，也只余一百多元，叫他们到哪里去找保人呢？他急得团团转，操起一把铁锹就去大队部和那些人拼命，把窗玻璃打了个稀巴烂。她却不动神色，拿了一把算盘，到大队部要看看会计的账。去了，把算盘珠子拨得啪啦啪啦响，不一会儿工夫，就算出每个工不该是一角七分钱，而应该是七角一分钱。他家不仅不欠大队的，还应该领回一百四十二元八角一分钱。算得队里的会计们都大瞪了眼，几个人又算了一个通宵，结果她的计算分毫不差，是他们弄反了数字。不仅如此，她虽是女生，小小年纪，那时已写得一手好字，而且能下笔成文。针对此事，她写出一张大字报来，贴到队部。全村人看了，都啧啧称赞。结果不仅为自家讨回了公道，而且全村人也都跟上她沾了光。他却因砸了人家的玻璃，被大队扣了二十元的罚款。

　　今年中考，他们兄妹双双考上了朱龙高中，全村人都称羡不已。但他最清楚，那纯粹是亚心的功劳。在学习上，他不过是亚心的影子而已。

　　他长这么大，还很少用心孝敬过老父亲。父亲长年咳嗽，老得吃麻黄素，因为没钱买，不到万不得已，父亲是绝不吃药的，怕咳嗽惊醒他们兄妹，常常半夜偷偷跑到外面躲避。可他却不但不能给家里挣钱，还得老父亲冒着危险去开山炸石供他上学。想到这里，他不由得泪眼模糊，鼻子都发酸了。

　　"呀！好像有果子味儿。"他像发现了新大陆似地惊讶起来。

　　亚心仔细用鼻子嗅了嗅，真的有股果子味儿。他们便到碗柜里找。果然在后面的角落里找到了：一个碗里放着三个丙果。端出来一看，不知什么时候被老鼠钻进去咬下好几个窟窿。亚心心疼地说：

"总是生产队里分下的，爹舍不得吃，给我们留着过十五的。却让老鼠啃了，多可惜！"

她拿出来用刀切去那咬过的地方，又用水洗净，重新放回碗里。

士威看着碗里那几个被老鼠啃过的果子，若有所思。猛地攥紧拳头往下一砸，说：

"亚心，我出去一下。"

"天都黑了，有什么事？"亚心心慌地问。

"你不用管。"士威说着跑出去了。

人们都在家里团圆，街上一个人也没有。中秋的圆月从东面的山梁后面升起来了，乌云立即迎上去，好像在与它争夺着天宇的控制。一忽儿，圆月胜利了，把这个群山环抱的山村照得像白昼一样；乌云慌忙逃离，丢下片片铠甲。一忽儿，乌云胜利了，山川一下子暗了下来；圆月好像被俘，绳捆索绑。一忽儿，圆月又挣脱了羁绊，在云间穿梭前行；乌云追赶不迭，又在布置着下一轮的围攻。

天宇时明时暗，这正合士威的意。他飞快地跑到村南半山坡上的果园。大门上着锁，园中看果园的房里没有灯光，显然是没人。他从围墙翻过去，来到果树下。可那树上早没果子了，枝条光秃秃的，他大失所望。但还不死心，借着月光，瞪大眼睛，一棵挨一棵地搜索。他的辛苦没有白费："那棵树上不是还挂着一颗果子吗？"他简直高兴地喊起来。他像猴子似地爬上去一摇，那颗果子就掉下来了。一颗……两颗……

当他爬上第三棵树正摇的时候，踩着的那根枝条咔嚓一声断了，他像荡秋千一样，来回荡了好几次才停下来。好在手抓的那根枝条虽叽叽响着，开了叉，但还没有全断，他才没被摔下来。

"啊，起风了。"乌云借来狂风，向圆月发起更猛烈的进攻，"就三个吧，够一人一个了。"他把果子揣到怀里，像孙悟空大闹了蟠桃园似的，一个筋斗返回了花果山。

亚心正等着心焦，见他回来，才放了心。听他说是跑到果园弄果子去了，又把他数落了一阵。他只是嘿嘿笑着，低头不语。

狂风没有帮了乌云，反而把乌云吹跑了。圆月把它的清辉无私地洒遍世界，也透过小窗户把些微的银光射进窑里。

他们把自制的月饼和盗得的仙果分放在两个盘子里，迎窗摆好。只要父亲一回来，就可以过一个团圆佳节了。

乌云被狂风吹跑了，圆月也好像受了重伤。先前还是银白的圆月，一忽儿便变成了橙红色，还短缺了一大块。后来，残缺越来越大，颜色似越来越红。最后，竟只剩下一弯似显非显的血线，四野陷入无边的黑暗之中。

两个孩子这么晚还不见父亲回来，中秋的圆月又莫名其妙地没有了，心里不由得发慌。兄妹俩跑了出去，到大柳树下站着朝前望。树下有人上了香，香快燃完了，余烟袅袅，像游丝一样慢慢逝去了；有人点了灯，那灯摇摇曳曳，油尽灯残，一下子灭了。夜已很深了，亚心不由得打了一个寒噤。

"再到前面看看吧。"士威拉住亚心的手，兄妹俩急急地往前走。

山峦黑魆魆的，静得瘆人。快到闯王庙时，听前面好像有人在说话，他俩小跑了起来——果真是父亲和几个叔叔边说边走了过来。

"爹，怎么这会儿才回来？忘了今天是八月十五了吗？"兄妹俩跑上前去拉住爹的手抱怨着说。

"爹今天能回来，也算是万幸了。"柳忠看着一对儿女，不由得老泪纵横。

"怎么了？爹！"兄妹俩预感到一定是出了事，更紧地靠在父亲跟前。

"回去再说吧。"柳忠双手拉着一对儿女加快脚步往家走去。

村子里一片叮当哐啷的声音，是人们在敲击水缸、脸盆之类来赶走天狗。大柳树上的宿鸟被从梦中惊醒，也都吱吱哇哇叫着加入了赶天狗的行列。残缺的蚀月开始复圆，但却无法恢复先前的光亮，乌云乘机卷土重来，霸占了大半个天空。

回到家里，柳忠盘腿坐在炕上。看着女儿省下的馒头月饼，他不知该说什么好；听说是儿子冒险摘回的水果，他今天也不能说一句责备的话了。孩子们长大了，懂得用孝心安慰老爹了。可自己这个做爹的，给他们带回什么了呢？他歉疚地用满是皲裂的手抚摸着两个孩子的头，百感交集。

"十五年了，爹从来没给你们过过中秋节……今天，你们拿回月饼和水果给爹过节，爹很高兴。今天是八月十五，爹不会忘……工地上也想让大家早点回来，可快收工时出了事。一块车轮大的石头从山顶滚下来，从离爹不到一步远的地方滚过去，石足村的一个才二十几岁的小伙子被砸住了。众人赶紧跑过去，好不容易把大石头挪开，可人早断气了。大家商量了一下，反正也没救了，今天是中秋，就先不要告诉他家里，让家里人过个安稳节吧。我们只好把他抬到山边，用一领草席苫好。让本村的人回去撒个谎说，今天是中秋节，工地上犒劳大家，他酒有点喝多了，晚上就不回去了。……要是那块石头砸在爹身上，村里人回来也会这样对你们说的。爹开山炸石，说不定什么时候就会一下子离开你们的，今晚咱爷仁就好好聊一聊吧……"

"爹，不要再去开山了，真让人担心。"

"不！爹要供你们上学，得多挣工分。"

"爹，我不上学了，我回来和你一起劳动吧。"

"我也……"

"不！你俩都不能不上学，还一定要都学出个样子来，这可是你娘的临终嘱咐呀！"柳忠声音哽咽了，他稍稍顿了顿，接着说，"你俩都大了，到城里上高中，就算是中了秀才了，咱家的事该告诉你们了。要是今晚我回不来，这些不是都沉埋到地下了吗？不给你们讲清曾经发生过的那一切，我死了也不会瞑目的。"

"爹，咱家到底发生过什么我们不清楚的事？"两个孩子一时如坠入云里雾中。

"那就让爹给你俩从头说起吧……

"咱们家是柳下村最老的住户了，离大柳树最近，对神柳也最虔诚供奉，你们的爷爷就为了保护神柳在与邻村的争斗中被打死了。我全靠母亲扶养成人，从小受尽凌辱和白眼，也养成了嫉恶如仇、好打抱不平的性格。

"由于家里穷，我到三十岁还没能讨上媳妇。那一年，朱龙县遭了灾荒，你们的奶奶饿死了。我一个人在咱们这里无法活下去，就逃荒到邻近的黑虎县。在一个叫圪针沟的山村给人放羊，轮流在养羊户家里吃住。正轮到一户叫冯秀英的家里时，那天下午突然下起了瓢泼大雨，我被从山上冲到沟里，浑身是伤，险些送了性命。秀英的男人在部队上，家里只有她带着一个刚满周岁的孩子。这女人像对待自家人一样，精心照看我。我的伤口渐渐愈合，慢慢可以下地活动了。我很是感激，伤刚好就帮她打柴放羊、推碾围磨。这时已临近冬天，我就要准备回家了。

"一天清早，突然闯进一群兵来，不由分说，把我和冯秀英一起捆绑起来押到军营里。说我俩通奸，逼我们招供，要治我们的罪。我气愤不过，就跳起来和他们争辩，但只招来一顿毒打。冯秀英也气得大喊冤枉，要寻死觅活。

"原来她的男人在部队里升了官，当了营长，已有了新太太，想找个借口休弃他的妻子。而我正好这当口在她家养伤，便诬我们通奸，派手下的士兵把我们抓起来。经过一番逼问拷打后，就草草把他的妻子休了；勒令我立即离开黑虎县，警告我不准把这事讲出去。然后那人就带着人马开拔了。

"平白无辜遭到这样的诬陷，我气愤至极，但又无可奈何，只好闷闷不乐地准备回家。这时秀英却拉住我不放，哭着说：'咱们之间清清白白，有天地作证。

可如今只剩下我与这个刚满周岁的孩子，以后可怎么过呀？既然老天把咱们拉在了一起，也许前世有缘。俺知道你是好人，要不嫌弃的话，就带俺们娘俩一起走吧。'村里人也都相劝说：'既然到了这步田地，你们就一起过吧。'我还能说什么呢？便抱起孩子，与秀英一起上路了。

"秀英很贤慧，又很能干，把家里料理得井井有条。我当然也把秀英带来的孩子看得和自己亲生的一样，我们一家人过得亲亲热热，和和美美。"

"爹，我明白了。听您这么说，那个孩子一定就是我了。"士威若有所悟。

"一点不错，正是你。你说，爹什么时候把你当作是你娘带来的看待过？"柳忠一把把士威抱在怀里。

"你就是我的亲爹！"士威深情地抱紧父亲，"那个人才不是我的亲爹呢！如果将来有朝一日，我见了他，也绝不会认的！"说着把拳头都攥紧了，好像当下就要找那人算账。

"爹，那我呢？"亚心眨着困惑的眼睛急等着答案。

"你当然是爹亲生的了。可爹却对不住你！"柳忠歉疚地皱起了眉。

"爹……怎么？对不住我？……"亚心睁大眼睛，不解地问。

"孩子，十五年了，你知道咱家为什么不过八月十五吗？"

"为什么？……"

"就是那年，你娘生你时难产，是立生，又是绞脐生，大出血。最后，你总算保住了，可你娘却没能睁开眼睛看看你。一个红红火火的家，一下子又陷进了无边的黑暗当中。"

"爹，我全知道。全是我的过！"

"哇……哇……"兄妹俩都已泣不成声。

"孩子，你全不知道！……爹受不了这突如其来的打击，认为这生下的女儿是恶根祸胎，一气之下，就用一条破棉裤胡乱包住，把你这个可怜的小生命扔到后山了。爹这是造孽呀！……那时士威只有三岁，整天整夜哭着要娘和妹妹。村里人也说，贵人克母，这孩子将来必定大贵，你给扔了，日后要遭报应的。我也自知是昏了头，第二天一大早，又赶紧跑到后山去找，还好，你竟然还有气，才又抱了回来。哭着对你说：'爹真是昏了头，是福讨不来，是祸躲不掉，你就真的是恶根祸胎，爹也要把你养大。'便给你起了个小名儿叫'祸祸'。

"等你长大上学时，老师问怎么起这么个不吉利的名字，我便给老师讲了这段事，说起这个名字正为的是驱祸祈福。老辈人不是说，名儿上叫出去就可以消灾吗？老师想了半天，又查了书，说叫'亚心'吧。'亚'和'心'合起来是个

'恶'字，暗含你那'驱祸祈福'的意思；同时，'亚心'还可解为'亚圣之心'，亚圣孟子是主张性善的，'亚心'就是'善心'的意思。这样不就两全其美了吗？我虽听不大懂这些深奥的解释，但觉得'亚心'这名字很好听，就说：'那就照老师的意思吧。'

　　"八月十五是人们欢乐团圆的日子，是你的生日；可又是你娘的忌日，咱家的难日。每年到这一天，我实在提不起心思过节，由于你们小，又不敢向你们诉说，只能独自一人去你娘的坟上祭奠、哭诉。所以，十五年了，爹从来没给你们过过中秋节，爹对不住你们呀！而今你们大了，懂得给爹过节了，可我这个当爹的，又给你们带回些什么来呢？……"

　　柳忠哽咽得说不下去了……

　　父子三人久久地抱头痛哭。

　　不知什么时候已经下开雨了，圆月一点儿也看不见了——中秋之夜该是你最辉煌的时候，但乌云遮没了你，你却无能为力；天狗吞噬了你，你也只能听天由命，只有暗自垂泪的份儿。你空等着太阳出来，以为到时便可重见天日；但等到天光放亮，你却默默地消失了……

　　亚心哭着跑了出去，跪倒在母亲的坟前。

　　柳忠和士威也跟着跑了出去，来到坟前。

　　西风瑟瑟，秋雨绵绵；衰草萋萋，寒鸦声声；悲泣阵阵，涕泪涟涟……

　　……

第八章　苦雨无声

　　冠仁目送士威、亚心离开后，一个人快步来到村边。村前空地上开大会用的土台子还在，但只剩四角四根柱子孤零零地朝天插着，像四条光棍汉在一起抱怨老天的不公。一群小孩子在上面玩大闹天宫的游戏，搅得尘土飞扬。一会儿，像树倒猢狲散，一群灰不溜秋的小家伙散乱地跑走了，后面扬起一抔黄尘。冠仁皱了皱眉，走进村口。还没到收工的时候，巷子里很静。冠仁望了望自家屋脊两边的兽头，迈进了大门。

　　外院正房住着白家的两个光棍儿子，人好像不在，院子里静悄悄的。这白家原是早年从外地逃荒来的一对穷夫妻，男的叫白成义。爷爷动了恻隐之心，分文不收，就留他们在外院住下，还送了一些日用家具，他们便在仁里村安顿下来。到田变时，村里就把这外院分给他们了。成义老汉坚辞不要，几次三番亲自登门退还。当时爷爷已被磨死，父母亲哪里敢要，成义老汉只好作罢。他家有六个子女，其中四个都已成家另分下宅院。只是老二白二仁小时候就被抓去当兵；后来被另一方抓住，当了俘虏；投降后又为这一方卖命，被打瞎了眼，反过来又成了败兵；光棍一条逃回来，还无权分房。老六白六仁生得倒是一表人才，可自小不务正业，吃喝嫖赌反样样在行，先后娶了三次老婆，到头来仍是光棍一条。老汉不肯住，正给他俩做了好事。冠仁看了看那满院狼藉的碎砖烂瓦，又皱了皱眉，往中院走去。

　　中院偌大的院落全无人住，门都反锁着，空荡荡的。除中间一条由鞋底踩出来的小径外，其他地方都长起了半人高的茅草，秆枯叶黄，在秋风下瑟瑟发抖。这院是分给一户当兵的兄弟仁的。据说他们在外面早已成家，置买了房舍，但因为他们当的是这方的兵，该优先分房。这平白分得的院落对他们毫无用处。想卖，不准卖；想赁，无人赁。除了那年搞共产，队里撬开门锁，把三间房打通办公共食堂，这院红火了一阵外，一直荒摎着。冠仁浓眉蹙得更紧了，他急步从茅草中穿过去，从北小院拐了两道弯，来到后场院。

　　场院很大。东面原有一个供牛车出入的大门，现在土地都归了公，这门没了用场，队里用土坯堵上了。外院便成了他们唯一的出路。院内有一株老杏树，树干开了裂，几根主枝也干枯了，只有一两根细枝上还挂着发黄的树叶，表示它还在顽强地活着。还有两株枣树，一株那年跃进时锯掉捐了出去，现在老根上又长出两根嫩枝；一株倒还粗壮，枝枝直立，叶子还未落尽，无精打采地耷拉着。西北角是一口井，辘轳上套的井绳拖下去了，井台边一只打满水的桶不知为何没有提回去。冠仁心里一惊，浓眉蹙成一个大疙瘩，赶紧向东南面那两间早年用来堆放柴草的破房子走去。爷爷当年整修时绝没有想到以后他的子孙们要长住在这里面的，要不怎么外面连石灰也不抹一层呢。

"娘，"冠仁在窗外喊了一声，顺手推开了门。

"娘，又病了？"太阳还没落，但低矮的南屋里已暗下来了，冠仁一下子还没有看清楚——原来母亲在炕上和身斜躺着——他这才靠上前去问。

"不要紧。估计你快回来了，想打水做饭，绞辘轳时腰又扭了一下。"母亲挣扎着往起坐，嘴里喘着气。

"娘，我不饿，你躺着吧。我去提水。"说着，到外面井台上去了。

待冠仁打水回来，母亲已下炕了。今天是中秋，儿子又正好星期六回来，她总得给儿子弄点好吃的。她先取出一盘红枣和杏干，让儿子先吃着。然后把仅有的一点白面掺一些高粱面倒在盆里，和好醒着；又从桌底取出一苗白菜和几苗葱来，洗净切好，加上调料。她要给儿子包饺子吃。当地人说，"过大年一顿，紧跟着八月十五又一顿，一年这两顿饺子是不能少的。"虽说没有那么多白面，多掺些高粱面也行；没有肉，素的也行；可饺子总得包。饺子，饺子，出门就有个救"急"（当地方言"饺""急"同音）。中午儿子不在，她就估摸着下午一总回来。晚上补上也一样嘛。儿子回来了，她高兴，身子骨也觉得硬朗多了。

"仁子，初上高中，学校还好吧？"母亲盘腿坐在炕上，边包饺子，边和儿子说着话。

"娘，学校挺好，这一周搞入学教育，还没有开始正式上课。"冠仁不会包饺子，在炕沿边偏坐着，不知该做些什么好。

"噢，入学教育，教育些什么？是教育你要好好学习吧。你要好好听学校的话，听老师的话。"母亲教育着儿子，把包好的饺子放在箅子上。

"让写家史。娘，我实在没法写。你能再给我详细讲讲咱家的事吗？"冠仁又想到这个困扰了几天的问题。他不想对母亲说，可又不得不说——过了这个星期就必须交了——心里好烦，不由得低下了头。

"我不是早零零碎碎都给你讲过了吗？还有什么好讲的。——仁子，去把那个算子拿来。"母亲显然不想再提那些事，有意把话叉开。

"娘讲的那些不能写，学校让写的，又没的可写，真难死人！"冠仁为难地说，下地把算子拿了过来。

"噢，娘明白了——学校是让你写骂你爷奶、爹娘的话。他们都不在了，我一个老婆子还计较什么，学校让怎写就怎写吧。孩子，你的前途要紧，娘不会怪你。"母亲为了儿子，什么事都可以做，她说得很轻松。

"不是光骂几句空话就行，要写实事，我编不出来呀！"儿子理解母亲的心，觉得很沉重。

"你可以去问问你远厚大伯，他在咱家种了多年的地，他的话最可信。"

"噢。"

娘俩说着话，母亲把饺子包好了，拍拍身上的面尘，准备下地生火。

"娘，我来。"冠仁终于可以帮上手了，跑着到屋外抱柴禾去了。

"光顾了说话了，怎么你姐到这会儿啦还没有回来？娘在家做饭，你出去找找吧。先到你远厚大伯家看看，她常肯去那儿。你远厚大伯对咱们挺关照的。"等冠仁抱柴禾回来，母亲赶紧吩咐他说。

"行，我这就去。"冠仁放下柴禾，急急地出去了。

起风了。大朵的云彩自西向东飞快地积聚，向中秋的满月发起猛攻，想要吞没整个天空。双乳飞瀑的涛声也踏着风轮驶了过来，声浪更大了。中秋的满月被西风阻遏，摇摇晃晃地滞留在东南上空，银色的光辉冲破乌云的包围，摇曳着掠过夏瀛海，顽强地射了过来，光线中也似乎带上了水气，湿润润的，凉飕飕的。

大伯家在西头。冠仁穿过两道巷子，叫开了门。大伯听说英子还没回去，焦急地说：

"下午在我这里。快天黑了，我怕你娘担心，早让她回去了。怎么现在还……走，大伯同你一起去找。"

乌云借着狂风的帮助，快成气候了。虽说还没能霸占整个天空，但已把满月的光遮了大半，巷子里比来时暗了许多。

"大伯，听，这是哪里？这么晚了还叽叽喳喳的。我姐会不会在那儿？"

"嗯……这声音好像……好像是从你三爷爷院里发出来的。他是个单身汉，这么晚了，怎么院里还有那么多人？走，进去看看。"

"呀？！克俭叔，这么晚了，你院里这是干啥呢？"院里的景象真让人惊讶得不知该说什么好：影影绰绰中，几个男的和女的在当院围成一圈，扭扭跳跳，搂搂抱抱，摸摸揣揣，哼哼叽叽。听那声音，女的还都是些大闺女！

"颜远厚！你来干什么？"颜克俭显然有些慌乱。

"我又不是治保主任，哪管这种事？我是来找英子，——你的叔伯孙女儿。"远厚大伯不无讥讽地说。

"噢，是这样，你误会了。我们正在排练节目……对，对，排练节目……英子，英子她怎么会在这里呢？她又演不了戏！"颜克俭明白了远厚来的目的，尽快地让自己镇定了下来。

"颜克俭！你还是积点儿德吧。"远厚大伯说着，气愤地匆匆离开。

"颜远厚！你以后小心碰到我的手里！"后面传来恶狠狠的声音。

"仁里颜氏竟会有这样的人！真是丢人！"大伯还在愤愤然。

天这么晚了，一个疯疯癫癫的姑娘家会去哪儿呢？两人转遍了整个村子，不见人影；村前的土台子周围都看过了，没有踪迹；村后的山坡上叫了好一阵子，没人应声。

"看来走远了，不在村子里。"

"莫不是走下西乳坡，到双乳飞瀑前戏耍去了？"

"那儿多危险呀！"

两人猜测着，加快脚步向坡下走去。

风把乌云划开一个大口子，满月的银辉倾泻下来，夏瀛海像被银光镀过，视线一下子清晰了。

他们老远就看见，北堤端头有一个人在跑着，跳着，向前去，又折回来。他们也小跑过去，这下看清了：那人正是英子！她正在堤上欢快地叫着，望着圆盘似的满月，跑着，跳着，简直像一个活泼的孩子。英子见是他俩，越发高兴起来，叫着：

"仁子，你看，那圆圆的月亮多好看啊！我要飞到那上面去，嫦娥姐姐叫我呢！"眼睛里闪着从来没有过的光芒。

冠仁看定了姐姐：原来姐姐是那么美啊！他多么希望姐姐永远闪着这样有神的眼睛啊！他的心好像又回到了孩童时代：

是姐姐把我从小带大的，那时姐姐经常背着我到这里来玩。记得也是在一个中秋节，姐姐带我来到这里。我们开始用杏核儿玩攻方城的游戏。先各自用四颗杏核儿垒成一座城楼，在四角一尺见方处各放一颗杏核儿作为守城的兵士。然后用右手的拇指和食指去弹其中的一颗杏核儿，可以向对方进攻，也可以防守。杏核儿击中对方一子，那颗子就被吃掉。谁先全部吃掉对方守城的子，并击倒对方的城楼，谁就赢了。每次姐姐都故意让着我，或故意不击中我的子，或故意不击中我的城楼。我生气了，噘着嘴，冲姐姐说：

“不和你玩了。每次都是我赢，多没意思！打仗哪有像你这样子的？你看现今交战的两家谁让谁呀！”

姐姐眨着美丽的大眼睛，笑着说：

“好弟弟，要是他们也互相让着，还能打起来吗？要是不打仗，该多好啊！”

“那我们别玩打仗的游戏了。姐姐，你给我讲故事吧。”

“那好。今天是八月十五，我就给你讲一个后羿射日、嫦娥奔月的故事吧。相传在很古很古的时候，有一个……”

姐姐讲得娓娓动听，还用手比划着。讲到后来，忍不住跳了起来。我听得入了神，也跟着姐姐跳了起来。姐姐的故事讲完了，我还沉浸在神话的意境当中。一个劲儿地追问：

“后羿对嫦娥那么好，嫦娥为什么还要往月亮上飞呢？天上比我们地下好得多吗？”

“那当然了。月亮上可好了，有广寒宫，有桂花树，树上还有玉兔……而地上有坏人，那逄蒙不是要害后弈吗？”姐姐的眼睛闪着智慧的光彩。

“月亮上不是也有猪八戒调戏嫦娥吗？”我不知是从哪里听来的，真要打破砂锅问到底。

“天上是极乐世界，坏人是要被罚到下界的。那猪八戒原来是天篷元帅，他因为调戏了嫦娥，就被罚到地下，投到母猪胎里。”姐姐懂得可真多，耐心地给我解释。

“那地下岂不是坏人越来越多了吗？”我还是执拗地转不过弯来。

“这……”姐姐两眼眯成了一条线，好像也有些迷惑不解。……

“天狗吃月亮啦！快救月呀！”村里传来敲击水缸、铁桶的咣啷声和人们噪杂的喊声，冠仁从童年的回忆中醒过神来。抬头一看：真的，圆圆的满月残缺了一大块，剩下的细月芽儿失却了原先的光亮，变成了黄红的一弯，堤上也比先前暗了许多。

姐姐显然也看到了被天狗吃去的月亮，她的神情一下子呆滞起来。身体神经质地往起跳，两手向上乱抓。抓了几次，似乎觉得高不可攀，头无力地耷拉下来。两眼直直地盯着水中月牙儿的倒影，双臂往前一伸，头一栽，猛地往夏瀛海中跳了下去。

冠仁和远厚大惊，急忙跑上前去想拉住她，可是迟了一步，没有揪住，英子已身不由己地滚了下去。他俩赶紧顺着斜坡跑下去，这时英子已从二级堤沿边上爬了起来，又要往下跳。冠仁使出吃奶的力气才从后面拦腰抱住，声音颤抖地哭着说：

"姐姐，我们回去吧。娘还在家等着呢。"

"那……那……"英子白眼珠朝上翻着，无光的眼神痴呆地望着他们，一步一回头，踉踉跄跄地跟着他们往回走。

天狗并不理会人们虚张声势的叫喊，还在肆无忌惮地吞噬着圆月，满月只剩下细细的一条弧线，街巷里漆黑一片。走到街口，正碰上母亲心急火燎地也出来找，便一起摸索着回到了家。

冠仁把经过简略地给母亲讲了讲，母亲听后，望着傻笑的女儿，对远厚说：

"这以后可怎办呀？仁子不在家，我一个老婆子哪能时时跟着她呢。"

"不用担心，我们以后多注意些就是了。英子今天主要是看见天狗吃月亮才傻跳的，以后不会有这事了。"远厚解劝着，接着又转过脸去，劝慰了一顿英子。英子不吭一声，好像什么事也没发生过，只是傻笑着，指着锅灶。

母亲看出英子是想吃饭了，就揭开锅，端出饺子，说：

"他大伯，快吃饭吧。"

"我早吃过了，时候不早了，该回去了。"

"大伯，吃了再走吧。我还有问题请教您呢。"

"噢？你堂堂高中生向我这个一字不识的老头子请教问题，有意思。说吧，啥问题？"

"大伯，先吃饭。吃了饭我再说。"大伯只好留下了。

"那就边吃边说吧。什么事？有需要我帮忙的，一定帮。"大伯端起了碗。

"大伯，我爷爷对你很不好吧？"冠仁诚恳地说。

"孩子，你怎么说这话？"大伯有些生气，放下了碗。

"大伯，是这么回事。学校进行阶级教育，要地主出身的写残酷的剥削史。我对爷爷、父亲残酷剥削您的事不太清楚，没法写。求您给我讲讲吧。他们是地主分子，地主的本质就是残酷剥削人的。只有剥削起家的，没有勤劳致富的。我要和他们划清界限。您不要有什么顾虑，有啥说啥。"冠仁力图用他所学的理论说服大伯，也说服自己。

"噢，是这样。孩子，发了财的人有黑心的没有？有。有好心的没有？也有。不能一概而论呀！"

"那您能不能具体说说？"

"就说朱龙郑家吧，把人家丫环糟蹋了，欺负得跳了夏瀛海，那不是黑了心吗？"

"那咱们仁里颜家呢？"

"孩子，你一定要我说你家的事，那我就说说你的三个爷爷吧。再以前的事，那时我还小，只是听别人说，可自你爷爷变卖了外面的铺产回来后，我就一直和你这三个爷爷打交道，按辈份我比他们低一辈，可按年龄，我比你二爷爷、三爷爷都大，对他们真是悉底尽明。你爷爷刚回家那会儿，他们见他带钱回来，倒还热接热待。可等他准备置买房产时，就变了眉眼。硬说你爷爷未曾奉养老人，欠了他们的债，死乞白赖地要分你爷爷的银两，逼你爷爷为他们置房买地。你爷爷为人厚道，看他们少家无舍，就给他们两家各买了一处宅院和一些地。最后他自己才买下你家现在被分出去的这处院落。以后你爷爷、奶奶才又买下几十亩地。后来自己种不过来了，才雇我来耕种。他的地，我出人，完全自愿，工钱多少，有话说在明处。遇上灾年，只亏他的，不亏我的，更不用说平时经常接济穿的用的了。这叫不叫剥削，我也弄不清楚，以我看是公平交换。至于'残酷'二字，绝对沾不上边。

"后来，你二爷爷、三爷爷家的地也多了起来，也是我给耕种。可他们从来不帮一下，整天只是耍钱、抽大烟，任意挥霍。你二爷爷自小疲塌，好吃懒做；你二奶奶是绵软妇道人家，只能背地里流泪。你三爷爷自小诡诈，心术不正；你三奶奶则整天打扮得花枝招展，也随着男人吃喝玩乐。到田变那会儿，你二爷爷家只剩三间房了，要不是你二奶奶跪下哭着求情，也早卖了；你三爷爷家已是房无一间、地无一垄了。

工作队刚进村时，向我调查你们几家的情况，我据实说，我是给你们家种过地，可要定地主，你家根本不够。他们说，不定成地主，没法分你家的房。我说，要定，弟兄三家是一样的，那两家至低也该定个破产地主。开始工作队也同意我们农会多数人的这个意见。后来，工作队的刘队长改变了主意，硬要定你三爷爷是贫农，我们都很觉奇怪。后来才知道，原来你三奶奶看你三爷爷家财都挥霍光了，早就想离开他，不知怎的就和刘队长勾搭上了。可巧有一次被你三爷爷撞见，硬要上告。刘队长害怕了，才答应在定成分上照顾，两下里这才相安。这事被你二爷爷晓得了，也要求低定成分。他暗里给刘队长送了一百元大洋，也就定成中农了。这事，你爹也不是不知道，可他宁死不做这些勾当，结果……唉，不是我说他，也真有点书呆子气了。后来，你三爷爷当上治保主任，可工作队一撤，你三奶奶到底还是跟上刘队长跑了。今晚你也看见了，看你三爷爷那样儿，像个正经人吗？奸邪诡诈，走遍天下；老实巴交，寸步难行哪！"说到这里，远厚大伯叹了一口气，语重心长地说：

"孩子，都过去多少年了，你也不要太想不开，这都是命。祸及自身，福荫子孙，小时受罪，老来享福。你以后的路长着呢，你的前程不可限量。大伯我没文化，可总比你多活了几岁，世事多艰，人心难测，你也要多长个心眼儿，不要像你爷爷、老子那样，脑袋掉了，还不知道是怎掉的！"

"大伯，听您一席话，胜读十年书哇！"

"他大伯，光顾了说话了，累你连饭也没吃好。"

"吃好了，吃好了。时候不早，我该走了。"

"大伯，慢走。"

"呀！下雨了，咱们在屋里都没听见……"

月亮真是太软弱、太好欺负了。日管昼，月管夜，但太阳天天亮圆，你却一个月才能圆一回。这公平吗？一月只有一个十五，一年只有一个中秋，可就是这个中秋，你还要被乌云遮没，被天狗吞噬。这不明摆着是欺软怕硬吗？连风都会吼，连雷都会响，难道你就只能像这苦雨一样，连一点声响都没有，连一声冤枉都不敢喊吗？天狗算什么？除了你，它还敢吞食天宫的其他神祇吗？连狗都敢欺负你，那还有谁不敢在你身上作威作福呢？

第九章　捷径通幽

秋雨淅淅沥沥下个不停，中秋节回家的同学都只得冒雨返校。

八月十六日一早，钱步云和甄幽兰就像开学报到时那样，从白玉镇坐胶轮车出发，父母准备带他俩去县城肖礼家去拜访。蒙蒙细雨越下越大，天阴得越来越暗。他们四人用大油布遮得严严实实，半躺在车里，就像夜里睡在床上一样，谁也懒得说话，闭着眼各人想着自己的心事，任马车在泥泞的道路上叮铃咣啷地行进着。

钱步云的父亲钱鸿飞原是肖礼的部下。在肖礼当营长时，他是属下的一个副排长。在一次战斗中，他们全营都被打散了，两人也都负了伤。钱鸿飞冒着敌人的子弹硬是把肖礼背到安全的地方。自那以后，肖礼很器重他。肖礼当上团长后，就把他一下子提升为营长。后来，肖礼转业到黑虎县任县长，他转业到朱龙县任科长。肖礼到朱龙后，便把他派到全县最大的白玉镇任公社书记。

到任后不久，他到白玉镇所辖的甄家凹下乡，考察那个村的领导班子。当时甄幽兰的母亲杨荷花当村妇联主任，负责接待钱鸿飞。那时村里人家都穷得吃糠咽菜，她觉得往下派饭书记肯定吃不好，就把钱鸿飞引到自己家里，专门为他擀了白面条，还特意打了两颗鸡蛋。又考虑到大队部的公用客被又脏又破，还有虱子，晚上也就安排书记在自己家住，专门把平时舍不得用的新被褥让书记用。她丈夫甄来顺是个老实巴脚的庄稼汉，平常家里也全是她说了算。书记在家住，他就主动到村里的光棍汉家里暂住。钱鸿飞觉得农村难得这样的女干部，又泼辣，又能干，又懂得关心上级领导，便选中她当了这个村的支部书记。她便成了白玉公社唯一的女支书。

以后钱鸿飞亲自在这儿蹲点，这个村的工作搞得十分出色，甄家凹成了全县有名的先进大队，杨荷花也被树为全县"十杆红旗标兵"之一。钱鸿飞和杨荷花的关系也越来越密切，亲热而暧昧，凡到甄家凹，吃住必然在杨荷花家，好得简直像一家人一样。

钱鸿飞见杨荷花的闺女幽兰和自己的儿子同岁，又长得十分的标致，就想两家结成儿女亲家。杨荷花当然更巴不得攀上这门亲，只是原先不敢高攀，没好意思先开口。既然钱鸿飞先提了，她便一口应承下来。至于步云和幽兰，两人自上初中就在一个班，一直同桌坐，又都是干部，同时入团，当然互相爱慕。不过，这事也只是钱鸿飞和杨荷花私下说了说，两人都没有给孩子讲明。他们还都在上学，以后看他俩感情的发展才能最后决定。

也真是天作之合，今年白玉公社初中只有他俩考上高中，钱鸿飞和杨荷花都非常高兴，两人专门用胶轮车送孩子上学。中秋节又约定一起去拜访肖礼，将来孩子们考大学，分配工作，好有个关照。便从甄家凹果园弄了两箱丙果，从公社副食厂搬了两箱月饼，又从供销社带了两箱鸡蛋，尽管今天雨下得很大，还是照样出发了。

来到县城，已经是下午两点了。钱鸿飞早来过肖家，又是熟人，便直接去敲门。肖礼住处原是清末一个县令兴建的高门楼四合院，后经历届县太爷不断修缮，建成了现在的样子。整个宅第建在南门外的朱龙山上，负阴抱阳，背山面水。门楼座东向西，重檐高挑，兽头威武，朱漆大门，狮首龙环。

听见敲门声，出来一位四十多岁的中年妇女，杨荷花以为是肖礼夫人，赶忙上去想施礼握手，钱鸿飞从后面拉了她一把，这时那女人迎上前来，殷勤地说：

"是钱书记呀，您好。肖书记和陈夫人都在呢。"杨荷花这才醒悟过来：原来这是肖书记家的保姆。便退到钱鸿飞后面，跟着进了门。

进门北向是一座二层敞轩式楼房，一层是客厅，二层是肖礼夫妇的卧室；东向是一座小巧的绣楼式建筑，上面是天娇的居室；南向是平房，是保姆及佣人住处。

肖礼听见是钱鸿飞来了，从客厅走了出来：

"鸿飞，是你。我正和你有话说呢。"

"呀，是钱书记！下这么大的雨，淋湿了吧？快进屋。"一个看上去只有二十来岁的漂亮女人亮着银铃般的嗓子，大方地把客人迎进了客厅。

"噢，这才是肖书记的夫人！"杨荷花早就听说肖书记有一位年轻漂亮的夫人，可没想到竟至如此年轻，简直像是他的女儿！心里暗暗赞叹着，殷勤地拉住她的手，坐在一起，说：

"你真是美如天仙呀！和你坐在一起，我都该钻进地窖里了。"

肖礼看夫人不认识这位女客人，脸上显得有点困惑，便指着杨荷花对妻子说：

"水仙，她可不简单呀！她就是咱们县大名鼎鼎的'十杆红旗标兵'之一的杨荷花。"

陈水仙听了，也回敬一句说：

"你真是女中豪杰呀！和你坐在一起，我也该钻进地窖里了。"

陈水仙这句话虽是回敬杨荷花的，可也确实道出了她心中的几丝惆怅。肖礼究竟有过几房妻子，几个儿女，他自己对此讳莫如深，陈水仙也至今不得而知，也不敢过问。只是他刚转业到地方上任县长时，声言还是单身一人。名义上要在县中学毕业生中选一位秘书，实际上是要选一位夫人，结果选中了她。那年她刚初中毕业，十六岁，长得水葱儿似的可爱。让她当县长的秘书，将来前程远大，她十分高兴，人人都说她命运好。但是很快她就弄清了肖礼的真实用意。可这时她已是笼中之鸟，别无选择了。更使她不顺心的是，她还必须一进门就面对一个娇惯的女儿，还丝毫不能被人看出一点继母的味道。侍奉丈夫，接待客人，抚养孩子，便渐渐成为她生活的主要内容。什么前程、事业，那已是连想也甭想的事了。她尽管养尊处优，是朱龙的第一夫人，但在杨荷花面前她明显觉得自己矮了半截儿，心中的惆怅便油然而生。

杨荷花也觉得自己那句话有点唐突，使陈水仙不快，但那确确实实是她真情的流露。在她那个小山村，她还算个风流人物，但一进入这县城的高门大院，她就觉得自己太渺小了，太山了，太土了。她不用说和陈水仙比，就是和保姆韩妈比，也觉得低了三分。尽管她在家里说一不二，可她那个只能和土坷垃打交道的甄来顺能给她带来什么呢？所以她才拼命拉住钱鸿飞。女人，天生只是一根藤，攀上个麻柴杆，就只能升三尺高；攀上棵摩天树，就能升上天。不是攀上钱鸿飞，她能到今天这一步吗？她对这一点向来很惬意。可是今天一见陈夫人，顿觉一个在天上，一个在地下，没法比了。她怪怨自己没能走出大山，早攀上高枝，所以她把希望寄托在女儿身上。她拉住钱鸿飞，又来到肖礼门上，还不都是为着女儿吗？想到这里，她便把身子再向陈水仙那面靠靠，亲热地说：

"俺是个山里女人，不会说话，可俺是个实心眼，俺是真心羡慕你们哪！听俺家幽兰说，你家姑娘考了全县第二名，真不简单哪！这全是你们家庭教育的好嘛！幽兰说，他们开学典礼会上听肖书记的报告，简直听得入了神啦！肖书记，你那报告人们就是爱听，又有水平，又有趣味！"杨荷花搜肠刮肚地拣肖礼夫妇爱听的话说。

此时，肖礼和钱鸿飞正头对头低声谈论着县里错综复杂的人事关系和一些内部消息，听杨荷花在夸他的报告，便掉过头来高声说了一句：

"老杨同志真会说话，不愧是红旗标兵。"接着便问起他们村是否有乱开小块地的。杨荷花一听，这是有关政治方向的大事，态度坚定地说：

"有是有，不过只是少数人，我们支部很坚决，必须坚持社会主义道路，绝不能搞单干那一套！"

钱鸿飞接着也问肖礼：

"肖书记，听说上面政策要调整，农村到底让不让开小块地、搞自由市场？"

"看来我们还得好好学习，多长个心眼。现在一方面提要反右倾，一方面又说要调整，我看还是要宁'左'勿'右'，'左'顶多是认识问题，'右'闹不好就成了立场问题。什么'包产到户'，搞'责任田'，等等，我看还是先不要搞，弄成'单干'，否定'三面红旗'，可了不得！"肖礼略带神秘地说着，钱鸿飞和杨荷花像领了圣旨似地点头称是，保证按书记指示办。

闲话叙过，便进入正题。钱鸿飞身子往前倾了倾，面向肖礼和陈水仙，又看了看杨荷花，说：

"我们今天来，一来是过中秋节了，给书记带来点山里的水果和月饼，二来是让两个孩子认认门，他们今年上了高中，以后还要麻烦你们哪！"说着把两个孩子叫到跟前，"记住，这是肖伯伯和陈阿姨，以后要常来帮他们做点事！这是步云，我的儿子；这是幽兰，荷花的女儿。"

"以后有时间,请肖书记和陈夫人也到我们甄家凹去转转。"杨荷花附和着说。

"咱们是老交情了，还带什么礼物？再说又是上下级关系，以后可不能再这样，下不为例哟。"肖礼一面对钱鸿飞说着，一面拉住两个孩子的手，笑着说，"一回生，两回熟，以后惯了，常来家里玩。"又回头对韩妈说，"去，叫天娇过来。"

天下着雨，不能出去，肖天娇只好钻在东楼她自己的房间里看书。她家无论何时，来的人都络绎不绝，过节前后更是门庭若市。她早习惯了，从来不去看来人是谁。所以今天她也不知道是钱步云和甄幽兰来家，还一直在房里看书。待韩妈叫她时，才匆匆忙忙跑下楼来。

"呀，是你们俩哪，你们怎么来的？"开学一周，他们已经认识，但她对大人们之间的关系一点也不清楚，只知道他们家在农村，很奇怪他们今天怎么会冒雨来她家。

"这是你钱叔叔的孩子，" 肖礼指着步云说，又指着幽兰说，"这是你杨阿姨的孩子。"

天娇是认识钱鸿飞的，知道他曾经救过爸爸的命，所以一直对他挺尊重，便问了一句：

"钱叔叔，您好！"

可这位杨阿姨却从来没见过，也没听爸爸提起过，不过出于礼貌，也淡淡地问了一句：

"杨阿姨好！"

杨荷花热情地站起来拉住天娇的手，说：

"我和你钱叔叔都是白玉公社的，你和幽兰在一个班，以后就像亲姊妹一样了！"

"那是，那是。"天娇答应着，可她还是没弄清步云和幽兰到底是什么关系：是亲兄妹？显然不是；是沾点亲？也不大像；是原先只在一个公社上初中？噢，很可能，所谓这个"杨阿姨"只不过是钱叔叔治下的一个村佬儿罢了。可她怎么和公社书记走得如此近呢？

钱鸿飞和杨荷花还要回白玉镇，看时候不早，就准备告辞，步云和幽兰也准备一起走。天娇留他俩说：

"你俩又不回村了，学校上晚自习还早，到我屋里坐坐吧。"

"那你俩就去再坐会儿吧。" 大人们也都说。于是，他俩便随天娇上楼到了她的房间。

外面看，雕梁画栋，完全像是过去富家小姐的绣楼。进去看，曲径通幽，雕木隔断错落有致，室内布置整洁美观。里间是绣阁式的闺房。上方的木隔玲珑剔透，油漆彩绘，有的浓墨重彩，有的淡雅轻描。下方的帷幔，半开半掩，床上斜躺着一本打开的《青春之歌》，两张被子和枕头高高地摞在一起，上面压成凹形，显然主人刚刚还在斜靠着看书。外间是临窗式的书房。向南开有一个扇形窗户，可以眺望夏瀛海以至覆华山的风光。临窗摆放着一张写字桌，桌上除纸墨笔砚外，还摆着一个椭圆形的梳妆镜。靠东墙并排立着两个书架。书架上不全是书，还摆放着一些小巧的玩具和瓷娃娃之类。地中间还有几把木制椅子。

外面雨停了，但天仍阴着，房间里比较暗。三个人都坐在椅子上，临窗望去，远处覆华山仍云遮雾障，山顶只露出一个尖角，清水河和浊水河像两条玉带伸向远方；近处夏瀛海雾气迷漫，珠山上的佛塔依稀可辨。

"你能生活在这样的家庭，真是幸福！"幽兰看着天娇，赞叹地说。她真美慕天娇的福气，心底甚至翻起一股没来由的嫉妒。她看着天娇那没有一点线条的筒状的身子，那张平板的没有一点特色的脸，又环顾了一下自己苗条的身段，从镜子里看到自己秀美的脸庞，她不禁感慨万千。自己怎么就生在那样一个偏僻贫穷的山凹里，有那样一个只会跟土坷垃打交道的父亲呢？要是把她俩换个位置，会怎样呢？

"你有这样的家庭，真够幸福的。"步云也看着天娇，赞叹地说。他也在羡慕天娇的福气，但他心里翻起的却是另一股波澜。他又看了看幽兰，心里把她俩比了又比：论长相，天娇无法和幽兰比；可论家庭，幽兰又无法和天娇比。这正应了那句话：老天把这一样给了你，就会把另一样收回去。叫人在选择时怎能不犯难呢？

"我在这样的家庭生活，真是非常幸福！"天娇看着两位刚刚相识几天的同学，心里有一种说不出的骄傲。钱鸿飞尽管救过爸爸的命，两家有一种特殊的关系，但他终归是爸爸的下级，今天来家肯定又是有求于爸爸，那你钱步云也就该在我面前恭恭顺顺的了。至于甄幽兰，更是一个地道的山里娃，倒是有一张漂亮的脸蛋儿，可她不知怎的，一见漂亮的女孩儿就有一种没来由的反感。她弄不明白她妈怎么会和钱鸿飞拉上关系，而且看去还那么亲热。老实说，要是没有钱鸿飞，她家是不会接待这样的客人的。你妈通过钱鸿飞来求我爸，那你甄幽兰在我面前还不是比钱步云又低一等了。

"你妈真年轻，简直像你的姐姐。"钱步云极力地赞扬着，想让天娇高兴。但天娇听了却很不舒服。钱步云和杨荷花都犯了同样的错误：他们不知道肖家三人都忌讳说陈水仙年轻漂亮。天娇脸色阴沉地说：

"她不是我亲妈，我只叫她姨。我亲妈一生下我就去世了。"说着不禁黯然神伤。

"我真不知道，对不起，让你伤心了。"钱步云十分慌恐，不知所措。

"不用伤心了，各人有各人的苦处。"甄幽兰忙从旁解劝。她实在不满意天娇刚才的样子，便借题发挥，意在说明你肖天娇也并不是"非常幸福"。

"我姨对我很好，比亲妈还亲呢。我没什么苦的。"天娇听出幽兰话里有话，便又回敬了一句。步云像掉到冰窟窿里的人慌乱中好不容易抓住一根救命绳索，忙接着说：

"那就好，那就好。"想竭力冲淡刚才因他语失而引起的不快。

屋里的空气显得有些沉闷，天娇觉得对这两位新同学有些冷淡，毕竟人家是客人嘛，有点过意不去，就显出一副热情的样子说：

"我这里也没什么好玩的，来，咱们一块儿玩玩跳棋吧。"说着，从写字桌里取出一副精致的跳棋来。

"这玩意儿倒是挺好看的，可我们都没玩过。这棋怎么玩啊？"步云和幽兰看着那些从未见过的宝塔形的彩色棋子，好奇地说。

"跳棋不像象棋那样，挺好学的。不用怎么学就会了。来，我一边教你们，咱们一边玩。"天娇说着，已把跳棋摆好了。

"跳棋可以两个人、三个人，也可以四个人一起玩。跳过一个棋子往前走，谁把自己原来棋盘上的棋子都跳到对方的棋盘里去，谁就赢了。你俩第一次玩，那就你俩算一家，咱们先玩两个人的。你们的绿棋，我的红棋，我红棋先开始。"天娇一边讲着，一边比划着，走了第一步，"看，这是第一步，前面还没有棋子可跳，只能走一步，以后要想办法给自己的棋子搭好梯子，一着就可以走好几步，甚至十几步了。下面该你们走了。"

"咱们从这头走。"步云给幽兰说着，幽兰就照天娇的棋路拿起棋子走出了第一步。

一着、两着、三着……一开始步云和幽兰只是照着天娇的棋路走，渐渐地，他们就自个儿谋划开了。当然，他们毕竟还不熟悉，连下两盘都输了。

"这盘咱们分开下吧。"上两盘虽然幽兰都输了，但她对其中的诀窍已经基本清楚，觉得自己已有取胜的可能，就不满足于只听步云的指挥，想单独和天娇较量了。

"行。"步云原先只是有意让着幽兰，让她当棋手，他从旁参谋，这回听幽兰如此说，当然表示同意。

"行，三人下更有意思。"天娇答应着，把棋摆好了。这回幽兰是红棋，天娇是绿棋，步云是黄棋。

"前两回是教你们，由我先走。现在你们学会了，这回我让你们，幽兰，你是红棋，你先走。"天娇想的是：你们的棋艺还差得远呢，让你们先走，也必定是输；不过，这样显得我大度。

"先走后走还不是一样，让我先走我就先走。"幽兰想的是：这回谁输谁赢，我看还说不定呢！

三个人下果然比两个人下要复杂得多，下过十几着后，中间棋盘上都挤满棋子了。不出天娇所料，她仍捷足先登。不过，幽兰却赢了步云，这却是天娇没有料到的。

又连下了三盘，天娇渐渐感到幽兰咄咄逼人，对这个山凹里出来的女子不敢小觑了。到第五盘上天娇便明显处于劣势，最后竟输给幽兰了。

"啊呀，你真厉害！"天娇打趣地说，不由得仔细打量了一下坐在对面的这位农村姑娘。

"我只是瞎走，碰运气！"幽兰笑着说，其实她已悟到了个中奥秘，懂得了什么叫走捷径。

"你们女孩儿的心眼儿就是比男孩儿多，我下不过你们。"步云嘴里这样说着，但心里却这样想着：我那是让着你们，专门讨你们欢心呢。他看看幽兰，又看看天娇，心里若有所思。

不知不觉已下过十几盘，他们都觉得有点头晕脑胀。步云说：

"太费脑筋了，还是休息一下吧。"说着便站起来，走到书架旁，"看看你的书吧，有些什么书，借给我看看。"

"随便看吧，想借哪本就拿去。"

幽兰也站起来走到书架跟前，不过她只是随便看看，没有借的意思。最后步云挑中一本巴金的《家》，拿在手上。

幽兰看天色不早，觉得再待下去也没多少意思，便说：

"天不早了，我们该走了。"

天娇也不强留，两人便告辞出来。路上，幽兰对步云说：

"这个肖天娇，真高傲！根本就看不起我们。"

"人家是县委书记的女儿，当然高贵了。"

"她高贵，那你跟她好吧。我是下贱胚子，以后别再缠着我！"幽兰满脸不高兴的样子，一个人向前走了。

"我也没说什么，你这是生哪门子的气呀！"步云说着赶上去拉住幽兰的手，亲亲热热地相伴往学校走。边走边谈论着明天新生第一次正式上课可能会是什么样子，他俩还会和初中时一样分在同桌吗？

第十章　开课首日

今天开始正式上课，一切活动都严格按照作息时间表进行。起床铃响过，同学们从睡梦中惊醒，慌乱地穿起衣服，往操场跑去。

吃饭和运动都是为了身体，却发生了尖锐的冲突。为了贴补伙食，填饱肚子，暑假期间把操场都种了萝卜。开学了，学生无法上早操、课间操和体育课，又只好把还未成熟的萝卜提前拔掉。刚拔掉萝卜的运动场，还没来得及填平、砸实，昨日下了一整天雨，操场成了烂泥滩。今早大雾茫茫，同学们像进了迷魂阵，深一脚浅一脚地跑着。有的一脚踏进萝卜坑里，摔了跤，崴了脚，连鞋也拔不出来了。

"快，男女生按个儿高低分别排队。"是祝老师的声音。同学们穿过浓雾，向发出声音的地点集中。

"立正！——向右看齐！——向前看！"随着祝老师的口令，大家挨挨挤挤地站好了。

"好！就按这个顺序到教室排座位。齐步——走！"祝老师一声令下，队伍向教室的方向走去。

"啊？原来是要排座位。"祝老师这句话犹如乍起的风，吹皱一池春水，同学们脑子里泛起阵阵涟漪，每个人都开始打起自己的小九九。队伍在雾气中行进，动作在隐蔽中进行。

"来，咱俩换换。"郑殿维个子最高，排在最后。但他不想坐最后一排，对前面走着的一位同学说。

"换就换。"那位同学无所谓，坐在后面，老师看不见，上课还能做小动作呢。

"来，咱们换换。"一连几次，郑殿维越换越靠前了。

他的目光从男生队转到了女生队，心里数着一、二、三……

"好，在第十一位。"

第十一位是柳亚心。自从那天游夏瀛海，与柳士威发生争吵，而柳亚心在一颦一笑之间平息了他们之间的纠纷后，郑殿维心里就产生了一种连他自己也说不清楚的感觉。刚才一听到排座位，那种感觉又像触了电似的，一下子迸出了火花：

"我一定要和她坐同桌！"

他不断采取行动，换来换去，终于把自己也调到了男生队第十一号位上。

柳亚心也似乎不经意却是十分仔细地看着男生队。她脑子中的电波和郑殿维的不在同一频率。她在搜索着和自己相应的频率——颜冠仁。他们是五年的同桌了，关系非同一般，真可以说是心心相印，她多么想还和他坐同桌呀！她也在不断地调整着自己的位置。

颜冠仁似乎没有他俩那样精明的头脑，也许这正应了那"一字眉者是糊涂蛋"的说法。他的思想只固定在一条轨道上：循礼而动。而这个"礼"在他心目中是包括一切上面定下来的规矩的。老师说按这个顺序排，他就恪守着这个规矩，像恒星一样，不再变动位置了。他内心无疑也想和柳亚心坐同桌，但他只想着：该排到哪儿就排到哪儿吧，反正是学习。这是分座位，又不是找对象——当然他压根儿就没往这方面想。

他们三人之间的"引力场"就这样碰撞着：月亮在绕着地球转，地球又在绕着太阳转。

同样的运转也在整个银河系中进行着：

甄幽兰个子不高，可她不愿坐在前面，和那些小男生们厮混。内心强烈地想和钱步云坐在一起。她也清楚两人身高差得很远，但即使不能坐同桌，挨得近些也是好的。昨天回校的路上两人不是说好了吗？

钱步云在初中时每次排座位总爱和甄幽兰坐在一起，但昨天拜访肖家以后，他不知怎的心里的天平开始倾斜了，特别想和肖天娇坐同桌了。

这些，肖天娇可一点儿也没觉察到。她似乎对这些山巴佬有一种本能的反感，在全班她能看到眼里的也真是屈指可数。郑殿维当然是首屈一指了。开学典礼会后，她也看出父亲和郑家好像有矛盾，而且父亲几次告诫她不要和这家的人多来往，但她还是不改初衷，这时正想着怎么能和他坐在一起呢。

星球的运转和碰撞有公转，也有自转；有大循环，也有小循环。如果说上面的运转和碰撞是大循环的话，那么有些小循环也正在一些小的星系进行着：

成名和效实兄弟俩当然想坐同桌。但他们俩个子都不是很高，不可能坐到后面，同桌都是男生，而前面则只能和女生同桌。不得已而求其次，只能尽量离得近点了。排在什么位置才能坐得最近呢？这还真的需要动一番脑筋。

香香和蓓蓓姊妹俩也在解这道难题。还是蓓蓓聪明，她趴在姐姐的耳朵上，悄悄地告诉了答案，香香会心地笑了……

队伍沿着蜿蜒曲折的林荫道行进着，同学们在不断地调整着自己的位置。茫茫大雾为他们提供了最好的保护伞，好让他们细心琢磨"浑水摸鱼"的奥妙。有的绞尽脑汁，周密计划；有的无动于衷，听凭自然；有的心心相印，心照不宣；有的各怀心思，南辕北辙。待走到"致知斋"的教室门前时，乱得简直不成队了。

"按个儿高低重新排队，谁也不能乱插！"

"立正！——向右看齐！——向前看！"

听着祝老师的口令——有的基本照办，有的却依然故我——新的队伍在挤挤插插中排定了。

"女生先坐，进门按一条龙的顺序一人坐一桌。"秩序基本良好。只是重排时香香站错了蓓蓓算好的数位，结果两人离得老远，一个在最南面迎门处，一个却在最北面靠墙处。急得站起来互相望着，又不敢出声，一时不知如何是好。

"下面男生坐，一定要按顺序。开始！"祝老师发出口令。

男生可不像女生那样听话。更由于女生已经坐好，有了目标，男生挑挑拣拣，简直乱套了。祝老师直后悔，他原以为女生难缠，没想到男生更难弄。只能喊着：

"快坐，快坐，按顺序！"

按顺序胡善行规规矩矩地和甄幽兰坐在一起，腼腆地向她笑笑。甄幽兰却撅着嘴，满脸的不高兴，看也不看他一眼，而是向四周环视着。

按顺序贾效实和吕蓓蓓坐到了靠墙的一桌。两人对视着，低声商量如何能让哥哥和姐姐坐在正对他们后面的一桌。

按顺序颜冠仁正与柳亚心坐同桌。他向亚心点点头，正要坐下去，不提防郑殿维不知从哪里跃过来，一屁股钉到板凳上了。冠仁一字眉竖起，瞪大眼睛盯着他，心想：这也太过分了吧。如此目中无人，轻佻张狂，怎能这样做事为人？简直是在欺负人啊！真想和他争个高下，辩个明白。明摆着理在自己方面，怕什么！可又一想：何必呢？自己又为什么非要争着和这位女同学坐同桌呢？别人会怎么说，怎么想？只要心上亲近，又何必非坐同桌呢？他歉意地看了看亚心，一句话没说，走开了。

亚心柔情地看着他的背影，心里骂一声"窝囊"。又回过头来，柳叶眉倒竖，看定郑殿维，两眼发出刺人的光芒。郑殿维心里觉得好胆寒，不由得低下头来。不提防后面一拳打来，猛一回头，见柳士威正怒气冲冲地又要挥拳打过来。

这时祝老师急急地赶了过去，制止了柳士威。问明情况后，劝殿维还是按顺序坐到十二位。十二号位女生是肖天娇，她一直在不动声色地暗暗注视着殿维，这时把牙咬得呲呲作响，心里正恼火他呢：

"好你个郑殿维，原来在恋着这个山妞儿呀！"

钱步云正排在郑殿维之后，在他们争吵不定之时，早眼捷腿快地坐下了，忙着向天娇套近乎。这时又赶紧站起来，低声下气地对殿维说：

"你要是坐这里，我往后靠。"

幽兰远远看着步云，爱恨交加，从地下捡起一截粉笔头打过去，正中他的后脑勺。步云回头看是幽兰，不自然地龇了一下嘴，又回头看着殿维和天娇，站也不是，坐也不是，显得十分尴尬。

郑殿维此时也有些骑虎难下了。天娇是初中时的同桌，对自己一直很不错，现在为了柳亚心，不与她坐同桌，肯定会惹她不快，以后定会疏远，想起来还真有点恋恋不舍，还是不该轻易放弃，以后还须想办法拢住她。柳士威这家伙真的不好惹，是一匹没受过管教的野马，什么事也能做出来，还得提防着点儿。柳亚心这女孩儿也远不像自己想像的那样温柔绵善，要征服她也不是轻而易举。可她越是这样，越惹人追她。看来她与颜冠仁很要好，但看颜冠仁那副样子，倒不是太难对付的。今天的事情既然已经到了这份儿上，还能退却吗？自己是全县第一名，又是县长的儿子，能忍得下这口气吗？想到这里，他便一口咬定自己就应该坐在这个座位上，决不再换。还带着质问的口气问祝老师：

"柳士威打了人，该怎样处理？"

柳士威和几个男同学也吵着要祝老师主持公道。

祝老师也觉得实在为难。论理，这事先是殿维的不对，明显是仗势欺人，强词夺理，叫人看不惯。冠仁这孩子真有涵养，有理并不出高言，无势也不显低微，不卑不亢，真是中庸到家。只他两人，事情还比较好办。让殿维退出来，他也没得说，抓不住人家冠仁一点把柄；劝冠仁退出来，这孩子也通情达理，估计不会太让老师难堪。可这个柳士威，你又何必来打抱不平？报到那天打架的事学校还没最后处理，这下又让郑殿维抓住了把柄，闹得事情更难办了。因这点小事，把你处分一下，划得来吗？

思来想去，祝老师觉得眼下殿维的工作最难做。看来他想和柳亚心坐在一起，是有预谋的，这个愿望很强烈。现在又让他抓住了把柄，无孔还想下蛆，得理焉会让人呢。弄不好，一件小事会惊动县长大人。校长前几天还嘱咐要关照好郑殿维，这下必然会怪我不会办事，以后这个班的工作可怎么开展？士威的工作也不好做。这孩子是天不怕，地不怕，他会宁背个处分，也要一争高下的。看来还得先从冠仁这里入手。他和士威关系不错，向他晓之以理，劝他为了保住士威不受处分，他们就忍让了吧。坐不坐在一起，这也不是什么大事，因这点小事，同学之间闹僵了也不好。这样做，是有点欺软怕硬，可人在屋檐下，不得不低头，自己是一个有辫子可揪的副班主任，不能不事事小心呀！这对冠仁他们也不是什么有关前程的大事，这才刚开始，以后老师会关照你们的。

想到这里，祝老师便把冠仁叫到教室外面，讲清了一切。冠仁表示理解，答应让出来，请老师去问亚心和士威，他们没意见就行了。祝老师又把亚心叫出去，也讲清一切，问她觉得怎么样。亚心本不情愿，可自己一个女孩子家，怎样开口呢？便推辞说：

"请老师对我哥说吧。"

士威早跟出来了，还没等祝老师开口，就说：

"我是打了他，可得看打得是不是有理。他老子是县太爷，就能把我屌咬了！"

"士威，说话文明些，"这时铃声响了，祝老师只好说，"这事，下去再处理吧。"

郑殿维看没有结果，早饭回家就把这事告诉了父亲，说那个同学几次打了他，老师也不管。要父亲出面给校长说一声，让校长去处理。郑志斌听后，非但不答应他，还把他训了一顿：

"这点子芝麻大的事，也值得我出面！这是我们这样的人家做得出的事吗？丢人败兴！以后不准再给我惹是生非！"

郑殿维在家里碰了钉子，寻思："在你是小事，在我可是大事。你不去说，我直接去找校长，看校长怎么说。"于是上午课间操时便到校长办公室，告柳士威几次打他，班主任还偏袒，分座位不公平，等等，如此这般讲了一通，要校长处理。校长拍了拍殿维的肩膀，劝慰说：

"这事好办。孩子，你去吧。"说完，又像想起了什么似的，忙问了一句："你爸知道这事吗？"

"他知道了也不会管我的事。"殿维这可找到了倾诉委屈的地方。

"你爸日理万机，哪顾上管这样的事。以后有事，就直接来找我。"校长拉住殿维的手吩咐说。

"哎，谢谢闻校长。"

"不用谢。我和你爸是同学，以后就叫我闻叔叔吧。"

"闻叔叔，再见。"殿维高高兴兴地离开了校长办公室。

闻清直立即把祝峃馨叫去，问是怎么回事。祝老师把大致情况汇报了一下，说：

"这事不太好办。柳士威打人是不对,可,是郑殿维先抢了座位的呀!"

"这有什么不好办的?排个座位还讲什么民主,要征求学生的意见,真是笑话!老师让谁坐在哪儿就坐在哪儿,这有什么难的。祝老师,你也太不会办事了。他是县长的儿子,他想坐哪儿就坐哪儿吧,这点子小事我们也不给照顾的话,那也太傻气了吧。"闻校长又像是批评又像是开导似地对祝岊馨说着,忽然又像想起什么大事,急急地问:

"那个柳士威,他父亲是干什么的?"

"是农村的。噢,是贫农。"祝老师怕没说清楚,赶紧补了一句。

"什么贫农不贫农?他儿子几次打了人,一定要处理!"校长坚决地说。

"这个孩子可不是个省油的灯。要是把事情闹大了,恐怕对学校和县长大人都没有好处吧。"祝老师眨了眨眼,瞅着校长说。

"你去征求殿维的意见吧,只要他满意了就成。"校长的话软了下来,忘记了他刚刚才说过"征求学生意见是笑话"。

"行,我会处理好的。"

事情就这样处理了:郑殿维和柳亚心坐在了一起,柳士威和颜冠仁坐在了一起,两张课桌,前后相对。郑殿维如愿以偿,也就不再要求处分柳士威了,他还想要讨好柳亚心呢。柳士威打人的事自然也就不了了之了。

排座位排到这份儿上,祝老师还能再要求学生什么呢?谁想怎换就怎换吧,只要双方同意就行。

郑殿维放弃了原先的座位,这正好给钱步云办了好事。他合理合法地和肖天娇坐到了一起,那份高兴劲儿自不必说。肖天娇呢?眼睁睁地看着郑殿维和柳亚心坐到了一起,却毫无办法,也故意做出和钱步云要好的样子,意在表明:追我肖天娇的男孩儿多着呢,你郑殿维算什么!通过昨天的接触,两人已经熟悉,便完全像老同学的样子了。

这一切当然都被甄幽兰看在眼里,心里大骂钱步云负心。但她实在不甘心就这样败在肖天娇手下,终于说服了一个眼睛近视的女同学,和她对调。这样,她便和他俩坐到了一排上。虽说中间隔着一个通道,但毕竟和钱步云靠得很近,而且对他俩的一举一动时时都能够一目了然。胡善行眼瞅着甄幽兰离开,情知是不想和自己一起坐,但还是向她投去善意的一笑。

贾效实终于说通了他后面的那位男同学,答应和成名对调。但香香和蓓蓓磨破嘴皮也说不通蓓蓓后面的那位女同学,两人急得几乎要哭了。效实看着她俩可怜巴巴的样子,对那位女同学说:

"你也真是的，人家是亲姊妹，就不能成全一下吗？"

那位女同学很生气，不无讥讽地说：

"你也真是的，人家是亲姊妹，管你什么事！吕香香是你什么人呀，你非要把她弄到你身边来？"

效实却又专门气她，故意嘻皮笑脸地说：

"吕香香是我表妹，怎么样？你同意调座位了吧。"

"真的？噢，那是你林妹妹了！"那女生先是一楞，又恍然大悟，也故意冷嘲热讽地说，"好，既是这样，我就成全你们！"说完，气冲冲地把书籍文具搬了过去。

香香脸刷地红了，一时不知该怎办。成名责怪效实说：

"你怎么能随便瞎说，让同学们传开了，多不好。"

效实却哈哈大笑地说：

"不瞎说能办成事吗？管她呢，"回过头来又催促香香说，"还愣着干什么？赶紧搬过来呀。她那是气话，一会儿她总又变卦，你不是又调不成了。"

香香感激地看着效实，一时不知该说什么好，默默地把书籍文具搬了过来。

一个正常的排座位竟弄得险些不可收拾，祝老师忧心忡忡：对这个班可千万不敢大意，一定要像瞎子牵驴一样从早跟到晚，一刻不敢松手。但即使这样时时如履薄冰，他又怎么能保证以后不再出什么乱子呢？天知道这池春水以后会涌起什么惊涛骇浪，那些莫名其妙的"引力场"会带来多么巨大的碰撞啊！

不过，对于大多数学生来说，同学之间因座位远近形成的这个"引力场"固然重要，但他们更看重的还是师生之间由讲课好差形成的那个"引力场"，因为这关乎他们的前途和未来。今天好不容易盼得开课了，给他们上课的老师到底怎么样呢？

第一节课是数学，一位老师拄着拐杖走进教室。

"怎么是个拐子？"同学们不由得投去异样的目光。

"同学们好！我叫孙如膑，孙子的孙，如果的如，膑嘛，是肉丝旁，也就是月字旁，右边一个宾客的宾。"他边说边在黑板上写下"孙如膑"三个字。

孙老师三十多岁，长得高大魁梧，要不是两腿的残疾大大影响了整体仪表的话，一定是一位相貌堂堂的美男子。也不知是天生如此，还是经过专门训练，他讲起话来，声音洪亮，听着分外悦耳，举手投足，一颦一笑，都是那么中规中矩，威武潇洒。

开始讲课了，他的拐杖变成教鞭，在黑板上指指点点。各种各样的线条和图形不断变换，他像运筹帷幄的统帅，在军用地图前，讲解一次重大战役的巧妙部署，谈笑风生。面对学生时，上身笔直，两手自然地合往下方，教鞭亦顺势在前方划出一道圆弧，随着手的下行，与地面形成一条垂线，在着地的瞬间，完成了一个大写字母由"Y"向"I"的转换，像将军在阵前指挥，镇定自若，一声令下，千军万马都指向一个方向。又像在学生面前划出一个大大的问号，调动起学生强烈的求知欲，引导学生开动脑筋，积极思考，向未知的领域发起进攻。

最令人折服的是他在黑板上用粉笔随手划出的圆，竟与用圆规划出的毫无二致。一堂课没有看一眼教材和教案，但所有涉及数字的计算，即使到小数点后十位也精确无误，连布置作业的页码和题中的数字也竟与课本上的丝毫不差。

"学校竟有这样的好老师，真是神了！"一下课同学们便异口同声地夸赞起来。

"你们知道那'如膑'是什么意思吗？他的父亲原来是一位高级军官，给他起名'如膑'，是希望他能成为像孙膑那样出色的军事家。"一个本校初中部毕业的同学诡秘地说。

"怪不得他举手投足都像军人呢。"

"可他却对当军官没一点兴趣，一心想成为出色的飞机制造专家。战争中，他的父亲先被打折了双腿，后又随部队起义投诚，转业到地方。他高中毕业后，以优异成绩考上了京城的航空学院。"

"那他怎么会来咱们这儿教了书呢？"

"唉，听说毕业那年，正赶上运动，他虽然一心躲在洞里钻研学问，没心思跑出来，可还是没能躲过那一劫。由于他的名字叫'如膑'，他的父亲又偏偏被打折了双腿，这不是明摆着要他像孙膑一样将来去找庞涓报仇吗？"

"他父亲给他起名儿的时候不是还没有被打折双腿嘛，这是哪儿跟哪儿呀！"

"可谁能证明他起这'膑'字的本意究竟是什么呢？"

"听说，上头把他列进黑名单时，他还完全被蒙在鼓里，梦想着能分配到飞机制造厂大显身手呢。"

"那他知道后总该分辩一下吧。"

"他当然分辩了，不然，两条腿怎么会瘸了呢。"

"噢，原来是让打瘸的呀！"

"既然如此，那他这名字不是太反动了吗？还不赶紧改了啊！"

"他倒是想改，好几次提出改成'彬'或'斌'，但上头认为，那不是把罪证给销毁了吗？经过多次研究，最终还是没有同意。"

"所以，直到今天，他还是个'名符其实'的一心想复仇变天的反动分子。"

"哈哈，真有意思！"

上课铃响了，同学们停止议论，匆匆回到教室。第二节课上物理，一位女老师走了进来。

"同学们好！我叫梅艳琦，梅花的梅，鲜艳的艳，琦嘛，是一个玉字旁，右边一个奇怪的奇。"与孙老师一样，她也先作自我介绍。

"哎哟，真漂亮！"

"名如其人，真像一朵鲜艳的梅花！"

几个男生在后面窃窃私语。

"嘀咕什么呢？"她发话了，柳眉倒竖起来。

"哎哟，还挺厉害呢！"那几个调皮鬼伸伸舌头，互递眼色。

"谁要再说话，立马出去！"她发火了，脸色铁青。

"这老师怎么这样？"同学们嘴上不敢出声，但心里总觉得老师有点太过分了。

教室里鸦雀无声。也许是第一次给这个班上课的缘故吧，她没有再发作，态度和缓下来，开始讲课。

她的课，那真叫绝了。一个枯燥的力学概念，讲得妙趣横生；一个简单的物理单位，讲得天花乱坠；一个难懂的运动定律，讲得深入浅出，让人兴味无穷……

更让人叫绝的是她讲课像是道白，有板有眼；要求同学们记的内容都编成顺口溜，念起来像是清唱，有腔有调；做实验简直就像在耍魔术，玩杂技，让人看得眼花缭乱，却又印象深刻。以致当她说"下课"的时候，同学们竟完全忘了初时的不快，情不自禁地鼓起掌来。

下课后，更像炸开的锅，满院子沸腾起来：

"真是赛过'小电灯'！"

"梅老师可是书香门第的大家闺秀，留学美国的工科博士。"

"啊？博士给上课，那我们不成了大学生了。"

"那她怎么不留在美国呢？"

"热爱祖国呗！当年，她痛感祖国科技落后，毅然抛下恋人，放弃优越的条件和舒适的生活，回国效力。"

"那不是和大科学家钱学森一样吗？怎么会来到我们这小地方呢？"

"她原先也在科学院工作，谁知后来运动来了，有人揭发她在下面宣扬资产阶级腐朽的生活方式，恶毒攻击新国家，结果成了一名反党分子。"

"听说，她老穿着从美国带回来的奇装异服，还经常指着自己的裤子说，看人家美国的料子穿多少年都不褪色，而咱们中国的洗一遍就不行了。"

"看她那样子，是有点……"

"像她那种态度，不挨整才怪呢！"

"梅老师平时倒是和蔼可亲，甚至和她开玩笑都行，但上了课严厉起来，真是怕得吓人。"

"刚刚我们不是已经领教了吗？"

"所以，有的同学非常崇拜她，称她居里夫人。"

"有的却十分怕她，背地里给起了个外号叫孙二娘。"

下了第二节课是课间操，同学们边往操场走边议论着，引得高三的同学也掺和了进来：

"今年高一这个班也太特殊了吧，竟安排'小电灯''岁寒三友'都给他们带课，我们都高三了，反而连一个也轮不到。"

"走，找校长理论去！"

"噢？这又是'小电灯'，又是'岁寒三友'的，到底是怎回事儿呀？"新生班的同学越听越糊涂，追上去好奇地向高三的大哥哥、大姐姐们请教。

原来，朱龙所在的商州地区古属燕赵地界，当年荆轲刺秦出发时，慷慨悲歌"风萧萧兮易水寒，壮士一去兮不复还"的变徵之声至今仍在易水边回旋，被称为"易水梆子"。最著名的演员艺名唤做"小电灯"。民间流传着这样一句顺口溜："宁听'小电灯'嗨嘻咳，不吃猪肉炒蒜苔"，可见群众对她的喜爱。

前两年，军队搞大比武，各行各业无不仿效，朱龙中学也紧跟形势，在全校教师中开展了赛讲活动。在总结会上，校长即兴讲道："人家易水梆子中的名演员叫'小电灯'，咱们朱龙中学的名教师，也应该叫'小电灯'！"于是，这次赛讲中荣获冠、亚、季军的三位教师从此便有了"小电灯教师"的美名。与此同时，关于这三位老师的各种轶闻也在师生中广为传颂。

这三名教师分别是数学老师孙如朦，语文老师祝昱馨，物理老师梅艳琦。也不知是个别聪明人的奇思妙想，还是学生们的集体创意，把三位老师的姓孙、祝、梅谐音为松、竹、梅，给他们又起了一个比"小电灯"更有诗意的名字，叫做"岁寒三友"。

人们称这三位老师为"岁寒三友"，但他们之间却似乎很少来往。孙如膑和祝喦馨两位有时还好像在一块聊聊天，而他们和梅艳琦则除了碰上面礼节性地打一下招呼外，几乎再无任何私人交往。但这些是老师们之间的事，学生则对此知之甚少。

新生班的同学了解到这一切后，喜不自胜。一进校，就有福气一瞻"小电灯""岁寒三友"的风采，天天聆听他们尽善尽美的"韶乐"，那岂只"三月"，简直会"三年""不知肉味"！这个"引力场"形成的巨大合力必将把他们带入鹏程万里的理想境界！

第十一章　覆华洞天

正式上课已近三周，同学们都熟识了。这天，语文课上学了王安石的《游褒禅山记》，下午课外活动时，冠仁和成名一起在操场边漫步，便谈起了志、力、物三者对一个人成才的作用问题。两人家庭出身都差不多，又都幼年丧父、家境贫寒，过早地领略了生活的艰辛，看惯了世人的冷眼，养成了孤僻的性格。不过，他俩之间倒很谈得来，相处时间虽短，却觉得格外亲热。

"父亲给我起名叫'成名'，对我的期望很高。我也立志要勤奋学习，将来成名成家。你说，外物会帮助我吗？"成名不无惆怅地说。

"谋事在人，成事在天，不管外物如何，只要我们尽志尽力，照王荆公的说法，就可以无悔了。苍天不负有心人，相信老天总有眼的。"冠仁安慰着成名，也是在安慰自己。他心里清楚：要说"外物"的话，成名比自己强得多。成名家仅仅是个富农，父亲一生种田，与政治无任何瓜葛，虽说是英年早逝，但终归是寿终正寝，不像自己的爷爷和父亲都死于非命。成名天资聪明，刻苦勤奋，相信他的前程不会错的。即使不能成名成家，也必定会事业有成。

这时，郑殿维和钱步云从后面走了过来。钱步云拍了拍他俩的肩膀，笑着说：

"两位老夫子在谈论什么呀？"虽然时间不长，但他俩学习的刻苦精神全班同学都已有目共睹，所以钱步云便以"老夫子"称呼他们。

两人回头一笑，说：

"没谈什么，我们在说语文课刚讲过的《游褒禅山记》呢。"

郑殿维接过话茬说：

"这个王安石也真是，写游褒禅山，可一点也没写出褒禅山的奇景，读了真不过瘾。还不如我们亲自到覆华山石足洞游一游呢。"

"那我们去和祝老师说说。"钱步云立即附和。

冠仁和成名也觉得去游一游更可以加深对课文的理解：

"好哇，我们也愿意去。"

四个人便一起往祝老师办公室走去。路上又碰着柳士威和几个男同学正打完篮球满头大汗地往回走。一听说想去游覆华山，也都举双手赞成。于是十几个同学相跟着一起去找祝老师。

祝老师正在备课，听了后放下手中的笔，想了想，说：

"这倒是个好主意，既可以加深对课文的理解，又能开阔同学们的视野，游了以后还可以写一篇《游覆华山记》的作文，可谓一举三得。但是覆华山又远又险，谁也没去过，万一出个事儿，怎么办？要不，还是就近游游朱龙山、双乳山吧。"

话一出口，同学们你一言我一语地说：

"朱龙、双乳刚刚游过，又没有石洞，有什么游头！"

"还是游覆华山好，那多过瘾呀！"

"覆华山与褒禅山很相近，游了回来也有写头。"

"险，怕什么？王安石不是说，'世之奇伟、瑰怪、非常之观，常在于险远，而人之所罕至焉，故非有志者不能至也。'游覆华山石足洞不正可以实际体验这一点吗？"

"我们这么多人一起去，能出什么事呢？"

"我爹去过，他天天在那儿开山采石，我回去叫我爹给咱们带路。"

祝老师听了，也觉得同学们说得有道理，犹豫了一阵儿，才下了决心，说：

"那好，明天是重阳节，九九登高，又是星期日，我们明天就去游覆华山！我向学校请示一下，我们这是结合课文搞实践活动，估计会同意的。你们回去先对其他同学说一下，要去的都做好准备。我这就去找学校领导，一会儿正式通知你们。"

同学们走后，祝老师便去教导处请示。教导主任不敢做主，他们又一起去请示校长。

"这是好事嘛，现在上面正提倡理论联系实际呢。以后遇到这事，只要给教导处说一声就行了。"闻清直答复得很干脆。祝老师便高高兴兴地布置去了。

他先到男生宿舍，安顿士威说："学校已经批准了，你今天晚上就回去，跟你父亲说好，顺便在家里准备好松明火把。明天我们让亚心带着先到你们村，再爬覆华山。"

"行，保证没问题。祝老师，你放心吧。那我现在就走。"

"去吧。"

士威走后，祝老师又到各个宿舍一一作了布置，绝大多数同学都想去，大家都各自准备去了。

第二天，东方刚刚泛起鱼肚白，同学们便在学校门口聚齐。祝老师一一点了名，千叮咛，万嘱咐，一定要注意安全，跟上大伙儿，不能掉队。说完，大家就雄赳赳地出发了。

到达柳下村时，太阳才刚从山后露出半个脸。稍微休息了一下，柳忠便在前带路，往山里走。很快就来到闯王庙前。只见断壁残垣，庙门洞开，房倒屋塌，一片破败景象。柳忠问祝老师：

"进去吗？"

祝老师征求大家的意见，都说：

"难得路过，就进去看看吧。"

庙内东西廊房都已倒塌，只有正殿三间还在。靠西的一间顶上也塌了一个大窟窿，墙上到处是下雨漏水的泥迹，地上也尽是破砖烂瓦。中间塑的是闯王像，看去很威武，横眉怒目，只是两只胳膊早已折断，小腿以下也已掉了泥巴，里面的木桩也已朽烂。两边原来还有两尊座像，但早已倒塌，连身躯也不完整了。前面两边两尊站立的塑像也早跌倒，横躺在地中央。柳忠见大家看得毫无兴致，便讲起了故事，想提一提同学们的精神。

"相传，当年闯王率军攻打北京，走到这里时，突遇倾盆大雨，山洪暴发，人马进退不得，被困在山凹里。当晚，闯王冒雨巡查，看见这里半山坡上好像有灯光。走近一看，是一所茅屋，就推门进去。见有一老一少，正在下棋。闯王打躬行礼，请问附近可有扎营的地方。老者笑着说：'来，与我对弈三盘，能胜的话，我便告你。'闯王便与老人对弈，发现老人棋路非同凡人，结果三盘皆输。闯王忙跪地请求说：'长者定是神人下凡，在下为解民于倒悬，高举义旗，恳请指示迷津。'老者笑着回答说：'我不是神人下凡，而是盗祖临世。你自称是闯王，可官府却称你是盗贼，你也算是我的后辈了，就指与你吧。此去西南方向十里有一个石足洞，足可容你千军万马安营下寨，速速去吧。'闯王闻听是盗祖临世，又请求传授夺取天下的法术，指示以后的前程。盗祖说：'你自号闯王，闯字就是骏马出门，岂不知马走日字的简单棋路，还用得着我教你？只此便可稳拿天下。'闯王待要请教此话怎讲，老者已昏昏睡去了。闯王便顾不得再问这些，赶紧拜谢出门，命令军队向西南方向进发。果然发现石足洞，异常宽阔，真是极好扎营之地。几日后，雨过天晴，闯王率军又返回此地，想再细细请教老人那句话的含义。可是这里根本没有什么茅屋，更找不到那位老者，只好作罢。找来一些本地山民，给他们留下几千银两，要他们在茅屋原处盖一座盗祖庙，以表景仰。可那些山民，都不愿在此处盖盗祖庙，又不敢违抗闯王的命令，待闯王率军走后，就盖起了这座闯王庙。尽管如此，可到现在还是有人诬我们这一带的人是盗贼的后代。其实那又如何？闯王究竟是王还是盗，谁又能说得清楚呢？又有谁能解开这凭'马走日字'的简单棋路就可稳拿天下的谶语呢？"

这个传说故事一下子把同学们的兴致鼓动起来了，出了闯王庙，大家沿盘山路蜿蜒而上，边走边猜度着这"马走日字"的意思。虽说谁也无法解开那其中的含义，但却有效地减轻了大家的疲累，只觉得时间过得飞快，不觉已来到石足洞前。

整个洞像一个张开的大蛤蟆嘴，伸出在山崖之外。上方朝外倾斜出去，嶙嶙巨石如虎头狮额；下方朝里凹陷回来，万丈悬崖似刀削斧劈。最外面高可数丈，仰之弥高；最里面低不盈尺，视之难见。全洞外围足有一、二百米，成一个大弧形，入深也有数十米，日光从洞外射入，仅达其半，里面阴冷潮湿。洞外沿悬崖砌起一道三尺多高的矮石墙。同学们靠着石墙远眺，但见白云朵朵，或高或低，山峦重重，或起或伏；近观青松翠柏，千姿百态，旋覆花漫山遍野，红黄相间，令人心旷神怡。洞里依山取势，建有一排简陋的木板房，分隔成近百间。各开有一个一尺见方的十字小窗口，朝里望去阴气逼人。门上着锁，早已锈迹斑斑。柳忠告诉大家这就是当年关押地主人犯的临时牢房。不少人被拷打折磨得半死时就从前面的悬崖扔下去。大家听了不由得毛骨悚然。冠仁想起爷爷的惨死，特意探出头去往悬崖下看了看，顿觉头晕目眩，一股冷气从脚底直透全身，禁不住打了一个寒颤。

石洞中部有一个足形水池，池长两丈有余，宽也在五尺开外。里面的水墨绿发青，好像深不可测；但用树枝一试，却原来不过数尺。阳光从洞外射入水池，水面光影摇曳，似动实静；绿沫如尘，似浊实清。同学们用茶缸舀起来，杯内清澈如镜，些无渣滓。柳忠告诉大家：

"传说，古时候这里荒无人烟，只有盗匪出没，这池就是盗祖的足迹，唤作盗泉。孔子曾经路过这里，因为厌恶这泉名，宁愿渴着也不喝这水。人们说，喝了这水，日后会做盗贼，所以也都不愿喝这水。当年闯王军队千军万马来到这里驻扎时，暴雨倾盆，池中水仍然没有点滴溢出；住了好几天，人马全靠饮用此水，水面也没有丝毫下降。闯王军从此出发后就节节胜利，攻下北京，可不久又失败了。人们说，就是由于喝了这水，只可为盗，不能为王。那些年，关在这里的犯人有不少人苦守着"不饮盗泉之水，不受嗟来之食"的古训，绝食绝饮，到最后奄奄一息时便都被扔到崖下喂了狼。倒是有的人不管那些，有食就吃，有水就喝，身体还无大碍，偶然有留得一条命的。后来，我们在这里开山炸石，不喝这水只能渴死，大家也不管日后为盗不为盗，还是先顾眼前，就都喝起来了。今天你们来到这儿，我把话说在头里，要是喝了这水，日后做了盗贼可别怨我！"柳忠一半像是开玩笑，一半又像是认真地说。

同学们听了柳忠的话，半信半疑。冠仁等便咽口唾沫，干啃那带的玉米面窝窝，口干舌燥，难于下咽。士威等便用茶缸舀了那水大口大口地吞下去，顿感凉爽宜人。士威满满舀了一茶缸，端到冠仁面前说：

"喝吧，盗匪也是人做的，做一次又何妨。"

便不管他愿意不愿意，对着嘴灌下去了。虽然冠仁嘴唇紧闭，那水大都洒了，但还是觉得口腔和喉咙里舒服了许多。

吃过干粮，观赏完山景，大家觉得身上来了劲儿，便不再满足于这个洞的一览无余，催柳忠领他们快到上洞去。

大家从下洞侧攀援而上，先走过"努断筋"。这是一段极陡的山路，虽然山里人用石斧砍出石级，但走起来仍然十分费劲，简直像在登云梯，真有"后人见前人履底，前人见后人顶，如画重累人"之感。再攀"舍身崖"，这又是一段极窄的山路，两面都是悬崖，胆小的不敢过，只得由柳忠用手牵着，一步一步往前挪。最后绕过"十八盘"，拐了不知多少个弯，好不容易才来到上洞。洞口圆径丈许，走到跟前，里面黑咕隆咚，往外冒着凉气，顿觉寒气袭人。

走了这么多陡峭的山路，刚吃了的那点玉米面窝窝早消耗净尽，肚里又已饥肠辘辘，大家又饿又累，这洞可怎么游啊？柳忠看同学们满脸愁容，忙说：

"我早料到你们还没进洞就饿得走不动了。来，这个洞旁边有一眼废弃的石灰窑，我带了十几颗鸡蛋，没来得及煮，现在我们把它放进去，盖上生石灰，浇上水，一会儿就熟了。你们分着吃点儿吧。"

"噢，'石灰烧鸡蛋'，太有创意了！"

"这是利用生石灰熟化过程中产生的高温将鸡蛋烧熟，很有科学性。"

"那要是把人放进去，肯定也会烧熟。"

"你怎么会想到把人放进去呢？那也太残忍了吧！"

"没听说过秦始皇焚书坑儒的事吗？要是把人放进石灰窑去坑，那不是更有意思吗？"

"真亏你想得出！"

说说笑笑中十几颗鸡蛋已经下到众人的肚里，大家都抖擞精神，点起松明火把，由柳忠引着往洞里走。

洞内，有时大石挡道，像横躺竖卧的熊罴；有时细石高耸，又像亭亭玉立的少女；有时上面伸下尖尖峭石，森然欲搏人；有时两旁侧出孔孔罅隙，青苔斑斑，水渍点点。同学们忽儿在一丛石花旁惊叹大自然的鬼斧神工；忽儿在几根石柱间驰骋各自的遐思迩想；忽儿有人尖叫一声，一条花蛇飞也似地窜远了；忽儿众人笑声一片，大家在一泓浅水旁拍水嬉戏。不觉已走出二里远近，前面又现出一小洞。里头又低又窄，两侧石崖往下渗水，地下湿漉漉的。

"同学们还进去吗？"

"还有多深？"

"我以前也只走到这里，离尽头还不知有多远呢。不是有一个传说吗？有一条狗从石足洞口跑进去，再没出来，可十几天后却在尧都街头发现了。你们说这洞该有多深呀！"

"啊？那么深哪！"有的同学犹豫了。

"那这样吧，想进去的报一下名！"

结果报下十几个男生和五六个女生。

"好，那就兵分两路。一路往出返，在洞口休息。一路随我和柳忠大伯继续往里走。"祝老师作了决定。

于是，他们又重新点起一支松明火把，猫着腰一个接一个往里走。走过约几十米，又渐走渐宽，两边景色又是不同。又走过百余米，至一处，四围开阔，中间形成一个大圆厅，可容百余人，里面到处是奇形怪状的钟乳石。大家便三三两两聚在一处，面对眼前的奇景，骑着想像的骏马任意驰骋。

看，那里形成一座高台，中间一块巨石，活像一人端坐，下面又有众多小石，或高或低，似立似坐，形态各异。郑殿维一竖大拇指，说：

"真像是秦始皇称帝，群臣跪拜，好不威风！"

"什么秦始皇称帝，分明是齐天大圣大闹天宫，坐在了玉皇大帝的宝座上！"柳士威立即反驳。

"我看更像是李闯王打进北京，在金銮殿上犒赏功臣。"柳亚心与他二人的看法又是不同。

颜冠仁同他们想得则完全不一样，他觉得那正像群儒读经，对孔夫子仰之弥高，毕恭毕敬。但他无意和他们争辩，只是独个儿遐思迩想。

看，那边几个人又争了起来。只见眼前两石并立，其一高大峥嵘，其一窄狭峭拔，更妙的是两石之间竟有一细石凌空相连。贾效实兴高采烈地爬了上去，大声说：

"真像是吕布戏貂蝉，抱得好紧哪！"

成名急得什么似的，对着他大喊：

"小心踩断啊，快下来！你老是不往正处想，那分明是举人带着书僮上京赶考呀！"

这时，吕香香听见走了过来。一端详，觉得贾成名也太有点书呆子气了，倒是贾效实说得有点像，不过她还是觉得那更像是七仙女与董永夫妻双双把家还，就趴在蓓蓓的耳朵上小声地对妹妹说。蓓蓓听了，虽然也觉得贾成名是有点书呆子气，但她对贾效实和姐姐的看法也不以为然，她觉得，那多像是张生与崔莺莺长亭送别呀！

看，那面还有更奇特的景观呢。众多钟乳石花团锦簇般从上面垂下来，下面却不着地，像凌空飞起来一样，更容易引起人的无穷想像。

"那简直是凤凰双展翅！"肖天娇高兴地说。

"是，真的像。你看还像不像鲤鱼跳龙门？"钱步云顺着肖天娇的思路，又想自己有所创造。

"一朵石花倒引得蝶乱蜂狂！"甄幽兰既像是对钟乳石驰骋想像，又像是对钱步云揶揄讽刺，酸溜溜地说了这么一句。

"可不，观音飞天，普渡众生，所到之处，必然彩蝶翻飞了。"胡善行顺着甄幽兰的意思又加发挥，自以为对的十分恰当，可甄幽兰却不满意地对他瞪了一眼。

众人观赏的兴致正浓，遐想海阔天空。祝老师看到这些刚入高中的学生竟有如此宽广的知识面和丰富的想像力，高兴地说：

"这次你们一定能写出好文章来！回去我们可以搞一次作文比赛！"看了看表，已近四点，就说，"这个圆厅四面都有洞，再往里走就出现叉道了，容易走失。天不早了，我们往回返吧。"

多数人都同意，可郑殿维却表示反对：

"这正是检验一个人志向与毅力的时候，怎么能半途而废？哪怕就我一个人也要坚持往里走。"

"走就走，看谁能比过谁。"柳士威对郑殿维不服气，有心要和他比一比。

颜冠仁虽无心和他二人比，但他有股子要穷尽一切的劲头，也想往里走。柳亚心虽是女子，又身体羸弱，但看到冠仁和士威要往里走，她也非要跟着，连柳忠也劝说不住。

祝老师为这几位同学的执著精神所感动，他也想看看石足洞里到底还有什么奇景，就说：

"既然是这样，请柳大伯带同学们往回返，您把他们领到柳下村后，由同学们自己回学校吧。路上一定要注意安全。"接着回过头来对四人说：

"走，我陪你们走到底！"

于是，五个人各执一支松明火把，向正前方继续往里走。走过百余米，两面石壁渐平，洞也渐渐宽敞起来。又走了一段，隐约可见石壁上有人工镂刻的图画。大家兴致更高了，都把松明子举得高高的照着看。但那些岩画大都模糊不清，有些即使能看出一些景物与人物的大致轮廓，也难领会画面所要表达的意思，更弄不清它们是互有联系的连环故事画呢，还是独立的山水人物画。

他们在一幅画前停了下来，把火把一字儿排开，照出了整个画面：

一位巨人，人首蛇身，面目慈祥，酷似一位老妪，背靠大山，两眼平视，正聚精会神地用手抟弄着一个小东西。前面不远处一个小人儿在跑跳玩耍，后面山石上留下一串足印……

"祝老师，这画的是女娲抟土造人的故事吧？"冠仁思索着，他又想起了那首荡气回肠的诗，虽基本认定，但还是留有余地地问祝老师。

"是，是，一定是。"祝老师满意地点点头。

"那前面跑的一定是女娲造出的第一个人吧？"士威的眼睛早盯着那个小人儿了。

"应该是。"众人的看法完全一致。

"那你们说，这个人是好人还是坏人？"士威总爱提一些怪异的问题。

"当然是好人了，第一下就造出个坏人，那还了得吗？"亚心笑着说。

"那也不一定，也许后来成了大强盗呢。"殿维则另有看法。

"祝老师，这第一个人，史书上有记载吗？他叫什么名字？"冠仁不想贸然下结论，他看重的是史料。

"你这问题可把我难住了。那只是神话传说，史书上怎么会有如此详细的记载呢？"祝老师无法回答。

"咱这洞叫石足洞，不就因为那山石上的足印吗？我想，这第一个人的名字该叫石足吧。"士威却不管那么多，想到哪儿就说到哪儿。

"你又胡诌了。"亚心瞥了哥哥一眼。

"照你这么说，那第一个人应该就是盗祖了。这不正符合我刚才说的？"殿维真是推理的高手。

"是盗祖又如何？我爹不是刚给咱们讲了闯王的故事吗？看来那盗祖还是个圣人呢。"士威却不受常规逻辑的束缚，索性把这第一个人捧到了天上。

"盗圣？亏你想得出……"殿维则嗤之以鼻。

"把'盗'与'圣'放在一起，有意思……"祝老师笑出了声。

"是有意思。"冠仁自语。

他们又来到另一幅画前：繁星满天，弯月如钩。在一间简陋的茅草房里，一个老者，山羊胡子微翘，专心致志地用刀在甲片上刻着什么……

"这个画面好像在哪本书上见到过，画的分明是苍颉造字的故事。"祝老师指着岩画说。

"那房子后面几个鬼样的东西是什么？"士威对那些怪异的东西总是特别感兴趣。

"连'苍颉造字，夜闻鬼哭'的故事都没听过吗？那是野鬼在哭叫呢。"殿维轻蔑地看了士威一眼。

"为什么苍颉造字，鬼却要趴到窗户上哭呢？你能回答出来吗？"士威毫不相让，立即逼了上去。

"这，这……"殿维一时语塞。

"让我告诉你吧。你没看见那地下已经造出来的'石'字、'足'字吗？那是苍颉专为那第一个人的名字造的。给谁造了，谁就可以留传后世；不给谁造，谁就白来世上走一遭。那些死鬼们当然要哭了。"士威本来是信口胡诌，但却说得头头是道，让人无从反驳。

"你怎么对那个'石足'如此尊崇呢？他是你的老祖宗吗？"殿维只能另外寻找攻击的方向。

"他是女娲造出的第一个人，是所有中国人的老祖宗。你不是中国人，当然不会是你的老祖宗了。"士威真是对缝子的好手。

"别说了！再说又要吵起来了。"亚心赶紧按了制动栓，两块舌头才算停止了转动。

"这一幅和前一幅之间究竟有没有关联呢？"冠仁并不相信士威说的，也不想参与他们之间的争论，但他总觉得二者之间应有某种关联，默默地在脑子里思索着。

"快来看，快来看！这几幅画上都有一处院落，又都有一棵大树，一定是有联系的。"祝老师在前面像发现了新大陆似的，高兴地大声喊起来。他的四个学生都一下子围了过去，饶有兴趣地观赏起来。

第一幅画是这样的：一处背靠山崖的院落，门前有一棵大树，大树下有两个人对坐着。面貌衣着全都模糊不清，也无从猜测这两个人在干什么。

第二幅画上好像还是这处院落，大树下有几个人和几匹马，有一个人好像是被反绑着跪在马前。

第三幅画上好像房舍与大树都着了火，烈焰腾空，浓烟蔽日，有一个人手提一把剑，正向山后跑去。

"这一定是你那老祖宗的宅子了，你看，多像你们家现在住的院子呀！"殿维觉得又找到了报复的茬口，脱口而出。

"是很像，那株大树一定就是神柳了。"这下士威却一点也没有生气，因为他也是这样想的。

"真是奇了！"显然五个人的看法完全一致。

"快来看，这不是画，是雕像，和真人一样！"祝老师在一个洞窟前停了下来。四个人一起围了过去。原来洞的后壁处有一尊以突出的峭壁石崖为原材料精工雕刻的站立石像，身材魁梧，横眉怒目，左臂下弯，左手按住剑鞘，右臂挺直，右手紧握剑柄，剑尖直指前方。

"啊，真威武！"

"这是什么人呀？"

"这还用问，当然是秦始皇横扫六合了！"

"你心里除了秦始皇还有什么？没看见前面那幅画上跑上山的那个人手里提的一把剑吗？这肯定是他！"

"那他到底是谁呀……"

大家正聚精会神地思考着，突然感觉脚下好像震动了一下，石像手中擎的那把剑咣啷一声掉在了地下。

"哎哟……吓死人了……是不是地震了，咱们快出去吧。"亚心自小受过惊吓，吓得连话也说不流利了。

"别怕，没事儿，一定是年代久远，剑被锈蚀了。"冠仁则很镇定，赶忙安慰亚心。

士威和殿维却不管这些，一心想的是把那把剑抢到自己手里。几乎同时弯下腰去伸手捡拾，结果士威抓住了剑柄，殿维抓住了剑尖。士威手一扬，把剑提了起来，殿维则被剑尖刺开一个口子，鲜血直流，不由得哎呀一声，松开了手。

"你怎么刺人啊？"

"谁让你抢我的剑呢？"

"这剑怎么是你的呢？"

"你刚才不是说那是我家老祖宗的宅子吗？这剑当然是老祖宗留给我的了。"

"那只是你的想法，我总认为这剑只有秦始皇才配拿在手里。"

"就算那石像是秦始皇，与你又有什么关系？"

"那可说不定，也许他还是我的老祖宗呢。"

"一个大鼻子洋人的老祖宗是秦始皇，太可笑了吧。"

"那你说这剑是你家的，是承认你的老祖宗是强盗了？"

"是强盗又怎么样！"

"强盗的兵器公家是要没收的。"

"没收充公也轮不到你！"

"走着瞧，你这把剑迟早是我的！"

"你要想夺我的剑，我就拔剑杀了你！"

"你敢？"

"那你现在就试试！"

"怎么……又想……"眼看两人又要拳脚相加，亚心赶紧揪了揪士威的衣角。

"你俩怎么一说就……"祝老师也开了口，"天不早了，大家快往前走吧，后面也许还有更精彩的呢。"为尽快制止两人的争吵，把大家的注意力引导到岩画上，祝老师边劝边大步地向前走去。

这一着很见效，两人立即停止了争吵，大家都跟了过去，急着往下看，想弄个究竟。但似乎下面的画又与先前的画完全没有什么联系了。他们又都坠入云里雾中……

有一幅画是这样的：狂风大作，沙石乱飞，暴雨倾盆。大树上的一个鸟巢快要被冲塌了，巢里的小雏有的已经掉到地上摔死了，而树上有一只大鸟还在挣扎着翻动翅膀，好像在发出阵阵哀鸣，让人看了不由得潸然泪下。但这画究竟要告诉人们什么呢？

还有一幅画让人莫名其妙：天上竟山峦起伏，凌空却流水潺潺，地下反艳阳喷火，白日而繁星密布……

更有一幅画画得不近人情：两个人对坐着，两手交叉平放在腿上，像佛像一般，但却都从各自的胸膛里射出一支箭，或是飞出一把刀，插进对方的胸膛……

……

　　岩画一幅接一幅，有的比较清晰，有的已非常模糊。他们虽对那些画难解其意，但却越看越想看，屏神凝思，仔细琢磨，忘记了互相关照。很长时间过去了，看看火把将尽，大家这才急急地互相呼唤起来，聚拢到一处。却唯独不见了冠仁。四个人都急得大声呼叫，无有应声。穿洞找了又找，也杳无音信。这时火把都灭了，洞里一片漆黑，大家更慌了。祝老师怕再有闪失，让四个人手拉着手往出走，他自己走在最前头，为大家探路。这时那把剑可派上了大用场，士威让祝老师在后面断后，他则自告奋勇走在最前头，学着石像的模样，右手紧握剑柄，剑尖直指前方，为大家探路扫障。四个人终于一起平安地走出了洞。这时已是晚上十点多了，柳忠放心不下，正跑上山来接应他们。听说不见了冠仁，心也慌了。祝老师让柳忠领他们回去，他自己还要进洞去找。

　　柳忠定了定神说：

　　"这样不行，连你也会走失的。反正已经是这样了，不如今晚先回我家，等明天我再叫一些人，多带松明火把，一定会找着的。"

　　祝老师踌躇了半晌，想不出更好的法子，只得如此。大家便一起回到柳忠家歇息。

第十二章　梦幻奇遇

　　第二天一早，柳忠叫了村上的十几个人，带着松明火把，进石足洞去找。但一连三天毫无结果，冠仁失踪的消息也在学校传开了。祝老师已心力交瘁，强扎挣着把前后经过向闻校长做了详细汇报。闻清直一听，人命关天，非同小可，当即向郑县长做了汇报。郑志斌已从殿维口里得知了消息，指示学校写出正式报告，祝嵒馨立即隔离审查。祝老师哭着说：

　　"对我，怎样处理都行。只是恳请县上和学校赶紧组织人力继续寻找颜冠仁。他是一个多么好的学生啊！"

　　但闻清直想的却是：这事要弄到学校头上，难以交待，说不定会丢掉这顶不算乌纱帽的校长头衔；至于颜冠仁这个学生能否找到，尚在其次。于是便在报告中特别写明，他们是星期日私自外出，校方全然不知，责任应由祝嵒馨一人承担。颜冠仁不是国家工作人员，只是一名学生，找寻之事应由家庭负责。郑志斌阅后，寻思：闻清直这家伙真狡猾，一推一个六二五，不是上次那档子事你照顾了我，这次休想跑得了。想到此，不由得咧嘴一笑，大笔一挥，批道：

　　"既然游山非学校正式组织，此事当按一般事故处理。除祝嵒馨外，不再追究其他领导人责任。立即通知该生家长，找寻之事由家庭与学校商量办理。"

　　柳忠三四天找不到冠仁，焦急地跑到学校，想向祝老师了解一下情况，如果学校要派人找寻的话他好接应照料。听说祝老师已被隔离审查，无法见面，只好直接找校长询问。一听校长口气，心里就窝了火，但还是强忍着说：

　　"颜冠仁家中只有寡母，又体弱多病，这消息恐怕对她打击太大，说不定又会发生意外。就是告诉了她，一个女人家，又能有多大能耐？学生在学校组织的游山中走失了，学校还能不去找？如今既然学校不管，那就先不要告诉他娘，把这事交给我吧。"

　　闻清直大为惊诧地问：

　　"你是他家什么人？你能承担了这么大的责任吗？"

　　"这有什么责任不责任的？找人要紧。既然你们不准备派人去找，那我也再没有什么和你们说的了。"柳忠生气地离开学校，赶紧回村组织人马继续寻找，要没有个结果，绝不停止。但又过了好几天，仍然是活不见人，死不见尸，看来生还的希望是越来越渺茫了。

亚心哭的两眼肿成了大核桃，连学也无法上了，让士威给请了病假。但她却每天非要跟着上山，任九头牛也拉不回来。殿维听说她病了，专门从学校跑去看她，却发现门上着锁，家里无人，只好快快地返回。

却说那天，冠仁和祝老师等四人一起看岩画，而他更为入神入迷，走得比众人更远了一些。他顺着图画，不觉中走进一条叉道，一失足掉进一个深坑。幸喜下面是软沙，倒没怎么摔着。定了定神，想往上爬，可怎么也爬不上去，反累得筋疲力尽。这下心慌了，赶紧高声呼唤，可声音沙哑，坑又深，又是叉道，离得远，祝老师他们哪能听得见。叫了一阵，没人应声，他越发心慌了。火把早已熄灭，洞里伸手不见五指，他觉得又冷又怕，全身又软又痛，身体不由自主地瘫倒在地下起不来了。

不知过了多少时间，忽然，听得前面好像有人在说话，他想一定是祝老师他们，赶紧喊：

"祝…老…师！…我…在…在…这儿！"

不知为何，怎么也喊不出声来。而那说话声却似乎越来越远了。他估摸总是他们没有听见，赶紧起身去追。影影绰绰看见那些人的背影了，他又赶紧喊，可还是喊不出声。那些人依旧不搭理他，反而越走越快。他也加快了脚步。好不容易追到跟前，他拉住一个人的衣襟，叫道：

"祝老师，等等我。"

那人一回头，说：

"你是谁？我不认得你。"

他急着说：

"我是颜冠仁呀！"这时他才看清，原来那人不是祝老师，而是一个留着五绺长须的壮汉。忙说：

"大爷，我是游石足洞掉到坑里，和同学们走散了，请您给我指点指点，带我出去，好吗？"

那人说：

"好，随我来！"

于是，冠仁便随那人往前走，全身好像飞起来一样，一会儿便到了洞口。只见外面阳光灿烂，彩云缭绕，完全不是原先洞口的样子，一出洞便是万丈悬崖，人宛若飘浮在半空之中，前面根本无路可走。冠仁正自纳闷，抬头看见两位白须白鬓的老者正在崖边对弈。忙走上前去想施礼问询，被那壮汉一把拉住，示意他侍立静等。冠仁打量那两位老者，见其一横眉立目，脸色黝黑，腰佩宝剑；其一和眉善目，脸色枯黄，怀揣书简。两人边弈棋边叙谈，竟以文言相应答。听那佩剑者曰：

"子何往？"

那揣书简者慨然曰：

"道不行，乘桴浮于海。"

又问曰：

"谁从与？"

答曰：

"唯求而已。"

既而，揣书简者问曰：

"子何往？"

佩剑者答曰：

"盗不行于川，欲之于山。"

又问曰：

"谁从与？"

答曰：

"从徒九千，百姓从者无计其数。"

那揣书简者听后，怃然良久，仰天叹曰：

"吾勤学仁礼，躬行善事，何以至此穷途末路？天耶，何其不公！"

佩剑者慰曰：

"无戚焉，子后必大富大贵。"

揣书简者转喜曰：

"果如君言？"

"必如吾言。然子之贵当在子之逝后，子之生时则莫之知也。"

"何也？"

"子之生时，叨叨不已，碍其手足，乃君王之羁绊耳。子之死后，劝世导民，扶君保国，乃君王之护符也。"

"无乃尔言甚与？"揣书简者沉思良久，似信非信，乃言曰：

"敢问君之生前死后事，可予言否？"

佩剑者笑曰：

"有何不可？吾之生前，君谓之盗，民谓之侠，故围剿多多矣，从徒多多矣。吾之死后，君虽言以吾为盗，行则以吾为师；民虽言亦以吾为盗，行则以吾为范。故吾之死后，必遗臭万年而香及万家矣。"

"果如君之言乎？"揣书简者摇首而笑。

"敢以此为赌。"佩剑者正色而言。

"何以为注？"揣书简者紧追不舍。

佩剑者回头指冠仁曰：

"此颜回裔也，乃尔门中人。吾与汝即以此子为注，何如？观其后，是信汝耶，抑信吾耶？"

揣书简者以手捋须，曰：

"尔意吾曾有言曰：'回也非助我者也'，然回'于吾言无所不说（悦）'，吾不信此子会背我，从我者必增一人，尔输定矣！"

"吾弗与汝争焉，未历三纪，汝自必赧颜矣！"

言讫，二人击掌为誓，都伸出手来要把冠仁拉过去。

冠仁顿觉两条胳膊被拉得生疼，猛然睁眼，依旧黑咕隆咚，寂静如初。原来是做了一个梦，睡梦中两条胳膊不知怎的被一根青藤缠住了。梦中情景，早忘了大半，只依稀记的一些，况且此时根本没有心思去想这些。连命还悬在半空中呢！他用手拉拉青藤，好像是从上面沿伸下来的；再用劲儿拉，似乎还不太容易揪断。

"莫非是神人指点，来解救我的？"冠仁这样想着，便大着胆子，拽住青藤往上攀，竟然爬了上去。

"该往哪面走呢？这根青藤好像是顺着洞、沿石壁长的，还是靠青藤这根救命索吧。"他便手握着青藤，一步一步往前走。走累了，休息一会儿再走；口渴了，舔舔石壁上的青苔；肚子咕咕响了，嚼嚼青藤的茎叶；累得实在不行了，就紧紧地攥着青藤睡上一觉，醒来再继续走。也不知走了多长时间，才觉得渐走渐宽。又走了很长一段，猛然发现前方有了光亮。他高兴极了，便迎着光亮加快了脚步。走出洞口，原来已到了山顶，一片明媚的阳光照着苍绿的峭壁。他已经好几天没吃一点东西，全凭意志坚持着，一出山洞便昏过去了。

又不知过了多久，才睁开了眼。整个山顶酷似一朵盛开的旋覆花。上面尽是巨大的青石，像圆形花冠，隆起又覆下；下面全是几丈高的笔直石壁围起，像密密花蕊，在阳光的照耀下，反射出融融的金光；石壁下又是平展展的青石平台，像花萼将整个覆花高高托起。洞口正开在这平台上，向外可以远眺四野的壮美山色，向里可以欣赏石壁的超凡景观。但此时冠仁还顾不得这些，刚刚从死亡边缘挣扎回来的他顿感饥肠辘辘。他一眼发现了石壁根部崖边的几棵山果树，便用尽全身力气爬了过去，顺手摘下野果子大嚼起来。

这野果又充饥，又解渴，吃了后顿感体壮神爽。他无法断定自己所在的方位，距县城有多远，更无法猜度已过了几天几夜。他想到，祝老师、柳忠大伯、同学们和学校一定都在千方百计地寻找自己。他们告诉母亲没有？千万不能让母亲知道，万一知道了，母亲会支持不住的。他必须尽快找到下山的路，好顺着山谷往回走。他开始沿青石平台探索。他此时无心看那些石壁上的图画和文字，但先前见到的那些岩画和依稀还约略记着的梦中那两位老者对答的一些话语，总在侵扰着他，使他不由得把眼光停在那些石壁上。

刻在这石壁上的不像是图画，而像是文字。冠仁先横着看，横不成行，理不出一点眉目。他突然想到，古书是竖排的，又竖着去看，倒像稍有条理。但哪里是开头呢？他又犯难了。便围着石壁转了一圈。发现一面石壁上竖刻的两个字最大，一个字足有一丈见方。上边那个字笔划少而粗，虽经多年风化，仍很清晰，很像一个"石"字，但又和我们现在写的"石"字不大一样。"噢，对了，古人是写篆字的，这石壁上刻的一定都是篆字了。"下边那个字笔划多而细，已不太清晰，仔细描摹起来，好像和楷书的"言"字比较接近。乍从远处看，好像是"石言"二字，但再仔细看，这两个字上下并不相对，而是错开的。"石"字的左上方是个方圆圈，像个"口"字；左下方模糊成一片，无法辨认；两边靠得相当近，是合成一个字还是单另一个字，无法判定。"言"字右下方也是个方圆圈，像个"口"字；右上方的石片脱落了一块，字迹无法辨认；两边也靠得相当近，难于断定是合成一个字还是单另一个字。

他端详着这一片石壁，久久思索着。这两个字在所有石刻文字中最大，很可能是一部书或一篇文章的标题。如果是独立的两个字为"石言"，如果是合成的两个字为"囗石 言囗"，这会不会是曹雪芹的《石头记》呢？他的心里一亮，赶紧往下看。但是看来看去，却与《石头记》一点也沾不上边。心里刚刚闪动的一点亮光又一下子熄灭了。

他又返回来两眼盯住那两个方圆圈苦思冥想。右边从"石"的字有哪些呢？唉，石字旁都在左边，哪有在右边的呢？想来想去连一个字也没想出来。左边从"言"

的字该好想吧。啊，真多！说、话、记、计、讲、论……他一下子想出了许多。一般做文章标题的常用"记"（刚学过的《游褒禅山记》便是）"论"（《六国论》便是）"说"（他想到了《捕蛇者说》）等字。做一部书的标题常用"记"（《石头记》就是）"语"（《论语》、《国语》就是）等字……他把眼睛盯在"言"字右下方的那个方圆圈上不动了。啊，这一定是个"语"字，这部书分明是与《论语》差不多的一部古书石刻了。他的脑海里又出现了梦中的情景。那位怀揣书简、和眉善目的老者分明就是孔老夫子。噢，对了，"道不行，乘桴浮于海"分明就是《论语》中的话。他真感激父母从小就让他背《论语》，想不到竟在这里派上了用场。那么，这《口石 语》一定是那位佩剑老者的学说了。他们不是击掌为誓，指我为注，赌我将来会信仰谁吗？这还用赌吗？我是颜子的后裔，当然是信仰孔老夫子的《论语》了。但那位佩剑老者究竟是什么人，好像他在谈话中几次提到"盗"什么的，莫非是柳忠大伯说的那位"盗祖"？为什么他对自己的学说竟那样自信，连孔老夫子在他面前也明显地自愧弗如？这是多么奇怪呀！难道我将来会信仰盗祖的学说吗？盗祖的学说里面到底有些什么奇谈怪论呢？

于是，他的兴趣更大了，连下山的路也不找了，一门心思往下看。这两个字的右边隔了一段距离是一行行的小字；而左边不远处是一行竖排的四个大字，虽比前面那两个字小了许多，但也有五尺见方，比后面的字还是大得多。"噢，对了，古书竖排是从右向左的，这大概是一章的标题吧。"他这样想着，又仔细描摹猜度起这四个字来。

第一个字笔划少，保存完整，显然是个篆书的"天"字。第二个字的地方好像是遭雷击过，炸成一个大坑，没有一点笔划的痕迹了。第三个字上面的字形没见过，下面是一个"口"字，合起来是个什么字，不认得。第四个字笔划很复杂，模糊成一片，更不可认。由于四个字中有三个无法辨认，所以很难理出一个完整的意思来。古人很看重天，大概这一章就是论说"天"的吧。

再往左看，显然是正文了。每个字一尺见方，横竖都很整齐，既没有标点，也不分段落，全部是篆书。一来冠仁不识篆书，二来石刻经多年风化字迹模糊，所以除极少数字略可辨认外，大部分无从猜度。他约略数了一下，每行二十个字，大约一百零几行，共是两千多字。

由于无法看懂，他也就不再细看，便走到另一面石壁边。开头也是四个五尺见方的大字，显然是又一章的标题。第一个字比较清楚，一眼便认出是个"名"字。第二个字笔划很多，模糊成一片，完全无法辨认。第三个字是左右结构，左偏旁是个"木"字，但右面是一个像蛔虫一样的弯钩，又把他难住了。第四个字也是左右结构，左偏旁像一颗心的样子，也许是竖心旁吧；右面笔划比较多，上面好像是半个草字头，下面好像是一间房子里关着个小孩子的样子。他怎么也猜不出这是个什么字。他又有意地离石壁远些，总体看这四个字："名□木□↑□"，"这一章讲的该与'名'有关吧。但'名'又是指什么呢？是不是与'木'和'心'有什么关系？"他实在想不出来。下面又是竖行的正文，也是两千多字，当然也无法看懂。

他又转过后面的石壁，首先看到的是又一章的四个标题大字。第一个字仅两画，是个"人"字。第二个字看去极像一颗心的样子，肯定就是"心"字了。第三、第四两个字弯画很多，极有美感，特别是第四个字像龙蛇争斗的样子，说是字，还不如说是画更贴切。但美是美，认却无法认。不过还是数这一章的标题看得清楚，意思明确。它一定是讲"人心"的。人心，人心，人心究竟如何呢？他多么渴望这石壁文字能为自己指点迷津。这一章正文比前两章多得多，足有三千多字。但那正文更难看懂，他只得悻悻地、不情愿地离开那片石壁。

从后面的石壁转过来，他又回到原来的位置，"□石 语"二字又映入他的眼帘（此时他已把第二个字毋庸置疑地看作"语"字了）。"七千余字，相当于半部《论语》，过去有人说'半部论语治天下'，莫非就是指此而言？我虽不想去治天下，但我会把它吞下去，消化了的。"冠仁在心里对自己说着。他想到这次虽然遇险，几乎性命不保，但收获匪浅，是难得的一番特殊经历，内心感到了极大的欣慰。

看完这些文字，已是日落时分。他这才又想到找下山路的重要。可是天色已晚，他只好权在山上再露宿一晚。

第二天天刚蒙蒙亮，他被冻醒了。山里气候冷，他全身的衣服都被露水打湿了，醒了后冻得直打哆嗦。他索性爬起来开始找下山的路径。但找来找去，四面都是悬崖，根本无法下山。他的一字眉蹙成了大疙瘩，真的犯了愁。

"我能从黑洞里走出来，还能让困死在山头吗？"他见悬崖上高低间隔不远就有树木枝杈，上面都有青藤缠绕，便想："青藤既然可以引我出洞，也一定可以送我下山，想必青藤真是我的救命索了。"他闭了眼默默地祷告了一会儿，又跪地向四个方向各磕了一个头，然后站起来，狠狠心，抓住一根青藤便顺着往下溜。到树杈处蹲在树上歇一歇，再抓住青藤往下溜。虽说划得满身是伤，但总算下到了谷底。

朝哪个方向走呢？他又犯了难。他坐在一棵大树旁发楞，看见一群蚂蚁正在忙碌地往洞里搬运食物。猛然想起曾学过在森林里迷失方向时可以凭蚂蚁洞辨别方向。蚂蚁洞一般都筑在树根向南的一面，以便享受阳光。同时他又想到树皮上的颜色南北也不一样。他高兴起来，仔细观察了一会儿，想到覆华山在县城南面，便毅然按自己选定的北方前进了。

整整走了一天，到傍晚时才碰上一个上山打柴归来的老农民。一问才知道，他还是走错了路。这里已过了朱龙县界，属黑虎县管了，距朱龙县城足有二百多里。这位老农民听说他是朱龙高中的学生，游覆华山迷了路，当晚便留他在家里住下。随便聊起：

"你们朱龙县的县委书记老家就是我们这村的。当了官后，另娶了一个年轻漂亮的小老婆，就借口家里的老婆跟逃荒到我们这里放羊的一个男人通奸，把人家休了。可怜那女人只好带着一个不满周岁的孩子跟了那男人。那男人老家是你们朱龙县的一个什么村，人倒挺老实厚道，也是受苦人。"

老人说的毫不经意，冠仁听了却如闻晴天霹雳，张大了嘴好久合不拢。老人笑着说：

"你还是孩子家，不懂得世上陈世美多得是。"

冠仁诺诺连声应着，才慢慢镇定下来。

第二天，他问清了回朱龙县城的路，向这位老人千恩万谢，一早便上路了。又走了两天，才终于看到了夏瀛海。从那天由学校出发，他入地上天，绕覆华山转了一个大圆圈，经过了八天八夜，才又回到了浊水河往夏瀛海的入口处。朱龙城已在眼前，他长舒了一口气：

"我总算从阎王殿边逃回来了。"

他说不清是喜是忧，一字眉又蹙了起来：

"没想到一上高中，就遭遇了这样一件奇事，这究竟是祸，还是福呢？"

第十三章　复归之后

　　颜冠仁失踪八天之后，又奇迹般地回到学校。这消息像长了翅膀似地一下子传遍整个朱龙城，一时间成了人们街谈巷议的头条新闻。

　　有的高谈阔论：

　　"大人们还不敢去，学生游什么石足洞？能捡了条命回来，算是不幸中之万幸了！"

　　有的低声嘀咕：

　　"石足洞中有冤死的鬼魂作怪，要找替死鬼，把人掳走了。这孩子阳寿未尽，才又放回来的。"

　　有的叮嘱着自家的孩子：

　　"可要小心哪！以后别悄悄出去游山玩水，担心回不来！"

　　有的评论着冠仁的命相：

　　"大难不死，必有后福。这孩子福大命大，将来总有大出息！"

　　有的甚至还专门跑到学校，想一睹颜冠仁的长相。瞅着他那浓黑的一字眉，对照着易经八卦，掐算着他的未来祸福。

　　最高兴的当数祝老师和柳忠一家了。

　　祝老师虽被解除了隔离，但还在继续接受审查。他对所谓的"审查"早有了耐药反应，神经已经麻痹，还有什么不能忍受的呢？他只是在痛心自己的失职，惦念冠仁的安危。现在冠仁生还，安然无恙，他的心上像卸掉了一块大石头，无比轻松又无比激动。他抱住冠仁久久舍不得松开，几天来他胸口堵得饮食不思，有多少心中的郁闷想向人诉说啊。但在学生面前，又没有多少话好说，只能任泪水顺两颊不住流淌。冠仁也为因自己失踪连累祝老师被隔离审查而深感内疚，但他也不会说更多表达歉意的话，此时也不想对任何人详细讲述洞中的经历，只是抱着祝老师泣不成声。两人就这样默默地、紧紧地、久久地抱在一起……

　　这几天亚心在家里如坐针毡。突然士威兴高采烈地跑回家来告诉说，冠仁平安回来了。她高兴得像发了狂似的，顾不得眼圈红肿，便一溜烟跑到学校。几日不见，她没想到冠仁的变化竟如此巨大，不由得呆住了。他那张本来就瘦削的脸更加瘦削不堪，两颊凹陷，颧骨高高的，下巴尖尖的，显得那样突出。脸上血色全无，黄中带白。头发老长，蓬蓬松松。浓眉依旧，但眼中布满血丝。嘴唇青紫，嘴角肿起了红泡。一眼就看出是经受了极大的困苦，好像大病了一场。亚心倍感心痛，眼里不由得又湿润了，她真想抱住他大哭一场，把这些天来心中郁积的柔情向他倾诉。但在稠人广众面前她还是尽力克制住自己，只是像其他同学一样问了一句：

"可回来了。还好吗？"

"回来了。还好。"冠仁也只简单地答了一句。但他分明看出，自己的失踪给亚心造成的痛苦是所有人中最大的：眼圈肿起来，散下去，又肿起来，在眼底隆起一抹一抹的红晕，说明她不知为自己哭过多少回；柳眉蹙起来，舒张开，又蹙起来，在眉间形成一弯一弯的深纹，可见她不知为自己焦虑有多么深。那真是"两弯似蹙非蹙罥烟眉，一双似喜非喜含情目"呀！冠仁不知为何一下子想到了《红楼梦》中宝玉被打后黛玉那双"肿得桃儿一般，满面泪光"的眼睛，心底升起一股从来没有过的感情。

这时，柳忠风风火火地来到冠仁跟前，拉住他的双手盯住看了好一会儿，说：

"嗯，还好，看来没有大碍。你快回去看看你娘吧。我没敢把这事告诉你娘，你两个星期没回去了，她也可能听到了些传闻。我真愁，要是你再不回来，我可怎么对她说呀。这下好了，老天保佑，你总算回来了。"

冠仁听大伯如此说，顾不得其他，赶紧从后门翻墙过去，抄小路回家了。母亲刚从街坊口中听到朱龙高中学生失踪多日幸得生还的传闻，她根本没有想到那会是自家的儿子，正在家中为那位学生庆幸的时候，冠仁突然回家了。她一看儿子那好像大病一场、面黄肌瘦的样子，一下子明白了。不知是悲是喜，心里像翻倒了五味瓶，抱住儿子哭个不停。冠仁的眼泪也像开了闸的流水一下子倾泄出来，声音哽咽地把自己失踪的经过简单地给母亲讲了讲，又把柳忠大伯连日来千辛万苦进洞去寻找的事告诉母亲。母子俩感激不已。

颜冠仁失踪而归，大家都松了一口气。都觉得既然没有出什么大事，祝老师也就不会受处分了，这件事就可以平平安安过去了。

但事情远不像一般人想象的那么美好和简单。

这件事轰动了整个县城，当然也引起了县太爷们的关注。肖礼明确指示：学校出了这么大的事，校长难辞其咎，必须彻底调查处理。郑县长见肖书记要动真的，明摆着是冲上次开学典礼上那事而来，便不动神色，静观事态发展。将学校上次的报告压下，不再明确表示自己意见，只是强调必须认真落实肖书记的指示，责成教育局派出一个三人调查小组进驻学校。

这下，闻清直可慌了，像热锅上的蚂蚁到处乱窜：一面找肖夫人，为他在肖礼面前求情；一面找郑县长，帮他在政府那面疏通；一面找教育局和调查组，竭力为自己开脱；一面向祝啻馨施加压力，要他承认是他们私下组织，未经学校同意；一面又假装关怀地说："游石足洞是学生们鼓动的，你可以往学生名下推，现在学生没出大事，也不会有大问题的。"

郝文正看到这是自己晋升的一个好时机，也乘机四出活动，全面出击。一面在肖书记面前挑唆，说闻清直目无书记，早该敲打敲打了；一面利用各种关系，找其他副书记、副县长，为自己游说；一面向教育局反映闻清直的种种问题，并提出自己的治校方略；一面找祝啻馨谈话，做思想工作，要他把责任推到校长身上，说："有我在，不会让你吃亏的。"

闻清直和郝文正各怀鬼胎，两面施压，令祝啻馨极为反感。他是钟鼓楼上的雀儿，耐惊耐吓了，对自己一点也不在乎，大不了再去劳动改造。更不想牵扯其他人，这倒不是因为他对闻清直们感恩戴德，他只是按自己的做人原则行事而已。他最担心的是他们把责任推到学生身上，学生年纪轻轻，背上个处分，一辈子就完了。特别是像颜冠仁这样家庭有问题的学生，更需要他的保护。他的一句不经意的话，也许会断送掉一个人一生的前程。对此，他是有切肤之痛的。他左思右想，觉得还是把责任全揽在自己一个人身上为好。坚持说，完全是自己出的主意，私下组织，事前既没有一个学生鼓动，出发前也未向任何人请示过，要处理就处理我一个人好了。

调查小组经过一个多月的调查，了解到大量的具体事实，情况基本弄清了。但事实是一回事，调查报告上怎样写却是另一回事。各种证据都证明祝啻馨在出发前的确向学校请示过，但他本人却坚持说是私下组织，那还有什么话可说呢？这次出游，确实是学生先鼓动的，但第一个提出的正是郑县长的公子，这还能提吗？况且，祝啻馨也压根儿没提这回事。有谁再要提，那还不是明显犯傻吗？于是，调查报告对这关键的两点，就都隐而不写了。颜冠仁失踪八天八夜，其间干了些什么，他本人交待不清，又没有任何证人，是一个无法调查清楚的难题，为慎重起见，调查报告对此只好存疑。

根据调查小组的调查报告，在郑县长主持下，教育局先开会进行了一次专门研究。结果认为：既然是教师私下组织，校长则只负领导责任，建议让闻清直写出检查，处分就免了。祝嵒馨应负主要责任，本是右派分子，理应从重处理。拟开除工职，但考虑到本人认错态度较好，朱龙中学又缺教师，可按开除留用处理。出游既是教师组织，学生当不负责任，不存在违纪问题。但学生颜冠仁失踪后的经历无法调查清楚，考虑到该生的出身及家庭背景，不能排除其间有政治问题，应交由公安部门继续调查。会后，以教育局名义写成正式报告，上报县委。

不几天，在肖礼亲自主持下，召开常委扩大会议进行专门研究，最后作出如下处理：鉴于此次事件政治影响极坏，闻清直作为学校主要领导有不可推卸的责任，给予党内记大过处分。朱龙中学领导班子作出适当调整，免去闻清直校党支部书记的职务，只保留校长职务；原副书记郝文正担任党支部书记；学校实行党支部领导下的校长负责制，郝文正排在闻清直之前。对教师祝嵒馨的处理，基本同意教育局意见，开除留用，但不得担任副班主任。学生颜冠仁本系地主、反革命子女，祖父、父亲均被我镇压，失踪八天又安然归来，实属可疑，交公安部门继续审查。但此事现无任何线索和证据，故不对外宣布，严加保密，由县委政工部门和学校党支部内部掌握。

这下，闻清直栽了跟头，有职无权，情知是肖礼报复，圆大头作梗，但也无可奈何；只恨郑志斌隔岸观火，全不念老同学交情，只好自认倒霉。郝文正卓然高升，志得意满。只怨祝嵒馨不识时务，要不，这次一定把闻清直踢出去了。他暗里对祝嵒馨说：

"你怎么脑子转不过弯来呢？为什么要把责任全揽在自己身上？只要你坚持说曾请示过他，会有不少人为你作证，你又何至于落到如此地步呢。开除留用对你是最轻不过的了，要不是我极力为你说好话，早被送到农村去了。"

祝嵒馨微微一笑：

"我就是这么个蠢蛋，不然怎么会赚下右派这顶高帽子呢？多谢您关照了。"

这样的处理完全在他意料之中，没有什么可谢的，也没有什么可怨的。唯一让他庆幸的是好在颜冠仁没有因此受到牵连，他也就可以把悬着的心放下了。

这件事总算有了结果，学校便一切恢复正常，人们也就不多议论了。不过，没有不透风的墙，不久，一些内幕便渐渐传了开来。

很快就到了期中考试的时候了。这是新生入学后的第一次大型考试，领导和师生都十分重视。郝文正和闻清直像惊弓之鸟，都强调要层层把关，不能再出任何纰漏。教导处不敢怠慢，试题严格保密。教师们也想确实掌握学生的真实情况，监考严肃认真，阅卷严谨细致。结果成绩出来后，名次与入学考试变动极大，师生都大为惊异，议论纷纷。

颜冠仁虽然经历了那么大的一场磨难，误了两个星期课，这一段又频繁接受调查，要他交待失踪经过，搞得他心烦意乱，身心交瘁，但还是考了全班第一名。他又一次成了全校师生议论的焦点。第二名是贾成名，和颜冠仁总分只差3分。他，一个相貌平平的农村学生，此前很少引起人们的注意，这下也成了大家关注的热点人物。原来排在后面的柳亚心进入前五名，吕蓓蓓进入前十名，也在全校引起不小的反响。相反，原来第一名的郑殿维，考了24名，第二名的肖天娇，竟成了倒数第二名。反差如此巨大，简直在全校炸了锅，什么汤汤水水都溢出来了。

郝文正感到事态严重，专门召开全校教职工大会，针对大家的议论，警告一些人注意自己的政治方向，要求所有人都必须与党支部保持一致。强调必须政治挂帅，绝不能搞智育第一，要求老师们教育学生又红又专，批判白专道路。并当场宣布为加强高一年级的政治思想工作，特派校团委书记万金有同志兼任高一新生班的班主任。

会后，他又专门安顿万金有说：

"县委书记、县长的孩子都在这个班，你要是搞好了，升官有望；要是搞砸了，可不是玩的！你一定要多长些心眼。"

万金有原先是县委的通讯员，专门在县太爷们鞍前马后服务；一年前派到学校任团委书记，明显是提拔的意思。他虽爬不了格子，登不了讲台，但溜须拍马、运动整人之类倒从上司那里学了不少。书记一点，他便心领神会。

上任后的第一件事就是确定班团干部。他既不征求任课教师的意见，也不组织学生选举，便指定由肖天娇任团支部书记，并增补为校团委委员；由郑殿维任班长，并增补为校学生会委员。然后让他俩提名，共同确定其他干部。

肖天娇因为期中考试考砸了，心里实在不想当这个团支书，对让谁当干部，更不想多考虑。不过，既然万书记指定了，这总是件好事，也不好意思推卸，只得动动脑筋了。这时想，钱步云是钱鸿飞的儿子，钱鸿飞是父亲的老部下，政治上可靠，对自己又挺好，就让他当组织委员算了。至于宣传委员嘛，一般该选一个爱唱爱跳的女生，甄幽兰不是那次专门由她母亲带着来跑过一回关系吗？何不顺水推舟，就照顾她一下呢。可连肖天娇自己也不知从什么时候起，形成一种看法，认为那些体态窈窕的女生必定是骚货，很看不起，那回甄幽兰来家也没有给她留下个好印象。反倒是见吕蓓蓓和自己一样，都是标准的圆柱形，又不多说话，为人挺稳重，印象不错。管她爱唱不爱唱、爱跳不爱跳呢，就提她当宣传委员吧。

　　万金有通过查档案，了解到钱步云出身老八路家庭，父亲是公社书记，政治上过得硬，让他当组织委员是挺合适，在这一点上和肖天娇不谋而合。但在选宣传委员上他却另有考虑，与肖天娇南辕北辙。他选女生干部向来是一看门第，二看姿色。就说肖天娇吧，不是你爸当县委书记，能让你当支书吗？他看吕蓓蓓虽然学习成绩不错，但身材粗短，相貌平平，又离得老师总是远远的，觉得很不舒服。远不如她姐姐吕香香身材苗条，标致秀美，看去让人赏心悦目。便说吕蓓蓓年纪小，活动能力差，还是她姐姐成熟，能歌善舞，当宣传委员更合适。肖天娇说：

　　"她们俩是孪生姊妹，哪分年龄大小呢？再说，吕香香还没有入团，怎能当支委？"

　　说得万金有一时不知该如何回答。又在脑子里把全班的女生过了一遍，才眨巴了眨巴眼睛说：

　　"那就让吕香香当班文娱委员吧。至于团支部宣传委员嘛，就让甄幽兰当好了。她母亲是全县有名的红旗标兵，政治上没问题。"

　　肖天娇觉得一个宣传委员，谁当也无所谓，也不知万书记怎就看中吕香香和甄幽兰了，便顺水推舟地说：

　　"万老师觉得谁当合适，就让谁当吧，我都没意见。"

　　郑殿维可不像肖天娇那样懵懂，他早就料到班长一职非他莫属，对班委会人选已早有考虑了。这次他考得不好，对考到前面的人有一种本能的反感。你颜冠仁、贾成名学习再好，但家庭出身有问题，我是不会让你们进入干部班子的。柳亚心当然是他的首选对象，让她当副班长，做自己的助手，这样就可以名正言顺地经常和她在一起；再说，她这次进入了前五名，让她兼任学习委员，也可以堵住那些成绩好的人的嘴。不过，"我可不是看准她的学习的"，郑殿维心里对自己说。想到柳亚心，他不能不同时想到柳士威，对他真有点左右为难。心里本不想让他当干部，但又怕不让他当干部，他没了遮拦，更会与自己对着干。为了亚心，他不但不能得罪他，相反还得讨好他。他五大三粗，就让他当体育委员好了。生活委员嘛，这是个苦差事，必须勤谨顺从、老实听话，钱步云倒挺合适，但被肖天娇挑走了；不得已而求其次，就胡善行吧。他虽不像钱步云那样，能时时紧跟，但更好掌握控制。至于文娱委员嘛，万老师想让吕香香当，就让她当好了。他对文娱没什么兴趣，也就不太重视这一职了。

　　万金有他们三人私下确定班干部的事，引起任课教师的极大不满，纷纷找他说：

　　"定干部也不征求一下任课老师的意见，这也太目中无人了吧。学生主要任务是学习，定干部不考虑学习成绩，能行吗？"

"郝书记不是在大会上刚刚讲了吗？要政治挂帅。定干部主要考虑政治，政治是统帅，是方向嘛。"万金有居高临下据理反驳，但他也怕和老师们搞僵，以后工作不好开展，又缓和了一下口气说，"我这也只是拿出个初步意见，还没来得及和你们商量哪！"

"反正学习总得考虑，全班第一、第二名不定上，会让外人笑话的。再说这两名学生各方面表现也都很好呀！"老师们还是据理力争。

争来争去，最后终于得出了一个折衷方案：颜冠仁说是有特殊问题，上边指示不得考虑，老师们也无法再坚持。贾成名虽然出身也不好，但没有发现其他政治问题，就勉强被列入学习委员候选人名单。

一切准备妥当，最后总还得走一下过场，组织学生们投票选举。万金有生怕选举中出问题，事先又做了大量工作。要求团员和申请入团的积极分子必须按确定的候选名单投票，不然就是违犯了政治纪律。特别讲明对申请入团的积极分子，这次选举是一次重大考验。但尽管如此，肖天娇和郑殿维还是得票最少，刚过半数。而不是候选人的颜冠仁却得了最高票。当然，这个最高票被万金有所代表的组织一票否决了。

第十四章　秋去冬来

转眼新年临近，郝文正新官上任，想借此好好庆祝一番，决定在新年举办大型文娱表演、游艺晚会和体育比赛。提前一个月就布置各班认真准备，届时要评比奖励。

万金有看到露脸的机会到了，便立即召集班干部进行传达部署。

他笑眯眯地斜睃着香香那泛着红晕的鲜嫩脸蛋儿先开了口：

"文娱表演是新年比赛的重头戏，香香，排练节目是你文娱委员的事，你看排个啥节目好呀？"他有个习惯，叫女学生的名字从来不加"姓"，这样觉着亲切，像外国人的爱称。

"我懂个啥？听万老师的。再说，还有幽兰呢，这也是宣传委员的事嘛。"香香看着幽兰和万老师，抿嘴一笑，嘴角现出好看的酒窝。

"幽兰，你说呢？"万金有把头转向幽兰，亲切地问。

"老师说了，这是文娱委员的事，还用我干嘛？"幽兰对万金有看重香香，心里很不服气，故意撂挑子。

万金有听出幽兰话中的意味，故意"啊"了一声，表示惊讶，又拿了拿架子说：

"我说是文娱委员的事，可并没有说没你宣传委员的事呀。让你当宣传委员是重用你，对老师怎么能这个态度呢？你还想不想当干部了？"万金有是不能容忍女学生在他面前如此没礼貌的。

"万老师，我错了。听您的，您说怎干就怎干。我保证干好，让您满意。"幽兰心里有点害怕了，赶紧承认自己的不对。

"这还像个当干部的，"万金有也立即改变了态度，又笑着说，"我看就选六个能歌善舞、身段苗条的女同学排个少数民族舞蹈吧。由香香和幽兰具体负责，排练时我可以给你们作指导。"

"万老师，那具体选哪些同学呢？"香香觉得这下担子落在自己身上，想把人早定下来，及早开始排练。

万金有早已胸有成竹，便随口说出包括在场的香香、幽兰、亚心等六个女生的名字。

亚心看出这高中同学之间的关系可不像初中那样亲密和单纯，特别是上次冠仁失踪后她意识到自己有点失态，招来一些同学背后议论，这次很不想出头露面。这时本想推辞，但看万老师那毋庸置辩的样子，就忍了忍没有提出来。既然大家都没有异议，这一项就这样定了。

"学校规定游艺项目由各班自选，自行布置，按进场人数多少决定名次。必须选一些思维敏捷、心灵手巧、能写会画的同学精心策划和制作。我看这一项就由亚心负责吧。"万金有把脸转向亚心。

"行。万老师，我负责这一项，怕弄不好两头耽搁，是不是跳舞那面我就……"亚心好不容易找到一个合适的借口，语气婉转地提了出来。

"也行，那跳舞就另换一个。反正有香香和幽兰负责呢。"万金有爽快地答应了。

亚心如释重负，赶紧把话题转到游艺上来：

"万老师，您看选哪种项目、挑哪些同学参加？"

"既然你专管这一项，那你就先提个主导意见吧。"万金有显然对这一项没有多加考虑。

亚心思索了一会儿，说：

"我看还是主要搞灯谜吧。这个项目我们在初中时就搞过，很吸引人。"

"你们，你和谁在一起搞的？"殿维问了一句。亚心自觉有些失口，脸一下子红了。

"搞灯谜，颜冠仁可有一套了！"士威抢着回答，瞪了殿维一眼。

"灯谜，我在初中时也搞过，我也可以算一个。"成名主动要求参加。

"我看吕蓓蓓也可以算一个。"亚心接着说。

"那就定下这四个人吧，具体问题下去由亚心召集他们商量。"万金有说着，又把目光转向士威：

"柳士威，体育比赛是男生的事，你们可不能落了后哟。"

"体育比赛没问题，我们的男篮不亚于高年级。我们几个经常在一起练，运动队是现成的。"士威满有把握地说。

"那就这样，我们兵分三路，这三项由你们几个具体负责，天娇和殿维全盘统筹，其他干部按职务分工主动配合。从今天起到新年，每天课外活动和晚自习后的时间都全部用来排练和准备，必要时还可以占用自习和空堂时间。"

天娇一听让她全盘负责，心里可不想受那个累。她虽是女生，但对女生却不感兴趣，反而想到男生堆里混。期中考试没考好，和殿维一样，她也对学习好的同学有一种莫名其妙的反感。于是便主动说：

"我给篮球队组织场外啦啦队吧。"

殿维对万金有一手遮天，中间很少征求他的意见，心里早有些不满了；这时听到说让他全盘负责才高兴起来。自己是一班之长，理应如此，这正是树立威信的好机会，便摆出一副班长的架势，说：

"这次是我们班入学以来第一次在全校亮相，一定要打一个漂亮仗！各位班干部都要各负其责，有什么问题随时报回来，我和万老师商量解决。我们还要随时进行督促检查，表扬好的，批评差的。"

但话虽这么说，心里却有点犯嘀咕。他篮球虽然打得还算可以，但他清楚在篮球场上只能听柳士威的。他对文娱既不爱，也不会，有万老师指导，他还能派上什么用场？游艺项目由亚心负责，他很想多到那里看看，但都是些学习好的，他又对他们没好感。思来想去，一种失落感又不由得涌上心头。

按照班委会的安排，当天下午便都分头行动了。一下课，士威就集合起他的篮球队跑步到操场训练去了。亚心和成名、冠仁、蓓蓓想找一个不受干扰的地方先商量一下具体的工作方案，便一起上了六角亭。其他同学也都到操场玩去了。教室里只剩下舞蹈队的六位女同学。她们把课桌凳靠墙摆好，中间腾出一块空地来，按照万金有的指点，在香香带领下开始排练。

万金有兴致很高，态度温和热情，指导认真细致。拉拉这个的手，提提那个的腿，不时地纠正着她们的舞姿。但这些女孩子大多是农村来的，不习惯这样，觉得很害羞，后悔参加这个舞蹈队。只不过因为是老师在指导，也只好顺从着，任由他摆布。万金有倒显得很大方，像这样的指导，他做得多了，一点也不觉得难为情。结束时，他又一一作了指点，夸奖她们训练认真，大有进步，以后天天就照这样练。临走时又单独对香香说：

"这中间有一段独舞，我看就由你跳吧。晚自习后让幽兰带着她们在教室里自己练，你到我办公室里我专门辅导一下你吧。"

下晚自习的铃声刚刚响过，万金有便来到教室。随便问了一下亚心、士威他们筹备的情况，关照幽兰带那几个女同学在教室排练，然后便急急地叫上香香到他办公室去了。

幽兰看他们走远，没好气地说：

"嘴上说是叫吕香香负责，却让我带着练。你们倒好，躲到家里，谁知道干什么见不得人的事！"

　　香香自入学以来，还没有单独到过任何一位老师的办公室或宿舍，更何况是在晚上，心里有点忐忑不安。她默默地跟着万金有，拐了两个弯，走不多远就到了。抬头看见门楼顶部昏黄的电灯光照出砖雕牌匾上"慎独"两个灰暗的字来。大门半掩着，进去是一个小院，只有三间正房。门在中央，外面两间是校团委和学生会的会议室，黑暗中隐约看见当地摆放着一张大长方桌，四面靠墙围着一圈长条凳。靠左面山墙中间开了一个门，里面一间是万金有的办公室兼宿舍。

　　万金有拉亮了电灯，香香这才看清靠后墙摆放着一张单人木板床，床侧用细铁丝吊着一块花布床帘，半开半拉着。墙角是一个脸盆架。紧靠前面床沿放着一个大文件柜，正好把床挡住。文件柜上面是推拉玻璃门，里面上层整齐地立放着书籍，下层横放着文件、书报之类；下面是木板门，上着锁。文件柜前面西墙上，是一个长方形挂镜。窗帘已拉住，迎窗处是一张办公桌，两边放着两把椅子。墙角处是一个铁火炉，炉内炭火正旺。每件东西都经过精心安排，整个屋子布置得井然有序。

　　"快坐，先喝点水，吃点糖果。"万金有指着一把椅子让香香坐下；接着倒了一杯水，又抓出一把水果糖，一并放到香香面前。

　　"万老师，我不渴，也不吃……"香香从来没有受过老师这样的招待，有点受宠若惊。

　　"你家是哪个村的？家里有些什么人？"万金有明知故问。

　　"我家在林芝村，家里除了我们姊妹以外，就只母亲一人了。"

　　"噢，林芝村！传说貂蝉不就是你们村的吗？林芝村是出美女的，怪不得你长得这么漂亮！"

　　一个女孩子家听一个大男人当面夸奖自己漂亮，香香害羞得脸一下子红了，不由得低下了头。

　　"家里就靠你母亲一个人，出来念书经济上一定很困难吧，学校可以给助学金的。"万金有看着香香桃花似的脸，显出十分关心的样子。

　　"母亲一个人供我们姊妹两个，确实很不容易。"香香见万老师如此关心，便如实回答。

　　"家里有困难，可以写申请，我给你评最高的助学金。"

　　"那我们全家都该好好答谢您了。"

　　"那你准备怎样谢我？"

　　"万老师，等我将来有了工作，一定好好补报您。"

"那现在呢？"

"现在？现在我一定听您的话,积极要求进步,努力学习,争取考出好成绩。"

"对,我是当老师的,还要你们学生答谢什么呢？刚才我是在跟你开玩笑,只要你以后时时事事听我的话就是对我最大的答谢了。"

"万老师,我一定做到时时事事听您的话！"

香香从内心万分感激,心想这次一定要把节目排好,报答老师。她觉得这里间太小,跳起来不方便,抬起头看了看万老师,腼腆地说:

"万老师,那您是不是现在就到外间会议室教我跳舞呢？"

"不,外间冷,咱们就在里间跳吧。"说着,便把椅子挪开,又把炉火捅得更旺,"跳舞不能穿厚衣服,这屋暖和,你就把棉衣脱了吧。"

"不,不用。"香香推辞着。在那个年代,一般人是穿不起绒衣、毛衣之类的,脱了棉衣就只剩下一个棉腰子了,那怎么行？香香这样想着,有些自惭形秽。

"你没看电影上人家舞蹈演员都只穿着紧身衣,那跳起来才又灵活又好看呢。脱了吧,这屋又没有旁人。"

"可是……"

"怎么？刚才还说时时事事听我的话呢。"

"那行,就脱了吧。"香香看万老师很坚决,如果不脱会惹恼万老师的,只好顺从了。

脱了棉衣,那中式的棉腰子一点也不遮羞,她那少女寿桃似的双乳几乎完全裸露在电灯光下了。

"不行,不行,万老师,我还是穿上吧。"她从墙上的挂镜里看到自己雪白的胸脯和裸露的乳房,脸一下子红了,感觉烧得滚烫,下意识地赶紧又把棉袄披到身上,用手拉紧。

"你真封建……要么这样,我这里有件绒线衣,你穿上吧。"万金有见这女孩儿竟怕成这样,有些出乎预料,便让了步。说着,从床底箱子里取出他的一件绒线衣要香香穿上。

"这下行了吧。"万金有拉起香香的两只手臂,笑眼乜斜地说,"开始吧！来,我手把手教你各种动作。"香香外表顺从、内心却惶恐地像一只羔羊任由他团弄摆布。

他先摆弄着她的脸颊,教怎样甩头,她的脸红到耳根,眼不由得闭了起来。他又掐摸着她的脖颈,教怎样耸肩,她忍不住笑了一下,慌忙低下了头。他一会儿轻轻拉住她的双手,教怎样颤动,她的手却只想往回缩。他一会儿更用劲扳住她的两腿，教怎样分叉，她的腿不自主地抖了起来。他的动作越来越邪门儿，竟捧住她隆起的双乳，教怎样前挺胸，她简直想逃出房门。他甚至抓着她胖硕的后臀，教怎样后弯腰，她真想钻进地缝。他一个劲地托着她绵软的双腋，教怎样舒张双臂，她觉着奇痒难耐，又不敢笑出声来，憋得气都喘不上来了。他反反复复又着她纤细的腰肢教怎样旋转全身，她晕晕乎乎简直要昏过去了。一圈、两圈、三圈……香香支撑不住了，便不由自主地倒在万金有的怀里。他把她紧紧抱住，淫邪地注视着少女泛着红晕的面庞、隆起的胸脯、叉开的双腿，真想把她平放到床上，不顾一切地压上去……

但他还是克制住了。他年纪虽轻，已是玩弄少女的老手，他知道性急是吃不了热豆腐的，此时还不到火候。

当初，县委把他派到朱龙中学任团委书记时，他曾牢骚满腹。觉得别人留在政府机关，既有油水，又前程远大，偏偏把他放到这清水衙门，真是倒霉。但来了以后，他渐渐发现这里另有一番天地。当团委书记，整天与那群花骨朵般的女学生在一起，换了一茬又一茬，真有说不尽的乐趣。开始时他还心有顾忌，只是猫抓狗戏，不敢动真的。后来慢慢摸透了那些女生的心理，她们既害羞，又胆怯，只要到了适当火候，即使动了真的，她们也不会去说，不敢去说。更何况他大权在握，她们有求于他，当干部、入团、政治鉴定，等等等等，那都是关乎她们一辈子的事。所以只要选中目标，用足功夫，掌握火候，没有不如愿以偿的。由于屡屡得手，技艺越来越纯熟，色胆也越来越大。这次一接班主任，他便像恶狼瞄着小羊一样，选择最容易吞噬的目标。见香香长得十分媚人，又了解到她家中只有老母，且双目失明。便周密计划，大胆行事，一步步逼近。

他不情愿地把香香放开，声音有些异样地说：

"你练得够累了，天也不早了，今天就练到这儿吧。"

香香也看出万老师似乎有些异样的神情，像得了大赦似地赶紧脱下他那件绒线衣，换上自己的破棉袄，边扣扣子，边往外走。一出院门，便加快脚步，跑回了宿舍。

已经很晚了，女同学们都已睡熟。只有蓓蓓还在焦心地等着姐姐，未能入眠。香香三两下脱了衣服，挨蓓蓓躺下。蓓蓓一摸她前额，汗涔涔地；又摸她身上，火烫火烫。低声问：

"怎么了？"

"没什么。"香香也低声说，掐了一下蓓蓓的手，示意她不要再问。蓓蓓会意，也就不再追问。

第二天，走到没人的地方，蓓蓓又悄悄问姐姐：

"姐，昨晚你到底怎么了？"

香香便约略讲了一下万金有教舞好像有点异样的事，要她千万不要向别人乱讲。蓓蓓说：

"我就看那万金有贼眉鼠眼，没安好心。不像祝老师是正经人。姐，你以后可要当心，再不要去他办公室了。"

香香为难地说：

"这次排练节目，他教我负责，搞不好，交待不了。他非要叫我去，我实在没办法。再说，他还答应给我最高助学金呢。"

接着，香香问起蓓蓓她们游艺项目的事。蓓蓓高兴地说：

"我们研究得可有意思了！"

确实，亚心他们四个人在一起研究灯谜的事，对蓓蓓来说是很有意思。

初中时，蓓蓓在学校也一直是考第一名的，她性格文静，很少与同学们嬉戏打闹，与男生更是很少过话。上高中后，她看见颜冠仁、贾成名他们学习比自己更刻苦，成绩也更好，心里很佩服，但与他们也没有多说过话。她看出冠仁和亚心两人感情不同一般，心里很羡慕。亚心又是女生中学习最好的，因而她与亚心的来往便多了一些。这次亚心特意叫她参加，使她有机会和他们交往，她当然非常高兴了。昨天他们四人在六角亭一起研究，大家都开动脑筋，出谋划策，他们对她都特别热情，气氛非常的好。特别是成名和冠仁讲了很多有趣的灯谜，是她从未听到过的，她当然更觉得有意思了。

但其他人的感受她却未能体味得到。就以冠仁来说吧，班干部选举中，他得了最高票，但却被莫名其妙地除名了。他起先以为是家庭的问题，但看到成名不受影响，就觉得一定是另有原因。他再一回想，前一段失踪归来后，教育局调查组的人多次找他，几次三番要他交待失踪那几天的详细经历，严肃地对他讲，如果不交待清楚就会如何如何，他当时怎么也想不明白为什么，还以为是要处理祝老师，很为自己未能使祝老师解脱而内疚。这时才恍然大悟：一定是怀疑他其间可能有什么政治问题！他这下可真是跳到黄河也洗不清了。他又从任课老师们虽是同情却明显异样的眼光中证实了自己的判断。这对他的打击真是太大了！如果说，上次失踪只是钻了一回山洞的话，那么这一回就好像是永远掉进冰窖了。所以，当亚心兴冲冲地告诉他让他参加灯谜制作时，他实在提不起一点精神，很想推托不干。只是考虑到这一项是亚心负责，他不该不支持，否则会伤她的心，才一口答应。在昨天六角亭上的研究中，他也表现得积极主动，以至成名和蓓蓓他们一点也没有看出来。

但他却无法瞒过亚心。这天下午活动时间，亚心布置成名和蓓蓓先按昨天研究的方案找万老师开上证明到总务处把彩纸、浆糊等领回来，有时间的话，可以先试着做做灯笼，没时间的话，就算了。两人高高兴兴地去了。然后她叫上冠仁一起到图书馆去找有关制作灯谜的书。他俩便边看书边聊了起来。

"我知道你从上小学起，一直是干部，这次不当干部了，可千万别想不开。"亚心关切地说。

"哪会呢。不过心里总觉得堵得慌。"冠仁本不想讲，但在亚心面前还是说出了心中的惆怅。

"无论如何，最后的选举你还是得票最多，这就说明同学们还是按你的人品学识看你的。最重要的是你在同学们心目中的地位，并不在你是不是当干部。"

"这我知道。我也很感激同学们。至于当不当干部，也确实没什么。不当干部，更可以集中精力学习。"

"你能这样想，最好。可我看你这一段，老是心事重重的样子，实在放心不下。"

"不瞒你说，自那次失踪以后，发生了好多事，我总感到好像有一根无形的绳索在捆绑着我，今生我恐怕注定要戴着脚镣跳舞了！"

"戴着脚镣跳出的舞也许更好看。闻一多不是说过他写的诗是'戴着脚镣跳舞'吗？可我就很爱读他的诗。"亚心说着，便从书架上抽出一本《闻一多诗集》来，快速地翻着，"看，这一首真好，让我读给你听：

> 那一天只要命运肯放我们走！
> 不要怕；虽然没走过一个黑洞，
> 你大胆的走；让我掇着你的手，
> 也不用问哪里来的一阵阴风。
>
> 只记住了我今天的话，留心那
> 一掬温存，几朵吻，留心那几炷笑，
> 都给拾起来，没有差；——记住我的话
> 拾起来，还有珊瑚色的一串心跳。

可怜今天苦了你——心渴望着心——
那时候该让你拾，拾一个痛快，
拾起我们今天损失了的黄金。
那斑斓的残瓣，都是我们的爱，
拾起来，戴上。
你戴着爱的圆光，
我们再走，管他是地狱，是天堂！

冠仁真佩服和感激亚心，竟能找出这样美的诗来劝导和安慰他，他的心里舒坦了许多，脸上也现出了笑容。当两人走出图书馆走上林荫道时，他特意从小溪边拾起一朵山丹丹花的残瓣，放到亚心的手上。像对亚心，也像是对自己，说：

"我一定会走下去的，管他是地狱，是天堂！"

万金有让士威负责篮球队，士威真可谓是全力以赴。他从小不爱学习，大凡练习、作业，几乎都是亚心代劳，每次考试，也全凭亚心关照。但对习武练剑、打拳玩球却情有独钟。他身材高大，力气超人，谁见了他都得惧怕三分。他不管你郑殿维是班长，钱步云是组织委员，他却连团员都不是，只是个小小的体育委员，但在这里都得听他的。每场球，叫谁上就谁上，叫谁下就谁下。谁稍微不听指挥，或打球略不用心，动辄就向他们伸拳头。就连肖天娇是团支部书记，管啦啦队的，又是县委书记的千金，谁也让着三分；他却不管这些，叫她干啥就干啥，叫她怎干就怎干，说喊就喊，说停就停。至于像胡善行那样的"软善人"，更只有好好服侍的份了。打球时他们没有把球员的衣服保管好，或是打完球没有提前打好洗脸水，他都要大骂一顿，甚至揪住揍几拳，胡善行们也只能诺诺称是。

士威这样霸道，当然得罪了不少同学，背后骂他，甚至跑到万金有那里嚼舌头。钱步云就最气愤不过，总想找机会整他一下。这天，与邻班的一场球赛下来，士威抱怨啦啦队鼓劲不力，把肖天娇数落得都哭了。步云就加油添醋地报告了万金有。心想这一下，既可以讨好天娇，又可达到整柳士威的目的。万金有听了也很恼火，立即找天娇了解情况，直截了当地说：

"这还了得，真是反了天了！你把实情告诉我，我一定处理柳士威！"
谁知天娇却说：

"谁说是柳士威把我骂哭了，根本没那回事儿！人家柳士威对我们要求严格，完全是为班集体争荣誉。你不表扬，还听上一些同学的话，要处理他。处理了柳士威，那篮球队就垮了，咱们班还想不想争名次了？"

说得万金有哑口无言。

万金有又向殿维了解情况，殿维也直夸士威能干，责任心强。结果，万金有把钱步云训了一顿。

步云委曲地对天娇说：

"你真是狗咬吕洞宾，不识好人心！"

天娇却冷冰冰地说：

"就你那熊样儿，谁稀罕！人家柳士威那才是真正的男子汉！"

离新年越来越近，各组都加紧准备。亚心他们的灯谜，制作起来十分费事，这一段把自习和空堂时间都用上了。成名在这上面真是出了大力，他看上去呆头呆脑、笨手笨脚，原来却十分心灵手巧。不但自编了许多有趣的谜语，而且做出了不少像"走马灯"、"西瓜灯"、"莲花灯"等精巧别致的花灯。让蓓蓓这个"徒弟"真是佩服得五体投地，她的手艺也大有长进，心中的那股高兴劲儿就甭提了，整日乐哈哈地简直像换了一个人。

万金有又叫香香到他办公室教过几次跳舞，但再也没有猫抓狗戏、搂搂抱抱的事，也再没有让她脱掉棉袄。香香想，也许自己真的太封建，太多心，万老师只是一心想教她跳好舞，自己却不知想到哪儿去了，很觉得对他不起。便更加认真地练，一心想演好这个节目以报答万老师的关心。她的演技也确实提高了很多。

第十五章　　新年之夜

12月31日下午全校停课，迎新年的各项活动都紧锣密鼓地展开。午饭一过，高音喇叭里就播放起迎新年的喜庆音乐，各项活动的安排也通过高音喇叭频频发出，指挥着全校师生的行动。

但偏偏天公不作美，这天天气特别坏。狂风怒吼着，宣示着它的淫威，无情地把树木的嫩枝折断，使放出的喜庆音乐变成像被鞭打的犯人发出的凄厉尖叫与哀号。尘沙遮天蔽日，像一张灰暗的大幕把整个大地都罩了起来，把人的心也罩得沉闷起来。教室里白天也亮起了灯，从外面看去贼亮贼亮，使人产生一种莫名其妙的恐惧感。操场上尘土飞扬，狂风的怒吼声和啦啦队的加油声混成一片，使篮球场上的冠军争夺战恰似七狼八虎出幽州的金沙滩，打到了白热化的程度。

全校二十多个班经过几天来的分组预赛，又经过两场半决赛，高一新生班一路闯关，最后与高三（1）班争夺全校冠军。

高三（1）班队已蝉联两届冠军，有三名队员是县代表队成员，实力雄厚，又有几年的临场经验。这是毕业前夕的最后一次争夺，定要蝉联三联冠。所以他们卫冕冠军，志在必得。

士威率领的高一新生班队初出茅庐，还从未在全校大赛中亮相，而且组队时间短，临场经验不足，处于明显的劣势。万金有原本对这次篮球比赛不抱大的希望，所以一直没太重视。结果竟然闯入决赛，他大喜过望，专门请了县代表队的教练和队长前来指导。现在三个人都穿着大衣在场外教练席上指指划划。

士威打中锋，个头高大，又十分灵活。抢篮板球几乎十拿九稳；中路带球，手上好像有磁力一样，把球稳稳吸在手里；一边带球，一边指挥，球像变戏法似地传来传去；对方猝不及防，球已稳稳入网。场外观众的喝彩声此起彼伏，啦啦队的加油声一阵紧似一阵。

场上比分一直咬得很紧，但由于总体实力、体力都明显弱于对方，多半还是对方稍稍领先。到最后五分钟了，场上气氛越来越紧张；万金有他们也在场外急得站了起来，忙叫暂停，要柳士威注意配合，如此如此。但士威此时好像打红了眼，上去还是我行我素。只要球一到手，便一路运球，远距离投篮，竟然三颗连中，最后以一分之超险胜对方。

场外爆发起热烈的掌声，肖天娇不顾那么多围观的师生，第一个跑上去和啦啦队队员们一起把士威抬起抛过头顶。

亚心没有能看到士威他们的精彩球赛。下午五点游艺晚会要正式开始，她早和冠仁、成名、蓓蓓一起准备去了。

各班的游艺项目都布置在本班教室。亚心他们的灯谜，不仅数量多，有新意，而且制作精美，花样翻新。有的做成西瓜灯、走马灯等各种花灯；有的做成彩带、鲜花等美丽的样式；有的还做成抽拉式，抽一下引线，便跳出一个谜签。使整个教室既五彩缤纷，把喜庆气氛渲染得异常浓烈；又生动活泼，启智增兴，大大吸引了前去参加的同学。活动一开始，教室里便挤得水泄不通。越到后面，灯谜难度越大，越吸引人，出入的人更是络绎不绝。不像其他班搞的什么指鼻子、抛乒乓球之类，千篇一律，到后来同学们觉得索然无味，便不去玩了。

学校规定七点结束，铃声响过，高一新生班教室里依旧人头攒动，有不少同学仍彷徨着不肯离开，还在思索着，猜度着。一直到七点半，学校高音喇叭里通知让全体同学以班整队立即到礼堂去参加文娱晚会，那些同学才在亚心他们的劝说下，有的又猜中了，领上奖品，兴高采烈地离开；有的还没有猜中，也只好怅然若失地离去。

待参加的人都离开后，他们四个人才忙着进行整理。最后发现还有四个灯谜无人猜出，仍挂在原位。而这四个灯谜正好是他们四个人分别编定的，事先也未交换看过，这时便都急着摘下来互相观摩。

亚心摘下蓓蓓编的那个，一看，上面写的是：

　　天上长庄稼，
　　地下出太阳。
　　也许古与今，
　　天地正相反。
　　（打一字）

"哎呀，这可难了。你怎么会想出这么稀奇古怪的字来呢？"
"其实这个字太普通了。"

"真的？"

"我告诉你……"

"你先别说，让我想想……噢，原来就是你……"亚心趴在蓓蓓耳朵上说出一个字来，"对不对？"

"对，太普通了吧。你脑子真好！"

"是你编得好。最简单的字却让你弄得云遮雾罩，谁还能猜得到呀！亏你想得出。"

"啊？你还说我呢。看你编的这个'问苍天人在何方'就像是屈原的天问，谁能猜出来呢？"

"我这个比你那个更简单。"

但蓓蓓想了老半天还是没能猜出来。

"快来看，冠仁的灯谜原来是他自己写的一首诗！"成名惊讶地叫了起来，引得亚心和蓓蓓都围过来看。

> 步杜牧《过华清宫》原韵
> 荔篚如山垛成堆，
> 十紫千红任君开。
> 丹唇轻启回眸笑，
> 敕令原封速献来。
>
> （解一数学题）

这时，冠仁正拿着成名编的那个聚精会神地猜着，听到叫他，抬起头，对成名说：

"你这个真难猜！我还没想好，是不是'翠'字呀？"

"是，一点不错。你是怎么想出来的？"

"你这个编的特有深意，要经过几次推理才能得出。从谜面看，给人的印象是悲凉沉闷，但谜底却是喜悦靓丽的，两者正好相反，让人脑筋一下子很难想得到。"

"我那算什么？你一下倒猜着了。你这个又是诗，又是题的，我们读都读不懂，还谈什么解呢？你快给我们讲讲吧。"

"其实也很简单，我只不过是把一道数学题稍加了一些文学想象而已。杜牧《过华清宫》这首诗我们在初中时就都背熟了，我只是紧接着杜牧的思路，想象那'一骑红尘'送来荔枝以后，杨贵妃是怎样品尝的呢？谈不上是什么诗，充其量只是首打油诗，很好懂的。"

"可我们还是一点也看不懂。品尝荔枝，怎么成了一道数学题呢？你能不能说得再详细点。"

"好，那我一句一句讲吧……"

这时，大礼堂那面喇叭里传来文娱晚会就要开始的喊话声，亚心站起来说：

"以后有的是时间，这道题还是让我们下去先自己慢慢琢磨琢磨吧，这样也许更有意思。还有，成名编的那个，我俩不是也还不知道谜面嘛，也放到以后再看吧。现在这四条灯谜既然来的人都没有猜出来，那这四个精美的书签就留给咱们四个人作纪念吧。"说完，便把书签分递到三人手中。

临了，亚心又像想起什么似的，把自己那个书签签上名字悄悄夹到冠仁的笔记本里。蓓蓓看在眼里，心里犹犹豫豫，但最后还是红着脸在自己那个书签上飞快地写了几个字，也悄悄夹到成名的笔记本里。而冠仁和成名却都忙于收拾，一点也没有察觉。

待他们四人收拾完毕来到大礼堂时，文娱晚会就要开始了，万金有正站在麦克风前讲话。他今天特意穿了一身蓝色军干服，显得十分有风度。既像一个领导干部，老练持重；又显得年轻有为，精力充沛。他首先代表学校领导班子及全校师生向前来参加晚会的县委、县政府、教育局的各位领导表示热烈的欢迎，致以衷心的新年祝贺，请他们在台下早已准备好的正中一排椅子上就座。然后又专门走下台来，向各位领导一一点头施礼，问他们坐得位置是否前后适宜，不适宜的话立即调整。当看到座位前不放桌子，使领导与一般师生混在一起，显得不太雅观时，又赶紧派人搬来几张长桌子摆在领导座位前面，上面铺上台布，让人拿来茶杯，斟上茶水，又摆放了一些瓜籽、糖果之类。并让后面的师生往后靠出几步距离，方便领导出入，也更显得庄重。他看了又看，想了又想，确定在现有条件下，不可能再舒适的时候，才向各位领导点点头，上台宣布文娱晚会演出开始。

演出顺序规定由抽签决定。不过他早事先做了手脚，高一新生班的演出在不前不后的第六号，取"六六大顺"之意。今年的文娱晚会由于郝文正格外重视，万金有特别卖力，所以各班都作了充分准备。昨天他们听说县里的领导要来观看，又专门一一进行了审看和彩排，节目质量普遍比较高。今天天气特别冷，台上表演的同学都穿着单薄的演出服装，冷得直打哆嗦。但万金有还是恩威兼施，要他们卖力地表演。前面几个是高二、高三表演的，有相声、歌唱、小歌剧、舞蹈等，都很精彩，博得了观众的阵阵掌声。万金有为高一新生班的节目，捏着一把汗，一遍又一遍地叮嘱香香她们一定要用心演好。

轮到她们上场了。一阵悠扬的过门儿音乐响过，六位姑娘身着红绿彩装飘然而上。最为别致的是每人两只手里分别拿着一个小瓷盘和一只小铜匙，腰系的彩绸另一端便系在铜匙眼中。随着姑娘们轻盈的舞步，两手耍花般舞动，彩绸像蝴蝶翻飞，在姑娘们纤手的一伸一握之间铜匙撞击瓷盘，发出悦耳的声响，与场外的配乐融为一体，像在演奏古典乐器，金声玉律，钟鼓齐鸣，使人如观仙女，如聆仙乐。姑娘们忽儿排成曲线，宛若游龙戏于水上；忽儿围成圆圈，又似鲜花盛开于花坛，让人眼花缭乱。随后，姑娘们向四周散开，五位姑娘身着绿装，翩翩起舞，像田田的荷叶在水面荡漾。香香在中间身着艳丽的红装款款独舞，像含苞欲放的莲花亭亭玉立，开开合合。忽儿双手高举，彩绸微颤，如孔雀开屏；忽儿两臂舒展，彩带飘飘，像凤凰展翅；忽儿秀腿高翘，像金鸡独立；忽儿柳腰倒弯，如鲤鱼打挺，让人目不暇接，如醉如痴。台下爆发起如雷的掌声，领导们都交头接耳地打问这独舞姑娘的名字。一到后台，万金有便当着那么多人发狂似地把香香抱了起来。

文娱表演结束，高一新生班的舞蹈被评为最佳节目。接着，由郝文正主持举行了隆重的新年联欢三大项目的颁奖仪式，并请县领导亲自为第一名颁奖。当肖礼和郑志斌听说高一新生班连获三项第一名时，非常高兴，夸奖万金有真有能力，刚一个多月前还是一个频频出事的乱班，现在却频频获奖，确实了不起。吩咐郝文正对这样年轻有为的干部一定要重点培养。全校师生也为今年的新生班连获三项大奖而称羡不已。都说，到底是今年招生少，百里挑一，这个班真是人才济济，要什么样的人才有什么样的人才。人们又纷纷夸奖起篮球场上打中锋的高个子队员和文娱晚会上跳独舞的苗条姑娘。他俩都获得了个人单项特等奖。

随着拥挤的人群，香香和蓓蓓手拉手走出礼堂，高兴地一边谈论，一边向宿舍走去。

万金有抱着三个奖励镜框从后面急急地走了过来：

"香香，帮我把镜框往办公室拿一拿吧。"

"噢。"香香接过一个镜框。

"万老师，我也帮你拿一块。"蓓蓓走近万金有，也想接一个镜框过来。

"不用了，我拿两块不费劲儿，有你姐一人就行了。你先回去吧。"万金有说着，已经开步走了。

蓓蓓看着他们的背影，不情愿地一个人向宿舍走去。

香香拿着镜框，小心翼翼地跟着万金有走着。她又看见昏黄灯光下那灰暗的"慎独"两个大字了。万金有好像有意落在后面，说：

"你已经来过几次，早熟惯了，先进去吧！"

香香也不经意，见门没锁，就先走了进去，一直到里间，把镜框放在办公桌上。这时，万金有才锁好外面的门，跨进里屋。

"万老师，我走了。"香香边说，边开始迈步。

"这下没事了，急什么！明天又是休息，坐会儿吧。"

"噢，那就坐会儿吧。"演出刚刚结束，得了大奖，香香确实有好多话想和万老师说，便自己把椅子挪了挪，在墙边坐了下来，"万老师，多亏你教我，不然，哪能得了奖呢。"

"你开始不是还扭扭捏捏不想学嘛。"万金有意味深长地说，目光停在香香的脸上，注视着她那一双迷人的眼睛和嘴角两个惹人喜欢的酒窝。

"我……"香香有些语塞，被万金有一双呆呆的眼睛看得低下了头。

"好了，这下我们得奖了。该好好慰劳慰劳你！"

说着，从柜里拿出一个小纸包，小心地打开，把里面的白粉末倒在茶杯里，用暖壶里的水冲了，放到香香的面前，亲切地说：

"这是我专门为你准备的，喝吧，可甜了。"

"谢谢万老师。"今晚，香香一连几个小时紧张地准备和表演，这时真觉得口干舌燥，没多想，便端起来大口大口地喝下去了。接着又高兴地说，"万老师，新年后你一定要好好表扬表扬那几位跳舞的同学，她们可出了大力啦！"

"一定，一定。"万金有心不在焉地说着，注视着香香神情的变化。

香香觉得有点头晕目眩，赶紧站起来说：

"万老师，我该走了。"

但她还没举步，就头重脚轻，不由自主地倒在万金有怀里了。

"香香，你总是演出太累了，我扶你到床上躺一躺吧。"万金有把香香抱起，平躺着放在床上。

"香香，觉得怎么样，哪儿不舒服？"万金有低声问着，用手抚摸着她的胸脯，判断她此时神志是否还清醒。

香香似睡非睡，脑子里恍恍惚惚，模模糊糊，好像觉得眼前有一个人在晃动，在动手解她的衣裤，可她一点气力也没有，连手脚也抬不起来了。脸上似乎有一个毛茸茸的东西在擦摸，嘴唇仿佛被什么柔软的东西撅动，身上不知什么虫虫在爬，痒痒的难受，胸口好像压了一块千斤重石，憋得气都上不来，可叫又叫不出，动又动不了……

一切都是这样自然，不露一点斧凿的痕迹；一切又都是那样经过精心安排，按照人为的意愿发展。万金有淫邪地触摸赏鉴着香香那白玉般的胴体，脸上现出淫荡、诡诈的奸笑……

第一次教舞以后，万金有虽然竭力克制住了自己的淫欲，但他那色狼的野心却一刻也未停止过。他总结了以前的一些教训，觉得强行施暴，太容易暴露，兴味也索然，便采取了欲擒故纵的手法，以后几次再没有越轨的行动。起先他想借劝酒灌醉后行事，但又想到女孩子家与酒无缘，以前这样做往往未能如愿。那日心烦，无意中翻开一本淫秽的色情小说，见有所谓"迷魂汤"之说，觉得大可一试。便四处搜寻，如法炮制，选择好今夜文娱晚会后，找个借口把香香骗到宿舍，在她身上进行第一次试验，果然十分灵验。此时，他真像一头恶狼，多少时日搜寻的一只小鹿，终于被它擒在爪下，叼到口里，正躲进深山的石窟里贪婪地咀嚼享用……

狂风猛烈地撞击着窗户，整个天宇尘沙弥漫，雪花漫天飘荡，还没有来得及落地就被尘埃玷污，没有一点雪白晶莹的样子了。书院圣洁的新年钟声被狂风野狼般的嚎叫声扭曲，怪异地传进阴深的小院。

香香被惊醒了。

她猛地睁开眼，发觉自己睡在万金有的床上，全身竟一丝不挂。她下意识地用被子裹紧全身，抖抖地坐了起来。

"香香，你昨晚太累了。快起来洗把脸。"

万金有早起来了，衣冠整洁，神态自若，像什么事情也没发生过。

香香无意中一掀被子，床单上一滩殷红的血迹刺得她几乎昏了过去。她赶紧穿上衣服，捂着脸，跌跌撞撞地跑了出去……

第十六章　盲妇弱女

香香跑回宿舍。元旦放假，同学们都早早起来，回家去了。只有蓓蓓见香香一夜未归，正心急火燎地一个人在宿舍打转转。

香香一把抱住蓓蓓，呜呜咽咽地哭起来了。蓓蓓慌了，忙问发生了什么事。香香抽抽噎噎地把万金有迷奸她的事告诉了蓓蓓，哭着说：

"我可该怎办？"

蓓蓓一个女孩儿家，她哪能知道该怎办呢？只好劝姐姐说：

"先回家吧，看咱娘怎说。"

"千万不敢告诉娘。娘要知道了，还不气死？"香香又哭起来了。

"不管怎样，先回家再说。在这里，你哭成这样，万一让别人知道了，可怎办？"

香香也觉得蓓蓓这话有理，姐妹俩便赶紧离开宿舍，往家走去。

林芝村在浊水河边，离城有五十多里。这浊水河真怪，夏瀛海的水碧绿清澈，可一流入浊水河便黑污滚滚，混浊不堪。人要从水中淌过，那黑污沾到身上，多少天都洗不净。眼下正值寒冬，河水结了冰，连冰都是黑的。不过，人在上面走，只沾污了鞋底，还不至于染黑身子。姐妹俩从夏瀛海南岸沿浊水河往东，小心地沿河岸行走，太阳快落山时才到了家。

她们家住在村子的最西头，院里只有三间正房，靠大门的一堵墙塌了，修不起，只用篱笆拦着。母亲早盼着女儿回来，一听有人进门，便说：

"是香香、蓓蓓吧。"

她身体倒还硬朗，只是早年因患眼病，眼皮前像蒙了一层布，就是人走到跟前，也只能看到个黑影，分辨不清面目，日常只能靠手的触摸辨路干活。

"娘，我们回来了。"姐妹俩答应着。

"走累了吧，快上炕歇着。娘给你们做饭。"母亲边说，边揣摸着下炕。

"娘，我们自己做吧。"

冬日天短，吃过饭天已经大黑了。一来为节省灯油，二来姐妹俩走了一天的路，母女们就早早安歇了。

母亲一点也没有发觉女儿有什么异样，两个女儿都在跟前，她更觉心安，早甜甜地入睡了。蓓蓓昨晚等姐姐，一夜没睡好，今天又走了一天的路，实在困乏，也早早进入了梦乡。

香香感觉全身像散了架似的难受，也想很快入睡，但她却怎么也睡不着。那一滩血迹老在她眼前晃动，她只有十六岁，便失了身，以后可怎么过呀？她曾有过美好的梦想，上了高中，再考大学，将来做文学家、艺术家，但现在刚入高中，就遇上这种事，真是……她恨万金有，人面兽心，说是教自己跳舞，其实一开始就没安好心，昨天竟不知用什么东西把自己迷昏过去，糟蹋了。她想到去告他，叫他不得好死。但她只是个柔弱女子，能告倒他吗？如果告不倒他，自己反而弄得身败名裂，那可怎办？……她恨自己，为什么没有早识破万金有的诡计。本来第一次就有所察觉，蓓蓓也提醒过，可她还是中了他的圈套。她想到了死，十六岁的花季少女便遭奸污，活着还有什么意思？是上吊，投河，还是服毒……可她才活了十六岁，如花的生命就这样草草结束，她实在有些不甘心。再说，她要是死了，母亲会怎样？母亲含辛茹苦把她们姊妹拉扯大，她就这样一点也没有报答就匆匆走了吗？……

她思前想后，一夜不曾入睡。天快亮时，她好像朦朦胧胧睡着了，梦中喊着：

"娘，娘，救救我，……我不能活了！"又从睡梦中哭醒了。

母亲被女儿的梦呓惊醒，用手一摸，满脸泪水，被褥都被洇湿了一大块。觉得不对劲儿，赶紧用双手抱住女儿，急切地问：

"孩子，出了什么事？快对娘说。"

"娘，……我没法活了……"香香抱住母亲，放声大哭起来。

母亲感到事态严重，反过脸来，问蓓蓓：

"这是怎么回事？快老实说！"

蓓蓓只好据实以告。

母亲听后，像傻了一样，呆住了。

过了好大一会儿，才缓缓地吐出一句话来：

"你怎么跟娘一样，如此命苦哇！哭吧，孩子，好好地哭吧，咱们母女的苦三天三夜也哭不完哪！"

也不知是母亲为了劝慰眼前哭成泪人的女儿，还是女儿让母亲回到以往辛酸的岁月，她生平第一次给女儿讲起自己年轻时那些不堪回首的往事。

那是二十多年前的事了。当时她才十三岁，叫林秋蝉，长得像香香现在这样标致秀美，村里人都说她是貂蝉转生。父母只有她这一个女儿，爱如珍宝。那时是战乱年月，她的父亲为了躲避抓伕，带着她和母亲逃到塞外的一个小镇上，依靠给一个货栈当搬运工维持生计。

一天，母亲让她去前街一个老乡家里借补袜子用的袜旋子，她刚出门没走多远，就碰见一个满脸胡子的军官正骑着一匹高头大马迎面走过来。她赶紧避到路旁，可那军官已经看到了她。下了马二话不说，就把她像老鹰抓小鸡一样，抱到马上。她吓得放声大哭，那军官卡住她的脖子说：

"再哭，我就卡死你！"

她不敢出声了，还不由得抽泣。那军官便搂住她，策马飞驰到他们驻扎的营房。

她吓得直打哆嗦，哭着请求放她回家。那人摸着她的脸蛋，像哄小孩儿一样对她说：

"不要怕，给你好吃好喝，有你好活的。"

说完，真的让侍从兵给她端来好饭好菜。到了晚上，那人又像哄小孩儿一样把她抱到床上，对她说：

"你长得太迷人了，我想好好看看你，你别怕，要听话。"说着，便把她的衣裳脱光，让她一丝不挂地站在炕桌上，他笑眯眯地仔细赏玩。那时她还不大懂得男女之事，不晓得要把她怎样，只是觉得很害羞，可是又不敢有丝毫违抗。那人赏玩了一阵以后，又把她抱起来平放在床褥上，仰身躺着，故意用坚硬的胡髭扎她的脸，用两只大手揣摸她的全身，也像大人哄小孩儿一样。她怕得心惊胆颤，就这样熬过了三天三夜。

到第四天，说是黄道吉日，要给她"开脸"。另布置好一间房子，给她戴上了花冠。她也不懂得"开脸"是什么意思，只是猜想仿佛要动真格的了，心里越发怕得厉害，一个人战战兢兢地坐在新房里。果然，那天夜里就被破了身。自那以后，连续多少天，每天夜里几次地折腾她，她只得以十三岁的稚嫩之身忍受这一切。也许是由于太小的缘故吧，从此落下一身的女人病。

后来，那人派手下把她父母找来，说要正式娶她，给了父母一笔钱。父母见生米已做成熟饭，又了解到他是当地驻军的最高长官团长吕万忠，慑于权势，也不敢说半个不字。

两三年过后，她渐渐习惯，吕万忠对她宠爱有加，给了她不少金银首饰，把她打扮得像花枝一样。后来，她怀孕了，便把自己的终身完全托付他了。

不料，此事被他大老婆得知，跑来大吵大闹。又雇人把她打了一顿，赶出了家门。那老婆十分厉害，吕万忠也惧怕几分，此后就再不敢接她回去。

她遍体鳞伤，好不容易寻到父母。父母也无可奈何，说回来就好，这下可以安安稳稳地生活了。

谁知，自那以后，一些当地的兵痞们看老总不敢要她，他们却都想来贪占便宜。三天两头来家里寻衅滋事，闹得日夜不得安宁，连搬了三次家也无法摆脱这些人的纠缠。

而她肚子越来越大，父母也越来越犯愁。这时来纠缠的人中有一位宪兵队长，是吕万忠的一个本家兄弟，叫吕万义，他对她父母说：

"我是单身，你们只要把她嫁给我，我担保那些人不敢再来纠缠，二老也会跟着她享福。要是不把她嫁给我，那就有你们的苦受了！"

父母无奈，觉得他要真心娶她，倒也不错。她怕自己身怀有孕，他会嫌弃；可打掉吧，又挺大了，怕有危险，觉得左右为难。但吕万义倒不在乎，说：

"在我家生下，就是我的孩子，我会像对待自己亲生的一样。"

于是，她便嫁给了这位宪兵队长。成亲后不久，便生下一对双胞胎，就是香香、蓓蓓姊妹俩。吕万义果真像对待自己亲生的一样对她们特别钟爱。以后她才知道，原来他不能生育，先前娶过好几房，都因不能生育把人家休了，后来才发现是他的问题，这才看上她已有身孕，又长得漂亮，专门娶了她。婚后倒也过得和和美美。后来父母病故，她就一心一意操持自家的日子。他也官运亨通，不久便当上县公安局长。后来又说要升任行署公安处长，把大红的委任状拿回家给她看，她高兴极了。

可是，好景不长。刚过了两三年，一天，他突然回家，说他们被打败了，要撤退到南方。上司严令他只能单身走，不准带家眷。这里很快就要清乡了，她们不走，一定会被抓去枪毙或坐牢的。要她带着孩子赶快逃回老家。老家无人知道她这些年的情况，回老家后千万不敢暴露。一旦暴露，祸患无穷。如果有一天，他们能打回来，或许还可合家团圆；他要是回不来，就只有天隔一方了。

她就这样，在兵荒马乱中受尽煎熬才逃回老家。在逃难中，又气又急，染上了眼病。回村后，村人问起，只好说，战乱中丈夫亡故，她无依无靠，只好逃难回老家。村里人也不怀疑，知道她家原来就很穷，便定成贫农，三口人给她分了三间房。她就这样带着两个女儿，一直苦熬到现在。

母亲的故事讲完了。她神情麻木地望着女儿，像是对自己，又像是对女儿喃喃地说着：

"我，也就是你们的娘，不是被这两个男人，也就是你们的两个爹，小小的就糟蹋了吗？那时候我也想到过死，可到底没有死成。你们现在要是问我，对这两个男人恨吗？我该怎说呢？说实在话，男人像他两个这样，还算不错的呢。这两个死鬼现在不知道还活着不活着。要是活着，假如有一天，你俩见到他们，会怎么样呢？会叫他们一声爹吗？"

香香和蓓蓓相对无言，任凭泪水顺着脸颊往下流淌，流过脖颈，流到胸脯，感觉冰凉冰凉。

"孩子，其实有几朵鲜花不是被硬掐下来的呢？年年桃杏花开的时节，谁不是把那满是花骨朵的嫩枝掐下来插到自家的花瓶里。古代的四大美女哪一个不是任人蹂躏来蹂躏去的？就说出自咱们村的那个貂蝉吧，十二三岁就被王允选去，在府中当歌伎。他破了貂蝉的身，尝了鲜，又把吃剩的果子献给别人，让董卓和吕布争来抢去，反说是为了保国安民，王允竟成了大忠大义的正道人，这真是要多可笑有多可笑？！先前，阔人家三妻四妾，五六十岁的老头子娶十四五岁的黄花闺女是常事；穷人家养活不起，十一二岁的闺女给人家当童养媳，一点也不稀罕。当了官的哪个不是抛弃了原先的老婆，娶了小年轻的。村里人穷得三十几岁讨不上老婆，好不容易花大彩礼弄上一个，女孩儿家大人穷得十几岁就往出推。邻村张四家的闺女在成亲那天晚上吓得藏到大柜里，还不是被揪出来几个人按住硬是让男人上了身。没见那大公牛趴小母牛，压得站也站不住；大公鸡抓小母鸡，撵得满院乱飞，最后还不是逮住骑到身上，把头上的毛鸲得一撮一撮往下掉……

"所以，女人千万不要相信男人的甜言蜜语，他们全是冲你的身子来的。反过来，一旦失身，你也无须把'贞操'两字看得太重，一失了身，就觉得没脸见人，去寻死觅活。什么'饿死事小，失节事大'，那全是男人们用来捆绑女人的绳索。他们给你开了脸，反骂你不要脸；谁要是失身了，就说是脏女人。其实他们正满口流涎，心里又在打人家的坏主意。人人都骂婊子，可总有那么多人去逛窑子，其实男人才不把女人的贞操当一回事呢？女人又何必自己把自己往死路上推呢？

"你也无须向人诉说，没有人会真心同情你，更没有人会为你做主。他们也许会当面安慰你几句，可一扭头就会在别人面前嚼你的舌头。他们也许会信誓旦旦地说要帮你如何如何，可心里说不定又在思谋着怎样诱骗你……

"孩子，娘也许是坏女人，不给你指正路；可娘是过来人，娘是为你着想。你以后的路还长着呢，就当没发生过这事吧，以后你多长点心眼就是了。"

这位双目几近失明的女人，也许连她自己也没有意识到她对这些事竟看得那么清，那么深，像一位洞悉世事的先师，说起来竟一套一套，旁征博引，头头是道，毋庸置疑。她的一对女儿像两位刚启蒙的小学生，虽然听得似懂非懂，但却都牢牢地记在心上，准备一辈子去温习体味。

新年过后，万金有心里有鬼，生怕事情败露，时时窥视着香香的一举一动。有时偶然打个照面，他搭讪着想与她说句话，她却不答言，低头走过。但也没有发现其他意外的情况，好像什么事也没发生过。万金有也就渐渐放下心来。认为女孩子都是这样，头一回总有些羞羞答答，第二回就半推半就，以后便会主动投怀送抱。他暗暗庆幸自己的成功，觉得这妞儿已是釜中之鱼，跑不了的，暂时放一放吧。便又开始选摸新的目标，好进行下一轮试验。

新年以后，成名对蓓蓓有了明显的好感，这两天他觉得特别愉快，想写点什么。一打开笔记本，一个书签掉了出来。那天游艺晚会结束时，由于忙着收拾，没有细看，就随便夹在里面，现在可以好好欣赏一下了。他拿在手里一看，图案是一颗状如桃子的红心。上方印着草体书写的五个金字"红心献给您"。再翻过背面一看，见赫然写着"新年快乐"四个字。啊？这不是我原来的那个呀！这字是谁写的？他赶紧又翻笔记本，他原来的那个才掉了出来。噢，这个一定是蓓蓓的！他把正面的图案文字和背面的手写话语联系起来，心里乐开了花。他又高兴，又羞愧。高兴的是蓓蓓心里真的有我，羞愧的是自己真是榆木疙瘩，为什么就没有想到也送她一个呢？人家冠仁和亚心肯定互相赠送了，这不更显得自己不懂得别人的心吗？

他决计弥补。先想抽空上街专门买一张贺年片送给她，后来觉得既然新年已过，不如亲手做一个。这不更显得情真意切吗？他苦苦设计，想了三夜，做了三天，才终于完成。图案是绿叶衬托下的一枝粉红鲜嫩的花骨朵，图旁题诗一首，写的是：

> 山野溪畔丛丛绿，
> 庐外棚底点点红。
> 秀外慧中瑶台见，
> 玉洁冰清月下逢。

下面工整地写了"春节愉快"几个字。

做好后，他看了一遍又一遍，仔细揣摩，觉得既有诗意，又很贴切，就在课外活动时间趁蓓蓓不在教室时悄悄夹进她的笔记本里。

　　几天过去了，成名焦急不安地等待着回音。但蓓蓓却冷冰冰的，失去了游艺晚会上的那种活泼与热情。成名十分慌恐，以为一定是自己弄巧成拙，那幅画和那首诗亵渎了她。想向她解释，可又无法开口。几天来的愉快心情一下子无影无踪了。

　　其实蓓蓓的心也像被火烤灼的一样，烦燥不安。那幅画和那首诗非但没有使她感到是亵渎，反而使她分外激动。成名夸奖她秀外慧中、玉洁冰清，她知道自己并没有那样姣好，那是成名爱心的表露，她感到从未有过的愉悦。也认为这正是他们两人所追求和崇拜的，可见他俩是志同道合的。她没有苗条的身段，秀美的面容，她出身低微，家境贫苦，她的确像一支长在山野溪畔的小花，无人赏识。但她是纯洁的，像莲花一样，出污泥而不染。从这个意义上看，说她秀外慧中、玉洁冰清，也是当之无愧的。而这一点对于她更是弥足珍贵的。她从母亲的谆谆告诫中，从姐姐的沉痛教训中，体味到了女子保持纯洁的艰难。她还小，她还未被玷污，她不能重蹈她们的覆辙。她宁愿像小花一样寂寞地生长在山野溪畔，也不愿像桃杏花那样，在蓓蕾初绽之时就被人掐下插进花瓶。她怕，怕一失足成千古恨。她只有躲避——谨慎地、甚至是痛苦地躲避：

　　浊水河何时才能躲开那黑污滚滚的浊流，像清水河那样碧波荡漾呢?

第十七章　断肠人在天涯

放寒假了，同学们都整理东西准备回家。

在夏瀛海南岸，成名、效实兄弟与香香、蓓蓓姊妹分手，沿清水河往西向望月山村走去。

他们家本来并不在望月山，是前三四年才从白狮县的贾家滩移民过来的。

贾家滩原是清水河上游河弯形成的一片滩涂，村子很小，不足百户，原来都是贾姓。后来，由于这里年年发洪水，房屋和田地经常被淹没，人家渐渐搬走，户数越来越少，到成名高祖时便成了独家村了。他高祖认为这里世代居住，不忍离去，便带领全家老少像愚公移山那样，叩石垦壤，沿河筑起一人多高的石坝，围河造田，开渠灌溉，把这里建成了旱涝保收的米粮川。以后就又渐渐搬来不少人家。刚搬来时，贾家总要把开出的田给他们几亩，让他们耕种，以此谋生度日。到田变那会儿，姓贾的也就高祖传下来的八九户，可全村的杂姓已有几十户了，贾家滩早就名不副其实了。

成名祖父爱田如命，就把成名父亲取名叫贾田命。田变时因他家土地最多，就被定成富农。那时成名祖父已老，而贾田命刚三十出头，身强力壮，已成了种庄稼的老把式了，耕田耙磨、提耧下种，都是行家。更是爱田胜过生命，常说"地是庄稼人的娃娃，为它们扑上命也心甘情愿"。一天不在地里干活儿就觉得浑身难受，哪怕大年初一，也要到地里转悠转悠。田变后他家的地大多分给了别人，自家只有十几亩了。他自家的地不够种，就主动给别人家种，到秋收时却颗粒不取。他常说："什么地主富农的，咱是种地人，不懂那一套。要说地主是地的主人的话，那贾家滩的地全是我家祖上开出来的，我家真该是地主了。我也不懂得什么剥削不剥削，只是好种地，至于养活自家，我有那十几亩地也足够了。"所以整天仍是乐哈哈的。

过了没几年，上边来了新运动，土地又全归大伙了。田命开始觉得这也倒挺好，全村的地他又都能耕作了。可不料，越搞越邪乎，上面说怕地主、富农搞破坏，规定关键的农活，如耕田、播种等不能让他们干。不过，因为贾家滩多数人家都受过他家的恩惠，村里人觉得这又不是对他搞什么优待，无非多干点活；至于说怕他搞破坏，等于说怕他害死他自家的儿子，没那回事儿。所以也不太把这条规定当作一回事，不少人还主动向他请教。

但那一年，不知为什么，上边突然传下令来，这里方圆几十里的老百姓都得立马搬迁到另外的地方去。村民们无缘无故地背井离乡，那份滋味就甭提了。这下可苦了田命家。一般社员还可领到一点少得可怜的移民费，县里还派大车给拉运东西，新迁的地方一般还在本县，不是太远。而对地主、富农则完全是扫地出门，而且必须迁往外县，由县公安局派人押送到指定的地方去监督改造。贾田命一家便凄凄惨惨地被押送到朱龙县最偏僻的望月山村落户。然而，他却不想望月，而是时常远望着西方——那浸透着他心血和汗水的贾家滩的方向发愣。

望月山是一个山高、土少、石头多的地方，全村总共也没有多少可种庄稼的地。上面又交代下来，说贾田命是一个经常散布反攻倒算言论的反动富农，必须严加看管，绝不能让他干重要的农活。于是村里就分配他只能挑茅粪。每天挑着两个大粪桶爬山上坡，从各家的茅厕里掏上倒进地旁的粪坑里，连地都不让他进。

挑粪脏一点，累一点，这倒还不算啥；可不让他进地，干农活，就像不让娘见孩子一样，他真受不了。他眼睁睁看着由于提耧种的深了，庄稼缺苗断垄，可他却只能蹲在地头干瞪眼；眼睁睁看着锄苗留得稠了，庄稼只长秆不秀穗，可他却只能站在地旁发呆；眼睁睁看着麦子该抢收了，可人家就是不下令，结果一场冰雹把麦穗儿全打掉陷进泥里。他简直无法忍受了，可他只能挑他的茅粪桶，连吭一声都是有罪的。

这里又人生地不熟，没有人能理解他，没有人可以诉说，人们都用冷眼看他。他渐渐觉得胸口憋闷，不久便卧床不起，眼见得不行了。弥留之际，他嘱咐妻子说：

"我跟着爹种了一辈子地，临了却因为种不上地憋死了，我怕是与地分不开了。好在我死了，总该让埋进土里吧……两个儿子可千万，一开头就不要让他们沾着土地，你再苦再累，也要供他们上学，离那地远远的……"还没说完就咽气了。

妻子遵照他的遗嘱，一心供两个儿子上学。宁可自己多受些苦，连放了假也不让他们下地干活挣点工分。今年两个儿子都争气，双双考上了高中。她喜悦万分，专门去丈夫坟前祭奠了一回，哭着把这喜讯告诉了他。

成名兄弟俩走进村，来到自家门口。见大门反锁着，心里纳闷：怎么大白天还朝里锁大门？

他们是两家合住一个院，大门朝北开，紧靠正房。住正房的是夫妻二人，男的叫刘人杰，游手好闲，不务正业，由于排行老二，村里人便叫他"二流（刘）儿"。女的叫王翠仙，整天打扮得妖里妖气，招惹男人，村里人给起了个绰号叫"红山雀儿"。田命家住东房，离大门老远；又嫌这家人家名声不好，两家平常很少来往。可现在大门反锁了，成名兄弟只好高声叫他家了：

"刘婶，刘婶，快来开门！"

等了好大一会儿，才看见红山雀儿走出来，披头散发，衣衫不整，像刚刚还在睡觉一样。她见是成名兄弟俩，以少有的热情，高声说：

"你们可回来了！你娘早盼着你们哪！"好像唯恐全院人听不见似的。

又好像故意似的慢慢悠悠地往前挪，挡住成名兄弟也无法走快。还大声地对着东房喊：

"田命嫂子，田命嫂子，成名、效实回来了！"好像有意给什么人通风报信似的。

成名兄弟好不容易等她转身走进她家房门，猛地瞅见一个男人好像是大队支书毛绍祖正在她家炕上躺着抽烟，厌恶地皱了皱眉，赶紧向自家的东房门口走去。

这时，二流儿推开东房门走出来了，笑嘻嘻地说：

"我正帮你娘扫家呢，你兄弟俩回来就用不着我了。"说着，快步向他家正房走去。

成名兄弟俩感觉有点奇怪："二流儿啥时变得勤快爱帮人了？"特意回头看了一眼。但也没多想，就走进屋里。

"娘，我们回来了。"

母亲正在收拾打扫屋子，头发卷儿也开了，一缕长发挂到脸上。炕上被褥乱成一团。母亲见儿子回来，忙放下笤帚，说：

"快坐下歇着，饿了吧，娘给你们做饭。"说着便低了头去里间取面。

成名兄弟分明看见母亲眼眶里挂满了泪水，满脸哀怨之色。这半年来母亲确实憔悴了很多。他们兄弟俩考上高中，按理母亲该高兴，脸色应舒张才是。可尽管他俩最多两周总要回家一次，但还是明显感到母亲一次比一次憔悴。还没到四十岁，头上便有了不少白发，额头和鬓角的皱纹老深老深，面无血色，目光呆滞，仿佛颜面上每一根神经的抽动，都在说明她被笼罩在无限的哀愁和抑郁之中。他们兄弟不在家，母亲一个人可能操劳过多，可也不至于如此呀！即使他们在家，也完全是母亲一人操劳。他们分明记得半年前第一次离家上高中时母亲脸色红润，满脸焕发出何等喜悦的光彩呀！母亲啊，是我们拖累了你，以后一定会好好报答您的。

儿子心里这样想着，母亲已把饭给他们端上来了——是一盘全白面的馍馍和一小碗夹着肉丝的菜。

"娘，还不到过年，怎倒吃白面馍馍和肉菜？"兄弟俩惊奇地问。

"今年你舅舅从外地回来，给咱们多带回些白面和猪肉。今年这年咱们好好过一过。"

舅舅倒是在外地，那地方可能比咱这里好一些，可也不很富裕呀，兄弟俩还是有些不敢相信。不过母亲既然说了，他们也就不再多问，很快便狼吞虎咽地吃光了。

今年这年过得确够丰盛。正月初一至初三几乎顿顿是白面、肉菜。可不知怎的，兄弟俩越来越觉得不大对劲儿。自放假这几天来，母亲总是在不断地叨叨：

"万一娘不在了，你们可一定要坚持把高中上下去！这可是你爹的临终嘱咐啊！"

听得兄弟俩心里真不好受：

"娘，你怎么会离开我们呢？我们高中毕业，再考上大学，将来有了工作，一定会好好孝敬你，你会享福的。"兄弟俩总是异口同声地对娘说。

"娘，大过年的，不说这些好不好，听了真让人难受。"

儿子有时实在听不下去了，便劝娘再不要说。可母亲只是嘴上答应，过后不知怎的又说起来了。

正月初三，按当地的习俗，要到祖坟上去"送素"。除夕夜在家里一间空屋子里供上祖宗的灵位，摆上酒菜，天天上香祭祀，叫作"摆素"。到正月初三，撤去灵位和酒菜，另在纸做的灵牌上写上祖宗名讳，拿到坟上上香烧化，叫作"送素"。一般只要一个人去坟上烧化就行了。可今年不知怎的母亲也非要和他们兄弟俩一起去坟上祭奠。母亲烧化毕，便跪在父亲墓前捶胸顿足地大哭起来，嘶心裂肺地喊：

"我对不起你呀……我对不起你呀……"

兄弟俩愈觉蹊跷，但看母亲万分悲痛，也不敢多问，只是哭着劝母亲说：

"娘，小心哭坏了身子，咱们还是早些回去吧。"

正月初四日，他们母子仨到舅舅家做客，这个谜终于解开了。

饭后，舅舅把兄弟俩叫到跟前，对他俩说：

"孩子，舅舅要告诉你们一件事。你爹去世已经一年多了，你俩也已长大上了高中，你娘也该找个归宿了。现在也不能再瞒你们了，我已经给她在塞外找下一个人家。正月初八，我就要带你娘走了。你娘虽然走了，但还会接济你们的。所有衣服日用品和上高中用的钱都会按时给你们寄回来。你们可要好好学习，好自为之啊！"

舅舅说完，叫母亲也安抚孩子几句。但母亲已只有哽咽，泣不成声了。

兄弟俩听了，大惊失色，扑通跪下，哭着哀求说：

"娘，不要抛下我们，我们兄弟不能没有娘呀！"

母亲抱着两个孩子的头哽咽着说：

"你们怨恨娘一辈子吧。是娘对不起你们，也对不起你爹。可娘没办法，娘没别的路走。"

"孩子，不要哭了，这是没法子的事。"舅舅也这样说。

兄弟俩看自己没法留住娘，赶紧跑回村，找来贾家最年长的、须发皆白的本家爷爷帮他们苦劝。兄弟俩专门到供销社高价买回点心、糖果，熬了浓茶，放在爷爷和母亲面前，还专门为爷爷买了一盒香烟。本家爷爷谈古论今，以远比近，晓之以理，动之以情，苦口婆心地劝了三天三夜。一盒香烟抽完了，兄弟俩要再去买，被本家爷爷制止了。两大袋旱烟又抽完了，本家爷爷又装了满满一袋。可母亲总是一句话不吭，只有叹气、流泪。最后，老人觉得该说的话都说了，怎么就……便直截了当地说：

"你到底要他们兄弟俩怎样才肯留下？"

兄弟俩双双跪下，恳求说：

"只要娘说到的，我们兄弟指天发誓，保证办到。"

母亲长长叹了一口气，说：

"你们要能把你爹再扶起来，娘就留下。"

本家爷爷听了，大为恼火，声调严厉地说：

"看来你是只要男人，不要儿子，亏你竟能说出口！几天来我一直不好意思说这话，哪个寡妇再嫁不是至少也要过了三周年？你倒好，一年多就忍不住了。我再没有什么话好说，我们贾家没有你这样的媳妇！"说着，又回头对成名兄弟说，"孩子，起来吧。天要下雨，娘要嫁人，是无法留住的。贾家的人要立起骨气来，从今往后，你们要苦往肚里咽，牙从心底长，自己走自己的路！"说完，头也不回地出了门。

母亲情知自己的话没有说清楚，让别人理解到相反方面去了。跑上去想解释，可又能怎样解释呢？又跑回来想抱住儿子大哭一场，把一切向孩子和盘托出。可兄弟俩却赌气再也不理这狠心的娘了。

初八那天，彤云密布，天阴得越来越厚，从黎明前最黑暗的时候起，大片大片的雪花就遮天盖地倾泄下来。仿佛空气都凝固了，连一丝风也没有，大地一片沉寂，连狗也不叫一声。

母亲早早起了床，先整理好一个包袱，又给孩子们做好最后一顿早饭。

天开始放亮了，她要走了。她多想在这个家再多待一会儿啊——这是她操持了二十多年的家呀！可是这个家如今不属于她了，她不能再待下去了。她也不敢再待下去了，天一亮，万一被人发现，不但她走不了，还会累及她的孩子。她多想再多看看两个苦命的孩子啊——他们是她的心肝宝贝呀！她多想和他们再说上一两句话，他们还小，她有多少话要嘱咐呀！两个孩子在熟睡着。她知道，他们在梦里也一定在怨恨着母亲，是她对不起他们。她多想抱住孩子痛痛快快地大哭一场，把心中的哀怨都一股脑儿倾诉出来。可她不能。万一事发了，会累及孩子们哪！她现在真是连死都死不起呀！她不敢惊醒孩子，抹了一把眼泪，最后看了孩子一眼，给他们掖好被子，一横心，挎起包袱出了门。

街上一个人也没有，一点声响也没有。她只能听见自己的脚踩着雪发出咯吱咯吱的声音。她也像一片雪花，随处飘荡，很快就消失在茫茫大雪里了。

成名兄弟俩一夜根本没有睡着。他们睡不着，也不敢睡着。几天来发生的急剧变故对他们年幼的心灵打击太大了，他们怎么也想不通对他们那么亲的娘会如此狠心地抛下他们走了呢？他们焦虑，他们迷惘，他们怨恨，他们怎么能入睡呢？他们怨恨娘，赌气不理她，甚至在她走时也不想与她说句话；可是他们不能离开娘——娘这一走就永远再不会回来了，他们多么想娘能在最后一刻回心转意。他们怎么敢在娘就要永远离开他们的时刻睡着呢？在母亲给他们掖被子的那一刹那间他们差一点儿就要爬起来抱住娘大哭了。母亲一出门，兄弟俩就一骨碌爬起来互相抱着哭成一团……

哭了一通后，他们突然想到母亲这回是真的走了——再也见不到了。他们好像不受大脑指挥似地茫然地跑出了门。天还很早，又下着大雪，街上根本无人行动，只有母亲留下的脚印清晰可辨。兄弟俩急急地踏着母亲的脚印追赶着。

母亲出了村，走上了清水桥头。雪越下越大，离十几米远就什么也看不清了。她太累了，心理的，身体的。她把包袱放下，在桥头上歇着，向来路上睁大眼睛望着。她多么想两个孩子追上来，她可以再看上他们一眼。刚刚离开他们一会儿，她已痛切地感到她是离不开她的孩子的。如果这时他们来到她面前，她说不定会留下来的。可他们还在熟睡，他们在怨恨娘，她已伤透了他们的心，他们是不会来的。母亲失望地把头扭过来，向清水河望去。河床冰封雪飘，宛如一条玉带向远方伸去。清水河啊清水河，你能给我洗清冤屈，还我一个清白吗？此时她真想两眼一闭跳下去，一了百了。可她不能。她要死了，两个孩子谁来供他上学呢？她真是欲死不能，欲哭无泪。就这样，在茫茫大雪中呆坐了好久好久。

兄弟俩就要到桥头了，隐约中好像桥头上有一个人影，那一定是娘。快跑上去吧，娘可能会心软的。可三天三夜的苦留，真让他们伤心。她要真的心里有我们，还会冒着大雪跑到这里来吗？他们想起本家爷爷的话，"天要下雨，娘要嫁人，是无法留住的"。他们无法挡住漫天飞舞的大雪，也无法留住要嫁人的娘。"要苦往肚里咽，牙从心底长，自己走自己的路"，此时要再上去求情的话，那不是太没有志气了吗？兄弟俩就这样，在茫茫大雪中呆立了好久好久。

母亲又挎起了包袱，艰难地行进。到舅舅村了，天已大明，但雪仍不见小。舅舅早已雇好一辆骡车，在大路上等着。母亲上了车，她回头看见后面来路上有两个人影，泪如泉涌，泣不成声地说：

"那一定……是我的儿子，等一等……让我再看上他们一眼。"

"快走吧，他们要上来，就走不成了。"舅舅说了一句"起身！"，车夫一扬鞭，母亲头向着后方，但骡车却向前行进了。

兄弟俩也看到了骡车，他们也加快了脚步。路上行人车马渐渐多了，毕竟是正月天气，地上的雪融化得很快，骡车碾出一道道泥水印。兄弟俩在泥泞里艰难地行进着。

母亲是非要走了，追又有什么用？又为什么要追呢？他们不知道。似乎不是脑子在指挥行动，而是两条腿在无支配地迈着步。先时还能看到骡车的影子，后来越拉越远，看也看不清了，但兄弟俩还是一路跌跌滑滑地追到县城。

等他们赶到公共汽车站时，舅舅扶着母亲已经上了车，母亲还在不住地回头望着。汽车缓缓开动了，她一下子看到两个儿子正用尽全身力气跑了上来，她发疯似地喊了起来。可汽车越开越快，她看见兄弟俩摔倒在泥水里，泪眼模糊，两只手狠命地拍打着后窗玻璃，声音越来越嘶哑，头往后一仰，昏过去了……

兄弟俩好半天才爬了起来，汽车早已无影无踪了。他们又大哭了一顿，不得不往回返。一路上越想越气：母亲的突然改嫁，完全是舅舅从中使坏。不由得怒从心起，把满腔的怨恨全归到舅舅身上。兄弟俩直接跑到舅舅家，二话不说，各人从门前操起一把铁锹，把家里的玻璃镜框、杯盘碗盏、坛坛罐罐，砸了个一塌糊涂。然后跑回家，对天发誓：既然母亲对我们如此无情无义，今生便与她一刀两断，永不相见。

可兄弟俩哪里知道，母亲的突然改嫁是另有隐情的：

原来，大队支书毛绍祖早与红山雀儿私通，二流儿不敢惹支书，气愤之余，想：支书能占我的老婆，我为什么不能占地富的老婆？便打上成名娘的主意。以前成名兄弟俩在家，他一直没有机会。这半年他兄弟俩上高中不在，二流儿便几次调戏，但都被成名娘挣脱，无法得手。他便要红山雀儿帮忙，两个人一起对付成名娘，说要不帮他的话，他就把她与毛绍祖的事捅出去。红山雀儿怕他坏了她与毛绍祖的好事，便与二流儿一起设下圈套。一天，红山雀儿假说她男人不在，夜里不敢一个人睡，要成名娘与她作伴。成名娘心下本不愿意，可又不便拒绝，只得应承。谁知半夜二流儿悄悄回来，乘她熟睡之机强奸了她。她要告他，可他说：

"我还怕你告？你不问问我和支书是什么关系？"

红山雀儿也大吵大闹地说：

"你告他？我还要告你勾引我男人呢。走，咱们找支书去！"

她怕传出去坏了自己的名声，想寻死，可他们拉住她说：

"你死了，是与新国家为敌，是向贫下中农反攻倒算，让你儿子背上这个黑锅，一辈子别想有出头之日！"

她左思右想，没有其他办法。红山雀儿还卖人情说：

"我这还不是为你好，你没男人，咱们一个院，我就把他让给你一半吧。"

从那以后，每当毛绍祖来占住红山雀儿时，二流儿便来占住她。

这事很快便被毛绍祖得知。他是"浑村的女婿"，谁家的大闺女、小媳妇不是任由他随便玩儿，村里人因此背地里叫他"毛骚猪"。所以他原本看不上这个快四十岁的寡妇。可听说二流儿占了她，心里却有点不是滋味。那天，当二流儿正占着她时，突然闯进去捉奸，吼着说：

"这还了得，地富老婆竟敢勾引贫下中农！"

要立即捆上送公安局。她吓得直打哆嗦，跪地求饶。红山雀儿假惺惺地劝她说：

"快给支书认个不是，私了了吧。只要你以后听支书的。"

她只好请求私了。毛绍祖说：

"看在翠仙的份上，私了也行，那以后就给我当下脚料吧。"

她也不知道这"下脚料"是什么意思，就糊里糊涂答应了。谁知以后，当"毛骚猪"和红山雀儿淫乐时，竟要她脱光身子陪着侍候，任他百般凌辱。待他们淫乐完了，再把她交给二流儿，任他肆意糟蹋。二流儿不敢对"毛骚猪"同时占住两个女人说半个不字，反而把怒气全发在她身上，不论白天、黑夜，一有空就跑去恶意糟践她。

可怜她同时承受着两个恶魔最无耻的凌辱和糟践，比压在十八层地狱还要难熬，真是求生不能，求死不得。最后只好偷偷给远在外地的哥哥写了一封信，托他无论如何找个人家，帮她逃出这虎口狼窝。

但她怎能割舍下两个心肝宝贝呢？她走了，这对孪生兄弟会怎样呢？

第十八章　两对双胞胎之间

开学了。

成名把满腔的怨恨全埋在心里，一头钻进书本里。只有在书本里才可能使他暂时忘掉心中的烦闷。效实则把满腔的怨恨全发泄到行动中。走路碰到一块碎瓦片，一脚踢得老远老远；看见树上有一只鸟啾啾叫，拾起一块石子就投过去。连一眼书也懒得看，上课总瞅着窗外。一有空，就从学校后墙翻过去，一个人到双乳山坡上游逛。

一个月过去了。这天，传达室通知成名兄弟俩去取邮单。

"有没有搞错？这年月还会有什么人给我们寄东西呢？"兄弟俩无精打采地去了。

一看，竟是那个狠心的人寄回来的二十元钱和一个邮包。成名立马变了脸，告诉传达室工友说：

"请你写上'查无此人，原件退回'吧。"

说完，便气呼呼地离开了。

传达室工友赶紧拉住效实说：

"这是怎么回事？"

"就是这么回事。"

"明明是寄给你们的，怎么能'查无此人，原件退回'呢？"

"要不能退的话，那给我吧。"效实说完，接过邮单，也气呼呼地走了。

"莫名其妙！"传达室工友在后面瞪大了眼。

这时，香香正好走了过来，见效实满脸不高兴的样子，忙迎上去问：

"发生了什么事？"

效实眼眶里的泪水快要溢出来了，但还是强忍着说：

"没什么。"

开学以来，香香就发现这兄弟俩有点异样，可也总没好意思问是怎么回事。现在看效实眼泪汪汪，心想一定是有什么伤心事，就关切地说：

"到底怎么了？咱俩是同桌，应该互相帮助嘛，你有什么事就告诉我，兴许我能为你分忧解愁呢。"

效实见香香一片真心，便把邮单递给她看。香香见是寄来了钱物，不解地问：

"这是好事嘛，有什么伤心的？"

"你不知道，假期里我娘突然改嫁走了，我们现在是没娘没家的人了。"效实说完，简直要哭出声来。

香香听了不由得"呀"了一声，感到事情重大，忙说：

"走，到六角亭上去，你给我详细说说。"

虽说快过清明了，但仍春寒料峭，树木草丛无一丝绿意，六角亭上也无人赏玩。他俩在亭栏上坐下，效实便把春节期间家里发生的一切告诉了香香。然后说：

"刚才接到邮单，我哥拒不接收，要原物退回。你说该怎办？"

香香安慰了效实一顿，想了想说：

"我觉得还是收下为好。一来你娘突然改嫁，很有可能是有不便对你们兄弟明说的原因，她既然想到要给你们寄钱物，说明她还是很惦记你们的，你们总还是母子呀！你们要拒收，不是更伤她心了吗？二来你们兄弟再无至亲，要不收，你们以后上学靠谁呀？"

效实听了，觉得香香到底是女子，想得仔细。真的，母亲是不是有不便对我们说的原因呢？我们怎么就从来没有想到这一点呢？再说，确实以后生活、上学的花销也毫无着落呀！便说：

"女的就是比男的强，还是你想得周到。你是不是比我大一两岁呀？"

两人一报出生年月，结果是同岁，只是香香比效实早出生两个月。效实站起来诚心诚意地说：

"上次分座位，我一时性急，就瞎说你是我表妹，真是太唐突了，其实我应该叫你姐才是。"

香香笑着说：

"姐我可当不起，我们女人是要以男人做靠山的。上次调座位还不是全靠了你呀！我们姊妹遭遇很苦，无依无靠，家里就一个老娘还双目失明。咱们都是苦水里泡大的，以后要像亲兄弟、亲姊妹一样，互相帮助，互相照顾。明天我陪你去把钱和东西取回来吧。"

第二天课外活动时间，香香陪效实一起上街，从邮局取上钱和邮包后，就在朱龙大街上边走边谈，随意游逛，不觉已近日落时分。这时正好来到一家饭店门口，效实想反正回去也误了晚饭，今天刚取下现钱，有意请香香到饭店吃一顿，便拉起香香的手走了进去。

　　长这么大，他们还是第一次到饭店吃饭，两人找了一张靠墙角比较僻静的桌子坐下。香香身上有星期日回家节省下的二斤粮票，效实拿出刚取下的十元钱来，问跑堂的伙计有什么饭菜。跑堂的见这后生一出手就是十元的大币，那姑娘又长得十分的标致，猜想一定是有钱人家的哥儿们和他的恋爱对象，不敢怠慢。忙端来一盘花生米，一盘冷蒸肉，一盘过油肉，一盘炒鸡蛋，还提来二两的一壶烧酒，摆好盅筷，殷勤地说：

　　"同志，你们先吃着，炒面一会儿就上来。"

　　效实有心想说，我们是穷学生，只吃两碗面就行了。但见跑堂的十分殷勤，酒菜都已经摆上来了，转念一想：反正这钱原来还不想要呢，就当用它发泄发泄胸中的闷气吧！便把酒盅斟满，说：

　　"香香，今天算我请客，咱们就好好痛痛快快地吃一顿吧！"

　　常言道，酒逢知己千杯少。今天这两人，也算是知己了，胸中又都憋着多日的闷气无处发泄，而且他们生平还滴酒未沾。几杯酒下肚，便都感觉头晕脑胀，嘴上没了遮拦，把那胸中的块垒一股脑儿向对方倾诉。

　　"香香，天底下有两个女人最疼我，一个是我娘，一个就是你。如今，我娘丢下我跑了，你就是我最亲近的人了。你就是我的宝姐姐、林妹妹，将来我要成了大事，发了财，一定要娶你！"说着又拿起酒盅与香香碰了一杯。

　　"效实，你就是我的宝二哥哥，有哪个杀千刀的欺负了我，你可一定要给我出气。我情愿永远跟着你！"说着又拉住效实的手不住地亲着。

　　跑堂的先只听见两人说什么"哥呀"、"妹呀"的，又看着他俩亲昵的动作，很显然是在谈恋爱，后来见他俩行为动作有点儿异样，看出是喝醉了。便赶紧劝他们不要喝了，吃饭吧。两人也见天色不早，便匆匆吃完。你搀着我，我扶着你，跟跟跄跄地往学校走。

　　上晚自习时，万金有到教室巡视发现他俩不在，问同学们，说是上街取邮包一直未回来。

　　"他俩没有请假呀！"万金有心下疑惑地走出教室，见两人正搂搂抱抱地从校门口走过来了。

　　"真不像话！"想狠狠批评一顿，但牵扯到香香，又不知就里，未敢贸然发作。只得回头吩咐成名和蓓蓓赶紧把他们分别搀扶回男女生宿舍。

　　第二天一早，两人清醒了过来。想起昨晚对答的一些话，都不由得脸上发烧。又怕同学们说三道四，学校处分，便慌说碰上坏人，挨了一顿打，最后好不容易才逃脱，互相搀扶着走回来。同学们都信以为真。只有成名和蓓蓓昨晚在他们跟前，闻到酒味，觉得他们是喝醉了，虽然背地里责怪他们何以要喝那么多酒，但总是不会对外人讲的。这件事就算遮掩过去了。

中午饭后，效实回到宿舍，这才打开邮包。一看，是两双做工精细的黑条绒布鞋，完全是母亲一针一线亲手缝制的。睹物思人，不由得热泪盈眶，把母亲寄来的那十元钱也递给哥哥。

谁料成名脑海里又出现了那苦劝与别离的一幕，顿时心头火起，愤怒地说道："你怎么这么没骨气？你想要，你就要，我反正不要！"

说着，把十元的钞票撕得粉碎，又跑到院里捡来一块有尖刃的石头，连砸带割，同学们劝也劝不住，一会儿，那经千缝万纳的一双新鞋便面目全非，烂成一团了。他还觉得气不过，又捡起来丢到茅厕里了。

这一撕一砸，成名母亲抛子改嫁的事便在全班甚至全校传开了。大家都无不为之嗟叹。不过具体看法又各不相同。有的赞扬成名有骨气，撕得好，砸得对。既然她已改嫁，就不再是贾家的人，就应该与她断绝来往，永远不认这个娘。有的则说成名太封建。女人改嫁是正当的事，不应该太责难。嫁不嫁是娘的事，做儿子的不能干涉。不管嫁到哪里，娘终归是娘，这是永远改变不了的。娘给儿子寄来东西，儿子不要，退回去就是了，再砸烂扔进茅厕也未免太过分了。

议论归议论，看法归看法，这些几天后也就过去了。大家便都各干各的，不再提起了。但经过这次打击，成名的身心简直完全垮了。学校那么少的一点饭，他却每顿都吃不了，要分给别人；晚上整夜整夜地不能入睡，老是做噩梦，出虚汗；白天精神恍惚，一句话也不说，上课老走神，连他以前最上心的学习也没心思了。和他要好的一些同学如冠仁等人看他这个样子非常着急，但怎么劝说也没法解开他心中的死结。大家都担心，照这样下去，这个人简直就要毁了。

关心这事的莫过于蓓蓓了。自春节前看到成名给她的自制书签后，她一直处在极度的矛盾之中。游艺晚会后，她的心一直被成名牵动着。但母亲的一番话又让她把接近男子视为畏途，自己绝不能再走母亲和姐姐的老路。因此她下了最大的决心，离任何一位男人都远远的。放假前和开学后她都故意躲着成名。特别是开学后，她发现成名不再有意接近自己，老是一句话不说，埋头学习；她感到是自己对不起他，辜负了他的一片真情，总有一种负疚感。但还是在时时警告自己，要挺得住，过一段就会好的。她也不再多想，一心只扑在学习上。

但当她听说成名家庭发生巨大变故，他在感情上和经济上都陷入绝境时，她挺不住了。她看着成名整天恍恍惚惚的样子，急得吃不好，睡不着。在他最需要人帮助的时候，难道自己还能冷眼旁观吗？

她想到现在首要的是应该先抚慰一下他那颗受伤的心，让他感到尽管母亲走了，但还有人在关心着他。她相信在这方面，她能起到别人无法替代的作用。但她该怎样表达她的这种关心呢？……他娘不是给他寄来一双鞋而被他砸碎扔掉了吗？她能不能给他做一双呢？如果他收到她的东西会怎么想呢？对，一定会感到十分欣慰的。

于是，她立即用身上仅有的钱买了一尺条绒，趁星期六回家，几乎一天一夜没休息，又利用平时的课外活动时间，赶制出一双新鞋，还特意绣了一双鞋垫。精心绣了这样一幅图案：一只大鸟向天空飞去了，但树上两只小鸟却在互相依偎着。做完后，左看右看，越看越觉得鞋的做工太笨拙，绣的图案更是难看，十分不满意。送还是不送？她犹豫了。

送！怎么能不送？尽管做的不好，但这是用自己全部的心做成的呀！上面的一针一线都饱含着自己深深的情意哪！

那怎么送呢？她又犯难了。总不能手递手交给他吧？直到现在他们的交往还只限于往对方的笔记本里夹个书签，就这也不过仅一次而已。可要托人又能托谁呢？姐姐吗？可她与效实也只是刚刚开始而已，更何况他们已经招人说闲话了。最后她从他娘给他寄东西那件事突然想到了邮递，这倒不失为一个好办法。万一他也撕砸了呢？……不，绝不会！她就这样决定了。

几天后，传达室工友又通知成名去取邮单。他一听就生气地说：

"不是早就告诉你，写上'查无此人，原件退回'吗？怎么还来烦人！"

"你这个同学是不是疯了，不管谁寄来的东西都不要了吗？"

"除了她，还会有什么人给我寄东西？！"

"她，她是谁呀？你看也不看一下，怎么知道就是那个'她'？"

"还会有哪个'她'？"

"你自己看去吧。"传达室工友说着，把邮单递到成名手中。

成名一眼便看到那上面"寄件人"一栏里"吕蓓蓓"三个字，他的脑子一下子乐开了花。

"对不起，刚才是我的不对。"成名慌乱地向工友道了歉，连假也顾不得请，就赶紧一溜小跑到邮局去了……

效实虽不像成名那样茶饭不思，精神恍惚，但也总是有点神经兮兮，一下也坐不住，整日想到外面游游逛逛。

上边通知，五月中旬要全区统考，因此学校决定从四月下旬开始就不过礼拜了；星期日虽不上课，但要求同学们必须在教室上自习。效实更觉得憋闷了，勉强坚持了一个礼拜，到第二个星期天上午上了两个自习以后，他看前两节课都没有老师来检查辅导，便转过头去，悄悄对香香说：

"教室里真憋闷，走，出去玩玩吧。"

香香为了安慰他，点头答应。两个便从后墙翻过去到双乳山游逛去了。

一出学校，效实的心境便豁然开朗。那天那顿酒饭，虽说让他花掉了一个半月的伙食费，还险些引来难以预料的麻烦，但他一点也不后悔。多少天后一想起来，还是激动不已，兴奋不已。他的心底像打开了一扇从未开启过的窗户，觉得亮堂多了。他第一次深切地感受到了钱的神通。那天要不是他一出手就拿出一张十元的大票，饭店伙计能那样殷勤吗？要是他当众甩出一百元来，连全朱龙城的人都会对他刮目相看，敬而仰之。他第一次深切地感受到了女人的神奇。那天要是没有香香陪着，他会那样痛快吗？只有香香能解脱他失去母亲的苦闷。他开始意识到男人小时候不能没有母亲，长大后不能没有女人。他现在已经没有了母亲，他再不能失去香香了。在潜意识里他已把香香当成自己心爱的女人了。他第一次深切地感受到了酒的神功。酒使他能说出平常不能说出的话，做出平常不敢做出的事；能使人清醒，看穿一切；也能使人糊涂，忘掉一切。那天要是没有酒，他能对香香说出那些平常难以启齿的话吗？他与香香的关系能一下子拉得这么近吗？他能懂得以上这一切吗？正是有了那壶酒，他今天才能悄悄地约香香来这双乳山游逛。这时的他虽还不大懂得"酒色财气"到底是怎么回事，甚至听也未曾听过这个词语，但他却在实际的体验中约略领悟到了一点皮毛。

香香想得虽不像效实这样深，但她也明显地感到两人的关系已经拉得很近了，她的潜意识里也似乎把效实当成自己心爱的人了。正因如此，当效实约她出来时，她才不顾违犯校规，愉快地答应了。

初夏的太阳照着嫩绿的山坡，柳枝低垂，翠鸟翻飞，惠风和畅，绿草如茵。效实和香香互相追逐着，嬉戏着，似乎忘却了一切烦恼……

蓓蓓爱的春风终于吹散了成名心中的阴霾，他又重新振作起来，以十倍的努力投入学习之中。但是，实际问题又越来越严峻地摆在他的面前：拒绝母亲的接济，他的经济来源如何解决？没有经济来源，他又怎么能把高中坚持上下去呢？而在这上面，蓓蓓却是无能为力的。她想资助成名，可自己的家境也十二分的艰难，确实无力接济。她想劝说成名接受母亲的钱物，但这又谈何容易。解铃还须系铃人，可这个"铃"却是攥在他们母子手里，她毕竟是个局外人呀！

但她没有灰心，她绝不能让自己的努力半途而废。她产生了一个大胆的想法：以她的名义直接给成名母亲写信，把成名现在的情况讲清楚，请他母亲把一切告诉她。她坚信成名母亲的突然改嫁一定另有隐情，只要她了解了实情，就一定可以说服成名。但这也未免太冒昧了，她到底算成名什么人呢？他的母亲能相信她吗？会不会弄巧成拙，把事情搞砸？这一系列问题困扰着她，使她久久难以下定最后的决心。

她看到香香和效实的关系越来越近，她们这两对双胞胎的命运已经完全连在一起，便去找姐姐商量。香香完全支持：

"为了他们兄弟，我们姊妹还有什么不能做的呢？"

于是便以姊妹俩的名义，由蓓蓓着笔，给成名母亲写了一封情真意切的信。成名母亲收到后，喜出望外，立即回信表示非常感激，她的两个儿子有了她们姊妹的照顾，她就是死也瞑目了。并向姊妹俩吐露了真情，谆谆告诫她俩一定要好好劝阻他们兄弟，牢记君子报仇，十年不晚，切切不可贸然行事，以至酿出大祸。现在只有好好学习，等将来成了事，有了出息，大仇自然就报了。

姊妹俩收到回信，喜不自胜，一起念给成名兄弟听。两兄弟听了，如梦方醒，哭喊着：

"此仇不报，誓不为人！"

自此以后，成名的学习又增加了更强大的动力，刻苦的程度甚至超过了冠仁。效实则认定对于报仇来讲，学习是无济于事的；于是开始天天坚持练习武功，暗暗发誓一定要手刃仇人。就是将来万一这几个仇人早死了，也一定要像当年伍子胥那样，鞭尸三百；而且要让他们父债子还。血债必须由同物偿还，还必须加上百倍千倍的利息。

统考越来越临近了，老师开始停课复习，学生们几乎整天被关在教室里。效实受不了这种憋闷，而且要坚持练功，又和香香偷偷跑到双乳山习武游逛去了。

这回他们的心情较前次好多了，以至追逐嬉戏着不知不觉已跑到东乳山了。香香跑得气喘吁吁，便在一块平坦的草地上仰身躺了下来。

"好，你躺着。让我给你耍一套武功。"说着，效实拿起一根木棍舞了起来。

"真棒！你真是人中吕布！"香香高兴得一骨碌爬起来抱住了效实。效实随手掐了一朵山丹丹花，插在香香的发辫上，笑着说：

"真好看！你真是个活貂蝉！"

香香也随手揪了一根草叶，故意刺效实的脸，说：

"那你敢不敢刺杀董卓？"

效实捉住香香的手，反过去刺她的脸，笑着说：

"我当然敢了。"

香香两眼望着效实，问：

"真的？"

"当然是真的，"效实半开玩笑半认真地说，"你告诉我，谁是董卓呀？"

"我这可不是跟你开玩笑！"香香双手紧紧地抱住效实，大哭起来。效实慌了，忙问：

"是谁欺负你了？"效实想起那天香香骂"杀千刀的"话，"你骂的那个'杀千刀的'是谁？快告诉我！"

香香泪水不住地流到效实的脸上、身上，泣不成声地把万金有迷奸她的事告诉了效实，摇着效实的身子声音颤抖地说：

"你可一定要替我出这口气呀！"

效实把香香紧紧地抱在怀里，严肃而激愤地对她说：

"不要哭，我一定给你出这口气！"

待香香哭泣渐渐平息下来后，他们便并肩坐下开始计议起如何出这口气来，想到非得找准时机，如此这般，方能既打了蛇还不被蛇咬着。

二人正悄声说着，忽听得山腰里好像有动静，急忙起来察看，又不见人影儿。这里是东乳山坡，山上只有吕祖观有个老道，此外再无人居住，哪会有人行动？总是小动物出没吧，管它呢！他俩便又半躺着计议起自己的事情来。不一会儿，又听到一声清脆的枪声，一只野雉应声而落。他俩一惊，站起来一看，正是那老道背着一支猎枪在打鸟儿。那老道也发现此处有人，急匆匆地绕过山后面去了。他俩觉得好奇怪：

道长怎么竟打起猎来了？

第十九章　匪首与英雄

一个惊人的消息在朱龙全县传开：

多年前逃到海岛的那帮人又想打回来，覆华山发现空降特务，昼伏夜出，到处杀人放火。

一时间闹得人心惶惶。

不几天，风声越来越紧。朱龙城内新驻扎了一个团的部队，满载弹药的军车隆隆驶过。农村的民兵也开始集中军训，道路上日夜有人值班巡逻，盘查过往行人。

消息越传越多。部队与敌特交了火，朱龙城内都能隐约听到炮声与枪声。潜伏的特务与空降的特务接上了头。他们到处张贴标语，进行反动宣传。为首的是一位当年的少将师长，叫吕万忠，他带的潜伏特务与覆华山的空降特务协同行动，全县到处都发现了他们的踪迹。

县里正式通知各机关、厂矿、学校，进入准战时状态，开始夜晚值班巡逻。教育局通知全区统考取消，朱龙中学与仁里大队共同组成联防队，包的是双乳山一带，黑夜从后门进出，值班巡逻。

香香和蓓蓓陷入恐慌之中。吕万忠，就是母亲讲过的那个名字。真的是他吗？娘说那时是团长，是后来升任师长了吗？也有可能。

星期日回家，姊妹俩把这些传闻告诉了母亲。母亲惊得目瞪口呆。一直以为他早就死了，或是跑到海岛去了，照这么说他还一直留在内地。他们能有几个人，还不是以卵击石，这次是死定了。她也说不上是盼他死，还是怕他死，他早已从她的生活里消失了。可如今又似乎突然出现了，搅得她心绪不宁。不过，这只是传闻而已，世上重名重姓的多了，是他不是他还不一定，她大可不必过于看重。

这一段，朱龙中学学生晚上巡逻值班，由万金有全面负责。他当然无须到山上熬夜，但必须在办公室守着电话机，听候上级的紧急通知，所以也不能安安稳稳地睡觉。独自一人未免觉得寂寞无聊，便又想起香香来了。看她这一段好像和他亲近了许多，见了面也总是笑嘻嘻的，感觉正是火候。这天下午，分配完晚上的值班任务后，便单独把香香留下，笑嘻嘻地试探着说：

"今晚给你分配个特殊任务，能不能完成？"

香香听了，先是一愣，定了定神，看万金有一副色迷迷的样子，心里便猜出了几分，但还是平静地问：

"什么特殊任务？"

"暂时保密，到时候再告诉你。"

"什么时间到什么地方？"

"今晚十点半，到我办公室。"

"好，十点半我准时到。"

香香爽快地答应了，万金有心里一阵高兴。

到晚上十点半，香香轻手轻脚地来到万金有的办公室，等她进了里间站在他面前时，他才发现：

"呀，真准时！怎么也不在外面喊声报告？"

香香笑着说：

"万书记不是说要保密嘛，所以就悄悄进来了。"

万金有显得有些慌乱，连声说：

"是，是，要保密。特殊任务，不用喊报告。"

他见今晚香香显得很大方，完全不像以前腼腼腆腆、扭扭捏捏的样子，脸红扑扑的，酒窝一鼓一陷，比往日更加迷人。高兴地说：

"这才像个文娱委员的样子，以后什么时候都可以随便来，不用报告。"

说着，便拉住香香的手说，

"坐，坐。"

香香依旧站着，问：

"万老师，到底是什么特殊任务，你快说吧。"

万金有故意诡秘地凑近她的脸，说：

"你那么聪明，还猜不出来吗？"说着，便亲了一口，动手解她的扣子。

香香抿嘴一笑，说：

"万老师，我自己来。"

万金有见香香竟这样主动地投入自己的怀抱，高兴极了，便三下两下脱掉自己的衣服，一把抱起香香就往床上放。香香故意撒娇似地扑楞着双腿，一脚把脸盆架掀倒了，脸盆咣啷一声掉在了地上。

万金有一惊，见是脸盆掉了，也不去拣，涎笑着说：

"你真是个香饽饽，可把我想死了！"

正要翻身上床，门一下子被推开了，从外间突然闯进一个蒙面人来，二话不说，便朝万金有的后脑勺上一棒打去。万金有还没来得及反应过来，便朝后栽倒，不省人事，仰面躺在了地上。那人便又雨点般地朝万金有浑身上下打了过去，以至把木棒都打折了。香香也一骨碌从床上爬起来，捡起那打折的半根木棒，朝万金有劈头盖脸地打了起来。直到两人都打得筋疲力尽，才手拉手急急地跑了出去……

很长时间过去了，万金有才苏醒过来，嘶哑地喊：

"快来人哪……快来人哪……有，有，有敌特！有敌特！"

师生听见声音，纷纷跑了过来，见万书记被打得遍体鳞伤，赶忙报告学校领导。郝文正、闻清直闻讯，赶紧派人把万金有抬上担架，送往医院。二人觉得事关重大，不敢耽搁，立即把万金有遭敌特袭击的事报告县委，同时亲自带领全校师生员工手持器械搜遍校园每一个角落。但折腾了半夜，到天亮也没有发现任何敌特的踪影。

肖礼、郑志斌半夜接到报告，立即带领县委、政府及武装部、公安局负责人等赶到学校，连夜召开紧急会议分析敌情，部署下一步行动。当场做出三条决定：第一，没有内应空降敌特是不可能进入县城的，全县又唯有朱龙中学发生敌特袭击事件，实属可疑。县公安局要对全校师生员工，特别是教师进行排查，有潜伏特务嫌疑的人立即拘留审查。第二，进一步加强日夜值班巡逻，县城所有单位的工作人员从即日起晚上都必须留在机关，睡觉一律不得脱衣服，枕戈待旦。第三，大力宣传万金有同志的英雄事迹，号召全县人民向他学习，坚决打胜这场反击敌特窜犯的人民战争。

第二天，县委下发了红头文件，号召全县人民向万金有同志学习，肖礼和郑志斌亲自到医院看望，表示慰问，万金有的病房摆满了各单位敬送给英雄的鲜花。

朱龙中学被敌特袭击的消息迅速在全县传开。在如此严密的防范之下，敌特竟然闯进县城，人们更加惊慌。不用说工作人员，就连普通市民和公社社员晚上睡觉都不敢脱衣服，只好枕戈待旦了。

公安局对朱龙中学全体师生员工进行了仔细排查，通过查阅档案，孙如膑和梅艳琦两位教师有重大潜伏特务嫌疑。尽管有很多学生和老师证明他俩在事发时都在山上值班，但事发时在山上值班并不能排除此前曾向敌特通风报信；尽管经过搜查宿舍，并未发现任何用于联系的工具及有关的片纸只字，更未发现任何证据，哪怕是一丁点儿线索，但为确保万无一失，还是决定立即关进拘留所，隔离审查。全校上下见此情状，人人如惊弓之鸟，唯恐与敌特袭击一事沾上边儿。

省军区又增派一个团进驻朱龙，特派一名副司令亲赴朱龙坐阵指挥。省委、省政府严令朱龙县所在地区集中全区民兵配合部队要像篦子一样在全县梳过，务必坚决、彻底、干净、全部地消灭空降和潜伏的敌特。

强大的围剿行动在全县近两千平方公里的土地上展开，共投入三个正规野战团、一个预备役师，加上军分区的警备团和十五个县的武装部，调集全区十五个县的基干民兵共五十多万人，从县城西北一百多里的扇面上出发，向东南横扫过去。但经过半个多月的围剿，仍然一无所获。

这天晚上，军区副司令正在召集高级干部会议，部署下一步的围剿行动，突然传来消息说：

"匪首吕万忠在林芝村被民兵抓获了！"

"这怎么可能？消息是从哪儿传来的？如有不实，按军法论处！"副司令听后，大声训斥。

"消息是从林芝村民兵队长的电话里传来的，据他说，是那个俘虏亲口讲的。"

"把俘虏立即押到县城来，我要亲自审问！"副司令下了命令。

俘虏很快被押回城里，游街示众。

"啊？！他就是少将师长吕万忠吗？"县里人认出他是吕祖观的老道，诧异地窃窃私语。

军区副司令立即亲自进行审问。那人摆出一副大义凛然的样子，侃侃而谈。不仅竭力吹嘘自己过去与现在的赫赫战功，而且讲出具体过程，甚至不少细节，说的不由人不信。

军区副司令大为振奋，立即将擒拿匪首少将师长吕万忠的情况电告省委和省军区。省委、省军区闻讯则立即电告中央。中央获悉抓获了敌特将军级的人物，当即指示对有功部队通令嘉奖，报纸、电台在头版头条刊登播发重要消息，并配发社论，祝贺歼敌的伟大胜利。省委、省军区接到通知，立即照办，同时做出决定，在朱龙召开全省歼敌祝捷大会。

那面收听到这一消息后，大为震惊，指令保密局立即进行仔细核实。但查遍了所有少将师长的档案，并未发现吕万忠其人。后经反复查证，才在阵亡将士花名册上查到吕万忠的名字，原来只不过是一个小小的杂牌军的团长而已，且早已成仁，便一笑置之。

这究竟是怎么一回事呢？

一点不错，声称为少将师长的正是当年的吕万忠。林秋蝉被赶出去不久，他的团就奉命移驻关内。他知道她已怀孕，也曾寻访过她的下落，可她几次搬家，已无人知晓了。后来战局混乱，他也就无暇顾及此事了。最后在一次战役中，他的团全军覆没，他藏在乱尸堆中，侥幸逃过检查，被一起扔进山沟。几天后，他逃了出来，慌不择路，后来竟流落到朱龙地界。那时吕祖观因战乱已无道士居住，他便改换道装，做起道士，占住这吕祖观。

他并非是特务机关专门派遣潜伏下来的。那面以为他早战死，他的家庭所有成员也都死于战火。除了在战死的将士花名册上有他的一个死魂灵以外，根本无人知晓，更无人记得他了。可他却对党国念念不忘，梦想有朝一日再打回来，他便是大大的功臣。他偷偷买了一台收音机，在夜深人静之时，悄悄打开收听。今年以来常听到那面声言要反攻，他很振奋，便抽空借打猎为名，温习当年的武功。最近听说空降特务已到覆华山，他更是喜出望外，借去那里传道为名，想去接头，原来根本没有那回事。失望之余，便心生一计，悄悄写了不少传单标语，到处散发和张贴。声称他是当年的少将师长，内外人马已经会合，以壮声势，混淆视听。结果大获成功，各级军政当局如临大敌，增调一个团的兵力准备围剿，天天在覆华山打炮示威。省、地、县逐级部署，公社、大队层层安排，全民总动员。一时人心惶惶，流言四起，少将师长吕万忠的大名全县无人不晓。

省里强大的围剿行动开始后，吕万忠先在覆华山石足洞避了半个多月，后来估摸围剿的兵马快到了，便趁夜沿浊水河向东南方向逃窜。这天晚上来到河畔的一个村子西头。他已经两三天未吃什么东西了，体力实在不支，就摸到一户人家的门前想弄点吃的。见西面的墙已倒塌，只用篱笆围着，便从那里跳了进去，悄悄摸到窗前。用手指蘸了唾沫捅开一个小孔往里窥探，见灯下只有一个四十左右的女人，在坐着搓纳鞋底的细麻绳，看样子像是个瞎子。吕万忠想，这正好，不容易被发现，便轻声敲门。那女人摸摸索索地下地开了门，问是谁。吕万忠也不答话，便跨进屋里。走近她跟前，才悄声说：

"我是赶路的，错过了路程。求给口饭吃。"说着，便四处搜寻吃的东西。女人听来人口音不是本地人，这么晚了，鬼鬼祟祟跳进院门，讨要吃的，一定是敌特，心慌了。村里前天专门开了会，要求一发现敌特立即报告，如果隐藏不报，按反革命论处。还专门在各家院门上安了一个铃铛，只要一敲，巡逻的民兵就会很快赶到。现在可该怎么办呢？她想了想，对来人说：

"你坐着，我到那面空房里给你寻吃的。"说着，便摸索着往外走。吕万忠看这女人是想出去报告，上前一把卡住她的脖子，声音低低地威胁道：

"你想去报告，是不是？我实话告诉你，我就是少将师长吕万忠，你赶快把吃的拿出来，不然我就卡死你！"

那女人一听，头像猛击了一棍子，几乎晕了过去。吕万忠以为她是吓昏了，又把声调放和缓了一点说：

"你不要怕，只要你不报告，给我吃的，我不会卡死你的。"说着，把手松开了。

可那女人却用双手抓住他的两臂，死命地摇晃着说：

"你这该死的吕万忠！二十多年前你就要卡死我，今天你还想卡死我！"

吕万忠被这女人的动作和话语弄蒙了，这女人说话蹊跷，声音也好像哪里听过，可怎么也想不起来。他抓住女人的双手说：

"你到底是什么人？怎么二十多年前会和我有纠葛？"

"我，我……我就是你二十多年前抢回去的林秋蝉！那时你就吓唬要卡死我，如今你的女儿都快二十了，你又要卡死我。你这挨枪子的！"女人说着，不知是气愤，还是激动，全身颤抖着，连站也站不稳了。

吕万忠一下子愣住了，没想到竟会在这种情况下碰到她，一时不知如何是好。停了停，用手扶住林秋蝉，急切地问：

"女儿，女儿在哪儿？让我见上一面。"

"她们在朱龙中学上学，不在家。"林秋蝉说着，准备给他取吃的。

吕万忠一听"他们"两字，以为家里还有人，又紧张起来，忙问：

"你现在的男人在哪儿？"

林秋蝉听出了他的意思，便说：

"我没有男人，她们姊妹是双胞胎。"

吕万忠才放下心来，说：

"老天保佑，我还有两个女儿。这下我死了也安心了。"说着又对林秋蝉说，"是我对不住你。你给我些吃的，我马上就走，绝不连累你们母女。"

林秋蝉把家里所有的熟食都给他放进一个包里，说：

"不用再说什么对住对不住的话，我今生遭逢了你，纯粹是命。你快拿上，走得远远的！"说着便推他出门。

她哪里知道，吕万忠一进村就被值勤的民兵发现了。他们见此人行动鬼鬼祟祟，便悄悄在后面盯上了哨。他俩在屋里的谈话全被他们听到了，早在屋外布

置好了埋伏。他一出门,村里民兵便一拥而上,把吕万忠和林秋蝉都绑上带走了
……

匪首被擒的消息迅速传遍了整个朱龙。吕祖观的老道原来是当年的少将师长,
全省的潜伏特务都归他管辖,设有电台联络,有专机停在覆华山。朱龙是他们的
重要据点,有不少潜伏特务,夜袭朱龙中学便是他指挥手下干的。他的小妾原是
林芝村有名的美人,双手使两把匣子,虽双目失明,竟能百发百中,也是暗藏的
特务。不是他俩正在熟睡之机,焉能擒拿?……

如此这般,越传越悬。

朱龙中学更是传得厉害,香香、蓓蓓被人指戳着:

"看,那就是匪首的女儿!"

她俩简直无地自容,吓得魂飞魄散。成名、效实陪她俩跑到县公安局门口打
探,门警森严,岗哨林立,根本无法靠近。一点确实消息也探听不到。

万金有被打后,经医院紧急抢救,总算保住了一条命。但脸上、身上留下道
道伤疤。他气闷之余,心下疑惑:学校各处都有人巡逻,敌特怎能进得来?即使
进来,又怎能无一人发现?又怎想到直接到他的办公室来呢?而偏偏又正是他正
要入港之时呢?又怎么吕香香没受一点伤呢?他只告了吕香香一人,又怎么会有
他人得知呢?越想越觉得是吕香香和他人串通整他。他想起上次吕香香与贾效实
在外游逛,很晚方归,而且搂搂抱抱。便把贾效实作为重点对象暗中进行调查。
终于被他查出那晚贾效实未在指定班次上巡逻。他一心想要报复,但又怕他的丑
事败露,未敢声张。

真是天助于他,吕香香一夜之间成了匪首的女儿。他便抓住时机,告发吕香
香受他反动老子指使,勾结富农子弟贾效实图谋杀害国家干部,欲置二人于死地。

公安局立即把香香和效实抓到派出所突击审问。二人觉得无法隐瞒,便把前
后经过和盘托出。原来那天万金有给香香布置特殊任务,香香就猜出他又要对自
己施暴,便事先告诉了效实,在香香进入万金有办公室时,效实悄悄藏到外间长
桌底下。此事与敌特窜犯风马牛不相及。公安局审清原由后,上报县委,请示对
二人该如何处置。

县委经过秘密研究后,认为现在万金有是全县树立的英雄典型,怎能往他脸
上抹黑。闹出去岂不舆论大哗,使县委难堪,大大有损党的崇高威望,势必助长
敌人的反革命气焰。而且,全省歼敌祝捷大会即将在朱龙召开,绝不能在这个节

骨眼儿上再出岔子。决定此事严格保密，不得再扩大影响。这两人由公安局继续严加关押，在全省大会前不得与外界互通信息。待事情平息后再交由学校以其他事由另加处理。这一段，一切以准备全省祝捷大会为中心。

万金有遭袭的事既已真相大白，孙如胰和梅艳琦理所当然该放出来了。但吕香香和贾效实合谋报复万金有迷奸的事不能往英雄万金有身上拉，而运用阶级分析的方法，孙如胰和梅艳琦却不能不往敌特袭击革命干部这件事上拉。他俩的父亲是高级军政要员，与少将师长吕万忠认识和交往的可能性很大，吕万忠已经交待夜袭朱龙中学是他指挥手下所为，虽然他拒绝交代这些手下的姓名，但显然孙、梅嫌疑最大。经过进一步调查，贾效实当晚未在指定的班上巡逻，而当班的老师正是孙如胰，尽管他辩解说他只是和学生一起值班，学校并未让他负责管理学生，且值班学生很多，又是晚上，他并未在意贾效实在与不在；而梅艳琦此前曾独自去过吕祖观，这一点更是她和吕万忠联络的有力证据，尽管她辩解说去吕祖观是准备在物理课上组织学生参观观象台上的古观象仪，她事先去看看。

经过以上调查分析，县里初步得出结论：孙如胰和梅艳琦就是吕万忠在朱龙中学发展的潜伏特务，他们通过吕的女儿吕香香，又拉拢上了富农子弟贾效实，共同策划和实施了夜袭朱龙中学事件。因此，孙和梅不仅不能放出去，相反更由拘留审查转为正式逮捕。

第二十章 "七七"惨案

省里决定,七月七日在朱龙召开声势浩大的歼敌祝捷大会。县里发出紧急通知,要求各单位加紧准备。粘贴小彩旗、制作标语牌、训练游行队伍,忙得不亦乐乎。全县所有生产、工作、学习都停顿下来,学校把放假也推迟了。

气氛越来越紧张,剿匪部队全部集中到县城,街上到处都是荷枪实弹的士兵在巡逻,仿佛整个县城都成了大兵营。传闻也越来越多,匪首被擒,但敌特却似乎仍在活动,到处有人被抓,甚至还听说抓了朱龙中学的学生。男女老幼,人人自危,一时间红色恐怖笼罩全城。

一些老辈子的人私下嘀咕:这"七",在人们心目中本来就是个不祥的数字,"七"和"泣"谐音,是掉眼泪的日子,人死了,过"七",就要哭上一通。这两个"七"连起来,会不会遭逢什么灾呀难的? 那卢沟桥事变不就在这一天吗?

如今的革命者当然不相信这一套,但这些天来天气特别怪,却是毋庸置疑的事实。盛夏七月,骄阳似火,本不足为奇。但一个多月来,不下一滴雨,庄稼叶子打着卷儿,划一根火柴就能点着;天天是一盆火,把人们的心都快烤焦了。这正常吗?

七月七日这一天,连太阳也好像昨天就没落,一出山就是正午。士兵们全副武装,三步一岗,五步一哨,枪膛里出来的都是火。街上隆隆的军车把热浪一股一股碾向南门广场,把那里烧成了一个大火炉。

人群从四面八方涌向这里。今天参加大会的除县城的人以外,还有各公社的农民和参加围剿行动的全区十五个县的民兵。全省每一个县都派代表组团参加。南门广场显然容纳不下,便向广场后面的朱龙山上延伸,向朱龙大街延伸,连十字街口,以至东西复圣大街都挤满了人。人们被挤压在蒸笼里,无所旋蔽。男人们都光着膀子,女人们也只穿个二股筋背心,小孩子更是赤身露体。只有那些士兵们还是穿戴整齐,连风纪扣也不敢解开,汗流浃背,把军装都湿透了。

为渲染热烈、喜庆的气氛,城里到处插满了红旗,架设了高音喇叭。可偏遇上今天这天气,"零级无风烟直升",小学二年级背下的口诀今天第一次得到验证，原来红旗不仅可以"冻不翻"，还可以"晒不翻"，那所有的红旗都像打了蔫的禾苗一样懒懒地耷拉着。高音喇叭里的吼叫声与全城的嘈杂声混在一起，把快要被晒化的大脑搅成了一锅粥，人们更加烦燥、憋闷，觉得头晕目眩。

大会好像早就开始了。一会儿一个人在照本宣科地念着什么，好像小学生在背书，完了是些零星的掌声；一会儿另一个人又在声嘶力竭地吼着什么，好像在与人吵架，完了是几句单调的口号……人们听不清，也不想听清；看不见，也懒得去看。

要嘉奖万金有了。他的伤还没全好，从台下被人搀扶着往台上走。上面宣读着省政府的嘉奖令，要人们鼓掌祝贺，喇叭里响起了单调的拍掌声。但参会的多数人不认识万金有，什么英雄啦，模范啦，人们听得多了，见得多了，还不都是硬吹起来的，耳朵里早起了老茧，一点反响也没有。大会主持者们也早想到了这一点，事先把朱龙中学的学生队伍安排在广场中央，以装饰门面，制造气氛。万金有又是本校的，学生们便都睁大眼睛看着，在校团委、学生会的几个头头带领下，使劲儿地鼓着掌。

蓓蓓也挤在同学们当中。十几天来，听不到母亲的一点消息，姐姐又突然被抓去，她忧心如焚。香香和效实合谋殴打万金有的事，她并不知情；但也猜出几分，觉得姐姐的被抓，总和万金有有关。现在大会上宣扬万金有的"事迹"，她想一定可以听到一些有关姐姐的消息。便支楞起耳朵仔细听着。可是从头至尾没有听见有关姐姐的一个字。她纳闷了：如果说与万金有被打的事无关，那他们为什么要把姐姐抓起来？如果说只因为是吕万忠的女儿，那又为什么只抓姐姐一人？她真有点不寒而栗。她睁大眼睛，看着万金有胸前戴着大红花，被人簇拥着从台上走下来。郝文正和闻清直等学校领导都跑上去与他握手，表示祝贺。万金有洋洋得意，不住地向人们招着手。可走近了，蓓蓓才看清，他眉宇间缝过的针迹留下的疤痕，形成几个大大的"×"，脸上的伤疤左一道，右一道，红一块，紫一块，在他张嘴大笑时一抽一搐，活像演戏时的小丑。

快到正午了，烈日把它的亿万道光线变成一支支燃烧的火箭射向大地，烧烤着一切生物和非生物。站了大半天的人们，实在太累了，想坐到地下歇歇腿，可臀一挨地，烫得人火烧火燎似的，又赶紧蹲起来。蹲又蹲不住，便又往起一站，有的人感觉眼前一黑，便朝后栽倒了。士兵们握枪的手心被汗水浸得通红，细嫩的肉都快撕裂了，又被枪管烫起了水泡，磨破了，钻心般地疼，可又不敢动一动，有的竟昏了过去。柏油路被晒化，人的脚踏上去软粘粘的，粘满了鞋底，有的人连鞋也被粘住，脚丫子上也满是柏油，又烫又痒，像土蜂蜇了般难受。停在马路边的军车突然发出一声巨响，像炮弹出膛，吓得人们赶紧往后退，原来是轮胎被晒爆了。

"把反革命狗特务少将师长匪首吕万忠和他的小老婆暗藏的反革命狗特务林秋蝉押上来！"高音喇叭里响起了声嘶力竭的吼声。

人们被惊动了。多少人冒着烈日酷暑，长途跋涉来到这里，就是为着看看这两个神奇人物的。从广场向四周延伸出去的人群这时一起向广场的中心挤压过来，只要能挤进广场的边缘，看看那两个人的轮廓，也就算没白来一趟。广场里面的人更是拼命往前挤，想看得更清楚些，看看他们到底是怎样的三头六臂、狼心狗肺。

吕万忠还是道装打扮，只是帽子早被掀掉了，头被押着的人死命地往下摁，他却奋力地往起抬。他的心被一种叫作"不成功，则成仁"的坚定信念所占领，能在如此雄壮的场合与这个世界告别，他感到无比自豪。他是军人，他从不怕死，但他渴望死得壮烈，死得其所。现在他满足了，他可以无愧于他为之献身的党国了；他相信党国会记住他的。他不敢相信，在他临刑时竟然和他曾爱过的小妾在一起，这使他感到无比欣慰，又使他为之深深内疚。他更不敢相信，他还有一双女儿活在世上，尽管他从来没有现在也不可能看到她们了，她们也许根本不会叫他一声爹，但他还是感到了喜悦。他睁大眼睛看着广场上朱龙中学的队伍，他知道她们就在那里面，有这个就足够了。他又偏过头来看了看林秋蝉，嘴角动了动，算是道歉，也算是诀别。他的事已完，他此时已心如止水，默默地闭上了眼睛。

可此时的林秋蝉却心如潮涌。她痛恨命运对她为什么如此不公，这个万恶的吕万忠竟在她人生的两头等着她。十三岁上无意之中撞上了他，改变了她一生的生活；几十年后又在无意之中撞上了他，最终把她送上了绝路。不是冤家不聚首，也许真是前世的冤家吧。今世算是摆平了，但愿你下世不要再来缠我！她并不怕死，因为她已经死过好多次了，她早就活得不想活了，也许早就该自己了断。可在两个女儿名下，她死不起呀！她唯恐她们走上她的老路，她们需要她的指引与关顾。尽管她双目失明，但她们还是离不开她呀！有她在，她们就有主心骨。看来上面已经给她定下了吓人的罪名，她这个一生不晓得革命与反革命为何物的女人却要因反革命罪不得不死了。她想到她的死不仅会给女儿们带来巨大的不幸，而且会给她们套上沉重的枷锁，她觉得对不起她们，可这能怨她吗？她估计她们就在下面，可她看不见，在这最后的时刻，她不能和女儿们再说上一半句话，好好嘱咐嘱咐。她真是放心不下呀！孩子们，人死后要是真的有魂灵的话，娘会托梦给你们的。想到此,她不由得泪流满面,身子摇摇晃晃,站也站不稳了。要不是押着的人把她一把提起,她早瘫软在地下了。

一直目不转睛地注视着母亲的蓓蓓,突然看到母亲好像昏死过去,下意识地往前一靠,想到跟前搀扶,一下子扑倒在前面同学的身上。这才清醒过来。咫尺天涯,竟是生死之别,不由得五内俱焚,可又不敢哭出声来。抬眼望去,母亲已被押着的人提起,头奋拉下去,连脸面都无法看清了。再看那吕万忠,却依旧乘押着的人不备高扬起头来,与母亲正好成了鲜明的对照。蓓蓓不由得恨从心底起。她恨那该死的吕万忠,为什么行将灭亡之际,还要拉上母亲垫背。是他毁了母亲的一生。她为有这样一位所谓的"父亲",感到愤懑。他不是自己的父亲!她不承认有这样的父亲!但这是母亲亲口对她说的,他又真是自己的亲生父亲。命运就是这样的捉弄人。母亲和他摊上这层关系,还能轻判吗?暗藏的反革命,潜伏特务,多么吓人的罪名!要是母亲被……她害怕得不敢再往下想了。又一转念,母亲这十几年来从未与他有过来往,原本也是被逼无奈,纯粹是被侮辱与被损害的对象,什么潜伏特务,完全是无稽之谈。上面一定会认真调查,真相总会大白,绝不会冤枉好人的。母亲说不定很快就会放出来的,她的心里又闪现出一丝希望。

可是现实却立刻把她的这一丝希望绞得粉碎。台上在宣读判决书了:

……吕万忠,判处死刑,立即执行……

……林秋蝉,判处死刑,缓期二年执行……

蓓蓓脑子里老是回响着这两句话,嘴大张着,想哭又哭不出来,也不敢哭出来,喉咙里觉得堵得难受,呼吸由急促变得越来越微弱,眼前天旋地转,金针乱射,一下子昏倒在地上……

宣判以后,便要押赴刑场。高音喇叭里吼着:

"后面的人,快让开,空出大道来!"

"游行马上开始!"

但人潮还是一股劲地往前涌。广场里的人看过了,想要挤出去;外面的人还没看上,则更加用力地往里挤。朱龙山上的人群借着从上往下的优势,向下冲过来;十字街口的人群借着两股人流的合力,向前冲过去。广场被挤得水泄不通。军车的喇叭响个不停,但人群却纹丝不动。不得已,只好命士兵排成横排,端着冲锋枪开道,人群才缓缓后退。

正在此时,晴天一声炸雷,震得人耳鼓膜都要破了。人们还没有反应过来,一股强烈的干热风从朱龙山那边猛刮过来,在广场形成一个巨大的气旋,把沙石卷起，越旋越高。沙尘暴像一条发疯的黄龙摇头摆尾地在广场乱闯，沙石打在人们的身上、脸上，立时便肿起一个大疙瘩；尘沙钻进人的眼睛、鼻孔，使人无法睁眼、呼吸。一股股浓云从四面天边滚涌而来，眨眼间便遮没了整个天空。刚刚还是烈日暴晒的晴空一下子变得像黑夜一般。

一道闪电从空中划过，像小龙在天空飞窜了一下，倏地不见了。紧接着又是一声炸雷，像千万座大厦在倾倒。豆大的雨点从斜刺里打过来，在沙地上砸起一抔黄尘，打在人的脸上，生疼生疼。人们忙着找避雨的地方，可这么多人，往哪儿躲？人群像无头的苍蝇乱碰乱撞；雨像长了翅膀，乘着风势，越下越大。雨点成了雨线，雨线成了雨面，雨面成了雨体，仿佛整个天空都像银河决了口似地往下倒。人们无处躲避，只得任雨水往身上浇。顿时平地起水，漫漫人海眨眼间成了滔滔泽国。

又是一声炸雷，雨水像接到命令似地一下子变成了冰雹，像摆起石子阵似地噼里啪啦打将下来。狂风又给冰雹加上万能的推进器，使冰雹更像从枪膛射出的子弹，人群纷纷倒下。人们明知没有藏躲的地方，但还是受本能的驱使，抱了头，猫着腰，盲目地挤啊挤，钻啊钻，每个人都身不由己地随着人潮涌过来，涌过去。前面有人被挤倒了，可后面的人不知道，还在往前挤。

雹阵、风魔、雨瀑、水浪，天上地下，四面八方，老天爷调来它所有的天兵天将在整个朱龙城肆虐，而当权者调来的几十万人众掀起的人潮则助纣为虐，积极地加入了相互残杀的行列……

"踩死人了！踩死人了！"

人群中发出了惨叫声。但没有人能制止住人流的涌动。高音喇叭早被大风刮断了线，成了哑巴。紧急间只好命令部队鸣枪示警，要人们不要再挤。但枪一响，人心更慌了，人潮的涌动更加剧了。一时间，枪声、喊声、惨叫声，风声、雨声、冰雹声，混合成一片。

好不容易等冰雹过去，人们才约略平静了些。听说踩死了人，人们的神经警觉了，外面的人才不再往里挤，开始向城外疏散，人群才渐渐松散了些。高音喇叭也经紧急抢修，重新接通，开始吼叫着指挥人流撤退。

刑车无法开往刑场，又恐怕再发生意外，省里领导紧急决定死刑犯就在刑车上就地枪决，其他人犯就押在刑车上待人流全部疏散后再押回牢房。"示众"的效果已达，"游行"的形式则只好取消了。

盛夏的雨，来得快，去得也快。黄昏时分，血红的太阳又出现在西天边上。

天幕蓝得发青，四野静得瘆人，连晚归的宿鸟都不敢回巢，悄无声息地在山野的半空中徘徊飞旋。几只秃鹫停在山顶的枯树上，盯着死一般静寂的山城：

整个广场，以至朱龙、复圣大街上到处是横七竖八躺着的尸体，任雨水浸泡着，更多的是老人、妇女和孩子。一个个都鼻青眼肿，头像巴斗，样子怕得吓人。有的肚子都被踩炸了，五脏六腑流了一地，苍蝇在上面乱哄哄地盘旋。有些孩子已不成人形，头和脚盘在一处，像剥了皮扔出来的狸猫。士兵们神情沮丧地抬着一具具尸体往车上送，眼睛看着天上，心里默默地记着数字。连那君临天下的太阳也不想再看这可怖的景象，匆忙收起它的金辉，急急地滚到山那边去了。

秃鹫们就要开始行动了。让喜欢黑暗的阎罗大王去欣赏它的杰作吧！

第二十一章　香丘不眠夜

　　第二天，省报套红彩印，在头版用整版的篇幅报道了朱龙县召开全省歼敌祝捷大会的盛况，印出了传真照片，配发了社论，祝贺全歼敌特的伟大胜利，号召全省人民努力生产，支援前线，肃清敌特，巩固后方。在第二版刊载了万金有英勇斗顽敌的长篇通讯，说他在敌特面前如何的英勇无畏，与敌特十二人展开殊死搏斗，直至身负重伤、昏迷不醒时还抱住敌特不放云云。中央和省的广播电台也同时重点报道了这一消息。

　　在大张旗鼓地展开对外宣传攻势的同时，惨案现场的清理和事故情况的调查也在悄悄地进行。省里对此以绝密文件发了一个通报（当然具体数字只单另抄报省级首长），要求各地认真吸取教训，并责令朱龙县委、政府写出详细的报告，待调查核实后再进行严肃处理。

　　那天，朱龙中学的队伍由于紧靠主席台，有部队保护，所以全校师生侥幸无一伤亡。蓓蓓昏倒后，幸有亚心、成名等照应，也未发生意外。因全城一片惨状，哭声盈野，学校恐怕再出事，赶紧决定立即放假，让学生回家，不准在校逗留。蓓蓓和成名本想留在城里再探听探听香香和效实的消息，也不得准许，只好快快地回家了。

　　香香和效实自十几天前被抓去审问后，一直关在公安局的临时看守所里。这些日子，既不审讯，也不放出，他俩对外面发生的一切全然不知。

　　开始时他俩被分别关在两个房间里，看守很严，不准见面。香香由于又惊又怕，生活条件又极为恶劣，吃的是变质的凉饭，睡的是水泥地板，没过几天就病倒了。高烧不止，身体极为虚弱，以至躺下都起不来了。看守们怕这姑娘万一有个好歹，不好交待，赶紧向局长请示。局长觉得反正情况已经审清，他们与敌特并无牵连；关着不放，只是怕他们把万金有的丑事说出去。现在两人在一起也无所谓了，便指示说：可以让那个男的去陪伴照顾；只要别让他俩跑了，其他的可以放宽一些。看守们也乐得省事，便把两人关到一起。效实给看守说了不少好话，经多方争取，他们总算派来一位医生给看了看，开了些药，又给抬来一块木板，两头用砖头支起来，这样总比睡在水泥地上好一些。在效实的精心护理下，香香的病逐渐好转。效实又常常说些宽心话来劝慰香香，香香被揪紧的心也渐渐放松了些。

他俩被关押的地方就在广场附近，那天开大会时高音喇叭又正好对着看守所。他们听出是开什么歼敌祝捷大会，想一定可以从中听到关于对母亲和他们自己的审判。香香挣扎着坐起来，靠在效实身上，两人都支棱起耳朵全神贯注地听着。

当喇叭里宣读对万金有的嘉奖令时，他们想可能接着就会宣布对他们的处理了，但从头到尾听完了，却只字未提他们俩。

"怎么一点儿也没提咱们的事？"香香把脸凑近效实，低声地说。

"看来咱们没什么大事，就快放出去了。"效实一半也确实这么想，一半是在安慰香香。

"但愿如此。"香香还是有些半信半疑。握住效实的手，觉得这样心里踏实一些。

"再仔细听听，看下面还要讲些啥。"效实叮嘱着香香，也握住香香的手，两人静静地听着。

过了一会儿，喇叭里传来把吕万忠和林秋蝉押上台来的吼声，香香的心像被重锤猛击了一下，咚咚地要跳出胸膛。她慌乱地一把抱住效实，把头靠在效实的胸脯上，低低地说：

"效实，我怕……"

效实用双臂把香香抱在怀里，极力安慰着她：

"香香，别怕，天塌下来有我给你顶着！"

香香默默地听着，心都要跳到喉咙眼了，她越来越觉得憋得难受，喘不上气来。待"死刑"那两个字撞击她的耳鼓膜时，脑际顿觉轰的一声，两手一松，像跌到了万丈深渊。

效实见香香昏了过去，赶紧抱住叫着：

"香香，醒醒，香香，醒醒……"

好一会儿，香香才睁开眼睛，放声哭起来：

"娘啊……娘啊……"

一会儿，又好像睡过去了。梦中真的看见了娘，甜蜜地躺在娘的怀里……

效实一只手抱住她的上身，扶得高一些，好让她躺得舒服一些；一只手轻轻抚摸着她的胸口，好让她的气出得顺一些。

突然外面雷电大作，又把香香从昏迷中惊醒，抱住效实慌乱地问：

"怎么了？"

效实告诉她外面在打雷下雨，没有什么。两人听得广场那面乱成一片，先时还听得嗽叭上有人高喊着维持秩序，后来连喇叭的声音也没有了。二人在屋里只能听到风声、雨声、雷声和嘈杂的人声，从这些声响里判断着外面可能发生的一切。

雨停了，屋子里暗了下来，整个看守所里静得可怕。好像一个人也没有了，连看守也锁上他俩的房门不知跑到哪里去了。晚饭也无人来送。他俩冥思苦想，但也无法猜出外面到底发生了什么事。两人就在木板上战战兢兢地抱着坐一会儿，躺一会儿，始终不能入睡，也不敢入睡，就这样熬过了那一夜。

他们在煎熬中又过了十几天。这一日，午饭破例地可以让人吃饱，饭也比往常好得多；他们很纳罕，不知是为什么。饭后，公安局派人把他俩从看守所带到了办公室。原来郝文正和闻清直已在那里。公安局一个像是管点儿事的人先开始讲。说是根据县里指示，考虑到两人年龄还不满十八岁，不算成年公民，而且认罪态度较好，所以从宽处理，不按反革命罪论处，也不追究刑事责任，现在就宣布释放，交由学校处理。接着郝文正代表学校宣读了开除学籍的处理决定，错误是作风败坏，扰乱治安，也未述及具体事实，更只字未提殴打万金有一事。并告诉他们说行李物品在放假时已全部由贾成名和吕蓓蓓带回。现在他们不必再回学校，可以直接回家了。

二人听了，觉得糊里糊涂，有些丈二和尚摸不着头脑。作风败坏，这要加在万金有头上，倒挺合适，给我们俩能加得上吗？扰乱治安，我们又没有到社会上去打架斗殴，怎么个扰乱法？但原本就没有受处分本人申辩这一说；再者，开除学籍，无非就是不让上学，原本还不想再上这个鸟学呢？不上就不上。所以也懒得再申辩。二人便二话没说，掉头走出了公安局。

自由真是弥足珍贵。失去自由一个月的效实和香香自由地走在大街上，自由地呼吸着新鲜空气，自由地谈天说地，心里有说不出的痛快，把那些痛苦和不幸都完完全全丢在脑后了。

他们走到朱龙饭店门口，想起第一次一起喝酒吃饭的情景，两人都自动地把手握在了一起。今天中午又破例地吃了一顿好饭和饱饭，身体觉得有力多了，步履也轻快起来，像是跳跃似的。走上朱龙山了，望见夏瀛海了，多少天了，今天第一次可以放眼远望，无须面壁思过了。多少天了，今天第一次可以畅快地呼吸了，他们把胸中积聚多日的闷气尽量地呼出去，尽情地吸进那润湿的空气，心胸顿感开阔了许多。

可是他们也蓦然发现，跃进大堤上来往的人中穿白戴孝的人明显比往常多得多。这是怎么回事？今天是什么日子？时至今日，他俩对"七七惨案"还一无所知。由于死的人太多，上边怕影响扩大，时间卡得特别紧，不准许把尸体运回老家，都集中埋葬在县城附近的山坡下。今天过"二七"，那穿白戴孝的都是前去坟上祭奠的亲属。他俩向路边的人打问，人家都大为惊愕，这么大的事竟然还不晓得，简直像是天外来客。他们不便说是刚从看守所里放出来的，只得讷讷地说是刚从外地逃荒过来的。两人乍听，目瞪口呆。立刻想到蓓蓓和成名，赶紧又打听朱龙中学学生是不是也有死伤的。听人们说好像还没有一个出事的，两人这才放了心，继续往前走。

他们默默地拐上南堤，来到夏瀛海南岸。他们就要从此各奔东西了，怎忍就此分别呢？香香又一把抱住效实哭了起来。效实也紧紧地抱住香香，说：

"走，到那面山弯里歇歇。"

这里是清水河、浊水河和南堤的交汇点。南堤的对面便是覆华山北麓，两河相汇，在此处形成一个环形山弯。这里原来有一座貂蝉小庙，如今早已废弃，片瓦无存。只是靠山处有一座土丘，名唤香丘，相传是貂蝉陵墓，也早无一点陵墓的样子了。只是上面较之别处更加山花烂漫，百草丰茂。二人便拉着，抱着，跑到这土丘上，躺倒在草丛里。

这半年多来，香香活得实在太累了，经历的变故太多了。这些本不该是她这样一个仅仅只有十六岁的花季少女经历的。她人长得美，这在她很小的时候，就从人们的目光中感觉到了，她曾为此多少次对着小镜子看着自己的脸高兴得手舞足蹈。她舞跳得好，这在她上初中时，音乐老师就曾告她说，她将来也许会成为一名舞蹈家，她曾因此而几天几夜兴奋得睡不着觉。可是还没等她享受到这些给她带来的欢乐时，痛苦和不幸便过早地缠上了她。正当她处在最痛苦的时候，是效实给她带来了欢乐，是效实帮她出了气。他为她付出了沉重的代价：坐牢、开除……是她连累了他……可他却没有一点怨言。这是爱吗？她觉得是。她只有用爱来报答，她愿意把自己的一切献给他。尤其是在今天这样的时刻，这样的环境下——他们就要离别，各奔东西，天隔一方。香香觉得浑身发热，心跳得厉害，呼吸也急促起来，她把衫子解开，敞开胸怀，抓住效实的手放在自己的胸脯上轻轻地移动着。

效实感觉到了香香心脏的剧烈跳动，触到了香香细嫩的肌肤，觉得两人确已心心相印。同样是在他最痛苦的时候，是香香给他带来了欢乐，是香香鼓起了他与命运斗争的勇气，是香香代替了母亲在他心中的位置，使他把两人的命运联系在一起。为香香出力，他愿做一切事，哪怕上刀山，下火海，他也在所不辞。在今天这样的时刻，这样的环境下，只要香香她想……那他也一定会……效实把衫子脱掉，把灼热的胸膛贴在香香身上，狂烈地吻了起来。

"香香，咱们都成单身了，你到我家吧。两个人的日子总好过些。"

"现在？那怎么行？一来咱们都不够年龄，领不上结婚证；二来我还有蓓蓓，我走了她怎么办？"

"我看蓓蓓对我哥挺有意思，你们不是已经给我娘讲了，你们姊妹俩一并过来，那有多好！"

"蓓蓓和成名可不像咱们俩，他们抱负大着哪！"

"在这样的世道，抱负再大顶什么用！"

"多学下些，总归是好的。我母亲不在了，我是蓓蓓唯一的亲人，我再苦再累也一定要供她上学。"

"你的心真好！可你一个姑娘家，单身生活，我总放心不下。"

"我会自己照顾自己的。经过这许多事，我也长了不少见识，你放心吧。倒是你一个男孩子家，以前一直上学，有你母亲照顾，现在要单身生活，汗手汗脚，干活回来还得自己做饭，更难熬呀！"

"我虽不像我哥，不大爱学习，可是我总相信我的才能。我最喜欢李白那句'天生我才必有用，千金散尽还复来'的诗，请你相信我，我总会成事的！有朝一日，我会让那些王八蛋们都跪倒在我的脚下！"

"我相信！到那时你可别甩了我呀！"

"不会的，绝不会的。"

两人说着，又狂烈地吻了起来……

幸福的时刻总是过得很快的，不知不觉中太阳已经落山，夜幕就要降临了。两人这才想起该回家了。可这里离家还有几十里路哪！

怎么办？

只好在这里露宿了。好在正是盛夏，晚风把夏瀛海湿润的空气吹拂过来，感到分外凉爽，躺在软绵绵的草毯上比家里的破土炕上舒服多了。

"效实，躺的时间够长了，难得今晚在一起这样快活，我们起来一起跳个舞吧！"香香又送去一个甜蜜的吻，拉住他的手，两人一并站了起来。

"我哪里会跳什么舞？你知道的。"

"不要紧，我们又不是给别人表演，只是为了自个儿欢愉，你只要扶着我就成了。"香香柔情地一只手搭在效实的肩上，一只手挽住他的腰，效实也照着香香的样子，两人便相依相偎地在草毯上跳了起来。

她时而甩头，飞去一个甜甜的浅笑，他瞅着她泛着红晕的脸庞，把嘴唇靠近，又靠近；她时而耸肩，送去一泓脉脉的秋波，他故意掐摸着她雪白的颈项，痒得她咯咯地笑出声来。她时而前挺胸，把少女隆起的酥胸贴向他宽阔的胸膛，他伸出双手把她紧紧地搂在怀中；她时而后弯腰，仰着脸像绽开的桃花，他托起她纤细的腰肢，像蜜蜂一样把嘴伸向甜蜜的花蕊。她时而舒张双臂，像天鹅低翔，他也伸开双臂，两人搂抱着双双落在软绵绵的草毯上；她时而旋转全身，像孔雀开屏，他双手护着她的蜂腰，情不自禁地突然两手合拢，抱起双腿，把她高高地举上头顶。他们时而轻步曼舞，像鸳鸯嬉戏于池中，谈说不完的甜言蜜语；时而高歌狂舞，像蛟龙驰骋乎天地，抒发不尽的蜜意柔情。香香对舞蹈情有独钟，但她从未像今天这样尽情地跳过；效实纯粹是舞盲，但竟然配合得如此默契。这里，没有伴奏的音乐，只有虫唱蛙鸣；没有欣赏的观众，只有弯月繁星。他们忘记了哀怨，忘记了忧伤，一心只想跳个天长地久；不知何时，才紧紧拥抱着躺卧在鲜花丛中，度过了他们平生最幸福的一个夜晚。

当效实和香香在山丘野地度过他们平生最幸福的那个夜晚，肖礼和郑志斌在朱龙城里最高级的办公室里却彻夜未眠。

下午快下班的时候，机要秘书急匆匆地跑进来，把一份省委的特急绝密电报放在肖礼的办公桌上：

> 近日有人在省政府门前闹事，"七七事件"已惊动中央。省委即将派调查组赴朱龙，严肃处理此事……

肖礼不敢耽搁，立即叫郑志斌来商量。开始时他们还在为谁该负主要责任争执不休；但很快就明白，现在两人已是一条绳子上拴着的两个蚂蚱，跑不了你，也蹦不了我。这才静下心来，相约尽弃前嫌，共渡危难。关起门诡秘地低声商谈起来。

一个晚上，想出三条措施：

首先，必须打通上面的关节，这是至关重要的。肖礼和郑志斌即日亲自分头秘密地赴京城，各自找军区司令和中央委员，请他们分别向省委、省政府、省军区施加影响。

第二，抢先对有关责任人和主要部门作出处理和调整，寻找替罪羊，舍车保帅。这样一则可以表示他们态度积极，二则可以严密控制局势的发展。立即以县委、政府名义发出正式文件，撤销原公安局三位正副局长的职务，隔离审查。任命钱鸿飞为公安局代局长，主持公安局工作，着手调查事故原因和处理善后事宜。

第三，大张旗鼓地宣传英模的先进事迹，奖励和提拔有功人员，笼络人心，冲淡惨案悲剧的阴霾气氛。提拔万金有为朱龙中学副书记，组成以万金有为首的英模报告团，赴县城各单位和全县各公社巡回报告，大讲剿匪的伟大胜利和全县各行各业的大好形势。

策略既定，便分头行动。肖礼亲自找钱鸿飞，郑志斌专门约见万金有，对二人面授机宜。而后肖、郑便匆匆赴京去了。

第二十二章　又是一年秋草黄

新学年开学，万金有成了校级领导，官位升了一格，他当然喜不自禁。但这样与女生接触的机会明显少了，又觉得有点美中不足。思忖再三，便主动提出继续兼任校团委书记，分管学生政治思想工作。上面觉得这也顺理成章，便同意了。这样，他鱼和熊掌已经兼得，便开始谋划下一步的事了。

由于吕香香和贾效实的事，他对这个班总有点放心不下。为了能继续掌控这个班，他本来准备派手下的团委会干事去兼班主任，没想到从这学年开始上边通知中学不再设在党的不带课的专职班主任了，一律改为由任课教师兼任。班主任工作也由教导处管了，而郝文正和闻清直也不知为何一致提出依旧让祝岊馨去当这个班的班主任。真是官大一级压死人，他虽然据理力争，强调这个班的阶级斗争复杂，学生政治思想工作重要，祝岊馨当班主任很不适合，但还是胳膊扭不过大腿，校党政联席会议决定由祝岊馨接替他当这个班的班主任，在一周内交接完毕。

这一决定虽然让他有点搔心，不过不要紧。政治思想工作是他分管的，常言说，不怕官，单怕管。我是直接管他的，他敢不听我的？再者，祝岊馨是有政治问题的人，眼下还是开除留用，他对我敢说半个不字？当然，必须在这几天内把一切安排妥当，首要的当数班干部的安排了。郑殿维和肖天娇绝不能换，不过这倒不用他担心，想祝岊馨也不敢换。其他干部呢？贾成名当然不能当干部了。

不过对他来说，学习委员倒是谁当也无所谓；学校的教学质量与他无关，那是教导处和校长的事，他才不想管那些费力不讨好的臭事呢！但文娱委员吕香香被开除了，必然要重选一个。在其他人看来，这个谁当也不是什么大事，但对他却至关重要，必须在祝岊馨接班前定下来。

于是开学的第一天，他又把这个班的女生一一地仔细研究了一遍。发现甄幽兰尽管不如吕香香漂亮、苗条，但却比她更鲜嫩，水灵灵的，很具诱惑力。她母亲是全县有名的先进大队干部，由于这一点他上学期没敢动她。可他那时怎么就没有想到，在农村有几个正经女人想当干部的，能当上的又有几个不是靠床上的功夫？她母亲在全县出名，不和公社书记搞好关系能行吗？有其母必有其女，他早发现甄幽兰对社会交际很感兴趣，这不是很好的证明吗？别看她见了我老是冷冷的，其实她是在嫉妒我对吕香香好。想到此，万金有直后悔上学期没有在甄幽兰身上多下功夫，反而险些栽在吕香香手里。看来在这一点上，也要分清敌我，贫下中农的女儿才该是真正的依靠对象呀！

目标确定后，第二天他便专门把甄幽兰叫到自己的办公室。一开始便色迷迷地开玩笑说：

"我的大宣传委员，一年了，你怎么一下也不来我的办公室呀！"

"我们哪敢来呀！我这个宣传委员还不是聋子的耳朵？有吕香香来就够了，还用得着我吗？"这一年来，甄幽兰对万金有偏爱吕香香心里早不满了，只是不敢发作；今天看他笑迷迷的样子，又且吕香香已被开除了，便大胆地讥讽了一句。

"吕香香，还提她干什么？不识抬举！"一提起吕香香，万金有就心头火起，顺口骂了一句。

"万老师，香香那么好的一个文娱委员，还为咱班争了奖，你怎么舍得让她走了呢？"甄幽兰又接上一句，有意让万金有后悔用了吕香香当文娱委员。

"我不过看她舞跳得好，想培养她。谁知她中反革命家庭的毒太深了，竟然恩将仇报，对我进行阶级报复！开除她，也够她便宜了！"万金有恨得咬牙切齿，可他很快意识到谈话有点走了题，便赶紧拉了回来，"幽兰，你是贫下中农的女儿，是我们的依靠对象。今天我叫你来，就是想让你把吕香香的文娱委员也兼起来，你觉得怎么样？"万金有说着，一对淫邪的眼睛死死地盯着幽兰，直看得她低下了头。

高中学习课程很重，更有高考的压力，所以同学们都不把文娱宣传当作一回事，谁当都无所谓，但甄幽兰却不这样看。

她母亲在村里当妇联主任那会儿，她只有几岁，就常常在村公所玩，是支书、主任们团弄大的。这个搂搂，说是他的；那个抱抱，又说是他的。在她幼小的心灵里就觉得村干部们比她爹对她娘还要好，比她爹对她还要亲。以后上了学，学校老师也对她另眼相看，一直让她当学生干部，她觉得挺威风。等到上了初中，不在自家村了，老师便不再让她当干部了，她一下子感到像被从高山上扔下来似的难受。而钱步云的父亲是公社书记，钱步云便一直当班长。她便有意和钱步云坐同桌，关系很密切，不久便又当上了干部，还入了团。后来她才明白，那是由于她娘和钱步云父亲有特殊关系的缘故。她娘常常现身说法地教育她，女孩子家必须像青藤一样牢牢地缠住一棵大树，自己才能青云直上。去年，她们学校只有她和钱步云两人考上了高中，她便死死地缠住钱步云，一心把他当作靠山。

但是，不久她就发现，上了高中，钱步云对她冷淡多了，主要原因是有了一个县委书记的女儿肖天娇。论长相，肖天娇远在她之下；论学习，她原以为肖天娇中考是第二名，比她强，但一个学期下来，远在她之下。可是肖天娇却轻易当上了支部书记，又让钱步云当上组织委员，都是掌实权的，而她要当个宣传委员还挺费劲，而且是挂名的。她第一次深切地感到当官，特别是当大官的重要。她恨钱步云，但她又不敢得罪肖天娇。

更令她费解的是万金有对吕香香为什么那样看重，而对她却反而那样疏远。论家庭，吕香香只有一个双目失明的母亲，没法和她比；论政治，吕香香连团员都不是；论学习，吕香香也比她强不到哪里去。要说吕香香有什么比她强的地方，那唯一的就是吕香香也许比她更漂亮一点——也就那么一点点——罢了，难道万金有就为这个呀？她真是气不过！因而她对吕香香由嫉妒而至嫉恨起来。

这学期开学，吕香香和贾效实被开除，她起初不知缘由，只是觉得少了一个障碍，私下里很高兴。后来渐渐听到一些传闻，也猜测出几分，便又觉得吕香香实在太傻。既然能和万金有这样年轻有为的国家干部攀上关系，就该把他牢牢抓住，为什么却要和贾效实那样出身不好的穷小子鬼混呢？难怪会有那样的下场。我才不会像她那样傻呢！

甄幽兰想到这里抿嘴一笑，说：

"万书记，你看我当得了吗？"

"当得了，当得了。你比吕香香强得多！"

"我可不像吕香香那样听话哟。"

"她听什么话？要是听话，她也不会那样！我想你肯定比她听话，你说是不是？"

"也许吧，但我绝不会像她那么傻。"

"这就对了，我就爱你这股机灵劲儿！"万金有心想，这妮子还真比吕香香主动得多，但也可能难对付得多。就试探着凑近她的脸，握住她的手轻轻抚摸着，笑眼匕斜地说，"告诉我，你到底当不当？"

甄幽兰长睫毛一眨一眨，笑眯眯地说：

"万书记这样看得起我，我还能不当？以后你可得好好关照我呀！"说完，做出要走的样子，可并不把手抽回去。

"一定，一定。只要你当得好，以后我还会让你当团委会、学生会的宣传、文娱委员呢。"

"多谢万书记，那我走了。"幽兰笑嘻嘻地准备离开。

"好。那你顺便告诉一下祝峗馨老师，让他到我办公室来。" 万金有看着她的脸，心里痒痒的，若有所思，这样停了好一会儿。

祝峗馨已经听说又要让他当班主任了。对此，连他自己也说不清是一种啥滋味。虽说他只带了这个班半个学期的副班主任，但却对学生很有感情。这个班，真有些非常优秀的学生，他的脑子里立刻出现了颜冠仁、贾成名、柳亚心等学生的面貌，"得天下英才而教之"是人生至乐之一，他能不高兴吗？当班主任也许还能为他们的成才助一臂之力呢。但又想到，要不是因为当那个倒霉的副班主任，他怎么会险些又一次被开除工职呢？好不容易弄了个开除留用，要是再去当班主任，稍一不慎，还不把这个饭碗给彻底砸了？可这明摆着是学校对自己的信任，自己又怎能不识抬举呢？要是推辞，说不定又会招来什么罪名。到底是接不接呢？想着，想着，他却笑了。对这事，他其实根本没有必要去细想。因为对他，根本不存在"选择"的问题。人家不让他干，即使他想干也是白搭；人家要让他干，即使他不想干，也是枉然。这样，他心里倒觉坦然了。所以，当幽兰告诉他说万金有叫他时，他没有多想便去了。

万金有还算热情，祝峗馨一进门，他便笑着说：

"祝老师，请坐吧。"还特意递过一杯水来，"让你当这个班的班主任，是我极力推荐的，现在'岁寒三友'就剩你这棵'竹子'了，你在学生中威望高啊，再说，这个班原本就是你带的嘛。"

"不敢当，谢谢领导的信任。原先没有带好，这次我一定尽力做好。"

"你也知道，这个班上学期发生了很多事。这都是阶级斗争的激烈表现啊！就说吕香香和贾效实吧，谁能想到他们会那样疯狂地进行阶级报复呢。"

"反正他们已经被开除了，不会再捣乱了。"

"但阶级斗争的弦还是要绷紧点儿，不是还有贾成名和吕蓓蓓吗？"

"贾成名和吕蓓蓓以前的表现……我印象还不错，是不是发现他们有什么新的问题？"

"暂时倒还没有。但对他们还是要多操点心。有人在散布说，吕香香和贾效实是冤枉的。这事会不会与他们有关？"

"有这话？我可一点也没听说。"

"不管如何，贾成名的学习委员是不能当了，吕蓓蓓也不能参加团的组织活动了。"

"那……让谁当学习委员呢？"

"这个，就牵涉到班里的干部安排了，这也是我找你来要谈的一个重要问题，需要全盘考虑。"

"我看原来的干部都挺好的，就照您原来安排的，不用动了吧。"

"当然，大部分是不动。但吕香香被开除了，文娱委员总得换一个。"

"文娱这方面，我对学生了解得不多，万书记，您看谁当合适？"

"你要没有合适人选的话，我看就让甄幽兰兼上吧，她在这方面很擅长的。"

"行。那您看贾成名这学习委员……"

"现在肯定是不能当了。"

"那您说，谁当合适？"

"这个，我倒没多想过。你一直给他们带课，学习这方面你了解，就由你选一个吧。"

"要说学习最好的，就数颜冠仁和贾成名，可是这两个人都不能当，我也实在很难再选出一个能让全体师生都满意的来。"

"那就暂时先让柳亚心兼上吧。以后看贾成名的表现，如果他确实能和他弟弟划清界线，你就看着再安排吧。"

"也行，那就先这样。"

升入高二，同学们求学的目的更加明确，学习更加刻苦，各方面都很自觉，班主任的工作轻松多了。但学生对老师的要求也相应地高了，由于孙如膑和梅艳琦两位"小电灯"老师不在了，换了其他老师，同学们自然不大满意，但大家也知道这是没办法改变的事，慢慢也就习惯了。开学两周后，班里的各项工作都已就绪，走上正规。

可是，没想到还没过一个月，吕蓓蓓却提出非要退学不可。祝老师几次找她谈话都劝不转来。亚心等和她要好的同学左劝右劝，她也一句话不说，还是坚持要退。谁也弄不清她心里到底是怎么想的。

其实，蓓蓓在放假时就已拿定主意要退学，把姊妹俩所有的东西都带回去了。但香香坚持说，你学习好，一定要上下去，姐姐是人家不让上了，你为何要自己打退堂鼓呢？在整个假期中，姊妹俩每天都在为这件事争执。看看开学日期一天天临近，香香向亲朋四邻求爷爷告奶奶凑足了学费，非要让她上学不可。她没办法只好听姐姐的了。开学到校，她发现同学们都以异样的目光看着她。高一第一学期团里还酝酿让她当宣传委员，可这学期连正常的组织活动都不让她参加了。

　　她从一个贫农的女儿一下子变成了反革命子女，这个变化随着时间的推移，她感到越来越严重了。她的包袱越来越沉重，枷锁套得越来越紧。班里除了极少数同学外，大都不大和她交往了。万金有把姐姐整得离开学校了，会不会对她下毒手，她时时感到受着极大的威胁。她和成名坐前后桌，就她俩是单人单桌，显得太突出、太孤立了。她本想叫成名和她一起坐，可是又不好意思说出口。她想找成名好好聊聊，倾诉一下心中的烦闷，可她不是那种轻浮的人，她觉得以前是成名怕他影响了她，所以她比较主动，现在反过来了，是她怕影响了他，她便觉得不应该主动和他交往了。也不知是她的敏感还是错觉，她觉得成名也好像有意躲着她，这使她心里更加难受，简直度日如年。最后她终于下定决心，向祝老师提出要退学。

　　成名正坐在蓓蓓的后面，每天看着她郁郁寡欢的样子，心里也觉得很难受，甚至夜不成寐。他和效实一个假期也在为他是否应该继续上学争得面红耳赤。成名说：

　　"你是人家不让上了，想上也上不成。对我，他们还不能不让上，我为什么要自打退堂鼓呢？"

　　效实说：

　　"在这样的世道，你学得再好又有什么用？我看你学习再努力，也不会比我强到哪里去。"

　　而成名则总相信苍天不负有心人，只要自己尽到最大努力，总会有好前程的。便不顾效实的反对，毅然来学校上学了。他知道自己是负重与别人赛跑，不能有丝毫的懈怠和干扰。他用强力克制和压抑着对蓓蓓炽烈的感情，时时警告着自己：这些事现在不应该去想，绝不能去想。他的心里只剩下勤奋学习，争取考上大学这一个念头了，其他一切都置之脑后。为此他时时在痛苦，在受着煎熬。他便把孟子的"天将降大任于是人也，必先苦其心志，劳其筋骨，饿其体肤，空乏其身，行拂乱其所为，所以动心忍性，曾益其所不能"的格言写在纸上，贴在课桌上，印在脑子里。甚至用岳母刺字的办法在自己左手臂上用针刺了"心无旁骛"四个字，以此警示自己，不得分心。

　　正式上课的铃声也已响过了，但蓓蓓的座位上仍是空荡荡的。

　　"她是从不误课的，今天怎么……"成名的脑子里划过一个问号，下意识地瞥了瞥她桌下的书斗：

　　"啊？！怎么是空的？"他差点喊出了声。

　　这时，祝老师走进了教室：

"同学们，今天我们班有一个同学退学了，我们尽了很大努力，但还是没有留住她……"祝老师低下了头，全班同学都盯着那张空课桌。

"柳亚心，吕蓓蓓什么时候走的？"成名上学以来第一次在课堂上侧过脸去与同学小声说话。

"一吃过早饭就走了。"柳亚心小声回答。

"我怎么一点也没听说她要退学？"

"你光顾自己学习了，哪还有心思管别人的事？"柳亚心显然话中带刺。

"我……我……我一定要把她劝回来！"成名像被针扎了一下，忘记了正在上课，说话的声音越来越高。

"你们在说什么？怎么在课堂上说话？"祝老师批评了。

"祝老师，我有件急事，得赶紧去办！"成名没等祝老师允许，便往教室外跑去。

大家都大眼瞪小眼，不知道发生了什么事，都朝他们那个方向看。

"没事，祝老师，开始讲课吧。"亚心说。

成名一口气跑过复圣街，跑上朱龙山，跑出得胜门，跑上了夏瀛海大堤。他早已跑得气喘吁吁，但看着前面三三两两的行人，还是一个劲地跑着。腿脚实在不能随心了，但看见前面一个人的背影像是蓓蓓，一下子又来了劲儿，三步并作两步赶到跟前。人家莫名其妙地瞅着他，他不好意思地笑笑又往前跑去。看看到了南岸，可还是不见蓓蓓的影子。他叹了口气，沿浊水河往东跑去。河滩尽是碎石，他的速度明显慢了下来。但还是心比腿急，腿随心迈，深一脚浅一脚地往前赶。河谷越走越窄，行人越来越少，他估摸已经跑出二三十里了，可望望前面，还是连个人影儿也没有。

"不对呀！从开早饭到上第一节课满打满算也不过半个多小时，到现在也不到两个小时，她带着行李书籍，能走多快呀！……"

"会不会还在学校宿舍没走啊？……要不，是在城里还有什么事要办？……"

"对，一定是……"

"唉，往回返吧。"

"可万一她还在前头呢？"

这时，正好对面过来一个看样子像是要进城的农民，他赶紧凑上前去：

"请问大伯是不是一直沿浊水河过来的？"

"是，有什么事？"

"那您路上遇见过一个带着行李、学生模样的姑娘吗？"

"没有。"

"真的？"

"当然是真的，我一路上就没碰见一个人。"

"那就好，那就好。"

成名这才放了心，二话没说，掉头就往回跑。又到夏瀛海堤了，他吃力地往堤上爬，不小心脚下一滑，险些掉进水里。他实在筋疲力尽了，只好坐下来喘口气。

忽然听见香丘那面好像有哭声，再细一听，是女孩子的声音。

"难道是她？"

他赶紧往那面跑去。近了，近了，听清了，听清了。

"是她，真的是她！"

看见了，看见了。她正跪倒在香丘的草丛中埋头痛哭。

"别哭了，小心哭坏了身子……"成名来到蓓蓓身后，他真不知第一句话该说什么。

"谁？……是你！你怎么来了？"蓓蓓抬起头来，泪眼模糊地看出是成名，心里像翻倒了五味瓶，情不自禁地抱住成名哭得更厉害了。

"我……我才听说了你退学的事，从课堂上跑出来了。"

"你，你怎么能……唉……"

"你怎么事先不告诉我？你，你到底为什么要退学？"

"我……上不起了。"

"那，我可以资助你。"

"你？你哪有钱？"

"这不是你和我娘说定的吗？我娘每月按时寄过来。"

"那是给你的。"

"我的不就是你的嘛。原本就是你说定的，要不是你写信，让我知道了真相，我怎么会要这钱呢？"

"反正我不能要这钱。"

"你要是坚决不要这钱，那我也不要了，咱们一起退学，好吗？"

"你，你这是赌气！"

"不，我是认真的！你说过的，咱们两对双胞胎的命运已经连到一起了。"

"可我和你不一样。"

"有什么不一样的？"

"因为你是男生。"

"女生怎么了？女生考上大学，不是照样可以有工作，成名成家。"

"你就想着成名成家。当然，你会的，可我怕……"

"你怕什么？"

"这你怎么会想得到……唉，反正……我是不想上了。"

"这绝不是你的真心话，我还不了解你？"

"这学校我真的没法待了。"

"我知道了，你是因为……我不也一样吗？可想一想人家颜冠仁，咱们这些又算得了什么呢？只要咱们一心扑在学习上，其他的烦恼也就自然扔在脑后了。我总相信苍天是不会亏待有心人的，只要我们将来考上大学，看他们又会怎么说？越是在这种时候，我们越应该争口气呀！你说是不是？"

"我姐也这么说。要不是她逼着，我开学就不来了。"

"效实把一切都告诉我了，他俩虽然学习上不如咱俩，可心劲儿也大着呢。你姐一心要供你上大学，争得也是这口气呀！效实虽然不赞成我上学，可他也在跟我较劲，说一定要凭自己的本事，将来出人头地，走在我头里。你说他俩现在已经到了这种地步了，还绝不服输，我们怎么能打退堂鼓呢？"

"我倒没发现，原来你还挺能言善辩！"蓓蓓终于破涕为笑。

"这么说，你是被我说服了？"成名也开心地笑了。

"就算是吧。"

"来，我给你带着行李，咱们回去吧。"

"哎。"

两人站了起来——啊，已经过午了。今年的天气就是怪，虽说寒露还未到，尚在仲秋，但却过早地下了霜。山花早已枯萎，不再争奇斗艳，只有一些不怕冷的浅蓝色小花零星地开着。草地也已失去夏日的葱郁，由绿转黄，只是在秋阳的映照下，才显出一种晶莹的玉色，像一个惆郁、温柔的金发女郎在追忆着往事，静穆而安祥。起风了，夏瀛海碧波荡漾，几朵淡淡的白云急急地从西天飘过来，一对云雀啼叫着划过寂静的山弯，高飞而去……

第二十三章　　班长的韬略

成名和蓓蓓来到祝老师的办公室时，亚心、冠仁正和祝老师谈论他俩的事。见两人一起回来，都猜出事情圆满解决了。

"我就知道这事只有成名才行！"冠仁高兴地说。

"蓓蓓，看来你是谁的话也不听，只听贾成名的。"亚心开了句玩笑，成名和蓓蓓都满脸通红，羞得低下了头。

这时，外面有人敲门，是殿维来找祝老师商量工作，他们四人便主动告辞。

殿维告诉祝老师说：

"刚才教导处通知，咱们班从下周开始停课劳动两周，同学们一半去农场，一半留在学校。让咱们提前做好准备。"

祝老师想了想，有点为难地说：

"留在学校的这一半倒好说，有我在学校边上课边照料。可我还有另一个班的课，不能离开学校，去农场的那一半同学，没有老师跟着，该怎么办呢？"

殿维感到这正是显示自己才能的好机会，便自告奋勇地说：

"祝老师，那就让我去农场。我保证管好，您就放心吧。"

祝老师很感动，就说：

"那好。去农场的那一半同学就由你挑选，全权负责。"

"好。"殿维异常兴奋，便向祝老师告辞，自个儿筹划去了。

殿维当了多年的班长，他懂得，一件工作能否搞好，干部是决定的因素。因此他首先想的是：该带哪几个干部？

先考虑主要干部，当然是肖天娇和柳亚心了。他们三个主要干部不能都去，但他是男生，她俩也不能一个都不去。论理，支书、班长各带一支，或班长、副班长各带一支，都无不可。那她俩，到底带谁更好呢？

一年来，看得出，天娇对他还像以前一样。钱步云极力讨好她，但她却很少买钱步云的账。她对柳士威好像有好感，开始时令人费解，但后来他看出，那只是她一时耍性子的事。他知道，他对柳亚心表示某种爱意，令她生气，但这也正好说明她对他痴情很深。要带她去，她肯定会很高兴的。可是她太娇气，吃不了苦，带她去不但不能起带头作用，反而会拖累他，影响他的威信。她太任性，又是支书，你还不太好管她。再说，两人都是正职，要都去了，搞得好，算谁的呢？

在这点上，柳亚心就比肖天娇强得多。她是副班长，让她管女生，正合适。可这个柳亚心心劲儿也太高，他这个堂堂的县长儿子屡屡对她一个农村姑娘献殷勤，她却总是不冷不热，真让人生气，想丢开她。可你越想丢开，却越丢不开，她的影子老在你脑海里转。这不，考虑带干部，第一个想到的还是她。她确有别人难以企及的地方，总觉得和她在一起心里就舒服。还是带上她吧，这次祝老师让他任意选人，全权负责，估计她还不至于拒绝，这是一次难得的机会呀！

女生干部除了肖天娇和柳亚心，就剩一个甄幽兰了。她刚兼上文娱委员，一定会很积极；而且万书记很器重她，对搞好和领导的关系也有好处，就再带上她吧。女生比较好管理，有她二人完全可以了。

男生干部带谁好呢？这让人很伤脑筋。柳亚心要去，柳士威肯定也想要去。他倒能管住同学，可谁能管得了他？自己和他又多次发生过摩擦，万一出点事，这次的一切岂不全砸了？这样的人怎能带呢？钱步云在这点上倒是比柳士威强，可这家伙太滑头，总是说得多，做得少。还不如胡善行，软是软些，却老实听话，指到哪儿干到哪儿；再者，听说他家就在农场附近，有他去安排住宿就很方便，要发生点什么事也好照应一下，就带上他吧。

接着，他把全班的男生一一分析了一番，左比右比，从中选出了十个。女生该挑哪些去呢？他把全班的女生也大致作了一下分析，但由于不太了解，一下子不好拿主意。转念一想，还不如让柳亚心去挑选呢。这样更显得他对她信任，更容易博得她的好感，她必然会很高兴的。他总觉得她对他不够亲近，主要就是前几件事上他显得有些霸道，惹她生气了。这次一定要以柔克刚。

想到此，他便装出自己还没有多加考虑的样子，直接找到亚心，对她说：

"亚心，祝老师有课走不开，让咱俩带同学们去农场劳动半个月。你觉得怎么样？"

这事，亚心也听说了。她知道祝老师只安排郑殿维全权负责，而要她去则完全是郑殿维的意思。她料到郑殿维是肯定不会让士威和冠仁去的，内心就不大想去。可是既然郑殿维专门找她商量，又假借了祝老师的名义，她就不好推辞。便不冷不热地回答说：

"既然是祝老师让去，行。祝老师让你全权负责，我听你的安排。"

"这是第一次咱们独当一面，我也没想好。你是副班长，我这就是先找你商量商量。"殿维表现出很诚恳的样子。

"你一定早考虑过了，说出来让我听听。"亚心还是想先听他怎么说。

"咱们先得商量一下该带哪些同学去，这是最关键的。"殿维把"关键"两个字说得特别重。

"你说呢？"亚心又一逼。

殿维也怕万一亚心提出让柳士威、颜冠仁去时，他不好拒绝，便先把他的考虑闪烁其辞地说了一下。

亚心完全明白了殿维的意思，倒也觉得他的考虑有一定的道理。让一个学生干部全权负责在校外半个月的劳动，也真难为他。凭心而论，如果让她一个人负责，她是万万不敢承担的；就是冠仁也不一定敢承担；士威是敢承担，但他也绝不会比人家郑殿维考虑得细。她从心里开始佩服殿维的胆量和才干。心想，这次他选定让她帮他一起管理，看得出来，是出于真心；她是应该好好尽力的，不然，确实有些对他不起。将心比心，一年多来，他对她要比她对他好得多。于是，她便真心诚意地与他一起研究女生的人选。还主动提出四位干部应该先开个会商量一下。他对她的意见言听计从。通过这次干部会，善行和幽兰也感到这是看得起他们，都表示要好好配合。准备工作进展得很顺利。

星期一早饭后，去农场的同学坐着学校的胶轮车出发了。二十多卷行李，二十多个人，胶轮车上挤得满满的，同学们坐得高高的。殿维和几个男同学坐在前面，和赶车师傅并肩坐着；女生们胆子小，都挤在中间；善行和几个男同学坐在后面。

车子出了西门，便沿着夏瀛海北岸的沙石路向西北方向行进。道路坑坑洼洼，车子颠颠簸簸，同学们摇摇晃晃。坐在外面的男同学还可以抓着捆行李的绳索保持身体的平衡；坐在中间的女同学便只能像风中的葫芦儿一样，随着车子的颠簸摇来摆去。忽儿向前倾，匍匐在前面同学的背上；忽儿又向后仰，倒在后面同学的怀里。上高中以来他们还是第一次男女同学挤在一起，刚开始觉得很不好意思，特别是女同学不由得脸上泛起红晕。可后来颠簸得习惯了，也就无所谓了。一路上嘻嘻哈哈地，六十多里路似乎不觉已经到了。

这农场原是夏瀛海西北边上的一片沼泽地。那年跃进时，调集全县的民工来此开垦，叫嚷要放卫星，水稻亩产上万斤，结果连一粒稻米也没见着，就废弃了。后来，学校要搞教育改革，与生产劳动相结合，县里便把这片地划归朱龙中学，名之曰校办农场。说是校办农场，其实这里连一个学校的人也没有。绝大部分农

活是学校雇农场附近观音院的几个农民干的，只是到农忙时抽学生轮流来劳动一
下。只在沙滩边盖了几间简陋的泥土房，用来作农具杂什库房，连伙房也只是学
生来劳动时临时用几天，人一般是不在这里住的。那几个农民都回家住，学生来
劳动时就找附近观音院村的社员家借住。

这观音院是一个只有几十户人家的小村子，就在农场对面的山脚下，因村外
不远的半山坡上有一座观音禅院而得名。胡善行的家就在这个村子里。

父亲早先在城里的一家钱庄里做事，原本在村当中有一处宅院。后来公私合
营后，他成了国家银行的一名工作人员，就把家属也带进了城，转成了城镇户口。
家里的那处宅院公社化后大队就占了做饲养院。不料这几年遇上了灾荒，国家又
大量压缩城镇人口，他的家属又被压缩回村里，成了农村户口。但村里却无处安
身。好在他工龄长，还没被压缩；单位与村里有些关系，大队就给他家在村里紧
靠观音禅院新批了一处宅院，盖起了五间房，善行一家现在就住在里面。

善行便先把同学们领到自己家歇息。母亲赶忙出来把同学们迎进屋里，忙着
烧水泡茶。她虽已到中年，但到底是城里住久了，不用下地干活风吹日晒，脸白
净细腻，看上去一点也不显老。鹅蛋型的脸庞，弯弯的眉毛，可以想见年轻时总
是一位十分美丽的姑娘。

同学们见善行母亲面容和善，热情好客，都像回到自己家里一样，男生们便
在院子里玩了起来，女生们更是和她拉起了家常。

"你一下子从城里回到村里，不习惯吧。"有同学问。

她笑着说：

"倒也没什么不习惯的，我原本就在这村土生土长，回来也挺省心快活。只
是善行上高中，家不在城里了，回家不方便。他从小身体弱，绵软的像个女孩子，
没有离开过我，时间长了，怪想的。不知他在学校怎么样？"

女生们笑着说：

"挺好的，他是班里的生活委员哩。"

母亲听了很高兴。这时善行走过来说：

"娘，我们要在这里的农场劳动半个月，你能不能给同学们在村里社员家里
找个住处。"

母亲说：

"咱家房这么多，就我和你弟弟两个人，女同学们就住在咱家吧。"

"那男生呢？"

"男生要么就住到观音院你静心师傅那里吧。那里有的是房子，就他一个人住。只是那空房子里没有炕，得铺麦穰睡，你问问同学们行不行？"

男生听说要住观音院，都很好奇，说：

"铺麦穰怕什么，软绵绵的，比睡炕还舒服。只是人家那和尚让去吗？"

"这没问题，那静心和尚是我师傅，对我可好了。"

同学们一听，更好奇了，都说：

"你没出家，怎么能有一个和尚师傅呢？"

"你们不知道，我娘说，我小时候身体瘦弱，怕长不成，就到观音院拜了师傅，每天跟着磕头念经，这样可以长命百岁。所以我从小就跟静心师傅在一起，师傅对我可好了，有时就带着我在他那里睡。"

"那你是小和尚了。"同学们开玩笑地说。

这时母亲正从里屋出来，听见同学们的玩笑话，表情极不自然，脸一下子红了，声音也有点异样地说：

"善行，和同学们说这些干什么。"

说完，忙又搭讪着回到里屋去了。同学们都觉得不该当着他娘的面说这样的玩笑话，也不好意思地跑到院里去了。

过了一会儿，母亲才又从里屋走出来，平静地对善行说：

"同学们要是愿意，你就带他们过那面收拾去吧。"

于是，女生们便开始收拾房间，打开行李，把被褥铺好；男生们便由善行领着去观音院。

从善行家出来，往坡上走不了百十步，就到观音院了。说是观音院，其实现在和社员的宅院已经没有多少区别了。原来的山门和两边的钟鼓楼都早已倒塌，换成与普通人家一样的大门了，所以不是事先告知，从外面一点也看不出来。走进去，正面三间正殿还在，但门上着锁。同学们从窗棂往里望，中间观音菩萨的塑像还在，但屋里堆满麦穰，几乎整个塑像都被埋在里面了。东廊房两间空着，门也上着锁。静心师傅住在西廊房里。

善行领同学们进去时，他正在地下盘腿坐着搓麻绳。说是和尚，但如今也早不念经拜佛了，和社员一样，每天到队里干活。这不，正搓准备收庄稼用的绳子呢。看上去不过四十来岁，宽膀圆脸，和眉善目，敞胸露肚，笑口常开，活像个弥勒佛，心上从没有什么烦恼事。一见善行进屋就乐哈哈地说：

"善行，你可回来了，你娘老想着你！在学校还好吧？"

善行也像见了亲人似地说：

"好，一切都好。师傅，我们是来农场劳动，想在你这里借住的。"

"这里就我一个人，挺孤闷的。你们来了正好。只是条件太差。去年你们学校来劳动的同学也在我这儿住。我还和老师说，你们学校可以在那两间房里盘个炕，以后再住，同学们就不用睡地铺了。也不知那老师和领导说了没有，反正今年还是老样子。"说着，从身上取出钥匙，递给善行说，"你拿去开了房门，再到正殿里抱上麦穰，你们自己收拾去吧。我就不能帮你们了，这麻绳队里明天还急等着用呢。"

"师傅，你忙你的吧。我们自己收拾去。"

第一天安顿了住处，第二天便正式开始劳动。农活是收割间作在玉米地里的黑豆。早饭后，殿维把同学们带到了地头。他像一个战场指挥员，挥了一下手，先进行政治动员：

"这次到农场劳动是教育为无产阶级政治服务，与生产劳动相结合，是向贫下中农学习，改造资产阶级世界观，对我们每个人都是一场重大考验。劳动结束后要写出自我总结，还要进行集体评定，评定结果要记入档案，所以大家绝不能怕苦怕累，一定要积极肯干，争取评上优秀。"

然后分配具体任务。为了既能有人带头，又能有人监督；既能互相帮助，又能展开竞赛；既能加快速度，又能保证质量，他昨晚上想了一夜，终于想出一个绝妙的分配方案，这时便胸有成竹地说：

"下面我们一个男生和一个女生编成一组，一人一垄，以组为单位，看哪个组能干得又快又好。干部要带好头，作出表率；还要收好尾，检查督促。我和柳亚心为第一组，胡善行和甄幽兰为最后一组，其他同学自由组合，下面就开始。"接着，他便对亚心说，"快，咱俩在前，一定要带好头。"又对善行和幽兰说，"你俩断后，绝不能让有人掉队。我们前面先开始了。"说完，他便走向第一垄，飞快地割开了。

他自以为个子高，力气大，干起活来肯定能走在前头。但他从小生活在城里，农活很少干，技术没掌握，身体也未锻炼出来。黑豆这种农作物到收割时，叶子全早掉光，豆荚又硬又尖，手抓上去刺得生疼生疼。它又有个欺软怕硬的脾性，经过磨炼的人一来手上有老茧，皮硬，二来心理上就不怕扎，所以抓得紧，手上不会起泡。相反，未经磨炼过的人，一来手上皮肤细嫩，二来怕扎，不敢抓紧豆荚，结果越怕它越扎得厉害。殿维没割几下，左手上便扎起了血泡。不多久，拿镰刀的右手上也磨起了水泡。两只手都钻心般地疼。可他是班长，是这里的"最高领导"，他怎么能在同学们面前示弱呢？还是忍痛飞快地往前割着。割着，割着，他越来越觉得腰酸腿困，才意识到这"个子高"并不是长处，反而是短处。他不由得想起了骆驼和羊的故事。黑豆苗低，他个子高，每割一棵必得把腰弯得低低的，又累人，速度又慢。他看一看亚心，个子低，割一棵不用怎么弯腰就顺手割了，又快又顺当。再加上亚心自小生在农村，这活干得多了，干起来很麻利，手也不会磨起泡，嗖嗖地窜到他前面去了，便又返回来帮殿维。两人虽都累得满头大汗，但总算能一直保持领先地位。殿维看着亚心，感激地说：

"多亏了你！"

亚心也看着殿维，看到他满手的血泡、水泡，心田里第一次对这位高个子班长另眼相看。一位县太爷的公子能这样扑下身子来干活，也够难为他的了。这样想着，便掏出自己的小手绢对他说：

"看你那手还能再割吗？来，让我给你包一下！"说着，便用手绢给殿维包扎。

殿维深情地看着她，顿感好似一股暖流流遍全身，把那扎得满手的血泡当作幸事了。亚心包扎完，一抬头，正与殿维灼热的目光相遇，又不由得低下了头，拿起镰刀，飞快地割了起来。

同学们都你追我赶，各不相让。这真像长跑比赛一样，打头的要保持领先地位很难，但后面的要紧紧跟上前面的就相对比较容易。特别是胡善行，别看他个子小，身体弱，但割起来却飞快，唰唰唰，一会儿便窜到最前面去了。当然他不想超过殿维他们，待快赶上去时，便回过头来帮幽兰，笑笑说：

"甄幽兰，快点割呀，不然，咱们就落后了。"

这幽兰，个子小，又是农村来的，本也可以割得飞快，跑到前面去。但她心里在暗暗怨恨郑殿维，没有让她和他在一组，反而和柳亚心搞到一起了。她在后面把他俩亲热的情景全看在眼里，心里很不是滋味，越想越气，连镰刀都懒得动了，有时竟干脆坐在地下发愣。亏得有善行帮她，才不致落下。可她对善行却看也不想看一眼。

收完黑豆，就掰玉米，这下可显出了高个子的优势。殿维掰得飞快，他和亚心把其他同学甩了老远。组和组之间的距离越拉越大，同学们相互之间都看不见了。

"看来他们一下子赶不上来，咱们也慢点吧。"殿维擦着头上的汗，对亚心说。

"行。"亚心答应着，两人都放慢了速度，并排掰着，齐头并进。

"亚心，这次该让你哥和咱们一起来。如果有他，咱们的劳动进度肯定会更快。"殿维眼瞅着亚心，第一次说起士威的好处。

"那倒是。"亚心随口答应着，依旧不紧不慢地掰着玉米。

"其实我是很想和士威相好的，只是一入学就吵了一架，闹得很不好。"

"我哥就是那个灰脾气，我爹和我都常说他，他就是改不了。"

"我们要有你那样的好脾性就好了！"

"我的脾性好吗？那也不一定。"

"当然，你的脾性再好也没有了。咱们班的女同学中我最看得起的就是你！"

"我算什么？"

这时，后面的同学快赶上来了，他俩顾不得再多说，都一起加快了速度，飞快地掰着，但内心都在回味着刚才两人的对话。

这掰玉米的活可苦了断后的善行和幽兰。两人身小力薄，怎么也跑不到前面。善行既怕殿维批评，又怕幽兰抱怨，使出浑身的解数拼命干，才勉强赶上大家。他想幽兰如果也能像他这样尽全力往前掰的话，就不至于太落后，便喊着说：

"甄幽兰，快点掰，不然，咱们可真的要落后了！"

幽兰正没好气，听善行一喊，气更大了，索性站下大声对善行喊起来：

"你还喊什么？看人家哪个组不是男的掰在前面，回过头来帮女的。你倒好，自己掰不到前面，还空喊别人。以后我再不和你这样的人在一个组了！"说完，竟坐下歇着了。

善行怕让别人看见不好，慌忙说：

"你慢慢的掰也行，可千万不要坐下，那样会让别人说三道四的，对你不好。"说着便回过头来帮她掰。

幽兰也觉得自己是干部，这样坐下让人看见确实有损威信，便噘着嘴站起来说：

"掰吧，和你在一起真是倒霉。"

这时，同学们已掰到地头，嘻嘻哈哈地说笑着。幽兰从庄稼缝隙里看见殿维和亚心好像在亲热地说着话，心里又像翻倒了五味瓶，油儿醋儿全流了出来。但看见同学们都在看着她和善行，不敢发作，只好撒气似地拼命掰起来。这时亚心也看到了幽兰，赶紧顺着她的垅子掰过来。

会合了，亚心关切地看着幽兰：

"干这活真难为你们了，挺累的，快歇着吧。"

幽兰却不凉不热地说：

"我们哪能和你们比哪！你们要是歇够了，就接着干吧！"

亚心听着不大对劲儿，可又感到莫名其妙，只好搭讪着走开。

第二十四章　毒蛇与菩萨

农场劳动进行得很顺利，不觉已过去了一周。星期六祝老师和万金有一起来看望同学们，星期日和大家共同劳动了一天。万金有直夸奖殿维能干，当着大家的面说：

"像郑殿维这样的干部，早该当学生会主席了！我回去就提拔，还要让他兼任校团委副书记。"

祝老师因为星期一有课，星期日就要返回学校，临走时，特别嘱咐大家：

"一定要注意安全，处处小心，平平安安归来。"

万金有说要全面了解一下整个劳动情况，专门留了下来，星期一又和大家一起劳动了一天。太阳还未落山，就把庄稼全收回到场里来了。一周来从未这么早收过工，同学们都想散散心，一吃过晚饭，便三三两两在夏瀛海边的芦苇丛中嬉戏的嬉戏，聊天的聊天。

万金有着重向殿维了解劳动中班干部的情况。殿维汇报说：

"这次多亏了柳亚心，女生全靠了她。"

"那幽兰呢？"万金有问。

"甄幽兰？万书记，老实说，她这次可没有发挥多大作用，要不是胡善行拼命干，险些给班干部丢了脸。不信你可以问其他同学。"要不是万金有专门问到，殿维本来是不想说的。

"那好，我找幽兰单独谈谈。"万金有心里有了底，便径直找幽兰去了。

甄幽兰自上次万金有找她谈话以后，心里有了底，便有事没事去万金有的办公室坐一坐，说说话儿。万金有也有事没事常叫她去，趁没人的时候，少不了猫抓狗戏一下，但总碍于办公室常有人进出，也没有太出格的举动。不过对幽兰来说，这也就够了，反正从此她在万金有面前就没有什么可拘束的了。她正和几个同学在芦苇丛边坐着聊天，见万金有走过来，便很随便地问了一句：

"万书记，有事吗？"

"对，幽兰，我正要找你！听殿维说，劳动中大家积极性很高，这是思想政治工作的威力呀！你给我汇报一下劳动中做宣传工作的情况吧。"

听说要了解宣传工作，幽兰心里慌了一下。一周来，她由于心情不好，连话都懒得多说一句，更不用说搞什么宣传工作了。现在让她汇报，她该从哪里说起呢？不过她很快就镇定了：哼，汇报宣传工作？我看只是个借口吧。

"行。就这里？"

"这里有同学，我们另找个地方吧。"

那几个同学听说他们有事，便知趣地主动离开了。但万金有还是不想就在这里，便带着幽兰往芦苇深处走。他边走边想着对策：甄幽兰没有做宣传工作，没有发挥干部的作用，郑殿维和同学们都有意见，这正好是把柄，好借此要挟她。他看出让她汇报时她脸色的变化，他就是要哪壶不开提哪壶。

他们已走出很远，外面的同学不仅看不到他们，连他们的说话声也不会听到了。万金有选了一处茂密的草丛，说：

"幽兰，咱们就在这里谈谈吧。"说着便拉她一起坐下。

"要汇报宣传工作，哪儿不行，为什么偏要一直往深处走呢？"走着，走着，幽兰明白了：万金有"醉翁之意不在酒"，看来他是要动真的了！尽管这是她预料中的，但心里还是不由得有点发怵。

"幽兰，开始汇报吧，不要紧张。"万金有样子好像很亲切，但实则咄咄逼人。

"万老师，你不是说我们的工作搞得不错嘛，我有什么好紧张的？"既然是预料中的，当然便无须紧张，发怵只是一瞬间的事。幽兰故作惊讶，意思是说：你怎想的我早明白了，秀美山水间的空谷幽兰毕竟不同于浊水河畔的柔嫩小花。

"噢……噢，不紧张就好，不紧张就好。"万金有没有防到甄幽兰会来这一手，反而有些心慌了，"这里的劳动组织的是不错，这也有你的一份功劳呀！我想总结一下你的经验，在全校推广。"万金有的第一着棋失算了，只得改变策略。

"那好啊，怎么个总结法呢？"甄幽兰马上逼过来。

"哦，这就要看你的工作做得如何了。"万金有盯着幽兰，觉得自己又占了上风。

"这是两方面的事，即使我的工作做好了，而你却不给认真总结，那不一样是白搭吗？"甄幽兰也盯着万金有，故意把眼眨了一下。

"那哪会呢？我这不是专门找你总结来了吗？"万金有说着，也故意把眼眨了一下。

"我想，万书记不会白给我总结的吧。"幽兰故意装出一副撒娇的样子，上身斜靠着碰了万金有一下。

"我想，你也不会像吕香香那样忘恩负义吧。"万金有立即逼上来，想捏住幽兰的手。

"我哪会像吕香香那样傻呢，给你跳了舞，却又被你开除了。"幽兰装出一副生气的样子，把他的手一挡，又把上身坐直了。

万金有听出这"傻"字的含义，心想这女子真是比他想象的难对付，原先想好的计划全被她打乱了，只好顺着她的话说：

"哪能那样呢？我肯定会好好照顾你……"他已经有些迫不及待了，把"你"字拉得老长，上身也随着靠过去，脖颈像被提着要去烧烤的鸭，咧开的嘴都要与幽兰因撒娇生气而鼓起的嘴唇接触了。

幽兰意识到下面将要发生的事了，她想起了母亲的话，提醒自己："女人是一瓶老酒，谁想喝，先要讲好价钱。"又把身体往旁边靠了靠，挤了挤眼，说：

"万老师，你还没有说准备怎样照顾我呢。"

"那你说说，想要我怎样？我都答应你。"

"真的吗？"

"当然是真的。"

"你如果真的对我好，那就供我上大学。"

万金有想不到甄幽兰会提出这样的要求，大瞪了眼，可转念又一想：你虽然比吕香香滑头得多，但终究还不是我的对手。姑娘家到底还幼稚得多，这还是两年以后的事，我现在答应了，还不是一张空头支票吗？嘿，连空头支票也算不上，那还有一张纸，这不就是一句话吗？这样想着，就爽快地回答：

"供你上大学，我还巴不得呢！这就是说，你要嫁给我了，对吧？"万金有嘴上步步退让，身上却步步紧逼，一边说着，一边把右手从后面搭到幽兰的肩膀上，稍一用力，两人便一起顺势躺了下去。

幽兰嘴上步步紧逼，但身上却步步退让，她自以为可以用少女的贞操套住男人的花心，她此时感到了满足，默默地闭上了眼睛。

万金有又一次如愿以偿，似醉如狂……

猛然间，他觉得背上冰凉一片，好像有什么东西在蠕动，惊慌得一抖，一条寸把粗的蛇重重地掉在幽兰的胸脯上。吓得他一翻身在地上打了几个滚，起来耸耸肩，感觉好像还没有什么地方疼痛。惊魂甫定，这才想起看躺着的幽兰。只见她胸脯上留下两个明显的毒蛇咬过的牙印，满脸直冒虚汗，呼吸微弱，嘴唇抽搐着，已经昏迷过去了。

万金有慌慌地穿好衣服，抖抖地把幽兰的衣裤整好，瑟瑟地环视了一下周围，没有发现有什么破绽之处，又凝神思虑了半晌，这才大声喊起来：

"快来人哪！有人被毒蛇咬伤了！快来人哪！"

同学们闻声纷纷跑了过来，但大家都没有经见过这事儿，一个个你看着我，我看着你，全惊呆了。

"我静心师傅会疗蛇伤，快把幽兰抬到观音院去吧！"

善行急得团团转，忽然想起母亲对他讲过这话，就急切地对万金有和殿维他们说。这时农场的那几个农民也赶来了，都说静心和尚疗蛇伤有一套。众人便找来一块门板，把幽兰放到上面，几个人抬着，奔观音院来。

善行跑在最前面，一推院门，就急切地高声喊起来：

"师傅！师傅！快，快！"

静心师傅闻声快步走了出来，忙问：

"善行，出了什么事？"

善行上气不接下气地说：

"有个——同学——被——被毒蛇——咬伤了，师傅——快救救她！"

这时众人抬着幽兰走了进来。静心和尚忙让把幽兰抬进屋里，仔细看了伤口，把了脉，回过头来问：

"当时谁在跟前，具体情况是怎样的？"

同学们都把目光转向万金有。他显得有些慌乱，定了定神，才吞吞吐吐地说：

"当时我正同她谈话，不提防一条毒蛇窜过来，把她咬伤了。"

"当时你们是坐着，还是站着？"静心师傅显然对万金有的回答不满意：你这话不等于什么也没说吗？据他初步诊断，这姑娘是躺着被蛇咬伤的，而且是裸胸的——衣服上没有被咬过的痕迹，伤口也分外的深。但他看出这人是老师，老师和学生谈话，怎么可能躺着呢？可不躺着，又怎么能被毒蛇咬伤胸脯呢？又为什么会咬得那么深呢？这让他百思不得其解。他想证实一下自己的诊断是否符合实际，但又不好说出口，只能委婉地让他把当时的具体情况讲清楚。

万金有见和尚问得紧，越发慌乱了，赶紧补充说：

"我们是站着的，突然一条蛇窜到她的胸脯上把她咬伤了。"

"没发生其他意外吗？"

"没有，没有，什么意外也没有。"

他的回答更加离谱。既然人是站着的，也没发生其他意外，蛇一般是咬人的脚或小腿，怎么会咬到胸脯上呢？静心师傅看他满头冒虚汗，猜想这里面一定另有隐情，但觉得在这种场合不适宜再追问这些，就看了他一眼，改口问：

"当时你们离得很近，那你一定看清楚是一条什么样的蛇了吧？"

"我当时也慌了，没有看清楚。"

"那你……"静心师傅很想数落他几句：学生在你眼前被蛇咬了，你却什么也没看见，你到底干了些什么？但他还是忍了忍，脸现难色地说：

"不知道是哪种蛇，这就难对症下药了。据我考察，这夏瀛海边有十几种毒蛇呢？更何况又是被咬在胸脯上，咬得又那么深，离心脏太近，又没法绑扎，一旦蛇毒侵入心脏人就完了！现在最有效的办法是赶紧有一个年轻力壮的人用嘴对着伤口把蛇毒吸出来！当然这对吸的人有一定危险。我倒不怕，可她是一个女学生呀！"说到这里，他两手合掌，"阿弥陀佛，你们中谁来完成这件善事啊？不用太担心，我这儿有漱口的药。救人一命，胜造七级浮屠，菩萨会保佑的。"

同学们都把目光集中到万金有身上：他是老师，又年轻力壮，最适合了。可万金有却迟疑起来：吸蛇毒，这是闹着玩的吗？他想了想，便以攻为守地说：

"同学们，我倒不怕有什么危险，不过……这位师傅说得对，我是老师，幽兰是一位女学生，不太……伟大领袖不是教导我们要毫不利己、专门利人吗？这正是考验每个人的时候，你们谁来吸？谁要吸了，回去就能入团，还要在全校表彰！"

同学们并没有被鼓动起来，大家你看看我，我看看你，又害怕，又害羞，都默默地站着。

胡善行站不住了，他的心里像在翻江倒海。自上高中以来，尽管幽兰对他待理不理，甚至本该坐同桌却硬是离他远去，但他却对她情有独钟。一看到幽兰苗条的身段、姣好的面容，便不由得想到自己的母亲，从心底里升起一股连他自己也理不清道不明的情愫。母亲是一位温柔、贤惠、美丽的女人，可在家里却好像是父亲的出气筒。他弄不明白父亲是因为不喜欢母亲连带不喜欢他呢，还是因为不喜欢他而连带不喜欢母亲呢，反正他们母子在父亲眼里仿佛是一对多余的人。他的心里一直对此忿忿不平，但作为儿子他又无能为力，不能为母亲分担一点内心的苦痛。也许是心理迁移的缘故吧，他总是有意无意地时时处处照顾着幽兰，即使幽兰对他不理不睬，甚至冷眼相看，他也毫不计较。特别是当他发现幽兰钟情于步云，而步云却对她十分冷淡的时候，他的这种要帮助照顾她的欲望就更强烈了。

她看着幽兰苍白的面容，想起母亲曾告诉他多次为别人吸过蛇毒，耳中回响着师傅"救人一命，胜造七级浮屠"的谆谆告语，毅然走到前面：

"救人要紧，我吸吧！师傅，怎么个吸法呢？你快教我！"

静心师傅爱抚地看着善行，说：

"你不能吸，太小了，身体又弱。"

"我已经十七，不小了。师傅，你不是说'救人一命，胜造七级浮屠'吗？就答应我吧。"

"得给你娘说一声，她答应了，我才能让你吸。"

"师傅，时间等不得了，早吸一分钟，救活的希望就加一分，快，教我吧。"说着，便俯下身来，准备要吸。

静心师傅忙拿出一包药粉，用水化开；让善行嗽一口，趴到幽兰伤口上吸一下；吸一口吐掉，再嗽一口，再吸。半个多小时过去了，善行吸得满头大汗，气喘吁吁，脸色都发青了，但他还是挣扎着一口一口不停地吸着。

这时，他娘闻讯赶来了。看到善行正在吸蛇毒，慌不择言地责怪起静心和尚来：

"你糊涂了，怎么能让善行吸呢？你就忍心……"又突然觉得好像说漏了口似的，忙改口说：

"宁可我来吸，也不能让他吸呀！"

"我……"静心和尚不知怎的，也呆呆地说不出话来了。同学们都莫名其妙，不知该说什么好。善行娘一把将善行推开，自己吸起来了。

又半个多小时过去了，幽兰的呼吸稍微强了一些，眼睛慢慢睁开了，但神志还不清醒，不知发生了什么事，痴痴地望了众人几眼，就又无力地合上了。

"吸得差不多了，让我用药吧。如今是秋天，又是傍晚，估计可能是眼镜蛇，就先按这种蛇下药吧。"静心和尚便拿出自己珍藏的药膏给幽兰敷上，然后说，"行了，慢慢抬回去让她好好休息，能过了今晚就有希望。"临了，又单另低声对善行娘说，"看来你今晚又睡不成了，自己也要多注意些……"

第二天一早，大家来看望幽兰。幽兰虽还在昏睡之中，但呼吸已经比较平稳了。静心师傅说：

"看来药是起作用了，但还不敢大意，必须继续观察疗治。"

"我得赶紧回学校，向书记、校长汇报，让班主任通知家长，治疗的事就拜托师傅了。"万金有说着，又回过头来安顿殿维说，"你分配两个女同学留在家里照顾幽兰。"

"我留下吧。"亚心说。

"我可以留下。"

"我也……"

"我看你们谁也甭留了，有我在家照看就行了。"善行母亲说。

"那这样吧。反正善行昨晚也太疲累了，你就留下边休息边帮你娘照看一下幽兰吧。"殿维作了安排。

"行。"

"好，那我们大家吃过早饭就都到场面上吧。"

今天开始在场面上干活。男生们在场面南边剪高粱穗，女生们和那几个农民的妻子一起在场面北边掐谷穗。他们把剪下的庄稼穗摊放到场面中间，那几个农民便赶着牲口拉上碌碡碾压。

一周多来同学们都在地里干活，又大多是男女生两人一组，相互间距离拉得远，很少有聊天的机会。今天大家都集中到了场面上，不知有多少话要说，便都叽叽喳喳地说个没完。

那几个农民一周多来也和大家熟悉了，便都和同学们一起山南海北地乱侃起来。男生们那面高喉咙大嗓子，说得全场的人都能听得见；女生们这面低声细语，和那几个农民的妻子聊着家常琐事。幽兰昨晚被毒蛇咬伤，大家都很关心，这便成了众人的首要谈资。

"你们那个老师回去了？他是给你们带什么课的？"一个留山羊胡子的老农问了一句。

"带课？哼，那是团委书记！"有人发出讥笑声。

"你的黄历早过时了，如今已经是党支部副书记了。"有人又在纠正着他的错误。

"前几天我到公社听英模报告，见过的，人家是全县有名的和特务搏斗的英雄，你没看见那脸上的疤吗？"一个脸上没有几根胡子的婆婆嘴对那个山羊胡子说。

"我也见过。听报告时底下的人们悄悄咕唧说，是他欺负了人家女学生，遭报复的，那两个学生都被学校开除了。有这回事吗？"一个络腮胡子的说。

"是有这么回事。"有的同学大着胆子说。

"我们可没听说过。"有的同学怕招来麻烦。

大部分同学不知该咋回答，一时间沉默了。

"好事不出村，灰事转周城，那能瞒得了谁！"山羊胡子说。

"这事我倒也只是听人说，不能就贸然相信。可他找女学生谈话，为什么偏要在傍晚，还把人家闺女引到芦苇深处呢？从这点看就不地道。"络腮胡子说。

"听说那闺女是被蛇咬伤了胸脯，是这样吗？"山羊胡子又提出了问题。

"是，这倒是一点不假。"同学们又活跃起来了，都抢着回答。

"你说这……"山羊胡子和络腮胡子心照不宣。

"噢，是那……"同学们也都恍然大悟。

"听说这闺女到现在还没有完全清醒过来，要是有个三长两短，可又要转周城了。"婆婆嘴担心起来。

"那金龙子有两把牙刷，我看，会救过来的。"山羊胡子满有把握地说。

"金龙子？！不是叫静心和尚吗？"同学们又七嘴八舌地发问起来。

"他原来叫田金龙，是后来才出家当和尚的。和我们年岁相当，是从小一块儿玩大的，叫惯了，还一直叫他金龙子。"络腮胡子解释说。

"那他怎么当和尚了？"同学们越发好奇起来。

"说起来话就长了。唉，那金龙子当和尚还是因为玉凤呢。"山羊胡子长叹了一声说。

"玉凤就是善行的娘。"婆婆嘴见同学们大瞪了眼，忙又补了一句。

一听这事与善行有关，同学们更想追根问底了，纷纷说：

"快给我们讲讲，到底是怎回事。"

"讲讲也可以，这在俺们村也不算什么秘密。"山羊胡子说。

"老哥，这事牵扯到善行，我看你还是不讲为好。"络腮胡子说。

"不要紧，不要紧，我们不会给善行讲的。"同学们还是一个劲儿要求讲。

"讲就讲，咱这也不是背后说人家的坏话。"山羊胡子便从头讲起：

"那是二十多年前的事了。当时，玉凤十六七岁，长得十分的标致，是我们这里远近十几个村子中最美的姑娘。谁料，那年秋天的一个傍晚，到夏瀛海边洗衣服的时候，让毒蛇给咬了。被人抬回村时已经昏迷不醒。那时观音院香火很旺，住持是至善师傅，有一套疗治蛇伤的秘方。玉凤娘就赶紧去求他。至善师傅诊断后说必须赶紧找一个身强力壮的人用嘴吸毒。玉凤只有一个老娘，哪能吸得动呢？眼看就没命了。金龙当时正是十八九岁的后生，就自告奋勇说他可以吸。至善师傅说，吸蛇毒是很危险的，弄不好会连他也搭进去的。金龙说，为救人的命，他死了也情愿。结果真的把玉凤救过来了。那以后玉凤感激金龙的救命之恩，就主动帮他缝缝补补，洗洗涮涮，两人情投意合，就相好上了。村里人都说，这两人真是天作之合，前世有缘，都想撮合这门婚事。可玉凤娘却嫌金龙家穷，死活不同意，多少人劝也不济事。最后还是托人说媒把女儿嫁给在城里钱庄里做事的胡生财了。玉凤先坚决不从，可她娘说你要不从，我就跳进夏瀛海，玉凤没办法，只好认命。金龙一气之下就出家当了和尚，做了至善师傅的徒弟。至善师傅圆寂前就把治蛇伤的秘方传给了他。这里方圆几十里，凡是被蛇咬伤的人没有不找他疗治的。甚至外县、外省的，都不远千里来找他。凡是男子都是他亲自为他们吸毒的。而遇上女子，他成了和尚就无能为力了。玉凤刚嫁了胡生财那会儿，家还安在村里。玉凤就主动为那些女子吸毒，说她不能报答金龙，就以此来当作对他的报答吧。经他们两人救治过的数不清有多少，他们又从来不收人家的钱财，人们都称他俩是观世音转世的活菩萨。后来胡生财把家搬到了城里，玉凤就再也没有回来过。金龙又研制出了一种吸蛇毒的时候漱口消毒的药，治蛇伤的医术更高明了……"

山羊胡子讲的故事太动人了，同学们都聚精会神地听着，连那在场面北边掐谷穗的女生们也停下手中的活儿听了起来，个个脸上挂满了泪水。

"幽兰真是遇上好人了，以后她也该好好报答善行一家了。"亚心动情地说。

"你说怎么报答？她也该嫁给善行吗？"一个女生开玩笑地说。

"人家救了她的命，难道她不该报答？再说，一个黄花闺女教一个男人嘴亲过，叫我说，就该嫁给他。"一个梳剪发头的女人说。

"可不是吗？玉凤出嫁的前几天，还念念不忘要报答金龙子，拿了一瓶烧酒去金龙子家，说要把她最宝贵的东西献给他。结果两人都喝得醉二麻三的……唉，也真是……"一个梳抓髻的女人说。

"是什么最宝贵的东西呀？"亚心一时没明白过来，脱口问了一句。

"闺女，你说咱们女人最宝贵的东西还有啥呀？"抓髻女人神秘兮兮地说。

"啊……"亚心恍然大悟，羞得脸刷地红到耳根，慌忙低下了头。

"不就因为那，胡生财大叫大嚷，简直闹翻了天。"剪发头说。

"后来总算娶过了，可那胡生财到底不怎么待见玉凤。"抓髻说。

"不单对玉凤，我看他对善行也不怎亲，还不如静心对善行亲呢。"一个还留着长辫子的年轻女人说。

"善行生下时不足月，从小身体就弱，玉凤怕养不成，就送进观音院拜了师傅。静心从小把他带大，像自己的孩子一样，当然亲了。"抓髻说。

"可为这事，胡生财和玉凤不知吵了多少回，两人简直快不能在一起过了。最后胡生财把家搬进了城里，才算暂时风平浪静。至于以后，咱们也就不清楚了。"剪发头说。

"到了城里，我想玉凤也不好活。你们没看见她今年刚回来时那脸煞白，没一点血色。倒是回来这半年多，脸色红润了些。"长辫子说。

"照你这么说，那玉凤现在在村倒比城里好活了？"剪发头问了一句。

"我看是。"抓髻和长辫子异口同声回答。

"奇怪？"同学们还是有些大惑不解。

又过了两天，星期五下午，学校来了两辆胶轮车。万金有、祝老师和幽兰的母亲杨荷花一起来了。这时，幽兰已度过了危险期，但身体仍很虚弱。静心师傅专门包好一包药，安顿回家后还需继续服用，疗养一段时间。杨荷花则对静心师傅和善行一家千恩万谢，说了几筐箩好话。

星期六早饭后，善行娘又主动把自家的褥子拿出来铺到车上，大家把幽兰扶上车，她又用被子给幽兰盖上。杨荷花与善行一家道了别，上车陪着幽兰。万金有和祝老师也坐到这辆车上。同学们整理好各自的行李同来时一样都坐上另一辆车。赶车师傅一声"驾"，车子便向朱龙城方向行进了。

车到十字街口，已是下午两点多。正碰上士威等几个同学从复圣大街急匆匆地走过来。一问，才知昨天下午他们在校内劳动的同学也出了事，现在步云和天娇都躺在医院里。万金有和祝老师一听，感到事关重大，立即安排赶车师傅把幽兰和她母亲直接送回甄家凹，同时对杨荷花说：

"这里又出了事，我们就不能陪你去了，让幽兰回家好好休养，等彻底好了后再来上学。"然后让同学们回校后休息，下星期开始上课。

安顿完后，他俩顾不得回学校，便直接同士威他们一起到医院去了。

第二十五章　假作真时

　　万金有和祝昷馨跑到医院时，郝文正和闻清直早去了。钱鸿飞和肖礼闻讯，也早放下手头的工作，赶到医院。大家都聚集在手术室门前焦急地等待着。

　　医院听说受伤的是肖书记的千金和钱局长的公子，不敢怠慢。立即用最先进的设备做了各种检查，院长亲自和全院最好的医生进行会诊，确定治疗方案。经诊断，钱步云左臂骨折，其他无大的损伤。医生立即施行了接骨手术，用石膏把伤臂固定起来。肖天娇伤势严重，因失血过多，已处于昏迷状态；如不及时输血，会有生命危险。经化验，她的血型是 B 型，但医院血库没有 B 型血浆；有几个人报名自愿献血，但经化验，血型又都不对。大家都正在为此事焦急。

　　万金有一听，明知他上次受伤住院时化验的血型是 A 型，但还是装出十分诚恳的样子说：

　　"可以输我的血。"

　　闻清直和郝文正也记得他的血型，但只相互对视了一下，无意点破。院长说：

　　"那好。先去检查一下血型吧。"

　　这时，主治医生出来了，一见是万金有，故意问：

　　"你是什么血型？"

　　"我忘了。"

　　"我做医生的还没忘，你是病人，自己倒忘了？你是 A 型血，怎么能输呢？"

　　万金有在众人面前讨了个没趣，只好站到一边去了。

　　这时，士威从外面跑了进来，说：

　　"祝老师，我身强力壮，要是血型对得上，就输我的吧。"

　　祝老师见他诚恳坚决，便向在场的众人征求意见，大家都点点头，于是便对医生说：

　　"检查一下这位学生的血型吧，要是血型能对上的话，就让他输。"

　　一检查，正是 B 型！

　　这下问题解决了，肖礼显出非常激动的样子，过来握住士威的手说：

"多谢你了！孩子，叫什么名字？"

"我叫柳士威。"说完，便随医生走进了手术室。

士威 400cc 鲜红的血液缓缓地流进天娇的血管里。经过三天三夜的紧急抢救，当晨雾散尽、朝阳把它柔和的光线射进病房时，天娇终于醒过来了。

守候在床头的陈水仙看她睁开了眼，高兴地说：

"你可醒过来了。"

天娇眨了眨眼，看见床前的输液吊瓶："噢，这是在医院，我还活着。"脑子里一下子又出现了那可怕的景象。

天娇对殿维去农场只带柳亚心和甄幽兰，却单单不带她，刚开始时心里非常气恼：这家伙就看起那两个妖精，连魂儿都被勾去了。把我却抛在一边，真是气死人！

但劳动过一周后，她感到不和他在一起到也十分惬意。在这里她是老大，那些贾成名、颜冠仁们，三脚也踢不出一个屁来，还不是乖乖地任她调遣。柳士威和钱步云真像她的哼哈二将，什么劳动前的安排、准备，劳动中的管理、考核，劳动后的收拾、小结，一应杂事，他们俩全包了。管得铁桶一般，她只当甩手掌柜就行了。

更使她惬意的是劳动当中不上晚自习，每晚都可以和钱步云一起到公安局的射击室里练手枪打靶。钱鸿飞当了公安局长后，最近把家也搬到了城里，就住在公安局的家属宿舍里，和她家离得很近。钱鸿飞成了她家的常客，钱步云也时不时跑来和她一起聊天。最近公安局的刑警队加紧了训练，射击室晚上也开放。钱步云便邀她一起去练手枪打靶。她长了这么大，还从未打过枪，觉得非常好玩儿。钱步云又总是时时事事让着她，帮着她，和他在一起，她感觉十分快活。

那天晚上，他俩刚相伴出了房门，准备又去练打手枪时，肖礼把他们叫回了客厅，说有要紧事要和他们说。这时，钱鸿飞已早在客厅了。原来最近省委调查组正在朱龙调查处理"七七事件"。为宣扬剿匪的功绩，冲淡惨案的阴霾气氛，肖礼通过关系，请来了新闻电影制片厂的几个人，为朱龙县拍一部剿匪的新闻纪录片。肖礼特意安排钱鸿飞配合电影厂的人搞好拍摄。钱鸿飞今晚来，一是请肖礼审查写出的脚本初稿；二是脚本中设计了一个学生协助部队擒拿匪徒的场面，请示如何挑选参与拍摄的学生。肖礼一拍脑门说：

"这几天天娇和步云不是每晚都去练打手枪吗？这不正好，可以实地演练。"

钱鸿飞也高兴地说：

"真的，我怎么没想到呢？他两个演最合适。"

于是便把二人叫来商议。两人一听说让他们拍电影，高兴极了：

"那好啊！什么时候开始？"

"纪录片要赶在调查组定案之前拍出来，估计就在这三两天，你们准备好，到时候我专门叫你们。"

"那怎样向学校请假呀？"

"这不用你们管。反正你们这周还是劳动，也不上课。鸿飞，明天你给学校打个电话，就说他俩这两天有特殊政治任务。正式拍摄前你俩就先专门练去吧。"

星期五一早，钱鸿飞专门派车把他俩接到拍摄现场。现场选在离柳下村不远、覆华山半山腰的一个山洞里。他俩扮演的是两个在山里巡逻的朱龙中学学生。大致情节是：他们在巡逻中发现一伙空降特务，便立即向驻守在附近的部队报告，部队迅速派出一队士兵骑着几辆摩托车带着他俩飞驰赶到，展开围剿。他俩奋不顾身地跑进山洞勇敢地擒拿了几个空降特务。现在是倒过来拍，先拍摄在山洞里擒拿特务的场面。已经由公安局从附近村里找来几个地主分子扮演空降特务，早早地被押进洞在里面等着。他们虽然手中拿着武器，但已经下了枪栓，并警告他们只能规规矩矩做花架子，绝不能伤着两位学生。而他俩左手拿着红樱枪，右手拿着手枪，并且装着子弹。一进洞，瞄着黑影就可以放枪，边放枪边摸索着前进，打死打伤都无所谓，阶级敌人本来就该死嘛。待冲到跟前时，哪个"特务"已死，就缴了他的枪；哪个还活着，就用红樱枪猛刺。"胜利"后，把他们绑起来押到洞外。

他俩虽然这几天练了打手枪，但那毕竟是打靶，这可是打活人呀！尽管明知"敌人"不敢反抗，"战斗"并没有危险，但手还是不住地发抖。特别是天娇，进了洞连眼也不敢睁，只是一个劲地扣动扳机，一颗颗子弹砰砰地射出去，山洞里发出一声声刺耳的怪响，接着便传来"特务"被击中的惨叫声。待冲到跟前时，好几个"特务"都受了伤，血流不止，哆嗦着蜷缩在山洞的一角。他俩跑过去，就闭了眼乱刺，刺得"特务"嗷嗷直叫，跪地求饶。可天娇由于一直闭着眼，并没有看见，还在不停地乱刺。直到旁边的人提醒她："快，该演下一步了！"她才停了下来。和步云一起上前胡乱把"特务"捆了，雄赳赳地押出洞来。

第一个场面拍完，两人经受了锻炼，感到很刺激，在旁的人也都直夸他俩勇敢。试放了一下，效果还不错。由于摄影师巧妙地运用拍摄技巧，不断变换拍摄角度，对画面又作了精心剪裁，看去他俩还真有一股不怕牺牲、勇斗顽敌的气概。只可惜没法让天娇的眼睛睁开，仿佛是个瞎子，大大有损少年英雄的形象。那几个"特务"也太窝囊了，没有表现出反革命的残忍本性，被公安战士狠狠训了一顿。最糟糕的是那句提醒的词儿也被录了进去，录音师费了九牛二虎之力作了最大限度的消音与删减，还是能隐约听出，使人感到那纯粹是在演戏，一切都是假的。

接着，便下山拍摄士兵驾着摩托车带着他俩在山路上飞驰的场面。山路选择的是一段崎岖、狭窄的弯道。导演强调这场一定要逼真，车速要加到最高档，要拍摄出当时十万火急的情景。

摩托车发动了，屁股冒着青烟，呜呜地像出弦的箭一样射了出去。天娇坐在车子右边的车兜里，手握着红缨枪，两眼睁得大大的，望着前方，真像是誓师出征或凯旋而归。她想像着电影镜头中自己的英武形象，自尊心得到从未有过的满足，内心感到无比的自豪。

摩托车越驶越快，山路崎岖不平，车子颠起老高。步云坐在驾车的士兵后面，紧抱着士兵的腰，不敢丝毫松手。天娇坐在旁边的车兜里，身子都快要颠出去了，两手又攀不着任何东西，无援地乱抓着，吓得她几乎是歇斯底里地乱叫：

"怕死人了！怕死人了！"

她自豪的心境荡然无存，像一个溺水的人只觉得自己在急速地往下沉。但士兵也已身不由己，还是开着车子一个劲地往前冲，车子简直要飞起来了。来到弯道了，士兵死命地把车把往里打，但车速太快了，车子还是向前飞去。外轮悬空了，车子像耍杂技似地单轮飞速前进。她害怕极了，几乎要晕了过去。这时，内轮猛地撞到一块尖石上，车子剧烈地震颤了一下，她只觉得脑子里嗡的一声，就什么也不知道了……

她把眼斜瞟了一下，看见步云正坐在靠床边的一把椅子上看着她。两人的视线相遇了，步云赶紧弯腰把脸伸过去，亲切地说：

"你醒过来就好了。你不知道我们多担心你呀！"

天娇看见他左臂上搭的架板，低声地说：

"你也受伤了，不要紧吧？"

"不要紧，只是尺骨折了，已经接住了，大概有一两个月就好了。"

"你刚醒过来，觉得怎么样？吃个苹果吧。"步云说着，从桌上取了一个苹果，准备给她削。

"你的手臂上了石膏，不得劲儿，还是我来削吧。"陈水仙说着给他们每人削了一个。

"这次我们好危险哪！"天娇说着，又想起那一瞬间的景象，心有余悸地说。

"可不是吗？当时你掉下车往下滚，我只怕把你摔坏，就使劲儿抱住你的身子，好不容易咱们才在崖畔停住。我的胳膊撞在一块石头上，摔断了，可我还是紧紧地抱着你。"步云边想边说。

"我可是吓昏了，一摔下去就什么也不知道了。"

"我们男的总比你们女的胆大些。"

两人聊了一会儿，步云说：

"你刚醒过来，身体还很虚弱，不要太累了，休息吧。我的病房就在隔壁，我会常来看你的。"说着，便出了房门。天娇看着他的背影，心想：这回真是多亏了步云，他对我真好。然后欣慰地闭上了眼睛。

天娇脱离了危险，大家都把悬着的心放下了。学校老师和同学都来看望她。以后病情日渐好转，慢慢可以下地走走了。步云伤臂的骨头也逐渐愈合，经常过来看她。两人经常在一起聊天、谈心，相伴到外面散步，感情日渐亲密，关系也不同寻常了。

转眼新年临近，肖礼家双喜临门。一喜天娇伤愈出院，身体已完全康复；二喜肖礼接到地委任命，被提升到地委任社教部长。中央要在全国开展一场大规模的社会主义教育运动，布置各省要先成立机构。省、地两级的部长立即到中央党校集中学习。新年过后肖礼就要正式离任，赴京学习。新年前夕，县里为他开了隆重的欢送会，郑志斌致了欢送词。新年这天，还专门在县城大礼堂为他组织了一场欢送文娱晚会。几天来，宴请不断，门庭若市。

这一天，肖礼谢绝了外面的宴请，在家里举办了一次家宴。专门宴请钱鸿飞一家，还特意把士威也叫上。

待陈水仙招呼众人都坐好后，肖礼拿起酒杯，说：

"我就要离开朱龙了，今天请你们来，主要是感谢你们对我全家特别是对天娇的关心和帮助。以后我不在了，还要麻烦你们照顾她们哪！来，干了这一杯！"

对自己的这次所谓"荣调"，肖礼的心情是复杂的。"七七惨案"后，他费尽心机，通过上下周旋，总算把火扑灭在自家门庭之外。但他知道，他和郑志斌虽然可以为了暂时的利益共济于一时，但绝不可能长远。这一段明争虽无，但暗斗不断。这次在他提升的过程中，郑志斌添了不少好话，甚至还为他的提拔四处奔走，表现了从未有过的热情。但同时郑志斌想独掌朱龙的野心也昭然若揭。他荣调地区，当然是又升了一个台阶，活动的空间更大了。但他也深知"宁为鸡口，不为牛后"的道理，其实际权力是大大缩小了，内心深处总有一种明升暗降的酸楚。思前想后，他决定暂时还是不把家搬走为好。在朱龙毕竟有不少贴心贴肺的战友，笼住这一帮人，朱龙的天下就还可掌在自己手中。这是他宴请钱鸿飞的真实目的。至于柳士威，自从那次自告奋勇主动为天娇输血，他就对这孩子产生了明显的好感。同时他也看出，自从钱鸿飞调到公安局以后，他的儿子步云来他家的次数明显增多，对天娇也表现出一种过分的热情。因此他今天把他俩都叫来，意思就是要他们好好照料天娇的。他只有这一个宝贝女儿，自己不在家，他对她是放心不下的。

"肖书记，你太客气了。你荣调，该我们祝贺你，今天反劳你破费了。家里你就放心好了，有我在，你还有什么挂心的！"钱鸿飞端起酒杯，与肖礼一碰，一饮而尽。

对肖礼的荣调，钱鸿飞的心情就更复杂了。自己的老上级荣调，水涨船高，这对于他以后的升迁无疑是有好处的；但毕竟鞭长莫及，自己以后在朱龙做事就不能像现在这样无所顾忌了。尤其是他刚回局里，在县太爷们的眼皮底下工作，他对肖、郑两人的关系悉底尽明，郑志斌也非常清楚他是肖礼的人，他以后的日子一定会很不好过，弄不好会翻船的。想到此，他真有点不寒而栗。

步云虽常来肖家，但这还是他第一次赴书记的宴请，有点受宠若惊。规规矩矩地靠着母亲坐在左面下首，抬手动筷，都要看看肖叔叔和陈阿姨。

士威更是第一次到肖家。当天娇通知他时，他都有点不想来；后来天娇告诉他是她父亲特意要请他时，他觉得不去不好，才勉强来了。他坐在右面肖夫人下首，显得十分拘谨。

肖礼看着他不自然的样子，亲切地说：

"多谢你了！上次输血时没来得及细问，你是哪个村的？父母叫什么？家里过得好吧？"

士威站起来回答说：

"是柳下村的，父亲叫柳忠，母亲在我很小的时候就去世了，我们兄妹全靠父亲抚养成人。"

"那老人家可真不容易呀！你今年多大了？几时生的？"

"虚岁二十，五月初三生的。"

肖礼若有所思，像是对士威，又像是自言自语地说：

"噢，二十了，我有个孩子，也是五月初三生的，要活着的话，也像你这么大了。"

接着，又放大声说：

"你是天娇的同学，又不是外人，不要太拘谨，随便些！步云，你常来，已经很惯了，更不要拘谨！天娇，你好好关照他俩吃好！"

"我这次大难不死，全靠了你们两个，今天你俩一定要吃饱喝足呀！"天娇一个人坐在迎门一面的末位相陪，两边分别是步云和士威。她说着，给他俩一人碗里夹了一个猪肉丸子。

"这是我应该做的。"步云想起一句最冠冕堂皇的话。

"你以后也真该注意注意，不要瞎折腾了。这次也真够悬的，不是你命大掉在草窠里，就真的没命了。"士威只是想劝她改一改脾性，无意中说出他跑去抢救他们时看到的情景。

"怎么？！我是掉在草窠里的？你怎么知道？"天娇大瞪着眼问士威。

"我亲眼看见的。怎么，你不相信？"士威觉得没有什么解释的必要。

"步云，不是你抱住我，我们一起摔到崖畔的吗？你不是说你是因为抱我才碰到石头上摔断胳膊的吗？"天娇又不客气地向步云发问起来。

"对……对，是我抱住你的。"步云没想到在饭桌上她竟会提出这样的问题，显得有些慌张。

"你真是神呀！在那危急的一瞬间，竟能先抱着她放到草窠里，然后自己才又碰到十几米远的石头上。你抱着她，她全身血肉模糊了，而你却只摔断一条胳膊！"士威不无讥讽地说。

"我……"

"那我们不是一起摔在崖畔的了？"

"吃饭，吃饭。"士威看步云脸红到了耳根，觉得在这样的场合不该说这些，就有意把话题岔开。

"光顾了说话，菜都凉了，快吃。"

家宴到了最后，陈水仙见众人都只顾说话，连吃饭也忘了，便提醒大家。她一边说着，一边给众人夹菜。几个孩子便不再说话，一心吃饭。但肖礼和钱鸿飞却还在专心地交谈着他们认为比吃饭更为重要的事情：

即将在全国开展的这场社会主义教育运动会是什么样子呢？

第二十六章　隐私与丑闻

肖礼在中央党校集中学习三个月后，回到地区。按照省里的部署，在朱龙县开始搞试点。

第一阶段是宣传教育摸底阶段。他选择城关公社为试点单位，下到各个大队摸了一下情况，了解到朱龙村到现在仍旧是当年的郑家掌权，群众生活很苦，但大队支书却专横跋扈，胡作非为，老百姓背后叫他"郑朝廷"，是懒、馋、占、贪、变的典型。便想从这里下手，一箭双雕：一来抓出个典型，在省地领导面前露一手，出一出前段的闷气；二来也揭一下郑家的老底，杀杀郑志斌的威风。他在朱龙村蹲了半个月点，让县文化馆派出几位专业人员，办了一个阶级斗争教育展览。又了解到柳下村的柳忠苦大仇深，更因为是士威的父亲，他也很想见见这位老人。就让县委宣传部的同志帮助整理诉苦材料。一切准备就绪，便以地委社教部的名义通知县直机关、学校、企事业单位统统停止工作和学习一天，参观阶级斗争教育展览，听忆苦报告。全区各县也派代表参加。

这天，肖礼有意带着郑志斌等县委、政府官员先行参观，说是请大家提提意见，实则是想现场给郑志斌一个难堪。

朱龙村的阶级斗争教育展览就办在原来的郑家大院。这是一座依山而建、从山麓直达山顶的庞大建筑，共有九进院落，长一华里多，比双乳山顶的复圣祠还要雄伟壮观。由于过于庞大，当年郑志斌把它捐给国家以后，就没有分给群众，而成了公产。后来一部分院落由城关公社和朱龙大队占用，其他的则基本闲置着。

院门门楣正中新贴了一层石膏板，镌刻着"阶级斗争教育展览"八个大字，迎门是一条大字横幅，上写"千万不要忘记阶级斗争"。一进院门，是一个以郑老太爷为原型的丑化了的老地主的塑像，长袍马褂，头大如斗，面目狰狞，张着血盆大口。肖礼有意问大家：

"同志们看这个老地主塑在这里怎么样？"

大家碍于郑志斌的面子，都不好意思说话。郑志斌也顾左右而言他。肖礼则又是一遍：

"郑书记，你看怎么样？"

"不错，挺有教育意义。"郑志斌只好硬着头皮说了一句。

"是的，是的。"大家也跟着随声附和。

接着，肖礼引大家参观各个展室。墙上是文字、图表和画图，墙底是当年的部分实物，中间是一些泥塑。讲解员用竹竿指点着声情并茂地进行解说。

"不错，不错。"郑志斌主动称许。

"很好，很好。"众人便都大加夸赞。

最后通过长几十米的地道把大家引到郑家当年囚禁长工的水牢，现场参观。里面黑咕隆咚，只临时点了几盏昏黄的蜡烛；地下虽已无水，但仍阴冷潮湿。水牢里塑着几尊青面獠牙的看守泥像，手里握着钢鞭，摆放着一些当年用过的刑具，还插着几个临时制作的人体骨架模型。让人顿感阴森恐怖，好像置身于阴曹地府。大家一半是附和，一半也是发自真心地说：

"地主压迫人真是残酷啊！"

郑志斌满头冒虚汗，如同受了一场审判，好不容易才捱出了这个院，把肖礼简直恨到骨头缝里了。

领导参观完毕，便是各机关、企事业单位的干部和工人。尽管各单位按照布置，事先都作了动员，但队伍还是稀稀拉拉，懒懒散散，看得也心不在焉。只是有些人虽在城里工作，但还从未到过郑家大院，觉得挺稀罕，不住地啧啧称赞：

"真建得好呀！这郑家就是有钱哪！"

只有朱龙中学的队伍整整齐齐，秩序井然。同学们虽然不敢放松学习，不少同学都怀揣着小本子默默地记着数学公式或外语单词，但校领导讲了，这是政治活动，积极与否是要写进操行鉴定里的，而且临出发前政治老师还布置了讨论题，语文老师布置了作文题，所以同学们看得格外仔细。展出的一些内容他们从前确实一无所知，尽管也曾听到过一些传言，但万万想不到朱龙村的郑家剥削压迫穷人竟如此残酷，令人发指。

冠仁看得更为仔细，还作了详细记录：

> 光收租一项，郑家每年就可收三十四万六千石……
> 有名有姓被郑家整死、害死或自寻短见的人就有四十八人……
> ……

他一边记，一边想：

这才是真正残酷的剥削史啊！可看看人家郑家，仍然十分显赫，官比以前做的还大；郑殿维在学校里也是耀武扬威，名声大振。对照自家的过去和自己的现在，真是百思不得其解，他的一字眉又蹙成了大疙瘩。

听大家反映说上午的参观很受教育，肖礼十分满意。他估计下午的诉苦报告会更精彩，两点钟便准时来到县委大礼堂。在礼堂内还从来没有开过这么规模大的会，这时礼堂里已座无虚席；但人还在继续不断地往里进，后面来的人只好站在过道里；最后礼堂内站不下，只好临时在礼堂外接上高音喇叭，人们在外面听。

柳忠从来没有作过什么报告，甚至从来没有在这么多人前讲过话。帮他整理材料的人把讲稿一遍又一遍念给他听，千叮咛，万嘱咐，要他这样，要他那样，唯恐出漏子。但是他心里倒不太紧张，他不认得字，也懒得记材料上那些文绉绉的话，他觉得这是讲自己亲身经历过的苦难，只要实话实说就行了。所以当主持人宣布诉苦报告开始，肖礼大讲了一通重要意义之后，他就滔滔不绝地讲开了……

…… ……

柳忠的家史真是太苦了，他讲得也真感人，下面听的人鸦雀无声，不少人都流下了眼泪，会场里不时传来啜泣声。干部们都佩服肖书记真会抓典型，这场忆苦报告真是太精彩了。

但坐在主席台正中的肖礼却越听越觉得如坐针毡。他讲得怎么和我的往事如此毫无二致？是巧合，还是原本就是一回事？他猛然想起前次给天娇输血的柳忠的儿子柳士威，想到他的血型、年龄和生日。他浑身出了一身虚汗，越听越觉得柳忠讲的那个反动军官就是他自己。庆幸的是那次他自己没有亲自出面，只是派手下让他们依计而行。如果当时要是自己和柳忠正面相对，那今天会是什么样子呢？他简直不寒而栗。也庆幸柳忠到底是村佬儿，不懂得党派政治，没有弄清那到底是谁家的队伍。说贫下中农爱憎分明，其实他们只不过是受团弄而已。更庆幸他还是早有预见，就怕出漏子（这样的教训以前发生的多了），把苦和甜、爱和恨闹反了，说是专门派人给他整理材料，其实是要给他戴笼嘴。整理材料的人一听这事儿，当然就写成反动军官了。反动军官当然与他肖礼沾不上边。这真是歪打正着，帮了大忙，把柳忠的满腔仇恨引到海那面去了。想到此，他不由得看了看周围的人，见他们对自己的失态没有丝毫察觉，便镇静下来，听柳忠继续往下讲。

是的，柳士威确实是他肖礼的亲生儿子，他没有什么可怀疑的了，柳忠正在前台为他作证。他抛弃了二十年的儿子竟然就在他跟前，这意外的发现更使他心跳不已。

冯秀英，这个在他生活里消失了二十多年的女人又突然闯入了他的生活。不，准确地说，不是冯秀英，而是他的儿子，二十岁了，才第一次闯入了他的生活。在休弃冯秀英时，他还很年轻，有的是女人。有女人还愁没有儿子？所以他就没有把那个儿子放在心上，随便让冯秀英带走了。以后，他的第二个夫人为他生下天娇。他想有女儿就会有儿子，可没料到不久这个女人就在一次战役中中弹倒下了。一个倒下了，会有一群跟上来，这本来也没什么，战争就是这么前仆后继的嘛。可让他不安的是以后一个个又都像露水一样蒸发了，没有为他留下一星半点骨血。新国家建立，他转业到地方上以后，又娶了陈水仙。他也很高兴了一阵子，以为她年纪轻轻，给他生个儿子还成什么问题。没成想这些年过去了，却没有一点开花结果的信息。难道真要他再休一次妻、再做一次新郎官吗？他从小就在社会上混，又受了多年的唯物主义教育，是不相信什么因果报应的，但每每想及此事，却总令他毛骨悚然。

抛弃了二十多年的亲生儿子竟在这样一种特殊的场合被他意外地发现了。看来，老天不但没有降祸于他，还在赐福于他。要是站在前面作报告的这个柳忠，知道当年的反动军官就是他时，不会和他拼命吗？这满礼堂的人如果知道他就是当年的那个反动军官时，还不把他活吃了吗？要是士威知道了事情的原委，会宽恕他这个不义的父亲吗？他的身躯都有点微微发抖了。真庆幸老天只让他一个人知道了这事情的秘密，他必须把这事瞒着一切人，瞒到永远。

宣传教育摸底阶段结束，就要开始正式的运动试点了。按照省里的安排，每一个试点县第一批确定两个试点村，由地委社教部和试点县的县委在充分摸底的基础上共同研究确定，报省委批准。在联席会上，对试点村的确定，争论很激烈。肖礼先发制人，说：

"通过前一段的教育和摸底，朱龙村的情况很典型，作试点已毋庸置疑。"

郑志斌先让一步，对确定朱龙村为试点表示同意；然后不慌不忙地拿出一封群众揭发信来，放在肖礼面前，不动声色地说：

"我看这封揭发信中谈到的问题也很典型。"

肖礼拿起来一看，是揭发钱鸿飞和杨荷花在甄家凹的问题的，明知是郑志斌的有意报复，但又不好当场发作，只好说：

"大家还有什么情况都提出来，然后一起研究确定。"

众人见他们俩都早已各有目标，就顺水推舟地说：

"这两个村的问题都比较典型，那就定这两个村吧。"

两个运动试点村就这样确定了。

钱鸿飞听说甄家凹被确定为运动试点村，急得像热锅上的蚂蚁，当晚便一个人悄悄来到杨荷花家。

自钱鸿飞调到县里当了公安局长后，来甄家凹的机会明显少多了。杨荷花见了钱鸿飞，万分高兴。听他说有要紧事商量，忙问：

"要不要通知大队其他干部，都到大队部去？"

"谁也不用通知，就咱俩在你家里商量吧。"钱鸿飞神秘兮兮地说。

甄来顺听后，也习惯了，说：

"那你们在家商量吧，我去找个地方。"

他们两个也不说什么，甄来顺便夹了一条破被子出去了。

幽兰这一段还在家里养伤，不过身体已基本复原；她怕功课耽误得太多了，便开始在家自己学习。这时也知趣地说：

"我到我房间里学习去了。"

杨荷花吩咐了一句：

"早点儿休息，不要累坏了身子。"

"嗯，我知道。"幽兰答应了一声，便过她自个儿房间去了。

屋里只剩下钱鸿飞和杨荷花了。钱鸿飞上了炕，靠在叠得高高的被褥上，半躺着。杨荷花靠过来，凑到他脸边，说：

"有什么秘密事，这么晚了还急着过来？是想亲热亲热了吧。"杨荷花故作娇态，便飞了一个吻过去。

"不只为这个，确实有要紧事。"钱鸿飞说"这个"的时候，顺手拧了一下杨荷花的胖脸蛋儿，然后说，"你知道，肖书记调到地区去了，郑志斌要把肖书记的人都搞下去。今天，肖书记告诉我，甄家凹已经确定为第一批搞运动的试点村了，我们不能不防。"

"搞试点有什么不好，我们甄家凹不一直是试点吗？"

"这次可不一样，是专门搞干部的贪占问题的。"

"啊？是这样！那该怎么办？"杨荷花靠紧钱鸿飞，两人平躺在一起。

"听说有人写了揭发信，先得把人们的嘴堵住。"

"那具体该怎做？我听你的。"

"明天先开一个干部会，统一一下口径，只要干部不乱说，老百姓是好对付的。"

"这没问题，甄家凹还是我说了算。"

"再就是安顿会计把账目弄好，这上面可不能出岔子。"

"会计没问题，是自己人。只是你取走的那些钱，没过手续，账上不好办。这可得你想办法。"

"那些钱一开始就不要走账不就得了。"

"那哪能呢？收支碰不回去。"

"这就要看你的本事了。这回要能过了关，你就可以到公社甚至县里当国家干部了。"

"我可是全靠你呀！你可千万不能把我给卖了。"杨荷花挽住钱鸿飞的脖子。

"那哪会呢？你是我的人，我能不顾你吗？再说，我们已经结成亲家，成了一家人了。"钱鸿飞搂住杨荷花亲了一口。

"这我就放心了。"杨荷花把钱鸿飞挽得更紧了。

"我今晚来，他们谁也不知道，我还得连夜赶回去。提前准备的事，就全靠你了。"

"怎么这么匆忙，好长时间都没有亲热了。"杨荷花说着，把被褥铺好。

"唉，你呀！那就明天一早走。现在可不同往常，得防着点儿。"钱鸿飞说着，吹灭了灯。

幽兰看着桌上的闹钟，还不到九点，母亲那面倒灭了灯，心里好不是滋味。母亲和钱鸿飞的关系，她在上初中时就风言风语地听说了，后来她更自己也看出来了。不过，亲眼看他们这样明铺暗盖还是第一次。她这面还亮着灯，他们竟然就毫无顾忌地睡了，她总觉得有点……唉，钱鸿飞是真心对母亲的吗？

她又不由得想到了钱步云。想当初，他对自己是何等的好啊！可自上高中后，攀上了肖天娇，便把她抛到一边了。连这次自己被毒蛇咬伤，几乎性命不保，可半年多了，他竟一次也没有来看过。男人的心，真是朝三暮四啊！她又想到了万金有。自己费了那么多心思，好不容易才攀上这棵大树，可这家伙能靠得住吗？这次不是他……自己怎能被毒蛇咬伤呢？可事后他却跳到高枝上，像没事人一样。多亏了善行为自己吸毒，才度过了这场劫难，她从心底里感激他。可像胡善行这样的软善人，自己敢把一生的命运交给他吗？她不由得想到了自己的父亲，觉得真是可怜，竟自动把自己的女人让给别人，看去还像没事人一样……

幽兰脑子里翻卷着波澜，再也没有心思学下去了，而且这时自己再亮着灯学习，也太有点……她也说不清为什么，就也早早熄了灯睡了。

幽兰刚躺下，还正在想心思，突然听得院里咚咚几声，好像有几个人跳墙进来了。她顿时紧张起来，赶紧穿好衣服，蹑手蹑脚下了地。她没有敢点灯，也不敢开门，只是从门缝里悄悄地往外望。

先跳进院里的人把大门打开，一群人便涌了进来。手里举着火把，大叫着：

"捉奸！捉奸！"

"拿双！拿双！"

母亲那面的房门被人用脚端开了。只听在屋里吼叫闹腾了一阵后，便看见钱鸿飞和母亲半裸着身子被反剪着双手押了出来。

"走，先押到大队部去！"

那伙人高喊着，把他俩押走了。

幽兰一时吓傻了。待稍微定了定神，便赶紧悄悄地尾随那一伙人往大队部走，想看看他们到底要把母亲怎么样。

大队部里灯火通明，里里外外全挤满了人。母亲和钱鸿飞被反绑在檐前的柱子上，都垂着头。办公室里一个人正在给县里打电话，只听他在电话里叽里咕噜了一阵，但一点也听不清说什么。

接着那人放下电话，出来发令说：

"县里让连夜押回城里，听候处理。"

"走！"说着几个年轻力壮的后生一拥上前，把两人从柱子上解下来，押上了停在外面的一辆吉普车。汽车一鸣笛，人们慌忙散开，车屁股一冒烟，刹那间便无影无踪了。

幽兰眼巴巴地看着母亲被押走了，发疯似地跑回家里大哭起来。甄来顺也早闻讯，跑回家里，坐在炕沿边哀声叹气。

幽兰本来准备过几天就去上学，可这下"杨荷花是破鞋"的名声传遍全县，她怎去呀！只好闷闷不乐地在家呆着。

过了不久，地、县两级联合派出一支二十几个人的工作队，进驻甄家凹。试点村的运动正式开始了。

工作队进村两个月，隐隐蔽蔽，神神秘秘，不开群众大会，不搞大的活动，整日入门串户，整个村子像黑云压城，被一种无形的恐怖气氛笼罩着。

杨荷花虽然被从县里放了回来，但成了没人敢挨的麻风病人，整天心惊肉跳，惶惶不可终日。一天，突然与其他大小队十几个干部一起被集中到白玉公社的后院，说是要给他们"洗澡"，让他们"放包袱"。一个多月，相互隔离，里外隔绝，内外夹攻。里面集中讯问，勒令交代问题，连吃饭、睡觉都专门有人跟着，防止订立攻守同盟或自寻短见。外面加紧发动群众，进行内查外调，为讯问提供炮弹，突破心理防线。杨荷花如同身陷囹圄，听不到外面的一点消息，整日在威逼、恐吓和精神折磨中煎熬。后来实在顶不下去了，但总想着钱鸿飞有肖礼作后台，会来解救她，便把钱鸿飞与她合伙勾搭、贪污大队公款的事全揽在自己身上，只要先过了这一关，以后就好说。

运动终于到了组织处理阶段。钱鸿飞几乎跑断了肖礼家的门槛，不得已还专门给郑志斌送了礼。他们虽有意放他一马，但又觉得十分为难。他的问题已经张扬出去，现在想包也包不住了。分析来分析去，认为要想让他得到宽大处理，只有把杨荷花的问题定性成敌我矛盾，是她有意把革命干部拉下水。这样，他就是因阶级立场不坚定而上当受骗，但尚可教育挽救，问题便属于干部队伍内部的问题了。按照这个思路，调查了杨荷花的祖宗三代，但都是穷得叮当响的，实在没办法上到阶级斗争这个纲上。后来还是钱鸿飞想起，有次杨荷花跟他提起过甄来顺老爷爷时家境比较宽裕，请工作队在甄来顺身上下点功夫。结果终于调查到甄来顺老爷爷时家里有几十亩地，有一年麦收时遇上连阴雨，一下子收不回来，曾雇过本村的一个人做了几天帮工。便以此为依据，得出结论：甄来顺家的成分田变时错定了，应该重新改定为"破产地主"；甄来顺本人则应该是一个一心想变天的"地主分子"。他施美人计，指使其老婆杨荷花把革命干部钱鸿飞拉下水。杨荷花是出了名的破鞋，当然应该定成"坏分子"。双双都成了专政的对象，监督劳动改造，成了进行阶级斗争教育的活教材。钱鸿飞作了深刻检查，哭哭啼啼地痛悔自己忘了本，中了阶级敌人的奸计，感激党对自己的挽救，表示坚决与这二人划清界限。虽然被撤销了公安局长的职务，但念其对革命有功，认错态度较好，仍保留党籍和工职，降为一般干部。并让他在全县干部会上现身说法，以教育广大干部提高阶级斗争观念，拒腐防变。

第二十七章　政审变奏曲

这下可苦了幽兰。她不仅成了全县有名的破鞋——戴帽"坏分子"的女儿，一到学校就被同学们在背后指指戳戳；而且正当即将高考政审之际，她的家庭出身却一下子由峰顶跌到了谷底。她怎么能承受得了如此沉重的打击呢？

她从学校跑回家哭了三天三夜，越想越觉得冤枉，越想越感到气愤。她想与母亲一起去告钱鸿飞，去找肖礼评理。

但杨荷花无可奈何地说：

"现在娘是一堆臭狗屎了，还有什么脸去告，去找？那不是坐上飞机撒尿，满世界丢人吗？如今娘是完了，你只能靠你自己了。看你有什么本事，你就去使吧！"说完，躺到炕上呜呜地哭起来了。

在家里一筹莫展，幽兰只得又回到学校。几个月来，她明白了很多，也清醒了很多。她要凭自己的本事为自己争取一个尽可能好的前程。她直接闯进万金有的办公室，一把抱住他，声泪俱下地说：

"我成了这样，你就不管吗？"

万金有正在审阅办公室干事刚刚送来的"学生家庭政治情况调查表"，准备签发，让文印室打印，见甄幽兰既不喊报告，又不敲门，就径直跑了进来，一进门就用近乎质问的口气和他说话，有些恼火，但还是尽力克制着，说：

"幽兰，不要这样。有什么事？我怎能不管呢？"

幽兰一眼看到了他办公桌上放着的"调查表"，用手指着说：

"就是这事儿！"

"你家的事，全县都知道了，你让我怎么给你管？"万金有为难地说。

"我不管你怎么管，反正你要是不把我的政审表弄好，我就把你的事全兜出去！"甄幽兰使出了杀手锏。

"别，别，别说的那么难听。我是说难办，又没说不给你办。"万金有慌了，想赶紧先稳住她。

"你要给办，还不是你写几个字儿的事。"幽兰故意把这事说得很轻松。

"哪有那么简单？这表里的内容是你们村的支部填，又不是我填。他们填的不好，我又能有什么办法？"万金有也故意夸大难度。

"你总有办法的。万书记，你不是答应要供我上大学的嘛，我已经是你的人了，你还……"甄幽兰又使出了软的一手。

"是，是，我是真心的，你一定要相信我，千万不要在外面乱讲，你的事包在我身上就是了。"

幽兰终于得到了满意的答复，心里的石头总算落地了。

临放寒假，学校发给高三每位学生一个加盖了学校公章的密封的信封，里面装的正是那份"家庭政治情况调查表"。让回村后交给大队党支部填好，再由大队党支部加盖公章密封后由学生本人带回，或由大队党支部直接寄到学校。

对于这个决定自己一生命运的高考家庭政治审查谁也不敢掉以轻心，但除了甄幽兰，那些家庭政治情况复杂的同学，谁还敢到万金有跟前去讨价还价呢？他们只有把功夫下到村里的支书身上了。

冠仁战战兢兢地把信封拿回去，和母亲商量该怎样交给党支部。母亲说：

"还是先找你远厚伯伯商量商量吧。"

远厚大伯一口答应说：

"支书是咱们姓颜的，好歹是本家，考大学是好事，应该没问题吧。让我去跟他说。"

便兴冲冲地去找支书，请求给填的好些。但支书却故意推辞说：

"他家那情况你还不清楚？不好办哪！"

远厚碰了个大钉子，只好再央求说：

"好歹是本家，冠仁那孩子你也知道会有出息，让咱姓颜的出个大学生也是为祖上添光积德的好事呀！总该通融一下吧。"

"我倒好说，可管事的不只我一个呀！不下点米怕不好说。"支书拐弯抹角地说到正题上。远厚听出了他的意思，忙问：

"你说下点什么好？"

支书放低声音说：

"咱也知道她孤儿寡母，就散上几条烟算了。"

"现在买烟要号，叫她孤老婆子从哪弄呀？"

"那就算了，拿来50元钱，我打点吧。"

"50 元？叫她到哪儿寻呀？"

"寻不下，就甭办。"

"好，好，那我去跟她说。"远厚只得把这话如实转告。母亲一听傻眼了。停了停，又狠了狠心说：

"为了孩子，花就花吧，总不能老学他爹那死脑筋，害了俺娃一辈子啊。钱俺一个老婆子一时间真的没法筹措到，就劳你把俺旧时的一件滩羊羔皮袄拿去送给人家吧，家里最值钱的就数它了。"说完抖抖地从柜底把那件滩羊羔皮袄拿出来交给远厚。

"啊？这东西太贵重了，您……"

"别说了，一会儿仁子回来看见了就办不成了。"

远厚只好抖抖地接了，赶忙离开；又赶忙去抖抖地交给支书。支书眯着眼看了看，慌慌地接了，急急地走进里间放入衣柜。出来哈哈笑着说：

"这老婆子还是能榨出油水来的，海船烂了还有三千钉呀！"

远厚忙问填表的事，支书爽快地说：

"行了，咱给她多说些好话就是了。那老婆子规规矩矩，没什么反动言行；冠仁这孩子也老实听话，表现不错。你说，咱们还能替她填什么好话？"说着便提起笔来，开始填写。远厚看着，心想：人家不送你东西，你又能怎么写？可事已至此，也无法反悔，只好如实告诉了冠仁母亲。母亲还能说什么呢？只好既是答谢远厚，也是安慰自己说：

"能这样写，咱也就心满意足，磕头谢恩了。"

成名家里连个大人也没有，效实更是个二擀子脾气，能和谁商量呢？只好自己直接去找大队支书。那毛绍祖还在气恼成名母亲偷偷跑了，连个照面也不打；红山雀儿又早在他耳边说了她许多坏话；效实回来又在暗暗调查核实他们欺负母亲的种种劣行，这事也早传到毛绍祖的耳中。他正想找个报复的茬口，成名则正好找上门来。便冷冷地说：

"放下吧。你们家的人真有能耐！还想出大学生呢？！不用劳你带了，我让人直接寄吧。"

成名自知不妙，大气儿不敢出，低着头走了出来。

那毛绍祖拍着脑门儿，使出浑身的解数，把多少年当干部积攒下的墨水儿都挤了出来，在"调查表"上歪歪扭扭地写着。字不像字，句不成句，但却字字带血，句句都是射向贾成名的支支毒箭：

老子、贾田命、反东富农分子、一个心、想反工到算、合作花了、还
和贫下中农作队、气死了

良、周喜娥、不听党的话、支书叫他干的是、他不干、坚迟反东立厂、
头跑到口外、还想变天、以为跑了、就没是了

弟、贾效实、和他老子良一羊反东、头打干部、和同学胡高、被学校开了、
回了村还和党作队、想针到支书

他自己、也很反东、和老子良一羊、……

写完，放下笔，得意地冷笑一声：

"老子叫你上大学！老子叫你上大学！"

使劲把笔往纸上一戳，表上戳开一个大窟窿，墨水洇了一大片。他也懒得管，
就那么胡乱叠住，交给大队部的人，寄到朱龙中学去了。

蓓蓓眼泪汪汪地把调查信拿给香香看：

"姐，这可该怎办哪？"

香香擦着蓓蓓脸上的泪，安慰她说：

"不要着急，我找老会计想想办法。"

这老会计原本是一个富裕人家的子弟，由于从小染上了鸦片瘾，把偌大的家
财全抽光了，到田变时早已穷得叮当响，连老婆也卖了，只剩孤身一人。结果因
祸得福，不仅成分定成了贫农，而且因为当时贫雇农中再没有识字的人，他便当
上了会计。支书、村长换了好几任，而他却一干就是十几年，也算是几朝元老了。
如今，已经五十多岁了，个子老高，但全身精瘦，两肩高耸，活像一副死人的骨
头架子，本名叫杨严珪，村里人背地里都叫他"洋烟鬼"。香香一回村，他就夸
奖她是上过高中的人，文化高，主动推荐香香当了小会计，说是要培养接班人。
老会计手把手教她打算盘、记账，在生活上对她也很关心。她很尊重这位长辈，
平时遇上什么为难的事常找他帮忙。

于是，第二天香香便拿着信封去找老会计，说：

"大伯，我妹妹高中毕业要参加高考，学校调查家庭情况。我家的政治情况
您老也知道，您说这事可该怎办？"

"这事可难办。大队的公章倒是放我这里，但大权却在支书手里。支书不
放话，我怎么敢……"

香香一听急得哭了，恳求说：

"好歹请您老想想办法，要是办成了，我们姊妹一辈子也忘不了您。"

老会计眨巴着眼，想了一会儿，说：

"这事关系蓓蓓一生的前程呀！为了你，我就豁出去了。只有瞒过支书偷偷给你填好表盖上章了。"

香香感激得不知该说什么好：

"大伯，实在难为您了，我……"

"这事关系重大，你可对谁也不能说。我悄悄回家里给你弄好，你晚上来我家取吧。"老会计叮嘱说。

"哎。"

香香开始往家里走，但心还在咚咚地跳个不停：蓓蓓有福，这回可是遇上好人了。但走着走着，她又犯嘀咕：刚才大队部又没别人，老会计给我填好，我当时就能拿上，可他为什么要拿回家去，非要我晚上到他家里取呢？会不会……她真是一年被蛇咬，三年怕井绳呀！

"我还是早点儿去吧。"香香拿定了主意，当太阳刚刚落山，天还未全黑的时候便急急地去了。大门没有关，她径直进了院子，连叫了两声"大伯"，屋里没人应。

她从玻璃窗往里看，见老会计正蜷腿躺在炕上，前面点了一盏灯，嘴里衔着一根长烟杆，像是在抽旱烟，可也不完全像。便又提高嗓音叫了声：

"大伯，我来了。"

"噢，进来吧。"香香推开门，老会计坐了起来，显得有点慌乱，"你怎么现在倒来了？我不是吩咐你等晚上再来嘛。"

"我想，太晚了不太好。"

"那有什么？……噢，当然……现在拿也可以，我倒是早给你写好了。"

"那多谢您了，现在就让我拿上吧。我家里还有事，不能多耽搁。"香香想拿上赶紧离开。

"你急什么？……唉，反正你也看见了，我也没必要瞒你……"老会计指着炕上的烟具。

"大伯，这是什么？我从来没见过这东西。"

"漫说你，我看就是他们公社书记也没见过。"

"那是……"

"你一定知道，村里人不是都叫我'洋烟鬼'吗？这就是抽洋烟的家伙。"

"啊？你老现在还……"

"你看，我这过的不是神仙般的日子吗？来，既然你来了，我就给你点上一个泡，你也尝尝这做神仙的滋味……"说着就开始为她点泡。

"不，不……"香香吓得手足无措。

"这如今可是稀罕东西，金贵着哪！就是县委书记来了，我也舍不得给他！我是看你见着了，才……莫非你想告我不成……"

"我，我，不，我哪会……"香香真不知该如何办。

"我知道你也不会……来，还是抽一口吧，就一口……"便不由分说，把香香拉上炕，把烟枪放在香香口中。

"过瘾吧……""洋烟鬼"嘿嘿笑着，也躺了过来。

"嗯……大伯，天不早了，把表给我吧。"香香已意识到下面将会发生什么，但又不敢稍有反抗——她很清楚，那样将前功尽弃。只得隐忍着，巧妙周旋。其实她一口也没敢吸，只是做了做样子，当然也没尝到"过瘾"究竟是啥滋味。

"……好吧。"老会计眨巴了眨巴眼睛，显然极不情愿、但也没敢再坚持让她吸，慢条斯理地起来把填好的表交到香香手里。

香香两手颤抖地接过表来，来不及细看，一扭头，疯一般地逃了出来。

香香急急地回到家里，过了很长时间才定下神来，对蓓蓓说：

"调查表的事办好了，你可一定要好好学习，考上大学！"

蓓蓓一听，泪水就止不住流出来了：

"多谢姐姐，我一定为娘和姐姐争气，考上大学！"

她看着姐姐，感觉香香脸上好像有点异样，不安地问：

"姐姐，老会计他没有为难你吧？"

"没有，没有。老会计挺关照咱们的，你就放心吧。"

农历正月十七，高中的最后一个学期开学了。

一封封学生家庭政治调查信由学生本人直接递交或大队党支部通过邮局寄送到了学校政治处。政治处主任拆封后进行逐一审查，拟出初步"政审意见"，另纸写出，并一一向领导汇报。然后，与教导处保管与审定的学生三个学年六个学期的各科考试成绩表与操行评语鉴定表合在一处，装入高考档案，进行分类整理，报送学校党委。最后，由分管副书记综合学生家庭政治情况、学业成绩和操行评定等各方面情况，在"高考政审结论"一栏内签注校党委意见，并加盖校党委公章。

公历四月的第一个星期一，刚一上班，学校政治处干事便按照主任吩咐，将一摞摞经过政治处多次核实与审查的学生高考档案按既定的分类整齐地摆在了校党委副书记万金有的办公桌上。

上午十点，万金有在与郝文正书记秘密商谈一个多小时之后，缓步回到自己的办公室，顺手拿起通讯员早为他泡好的茶呷了一口，坐到了靠椅上。他随手翻了翻桌上的学生档案，点燃一支香烟，吸了一口，望着眼前盘旋而上的烟圈，凝目静思了一会儿，神态怡然地地拿起了金笔：

"江山是他们的老子打下的，他们自然该……"他这样想着，"保证录取"四个字已写在了"结论"栏内。"是不是还应该更……""是'保证'好呢，还是'优先'好？"他踌躇了半天，还是分不清哪个更好些，只是模糊地觉得好像"优先"更好听点，便又小心翼翼地把"保证"两个字用橡皮擦掉，改成"优先"。为慎重起见，还特地在"优先"这两个字上又加盖了一枚公章。完了，不知怎的，叹了一口气，"嗨，其实写什么还不一样？你这么用心，人家哪知道呢？有谁会领你这个情呢？还不如……"

他这样想着，从另一摞档案里专门找出一个人的来，摊开在桌面上，差一点就把"优先"两个字写进"结论"栏里了。"啊呀，不行，这风险可太大了！弄不好要坐牢的。""供她上大学，那也太傻了吧。谁知道四五年以后，她、我，以至整个国家会是什么样子呢？"他还未想完，"优先"已经变成"可以"；待等他完全想清楚以后，"可以"则最后定格成"不宜"了。

"签个'政审结论'还用得着这么费脑筋，我今儿个这是咋了？莫非还真的按校务会上说的，要综合考虑学生家庭政治情况、学业成绩和操行评定等各方面的情况才能下结论吗？光逐个看那学业成绩和操行评语得多少时间啊，那要弄到猴年马月，把我累死呀！这个班的学生，哪个我不清楚？闭着眼都能给他们写'政审结论'！"想到此，他兴奋起来了，志得意满地拍了一下桌子，端了端身子，大笔一挥，一份份档案便在桌面上一晃而过：

"像这样的，写个'可以录取'，那真是照顾你们了。"

"像这样的，那就只能'限制录取'！你们就听天由命吧。"

"像这样的，除了填'不宜录取'，还能有别的？"

"像你这样，自己就应该有自知之明，还考什么大学？"

"哎呀，你还想考大学，做梦去吧！"

……　……

万金有手中的金笔龙飞凤舞，签字的工作轻轻松松，一个多小时便完成了。但笔下却不知扼杀了几多才俊，造出了几多冤魂，多少人一生的命运就这样被草草地判定了。

但他们却仍然天真地憧憬着自己美好的未来。

报考文理科的大方向都已确定，报考的具体学校也在各人的心中悄悄酝酿。高考临近，同学们个个紧张而勤奋，特别是像冠仁、成名、蓓蓓这些家庭政治上有问题的同学更是从这学期起，星期日从不回家，把休息日的时间全都用在学习上，每天连饭后的时间也大都充分利用起来，晚上则夜以继日，挑灯夜战。

冠仁为了更扎实地打好语文的功底，早在高二时就开始利用课余时间仔细阅读《四角号码词典》和《汉语成语小词典》，到现在已通读了三遍。为了提高写作能力，从高三开始又给自己定下一天写一篇文章的要求，可又实在抽不出时间，便想出在每晚就寝后闭着眼睛打腹稿，在进入睡眠前将要写的文章在脑子里基本酝酿成熟，然后第二天用早饭后二十分钟的书法时间下笔成文，既练了书法，又练了写作，一举两得，真是绝妙之至。还把数学上的公式、定理，语文上的名言、警句，历史上的人物、年代，外语上的变格、变位等最精要的知识全都记在一个小笔记本上，随身携带，走到哪儿学到哪儿，甚至连上厕所时也在学习，真是做到了分秒必争。

一次，到县大礼堂听一个政治报告，学校政治处的人不时巡查，祝老师看到冠仁正在看他的小笔记本，唯恐被那些人没收，赶紧先收了。事后，祝老师把冠仁叫到跟前，把小本子递到他手里，关切地说：

"多险哪！要是让那些人收了去，你多时费心写下的不是全完了吗？如果再让他们当政治问题处理，你还受得了吗？"

冠仁诺诺连声，从心底里感谢祝老师的关怀。

成名准备考理科，感到负担更重，整日陷在题海里，心无旁顾。他除了要做题、记忆外，还得经常跑仪器室、实验室。

三月初，在监狱里度过近两年的孙如腴和梅艳琦因当年吕万忠的交待纯属子虚乌有而无法定罪，终于被放出来了。同学们非常高兴，正当高考临近冲刺之时，能有这样的"小电灯"老师上课，那对他们岂不是如虎添翼，更加胜券在握了吗？可谁知正当同学们翘首企盼聆听仙乐的时候，却传来上级指示，说这两位老师虽然被释放，但仍有反革命嫌疑，不准登讲台，只能做教辅工作。校领导只好安排孙如腴去图书室，梅艳琦去实验室，帮管理员打杂。同学们听说后纷纷找学校领导，强烈要求让两位老师给他们上课。有的还鼓动殿维去向他爸反映请求，殿维也想让孙老师给自己补补数学，盼望高考能发挥得更好一些，回家便真的去求了。

校领导当然也想高考能考得好一些，便向县领导反映了学生意见，请求能否宽容一下。郑志斌考虑再三，认为这是原则问题，而且现今正当社教运动期间，正式安排上课绝对不行，但又考虑到高考急需，特别是担心自家儿子数学考不好，便答应可以打打"擦边球"，暂时允许这两位老师在下面做些辅导。

于是，同学们便利用课余和自习时间纷纷跑到两位老师的办公室请教，简直把那小小的办公室都快要挤爆了。孙、梅两位老师，看到有如此多的学生勤奋好学，非常高兴，一扫心中的阴霾，为能接纳更多的学生，经请示校长，得到允许后，便利用晚上阅览室和实验室不向全校学生开放的空档在那里接待学生，常常辅导到深夜。特别是像冠仁、亚心、成名、蓓蓓等这些学习特别刻苦的学生更成了这里的常客。成名报考理科，物理是最难的一门课，他几乎每天下午活动时间都要去实验室在梅老师指导下做实验。完了，就主动帮梅老师准备各年级的实验，从中学到不少实验知识，掌握了更多的实验技能。数学文理科都考，是最重要的一门课，他们四人更是每晚必到阅览室请孙老师辅导，相约共竞共勉，同始同止，几乎每次都是去的最早，走的最迟。

这天是星期六，规定不上晚自习，学校也不打铃，他们一吃完晚饭便去了阅览室。孙老师给他们讲了好几套典型的模拟题，学得把时间都忘了，等到都感觉脑子有点昏昏沉沉，才发现偌大的阅览室里除了他们四人外其他同学早走了。天一定很晚了，感到实在太打扰孙老师了，这才向老师道了别，走出阅览室。

暮夜月明，参斗横斜，桃花似雾，柳丝如烟。他们顿感空气清新，心旷神怡。这时礼堂中门上方悬挂的大钟，正发出清脆的报时声，已是下夜一点。

"啊，时间不等人哪！"冠仁不由得心潮起伏，随口吟出一首诗来：

> 薄雾轻烟绿衬红，
> 月满参斜喜且惊。
> 喜见桂枝舞蟾宫，
> 惊视炉火未纯青。

亚心在旁边听见了，连声说：

"好诗，好诗！即景抒情，催人奋进。"

冠仁有些不好意思，忙谦逊地说：

"不敢当！我只不过随口吟来，不合韵律，聊以抒发一下此时此刻的心情罢了。"

"你要是炉火还未纯青的话，那我们简直就是连火苗都还没烧起来呢。"成名正好听到了最后一句。

"快别这么说，上学期期末考试，你的物理成绩不是比我的还高吗？"

"那是碰的。况且你考文科，我考理科，我物理比你强一点又能说明什么呢？"

"照你这么说，那我更是马尾提豆腐，没法提了。我考文科，可连语文都还比你低很多呢。"蓓蓓对成名说。

"可你早在初中就入团了，而我呢，恐怕到高中毕业也解决不了了。"成名心事沉重地对蓓蓓说。

"我入团了，顶什么？和你俩还不是一样！"

"这是最最熬煎人的。"冠仁心事更沉重，刚刚生发出的那点开朗心情荡然无存。

亚心真不知该如何劝慰他们，大家一时都沉默了。

冠仁上小学时，任学校少先队的大队长，上初中时也一直是学校重点培养的入团积极分子，到初中毕业时填了志愿书。但当时学校和村里无权批团员，报到公社团委审批时，众人一看他的家庭出身和直系亲属情况，都皱起了眉头。研究的结果是：本人表现不错，但需长期考验，可继续培养。就这样加注了意见，把情况介绍到高中学校。

上了高中，这几年上面对阶级斗争抓得越来越紧，特别是冠仁失踪复归以后，各级政工部门根据县委指示已早把他列为内控对象，实际上等于在政治上已把他判了死刑。但天真的他还满以为只要自己与家庭划清界限，积极要求进步，在各方面表现突出，入团还是有希望的。所以他不仅学习勤奋，成绩优异；而且劳动积极，踏实肯干；更突出的是道德品质好，在学雷锋活动中处处助人为乐，把好事走到哪儿做到哪儿。还真心诚意地从思想上深挖自己所受的地主阶级影响，经常向团组织递交入团申请书，写书面思想汇报。这学期开学那天，母亲突然发高烧，一天昏过去几次，他不能按时到校报到。但还是在晚上趁母亲睡了以后，赶写了一份入团申请书和假期思想汇报，第二天一早，托亚心转交给团支部，以表达自己早日加入团组织的渴望心情。祝老师、柳亚心这些人也从各自的方面为他尽力，希望能让他如愿以偿。但却连上会研究的机会也没有就被无端地否决了。连他们也对他的入团完全失去信心，只是不忍心直接对他说破。可蒙在鼓里的他，到现在还在做着好梦，幻想能在毕业前实现这一愿望。

与冠仁相比，成名的处境要好一点。他只是家庭出身富农，父母又没有更严重的政治历史问题；在班里学习成绩数一数二，各方面表现都很突出。这学期祝老师又让他当上学习委员，他工作勤勤恳恳，任劳任怨；性格又温顺和善，从没和任何人发生过口角。班里的干部大部分原来就已是团员，上学期柳士威和胡善行也都先后入了团，现在干部中不是团员的就他一个人了。按说在毕业前解决组织问题还是有可能的。但他有点太老实，脑筋不会转弯子。本来他是干部，与团支部、班委会的人接触比较多，应该有意地走得近一点，可他却与郑殿维、钱步云这些人都比较疏远，和肖天娇更是很少搭话。就是和蓓蓓相爱，因而和亚心熟一点。但蓓蓓连组织活动都不让参加了，根本帮不上他一点忙。亚心倒是一心想帮他，在一次研究发展团员的会上提出了他，可很快就被其他人否决了。说他出身富农，又和地主子弟走得近（这当然是指他与冠仁的关系了），相反，却看不起贫下中农子弟，阶级立场还没有转过来，还需要再考验一段时间。会后，亚心通过蓓蓓把团员们的意见转告了他，要他以后注意。他却认为自己那根本不是什么阶级立场问题，而是近君子远小人。这不，现在他又和冠仁在一块儿。这当然还只是说团支部通过这一关，至于校团委那一关，有万金有在那里一夫当关，恐怕更是万夫莫开了。

"考大学毕竟主要还是看成绩的，只要炉火纯青，定会蟾宫折桂！"亚心还是从冠仁的诗中找到劝慰他们的最好语句。

"但愿如此！"

这时，不知从哪里传来几声猫头鹰的尖叫，在宁静的春夜显得格外瘆人，他们都不由得惊惧地望着远方……

第二十八章　海中女尸

学习越来越紧张，紧张得仿佛空气都凝固了，似乎在这里除了学习之外，什么东西都挤不进来。

今年的天气也特别怪，五月了，还是乍寒乍暖：有时候，只穿件二股筋背心也是汗流浃背；有时候，即使穿上夹衣还打颤颤。闹得老不回家无法取衣服的同学只得两下里受罪。

语文课已讲到最后一个单元——戏剧单元了。今天开讲关汉卿的《窦娥冤》。祝老师在简略地介绍了关汉卿的生平和《窦娥冤》的基本情节后，开始范读课文。课文选的是第三折，这是全剧的高潮。同学们都沉浸在悲剧的气氛之中，教室里鸦雀无声，只听见祝老师那高亢激愤的声音：

> 有日月朝暮悬，
> 有鬼神掌着生死权。
> 天地也！
> 只合把清浊分辨，
> 可怎生糊突了盗跖、颜渊？

冠仁看着课本："跖"，这是他见到的为数极少的"石"字旁在右边的字，更引起他深思的是这个字竟和"盗"连在一起：

"盗跖，颜渊！"

"盗跖，颜渊！"

他不停地念诵着这四个字，祝老师的声音继续震击着他的耳鼓：

> 为善的受贫穷更命短，
> 造恶的享富贵又寿延。
> 天地也！

做得个怕硬欺软，
却原来也这般顺水推船！
地也，
你不分好歹何为地！
天也，
你错勘贤愚枉做天！
…… ……

　　他的心又飞到了覆华山顶。那两个老者设赌的梦境又浮现在他的脑际。那"□
石 言□"两个大字又在眼前晃动。
　　"《跕语》，是《跕语》，一定是《跕语》！"
　　他几乎喊了出来。但意识在那一瞬间又返回到现实中来：这是在课堂上！他
环顾了一下周围的同学，见大家并没有注意他，便赶忙让自己镇静下来。这时，
又只听见祝老师的声音：

你道是暑气暄，
不是那下雪天，
岂不闻飞霜六月因邹衍？
若果有一腔怨气喷如火，
定要感的六出冰花滚似绵，
…… ……

　　正在这时，忽听门外一阵急促的呼喊声传来：
　　"冠仁！冠仁！"

浮云为我阴，
悲风为我旋，
三桩儿誓愿明提遍。
那其间才把你个屈死的冤魂窦娥显。

　　祝老师读完，走下讲台，推开教室门，对呼喊的那人说：
　　"有事请下课后再找。"

那人回过头来，急切地请求说：

"老师，颜冠仁是不是在这个教室里？实在对不起，他家里出了大事，得赶紧叫他回去。"

祝老师看出事情紧迫，就说：

"那好，我叫他出来。"

同时回过头来：

"冠仁，你家里有急事，快回家去吧。"

冠仁急急地跑出教室，一看，是远厚大伯，忙问：

"大伯，你怎么来了？是不是我娘病了？"

"嗯，是……还有别的事……冠仁，咱们快回去吧。"

说着，便拉起冠仁往外走。

路上，远厚大伯才边走边把事情经过简略地向冠仁讲了讲：

那天是冠仁的生日，他虽然由于学习紧张不能回去，母亲还是专门做了一顿高粱面饺子，祝愿孩子"交"好运，今年能考个好学校。饭吃得比较迟，饭后姐姐出去了，母亲在家做针线活。可夜里很晚了，英子还没回来。母亲有些心焦，出去找了半天，没有见着；又和远厚一起跑遍了全村，也不见人影。母亲急得一夜没睡，到第二天仍不见英子回来。母亲急病了，远厚大伯问是不是叫冠仁回来，母亲说他快高考了，不到万不得已，先不要惊动他。还是托远厚大伯四处寻找。可三四天过去了，还是不见踪影。母亲整日坐卧不宁，越想越怕：怎么偏偏在儿子生日这天女儿失踪，莫非今年有灾星？昨天晚上又做了一个噩梦，梦见英子跑到山凹的树林里被一群恶狼撕咬得遍体鳞伤，血肉模糊，她赶去与恶狼扑斗，也被恶狼咬住了喉咙，叫也叫不出声来。醒来就觉得喉咙嘶哑，头昏眼花，起来一下炕，眼前一黑，就昏倒了。远厚大伯赶到时，母亲还躺在地上不省人事。便赶紧叫了几个女人掐人中，好半天才回过气来，嘴里还喃喃地说："英子被狼叼走了！英子被狼叼走了！"远厚大伯叫他女人在跟前守护着，他自己就三步并作两步地跑到学校叫冠仁赶紧回去。

冠仁跑进屋里。母亲半躺在被褥上，两眼紧闭着，脸上苍白得没有一点血色。听见有人进屋，吃力地睁开眼，见了冠仁，也不说别的，只是迷迷糊糊地说：

"英子被狼叼走了，快，快，快去找，快去找……"还没说完，便又把眼合上了。

冠仁鼻子一酸，就趴在母亲床前啜泣起来。众人赶忙相劝。远厚大伯正色说：

"冠仁，现在你姐几天了，仍无影无踪，你娘又病成这样，家里就全靠你一个人了。你也不小了，可不能只顾哭泣，要立起骨头来！"

冠仁站直身子，点点头，擦了一把眼泪，说：

"大伯，你说现在该怎办？"

远厚说：

"你娘只是一下子急攻了心，气迷了，不会有太大危险，有你大娘在跟前照料就行了。你现在最紧要的是赶紧到公安局去报案，请他们帮忙去找。另外，你也可以写上些'寻人启事'，各处张贴，兴许会有你姐的下落。"

冠仁听了，说：

"那我现在就去报案。"

便顾不得吃饭，就又赶紧跑到县公安局。公安局还未上班，一位值班的干警听说有位姑娘失踪，也挺着急，忙让冠仁把具体情况写成报案材料，还拿出一份表让填好一并交上去。冠仁趴在屋外的台阶上写了一中午。刚写好，一位领导模样的人走进办公室，冠仁慌忙把材料和表递上去。那人大致看了一下，不客气地说：

"地主家的疯闺女丢了，还报什么案？谁知道她干什么去了。我们不追究就算便宜你了，回去自己找去吧！"说着把表和材料撕了个粉粉碎。

冠仁又气又急，可又不敢发作，只好央求说：

"不能报案，能不能帮忙找一下？有了消息，告我们一声。"

那人懒得再答理他，说：

"你走吧，有消息通知你。"其实早不把这当回事了。

冠仁也听出是在下逐客令，心知无望，只得憋着满肚子的气跑回家。

经过远厚大娘的精心护理，母亲总算清醒过来了，但还是念念不忘梦中的事，流着泪对冠仁说：

"你姐托梦来了，她是被一群恶狼吞吃了。你明天快进山里找去吧！"

冠仁虽不相信托梦的事，但觉得姐姐疯疯癫癫，跑到山里遇上恶狼也是有可能的。于是第二天便同远厚大伯去附近的山里寻找。要是真的被狼吃了，也总会留下点衣物、尸骨的痕迹吧，可漫山遍野找了几天，一点踪迹也没有，也没有打问到一点有关的消息。

实在再无别的办法可想，母亲又惦着冠仁即将高考，就安顿他还是先去上学吧。冠仁既不放心母亲，又记挂着姐姐，不想离开。最后，还是经远厚夫妇左劝右劝，冠仁才牵肠挂肚地离开家到了学校。

端午节快到了。朱龙县本来有端午节"祭屈原赛龙舟"的习俗，但新国家成立后认为那是封建迷信，就改成了"迎七一争上游"的名目。虽名上是迎七一，但一般仍在端午节这几天举行。今年县里又决定在夏瀛海举行规模空前的龙舟比赛。全县各公社和县直各机关、厂矿、学校都组队参加。前两天举行预赛，端午这天举行决赛和颁奖。

朱龙中学也停了课，全体学生都必须参加，连即将参加高考的毕业班学生也不能例外。冠仁一心记挂着失踪的姐姐，本来没有心思去看什么龙舟比赛，倒是亚心想到这么大的热闹场面正是寻人的好机会。如果能在比赛大会的高音喇叭里广播一下，全县的人就都知道了，还愁找不到？可是跑去和人家讲了，大会的组织者却说，这样隆重的迎七一喜庆大会怎能播不吉利的寻人启事，结果被拒绝了。最后只好由冠仁写了几十张寻人启事，由士威、亚心、成名、蓓蓓等同学们帮助散发张贴。恳请有知道线索的人与朱龙中学毕业班的颜冠仁联系，必有重谢。

得胜门和双乳飞瀑前的北堤上都搭起了彩棚，整个西堤和北堤上每隔几十米都插着一面彩旗，一片喜气洋洋的气氛。三天来，看热闹的人纷至沓来，整个西堤和北堤上都站满了。到端午这天，更是热闹非凡，连朱龙山和双乳山南面的山坡上都挤满了人，整个夏瀛海上人山人海。

郑志斌也亲临现场，亲自打响发令枪。参加决赛的两个队——城关公社的农民队和县机械厂的工人队奋勇争先，互不相让，齐头并进。龙舟上的加油号子和堤上啦啦队的鼓劲锣鼓响彻整个夏瀛海。就要驶到双乳飞瀑前了，两只龙舟都像插上了翅膀，要飞起来一样。离终点只有百十米了，所有人的眼睛都聚焦到这里。可不知怎的，城关公社农民队的那只龙舟像突然被什么东西在水下绊住了，尽管龙舟上的比赛队员们都使出了吃奶的气力，但龙舟还是艰难地缓缓往前行进。

"怎么了？那是怎么了？"四野的人都瞪大了眼。

"快，跳下水去看看！"队长紧急命令。

一个比赛队员应声跳了下去，钻到了船底。

"有个重东西挂到了船底上，拽也拽不下来。快！再下来个人，帮我一把！"

又一个比赛队员应声跳了下去。

他俩用尽全力，好不容易才把那个重物从船底上拽了下来。龙舟一下子轻快了，飞一样地冲到终点。可是，他们已经远远落后了。此时，机械厂的工人队早已到达终点，队员们在龙舟上互相拥抱着欢呼起来。城关公社农民队的队员们傻眼了，发疯似地捶胸顿足，简直要把船板都弄塌了。这时，水下的那两个队员把那件重物托上了船：原来是一条不知里面装了什么东西的麻袋，扎口的绳子套在船底的钉子上了。

"就是这鬼东西把我们给搅了！"

队员们怒骂着，大家一齐用力，好像要把所有的怨气都发泄到这条麻袋上，要把它千刀万剐似的，高高地抛起，扔到了堤岸上。

那东西重重地摔到了地上，经过多日浸泡的麻袋撕裂了，里面的重物甩了出来。一股恶臭立刻呛得周围的人呃逆不止，几乎吐了出来，慌忙掩住口鼻，用眼一瞅：

"啊呀，我的妈呀！原来竟是一具腐烂的人尸！"

人们吓得丧魂失魄，后退不迭，一下子向后仰倒了一大片，又张慌失措地赶紧爬起来往后面的人堆里钻。纷纷呼喊着：

"吓死人了！吓死人了！"

这意外的事件把大会组织者也惊得目瞪口呆，不知所措。决赛名次一时也难以确定。紧急磋商后匆忙决定颁奖仪式暂缓举行，现场观众尽快撤离。也顾不得这是庄严隆重的喜庆大会了，只好通过高音喇叭发出通知，说现场发现一具尸体，恐发生意外，劝人们紧急疏散，如家中有人失踪的，请家属速来辨认。人们惊魂甫定，又受好奇心驱使，迟迟不肯离开，人潮反而向堤上涌来。只好紧急调动公安局的刑警挥舞警棍驱散人群。

"又要踩死人了！又要踩死人了！"

"七七惨案"余悸尚存，人们再不敢往前挤。经过两个多小时，才终于把人群赶到几百米以外。同时，经法医初步检查，死者是一位女性；由于多日浸泡，面目已无法辨认；至于其他事项，还需作进一步的尸检，方能确定。于是派人将尸体放到一块临时找来的门板上，抬到附近的一个山洞里。

在堤上的冠仁、士威和远厚、柳忠等都听到了广播，不约而同地去现场向公安刑警反映了英子失踪多日的情况，得到允许，便去洞中辨认。

一张面目全非的脸一下子扑入冠仁的眼底，刺得他顿觉一晕，差点跌倒，赶紧把视线从脸上移开。一眼就看到了上身穿着的花格子粗布衫子和下身穿着的打了灰色补丁的蓝裤子，虽经多日浸泡，已大大变形，但还是一下就可辨认出来。

"姐姐，是姐姐！"

冠仁哭喊着一下子昏了过去。

远厚和柳忠赶紧把他抬出了洞，好大会儿冠仁才回过气来。他们还是一直搀扶着他回到家。

这时，母亲在村里也从街坊口里听说了此事，但还是不敢也不愿往那方面想：不会的，不会的，我们家的英子怎么会到了水里呢？……还总是存着一丝希望，在心里祷告着，绕地打转转：求神灵保佑，千万保佑我的英子平安归来……

一见远厚和柳忠扶着半昏迷的冠仁回来，心底的游丝一下子绷断了，两眼一黑，便朝后栽了下去。远厚大娘赶紧从后面搀住，众人一起才把他们母子扶上了炕。

天黑了，母亲还没有醒过来。气息微弱，不时发出一声粗气，真让人焦心。

夜半了，冠仁却比白天还要清醒，脑子里一幕幕地过着电影，突然撕心裂肺地呼喊起来：

"姐姐，姐姐，你死得好冤呀！"

但他立刻意识到：这会惊坏母亲的。赶紧掩住被子，强忍着悲痛，屏息落泪。可母亲还是被惊醒了，被从虚无缥缈的太空拉回到现实中来了：英子不在了，我的英子真的不在了！她用柔弱的手抚摸着仁子的头：

"孩子，哭吧，咱们就放声地哭吧！"母子俩抱着哭成泪人，寂静的场院传出阵阵悲泣声。

夜已经很深了，但还是无法入眠，就这样在凄风苦雨中捱过了一夜。

第二天，公安局又派人来验尸，附近村里的人都跑去看。公安人员只让村治保主任颜克俭和他挑选的三两个基干民兵在旁边帮忙，一百米以内不准人靠近，人们只能远远地站在半坡上张望。

整整验了一个上午，公安人员没有透露任何情况，只是告诉冠仁家说：

"可以埋了。"

冠仁的二爷爷颜克勤、三爷爷颜克俭都来了，在一起商量安葬的事。冠仁年纪还小，从未亲身操办过这事；母亲又病着；按照当地的风俗，屈死的人连村也不能进。他只好听从大家的意见，草草找了个地方把英子埋了。

破案的事情，几天过去了，仍没有一点消息。

这天傍晚，冠仁正陪母亲坐着，颜克俭忽然跑进来告诉说：

"案子破了，原来是颜远厚干的，公安局已经把他逮起来了。"

冠仁母子听了一愣，母亲喘着气说：

"远厚？不可能吧。他一直对我们家，对英子都很好，怎么会……"

颜克俭说：

"知人知面不知心哪！我早就说远厚不是好人，你们就是不相信，这下出事了吧。人家公安局检验过了，那条装尸体的麻袋就是颜远厚家的。是他把英子糟蹋后弄死装进麻袋扔到夏瀛海的，这还能有假？"

"造孽呀！……"母亲一句话还没说出来就头晕得瘫软在炕上。

"英子是我的侄孙女，这事我能不着急？亏我给人家公安局说了那么多好话，人家才抓得紧，这不，没几天就破案了。这下，英子的仇总算报了！"颜克俭还在滔滔不绝地说着，见母亲不答声，这才发现是晕过去了，"仁子，好好照看你娘。等她醒过来后，你们商量一下，有什么要求，对我说，我可以和公安局讲，绝不能轻饶了他！我还有事，就先走了。"

这一突如其来的消息把冠仁弄蒙了。夜很深了，母亲也好像昏昏沉沉地睡去了，但他却怎么也无法入眠。

姐姐真的死了，真的，是他亲手把姐姐的遗体放入棺材，又亲手在墓穴中培上了第一锹土。但他无法忘掉姐姐那张面目全非的脸。姐姐，他的可爱的姐姐，也曾有过一张活泼红润的脸。在他刚记事的时候，就记得是姐姐整天抱着他，引着他玩。可在那一夜之间，姐姐那张活泼红润的脸却变得呆滞灰暗了。姐姐疯了，疯得几乎任何时候都不清醒，什么事情都忘记了，但姐姐却唯有一种时候是清醒的，一件事情没有忘记，那就是当她和弟弟在一起的时候，表现出的那种对弟弟的深深的爱。什么好衣服她都舍不得穿，要让弟弟穿；什么好吃的东西她都舍不得吃，要让弟弟吃。只有当她在看着弟弟的时候，眼里才会放出光彩。在弟弟看来，她的姐姐始终是美丽的，可亲可敬的，他是离不开姐姐的。可如今竟然在他生日那天，姐姐却永远离开他了。这是老天的安排，还是姐姐的选择呢？

姐姐那张面目全非的脸又浮现在他的眼前。竟然会是颜远厚干的，他真是不敢相信！人心真是难测啊！自打只剩他们母子三人以来，本家族人很少有常来关照的，只有远厚大伯常帮他家做事，有了为难的事，也是他常常帮忙出主意，想办法。他们一直把他当成村里本家中最亲近的人。这次姐姐失踪，也是他到学校把我叫回来的。怎么一点也没有发现他有什么可疑之处呢？他竟然装得那么像？再说，他与我家从来未发生过什么矛盾，没有任何利害冲突，他为什么要平白无故地杀害姐姐呢？

按三爷爷说，是他先糟蹋了姐姐。可他已是近六十岁的老头子了，家中又有老婆，能把姐姐弄到什么地方呢？姐姐又常去他家，怎么以前从来没有发生过他有意调戏侮辱姐姐的事呢？先把人弄去，强暴了，再掐死，然后装进麻袋，最后弄到夏瀛海边，投进飞瀑，这都是一个六十岁的老头在很短的时间内干完的，真是不可想象！

噢，对了，那晚他还和母亲绕全村找了姐姐大半夜呢！他也真能装？！

可又不能不信，据说有他家的麻袋作证。如果不是他，又会是什么人呢？又怎么能弄到他家的麻袋呢？……

冠仁越想越理不出头绪，朦胧中仿佛听见一个老太婆嘶心裂肺地哭着往他家这边走过来了，声音越来越大。冠仁赶紧推推母亲，母亲也隐隐听见了哭声，母子俩赶紧起床，开门出来想看个究竟。

一个疯疯癫癫的老女人一下子闯进门来，抱着母亲又哭又叫：

"哪个丧尽天良的，杀害了英子姑娘，却诬害我们家老头子！他婶，你说我们家远厚是那种人吗？"

母亲无言以对，也哭泣起来。冠仁怕两位老人哭得过于悲伤，发生意外，忙在旁解劝说：

"大娘，别太伤心了，事情总会有个水落石出，不会冤枉好人的。"

又过了几天，从城里传来消息说，公安局用尽了种种刑罚，可颜远厚却死活不招，大喊冤枉。没有口供，公安局无法定案，只好暂时把颜远厚收监。又组织了一些调查，但也没有找到什么确凿的证据，也没有发现新的线索。

这样，一件无头命案也就慢慢放开了。

第二十九章　无声的音节

　　眼看高考一天天临近，母亲一再催促，冠仁只好强忍悲痛，含着泪花告别母亲，回到学校投入到紧张的复习之中。亚心劝慰着冠仁，把这一段的听课笔记一页一页指给他看，一道题一道题地为他讲解。冠仁把全部精力用在学习上，以此冲淡失去姐姐的悲痛。两人互勉互励，向知识的制高点冲刺。

　　但他们哪能想到，天大的灾难正在向他们悄悄逼近。没过一个星期，离高考只有十几天了，一个炸雷般的噩耗传来：

　　柳忠在开山点炮眼时没来得及躲开，被炸得血肉模糊了！

　　士威、亚心和冠仁一起匆匆跑到医院。医生心情沉重地对他们说：

　　"头和内脏都严重损伤，失血过多，恐怕保不住了。你们快进去，见最后一面吧。"

　　三人哭着跑到病床前。柳忠满脸除了眼睛、鼻孔和嘴以外全部缠了纱布，气息已很微弱。他一看见孩子们进来，眼睛立时有了光，嘴唇开始翕动，但几乎没有声音发出来。孩子们只能从嘴形上大致揣摩出一两个不完整的音节来：

　　"……hai……ba……"

　　一点也听不懂父亲要表达的意思，士威和亚心急得哭叫着：

　　"爹，爹……"

　　冠仁也哭叫着：

　　"大伯，大伯，您说……您说……"

　　柳忠像是听见了孩子们的哭叫，使劲地把两只手抬起来，一只手握着士威和亚心，一只手握着冠仁，两只手颤抖着，食指伸出来相对，用力地往一起靠，眼珠子瞪得铮圆，嘴唇翕动，像在发"ba—"的音。三个孩子都把耳朵紧贴到柳忠的嘴边，但还是什么也没听到，急得不住哭喊。这时，柳忠的胳膊一下子耷拉到床沿下，两眼圆睁着，嘴唇停止了翕动，再也喊不醒了……

　　三个孩子趴在床沿边放声大哭起来。

天塌了，两个还未成年的孩子如何能支撑得起来？好在柳忠的死属于工伤事故，采石场和柳下大队都派了人帮忙料理后事。在三天头上，好歹总算入土为安了。

父亲突然遇难，对亚心的打击太大了，素来坚强的她简直有点支撑不住了。她在心里问着自己：

亚心呀亚心，难道你真的是恶根祸胎？怎么你一生下来，母亲就被阎王掳去；你还未成人，父亲又遭此飞天横祸？你到底还要妨害你的多少亲人哪？想到这些，她真有点不寒而栗。可我到底做错了什么呢？我在苦难中长大，但从未怨天尤人；对任何人都不苛求什么，自己也不奢望什么。虽说她知道自己有时很要强，但她可以对天发誓，自己对任何人都没有使过坏心。她相信世上总还是好人多，她也觉得凡和她接触的人，无论亲的疏的，近的远的，一般来说对她还是不错的。可偏偏老天为什么要如此对待她呢？

她忘不了父亲临终那圆睁的双眼，那翕动的嘴唇，那颤抖的双手。父亲一定对她放心不下，一定想要告诉她些什么，嘱咐她些什么。可自己却没能听懂一个字，这真是她一生的遗憾。她怎么这么笨呢？现在父亲已经永远地离她而去，她只能凭揣测来理解父亲的临终嘱咐了。父亲临终时通过嘴唇翕动表示的那几个音节，"hai"，显然是"孩"，"ba"，显然是"爸"，是父亲要对他的孩子嘱咐。父亲用颤抖的双手分别握住她和冠仁，并用力地往一起靠，显然是要将她的终身托付给冠仁的。想到这里，亚心不由得脸热心跳起来。她们两家可以说是患难之交了，她与冠仁更是早就心心相印。父亲确是深深地了解女儿的心的。但世事难料，她和冠仁的将来能如愿以偿、一帆风顺吗？想到此，她又不由得潸然泪下。她觉得，父亲把颤抖的双手往一起靠的时候，眼睛里表现出的并不是一种欣慰，而是一种她到现在也捉摸不透的神情。两眼圆睁，嘴唇发出"ba—"的音节，这是要告诉她什么呢？是预示着自己将来命运多舛，还是父亲的突然遇难有什么意外的原因呢？在这几天采石场的人们帮忙料理父亲丧事中，她也明显看到他们有一种异样的表情，但自己一时又想不出个所以然来。她深知冠仁是最善于进行思维推理的，在这方面想得肯定比她要深得多，是该和冠仁好好在一起谈说谈说了。

这几天冠仁也一直在苦苦思索着这个问题。姐姐和柳忠大伯相继遇难，使他不能不痛苦地去面对很多理不出头绪的问题。大伯临终前的眼神和动作，那两个让人猜不出意思的音节，老在他脑子里翻腾。起先他也和亚心一样，想到那是"孩"和"爸"，是要把亚心的终身托付给他的。这在以前大伯的形容举动中他已经完全看出来了，大伯在临终时这样郑重地嘱咐完全是合情合理的。他很感激，内心也一直激动不已。但再仔细想来，又觉得不完全吻合。对"父亲"，当地人习惯上是称"爹"的；尽管到了现代，村里人也学着城里人的样，称呼起"爸"来了，但那一般只是年轻人叫的；从老一辈口中是不大会说出"爸"这个词的。

更重要的是，他听母亲说，大伯在遇难的前两天曾来过他家，并且告诉说对姐姐的死他发现了一些蛛丝马迹。大伯嘱咐母亲在事情未水落石出之前对任何人都不要讲，包括冠仁。直到大伯遇难后，母亲才悄悄对他讲了。他由此隐约感到柳忠大伯的遇难与姐姐的遇害可能存在某种关连。大伯临终前两手分别握住士威、亚心和他，意思正是要说他的遭难与我们两家的事有关连，所以才愤怒地瞪大眼睛，要我们为他报仇雪恨。

哦，对了，最后那个"ba-"的音节，是不是"bao"，"报仇"的"报"呢？如果是这样，那么，那第一个意思不明的音节"hai"，就该是"害"了。那第二个音节呢？当然最急得要讲的就该是谁害的，而不是急得要讲让报仇了。只要知道了是谁害的，那报仇雪恨的事还不是明摆着吗？这样想来，那它就该是那人的"姓"，而非"报"了。而讲到"姓"，那就多了，绝不是一个"bao"所能囊括的了。现在只有"ba"是确定的，而它后面的呢？他立即拿出《新华字典》来，按上面的音序查了"ba"打头的"ba、bai、ban、bang、bao"几个音节，再找出这几个音节下面的所有的字，然后从中再找出可作姓氏的字，最后选出"白、柏、班、包、薄"五个字来。

他把这五个姓一个一个地仔细滤了又滤，突然心里一亮，觉得多日搅在脑子里的一团乱麻开始有了头绪。他继续往下想，脑子里又闪现出了几年前那个晚上的一幕。对，是这样——他的脑子里浮现出一幅幅连续的画面……

我怎么作起案情推理来了？是受看过的《狄仁杰断案传奇》的启示了吧。怎么这样一想，一切的一切都那么严丝合缝了呢！是我的凭空猜想，还是事实真的如此呢？想到这里，便迫不及待地去找士威和亚心谈说。

士威倒没有对父亲临终的眼神和动作做过像亚心和冠仁那样仔细的分析，他只是笼络地认为那是父亲临终把亚心托付给冠仁了。他觉得那是理所当然的，于是便不再多想。但他从一开始就对父亲突然遇难的原因有极大的怀疑，他凭的不是推理，而是直觉。他知道父亲多年在采石场一直干点炮眼这种最危险的活。怎么会发生点着了捻子而人却跑不脱的这种蠢事呢？知子莫如父，同样，知父亦莫如子。士威深知父亲是嫉恶如仇、最爱打抱不平的人，一定是不知道父亲得罪了什么人，那人有意进行报复的。他正要准备去采石场实地调查时，冠仁来找他了。

原先他并没有把父亲的遭难与英子姐的遇害联在一起。经冠仁一说，他一下子恍然大悟：

"唉，我怎么就没想到这里呢？"便对冠仁伸出大拇指，"还是你行！"然后对冠仁和亚心说，"你俩学习好，这两天千万不要再分心，一心准备高考。能考上个好大学，也就对得起死去的爹了。为爹报仇的事，就交给我好了。你们放心，我一定要找到害死爹的仇人，亲手宰了他！"

"我们还是先停几天，再仔细调查分析一下，等高考一完，我们就上告公安局。"

"你还相信那个公安局呀！上次钉子还碰得不硬吗？"

"哥，这么大的事，可不敢蛮干。"

"你放心，我不会蛮干的！"

"一定要理智，千万不敢干出格的事，不然会坐牢的。"

"坐牢怕什么？割了脑袋不过脸大个疤！不用说了，从今天起，我们各干各的，谁也不要干扰谁！"

第二天，士威就同开山采石的人一起上山干起活来。这个采石场是由城关等三个公社联办的，民工来自三个公社的各个大队，共有二百多人。士威先从打听姓白、柏、班、包、薄的人开始。他从采石场民工登记册上查到全采石场没有一个姓柏、班、薄的；姓包的也只有一个；姓白的有六个，其中三个是另外两个公社的，与柳忠一家毫不相干，只有三个是城关公社的。

那个姓包的，就是前年中秋节晚上被大石头砸死的石足村那个人的兄弟。哥哥被砸死了，村里必须再有一个人顶上。采石场说如果他家的人顶的话，可以照顾多挣一些工分，所以这人就不顾危险又来了。他哥在采石场时和柳忠很要好，在抢救他哥和料理后事的整个过程中，柳忠又帮了他家不少忙，他来后也一直和柳忠在一起干活，柳忠也多方照顾他。他与柳忠一样，为人正直，爱打抱不平，又天生脸黑，工地上的人都叫他"黑老包"。士威了解到这些后，便首先去找他询问当时的情况。他气愤地说：

"好人为什么总是没有好报？那天本来是轮我去点炮眼的，可不知怎的，吃了饭就一直肚子疼，上吐下拉，是柳大伯主动顶上的，不想就出了事！他是替我死的呀！我对不起你。"说完，不由得对着士威哭了起来。士威安慰说：

"这不关你的事。你再回忆一下当时的情况，看有什么觉得不大对劲儿的地方？"

黑老包想了想说：

"炮眼距放炸药的地方有十几米远，我们领的又是慢捻子，应该是完全可以躲开的。怎么会燃得那么快呢？总是那炮捻子有问题。"

本公社的那三个姓白的，其中有一个是二十来岁的哑巴，专门赶车拉运石子的，和柳忠是在采石场认识的。有时路上碰上他的车被大石头挡住了，或是陷进坑里了，柳忠总要帮他推一把，他也只向柳忠笑笑表示感谢，遇上他是空车时就挥挥手叫柳忠搭他的顺车，仅此而已。士威觉得一个哑巴，既不可能是他，也不可能从他嘴里了解到什么，便没有主动和他接触。但这个哑巴，却一见面就主动和他打招呼，嘴里哇啦哇啦地叫着，两手交叉着晃来晃去，弄得士威莫名其妙。

另外两个姓白的，其中一个便是修跃进大堤时曾与柳忠发生过正面冲突的那位监工；另一个正是住在冠仁家前院的白家的六儿子白六仁。这两个显然是重点怀疑对象，士威当然不能没有准备就直接与他们接触。

他根据黑老包提供的线索，开始调查有关药捻子的情况。先仔细察看了爹点炮眼的地方，实地丈量了炮眼和炸药之间的距离；请教了几位师傅，弄清了快捻子和慢捻子的具体燃烧速度。然后找到保管员，直截了当地说：

"我已经掌握了确实的证据，证明是从你这里领出的药捻子的问题。你对这事怎么解释？"

保管员有点支支吾吾，但还是为自己辩护说：

"嗯，这……不管前面如何，反正最后药捻子是你爹亲自领去的，我保证那肯定是慢捻子。"

士威一听确有隐情，忙问：

"前面怎么样？"

保管员说：

"本来规定领雷管、炸药、药捻子这些危险品是必须点眼放炮的人亲自来领的，可那天一个监工来说，任务特殊，急需快捻子，他们点眼放炮的人顾不上来了，就由他代领吧。我起先不同意，可后来经他再三请求，想他是监工，也不是外人，就让他代领去了。他吩咐我，这事不要向任何人说。我也怕担责任，就把前面的事瞒过。可是后来你爹又亲自来领了，他说要慢捻了，我就给他慢捻子。我还以为是他们又变了呢。你爹出事后，我也很纳闷，可我怕把这事弄到我头上，就更不敢说前面的事了。我说的全是实话，不信，你可以去调查。"

"那前面领出的快捻子他们退回来没有？"

"没有。"

"那监工叫什么名字？"

"我也记不大清楚了，人们都叫他白哥。不过，这个可以查到，那本子上有他领东西的签字，我给你去拿。"

"算了。"

士威心里有了底，便去找这位白哥。一见，正是修跃进大堤时与柳忠发生过摩擦的那位监工。开始时这人还嘴硬，但经不住士威的追问，便软了下来，说：

"这次可不干我的事，是白六仁要我干的。我也不知道他具体要干什么，他说只要我把药捻子领回来就没我的事了。他是有名的混球，我怕他，只好照办。可后来你爹还是怀疑，他不用我们领的，又亲自到保管那里领去了。所以药捻子上并没有问题。"

这就奇怪了。是爹亲自换过，怎么又能出了问题？总是又有人在这以后做了手脚。他又重新去仔细询问黑老包：

"你们拿上药捻子，走到放炮的地方，中间有没有在什么地方停过？"

黑老包想了一想，说：

"噢，是这样。那天决定一吃了中午饭就去点炮眼，而且是轮我点。我便拿上药捻子，你爹带上其他工具，我们一起去食堂吃饭。谁知到了食堂后，没吃几口，我就肚疼起来，疼得很厉害，你爹赶忙跑出去请采石场的赤脚医生。这时，白六仁主动过来说是霍乱子，没什么大不了的，他会扎针，就把我弄到屋里扎十指，进去很快扎了几针，告我说，躺一会儿就会好。我躺了一会儿，还是不行，就又赶紧出来。这时你爹也正好向赤脚医生要了几片药回来。我吃了药，你爹说我肚子疼，就不用去了，然后他就拿上药捻子到了放炮的地方。"

"当时在跟前一起吃饭的还有别的人吗？"

"除了那个哑巴外，再没别的人了。"

士威立即想起哑巴的叫声和双手交叉的动作，心里全明白了。便对黑老包说：

"多谢你了。过两天就要高考，明天我就不来了。"

七月四日晚上，采石场的人照例在天黑后收工，干了一天的民工都拖着疲累的身子往家里走。人越来越少，走过南堤，人们在珠山分手。走上北堤，就剩白六仁一个人了。他向来是一个人独来独往，从来不觉得有什么可怕，可今天晚上不知为何总感觉头皮有点紧皱皱的。

他走上上坡的小路了，好像前面山路中间有一桩枯木立着，活像一个披头散发的女鬼。他脑子里轰鸣起来，张皇失措地正要绕过去，那物突然一动，一把利剑已刺在他的咽喉。一个声音低沉而严厉：

"乖乖地跟我走！不然，我就捅死你！"

"是，是。"他嗫嚅地说。被那怪物逼着走进坡侧人们平常临时拴牲口的一个山洞里。

那怪物麻利地把他捆绑在拴牲口的桩子上。然后用利剑挑着他的下巴说：

"认识我吗？我就是柳忠的儿子柳士威！说！你是怎样害死我爹的？你为什么要害我爹？"

"我……"白六仁结巴起来。

士威把利剑在白六仁脸上鐾了鐾：

"说不说？要不要先剁下一只胳膊来？"说着，把剑架在一只胳膊上准备往下砍。

"我说，我说……

"那是四月里的一个晚上，我们村的治保主任颜克俭——也就是颜冠仁的三爷爷，你也认识的——从供销社打了一壶烧酒，要了一包花生米——当然供销社是不敢要钱的——叫了村里的几个光棍汉在我们家划拳，众人讲着荤故事，评说着年轻女人，过干瘾。大家正在兴头上，大门吱呀一声开了。这么晚了，是什么人来了？我们都一惊，一齐看着外面：原来是后院远平家的英子疯疯癫癫地回来了。我们真是馋猫看见了肉腥，一伙人就把英子给架回来了。大家争着你摸脸，他揣奶，闹得一塌糊涂；拉过来，扯过去，几下就把闺女的衣服给脱光了。这时，颜克俭发话了：'不能乱来！'我们都吓了一跳，赶紧停了下来。毕竟英子是他的侄孙女呀！谁知他紧跟着又冒出来一句'按顺序！'这不是明摆着要大家动真格的吗？我们便一个接一个地爬了上去。开始颜克俭还只是在一边嘻嘻哈哈地笑着看，后来他也耐不住，拨开我们，自己爬上去了……"

"啪！"士威一个耳光打了过去。

"哎哟！"白六仁尖叫起来，左大腿上被利剑刺开一个口子，血立马把裤子湿透了。

"说正经的，快点！"

"我们一个个翻来覆去、上来下去地过足了瘾，都累得气喘吁吁。颜克俭他们几个正要准备走的时候，众人突然发现，英子一动不动，两眼圆睁，已经断气了。炕上血流了一大滩，把羊毛毡都洇透了。这下都慌了，不知该怎办。颜克俭定了定神，说：'快拿条麻袋，装进去抛到夏瀛海吧。'我赶紧把我家的麻袋拿了出来。这时不知是谁看见那上面有我的名字，说：'这不一捞上来就暴露了吗？'我吓得一下子尿了一裤子。颜克俭不愧是治保主任，马上诡秘地说：'这正提醒了我，我们可以将计就计，找一条其他人家的麻袋装上，不就把祸转到他名下了吗？'我问：'那找谁家的？'颜克俭眨了眨眼说：'去，快去颜远厚家偷条麻袋来，这下有他好受的了！'于是，我就乘夜去颜远厚家把他家放在院当中装高粱壳的麻袋偷了来，我们几个把英子装进麻袋趁黑夜没人扔到夏瀛海里了。"

"丧尽天良！"士威气愤得肺都要炸了，"你们害了英子，可为什么还要害我爹？"

"这要怪你爹多管闲事！本来我们的事情进行得很顺利，连老天爷也在保佑我们，当我们把英子扔下夏瀛海后，后半夜突然下起了瓢泼大雨，把我们的脚印冲了个一干二净。英子的尸体那天被人发现后，在公安局验尸的时候，颜克俭有意把麻袋上已经不太清楚的字迹指给公安局的人看，他们果然确信是颜远厚干的，立即就把他逮捕了。案子很快就会了结，连颜冠仁家也感激是颜克俭帮他家破了案的，只要把颜远厚毙了，不就万事大吉了吗？

"谁知你爹却不知怎的在我们院的水道里发现了英子的一只鞋。也怪我们当时在慌乱中疏忽了，在把英子往麻袋里装时没注意把一只鞋掉到了院里。本来老天爷保佑已把那只鞋冲到水道里，一般人是不会发现的。谁料想你爹却抓住这只鞋大做文章。趁我不在时，利用我二哥眼睛看不见，借故进去查验了我家的毛毡，发现了上面的血迹，还暗中去颜远厚家查问麻袋的事。你爹自认为已经找到了确凿的证据，可老天爷又一次帮了我们的忙，你爹竟然撞在了我们的枪口上。他只想到这事是我干的，可没想到这事的主谋是颜克俭。他把证据交到了颜克俭手上，以为英子的这位三爷爷会为她报仇的。颜克俭表面答应你爹，稳住你爹，让他不要到公安局去，暗里却紧急布置我迅速除掉你爹，以绝后患。我在药捻子上小施一计，便人不知鬼不觉地把他送上了西天……"

"哎哟！"士威简直无法再听下去了，又一剑捅在了他的右腿上。

"你到底是怎样把药捻子换了的？"

"我知道白监工和你爹有仇，原先安排让他代领药捻子，可没料到你爹鬼得很，发现是白监工代领的，就又去保管那里重领了。我只好又在黑老包身上做文章。我知道他和你爹很要好，可我也正利用了这一点。我事先在他饭里下了泻药，使他肚疼，借以支开你爹；又利用扎针的机会，把他带的药捻子换过；我知道那天轮他点炮眼，他病了，你爹肯定会替他。这样一箭双雕，你爹果然上当了。"

"你真够歹毒！现在你还有什么话说？"

"现在我落到了你的手上，纯粹是大意了。我们把主要的注意力放在了颜冠仁身上，觉得他聪明过人，怕他看出破绽，却没料到柳忠还有你这么一个敢动刀子的儿子。现在我把一切都对你讲了，你到公安局去告我吧。反正颜克俭是主谋，我只是个从犯。"

"我不会到公安局去告你的!"士威眨了一下眼,说,"这样吧,既然颜克俭是主谋,那我现在就去找他。你只要给我写下'颜克俭是主谋',我就放了你。你可以到公安局去自首,告发颜克俭,争取宽大处理;也可以跑掉躲起来;还可以找我来算账。你不是几次说老天爷保佑你吗?如果老天爷这次再保佑你,你就可以再活下去,或者你再把我也杀了。这样,可以吗?"

"可以,可以。我写,我写。我一定到公安局去告发颜克俭,争取宽大处理。"白六仁眼珠子打了好几个转转,在谋划着下一步如何跑掉。

士威把他的右手解开,一把扯下他的白衬衫,说:

"好了,现在你就对着月光,用手指蘸着你自己的血写吧。"

白六仁战战兢兢地举起手来,用食指浸了一下还在流着血的伤口,一笔一画地写下了"颜克俭是主谋"六个血字。

"可以放我了吧。"白六仁哀求着说,眼珠子又打起了转转。

"放你?没那么便宜!老子要你以命抵命!原来你也有失算的时候!这回老天爷不会再保佑你了!"

说着,一剑刺进了白六仁的胸膛。接着拔出剑来,砍下他的头颅,用那写了字的白布衫包起来,结了一个结。然后起身,左手提包,右手拿剑,向仁里村快步跑去。

他来到颜克俭院门前,门上着锁,心知不在。又急步折回来,到了大队门前,见里面灯火通明,从门缝往里望去,有不少人,像是在开会。他没敢久留,急步来到村边。寻思片刻,便攀上村头的电杆,把手里捏着的包高高地挂到了上面,飞快地隐没在暗夜里了……

第三十章　高考咏叹调

七月七日，一年一度的高考如期举行。但与往年不同的是，另一桩惊天的新闻却占据了这几天朱龙民间舆论的头条位置：

"夏瀛海的女尸案有下文了！原来是一个疯闺女被一伙流氓轮奸，死后装在麻袋里抛下水的……"

"轮奸疯闺女的一个流氓被人割下了头挂在电线杆上，白衬衫上蘸血写着……"

"谁能想到轮奸这疯闺女的主谋竟是她的一位本家爷爷，听说还是个治保主任哩……"

"覆华山采石场的老头也是他指使人害死的，是这老头发现了仁里村轮奸疯闺女案的蛛丝马迹……"

"可前两天公安局却逮了仁里村的一个老汉，把人家往死里打……"

"杀那流氓的就是采石场老头的儿子，公安局已发出通缉令……"

"他原来是朱龙中学高三的学生，公安局去学校抓人，可他早已不知去向……"

"可惜啊，就要参加高考了，本来是上大学的料，这下却要蹲监狱了……"

"不是这孩子，能查出真凶吗？发通缉令？！我看该发嘉奖令！……"

"为父报仇，值！不简单，像个男子汉！……"

……　……

经过三年拼搏的莘莘学子们在熬过多少个挑灯苦读的长夜之后，顾不得谈论这些，满怀憧憬又心神忐忑地走进考场。

第一门考语文，这是冠仁最拿手的一门。前面是一道古文题，两段文言文，一段断句，一段翻译，他没有多费脑筋，很快就做完了。

后面是作文题：《读报有感》

作文题的背面是一篇近期发表在报纸上的通讯的节录，标题是《一位姑娘的故事》。大意是：某市一位干部的女儿在湖边游玩，失足落水，被一群素不相识的人救起，把她送到家门口。但等她的父母出来要答谢时，人却早已走了。后经多方了解，才弄清这些人的姓名和工作单位。为此，政府在全市召开了万人大会，为他们披红戴花。

冠仁看着看着，脑子里不由自主地又出现了姐姐那面目全非的脸，仿佛在向他哭诉，他的泪水要溢出眼眶了。为排除一下悲痛，他向四周环顾了一下，见亚心低着头好像也在流泪的样子，眼前又出现了柳大伯血肉模糊满是纱布的脸，仿佛看到士威血红的眼睛。他愤懑极了，哪还有心思写作文！

但他马上意识到这是在高考场上，不是任意发抒自己心中愤懑的地方。他相信这样关乎几条人命的大案，法院最后终会有个了结的，善有善报，恶有恶报，坏人总会受到惩罚的。于是他尽力克制着悲痛，把心思转到"读报有感"的文意上来。积德行善，舍己救人，这本是他从小就遵奉的信条，因此他写起来自然得心应手，有好多话要说。加之现在正开展"学雷锋活动"，这方面的文章正是今年高考练兵的重点，他已写过多篇。因此，没费太多的思索，一篇文质兼美的文章就如行云流水般挥洒在卷面上。冠仁写完，正好老师提醒考生还有十五分钟。他又从容地把全卷检查了一遍，特别是作文，又字斟句酌地作了推敲，更换了几个不太准确的词语，把每一处标点也一一重新审视过，最后把全文默读了两遍，感觉很满意。结束铃响过，便交了卷子。

与冠仁相比，亚心却要激愤得多。她起先是眼里流泪，继而在心里滴血，最后她胸中的愤懑终于像火山爆发一样，喷出了熊熊烈火：

两位姑娘的故事
——读报有感

一位姑娘的故事，
登在报纸上，
佳话千里。
一位姑娘的故事，
挂到电杆尖，
波谲云诡。

一位姑娘的故事，
从落水写起，

忘我舍己。
一位姑娘的故事，
由疯傻开笔，
血溅泪飞！

一位姑娘的故事，
以嘉奖英雄结尾，
掌声如雷。
一位姑娘的故事，
通缉武二郎才写到第二回，
天涯浪迹。

一位姑娘的故事，
是一支协奏曲，
风和日丽。
一位姑娘的故事，
是一出窦娥冤，
撼天动地！

第一门考试下来，作文成了大家议论的中心，有的笑了，有的哭了。

殿维得意地说：

"这道作文题是紧跟学雷锋运动的形势的，歌颂毫不利己、专门利人的共产主义精神，抓住这个中心，没错！语文，我保证在 80 分以上！"

成名却伤心地哭了起来。他因为临考这一段天天熬夜，上了考场精神又极度紧张，竟没有看见作文题背面所附的那篇文章。只按《读报有感》这个题目，想了一篇自己在报上看过的介绍一位科学家刻苦学习最后成名成家的文章，大大抒发了一通自己决心勤奋学习立志成才的感想。下了考场，与别人一谈，方知大错特错，一下子像跌到了冰窖里，浑身来了个透心凉。心知无望，以后的几门考试他简直都不想参加了。后来还是经祝老师解劝，特别是祝老师告诉他作文主要是看文笔如何，内容方面不会太占分值，他才勉强又上了考场。

蓓蓓更是唯恐他打退堂鼓，由于他俩不在一个考场，她更放心不下，下面的每场考试都是一直陪他走到考场门前，目送他进了考场后，她才匆匆跑向自己的考场；考后一下考场，她又匆匆跑去考场外等他，看他出来，便迎上前去，柔情地问长问短，加油鼓励。这让成名十分感动，心情好了许多，便以更加奋发的心劲儿投入考试，以后几门课的考试都发挥得很好，最后两门课更是超常发挥。

下午第二门考政治，这门课无非是死记硬背，猜题押宝。政治老师已猜好五道题，连同答案一起贴在同学们由宿舍进考场必经的"忠恕斋"东西两面的墙上。上了考场一看卷子，五道题中竟有三道半是老师猜中的，大家胸有成竹，唰唰地往上写。下来后也没有多少必要互相对答案，就都忙着复习第二天要考的数学去了。

考上考不上，全看数学怎么样。数学这一科真要命，同学们个个如临大敌，全副精力迎战。刚开考半个多小时，谁也顾不上左顾右盼，都低着头自己做。但一个钟头后，自己会做的都答上了；不会做的，就只能交头接耳地求助别人了。

殿维最担心的就是这一门。他考文科，其他语文、政治、外语、历史等都不愁，就数学不行。他早让父亲事先与教育局的人打了招呼，把他和亚心排在一起。昨天晚上他又专门找了亚心，请她在考场上帮忙；并且告诉她监考老师已经说好了，让她不必担心。既然如此，亚心也就答应了。这时，他便向亚心递眼色，请求救助。

考卷上的题本来是难不住亚心的，但她因这一段悲痛的事一件接一件，搞得心情抑郁，晕头转向，几乎没有专心致志地复习一天，所以现在做起来，这最后几个题还是觉得有相当难度。不过，凭她的功底，最终还是柳暗花明，但做完时老师已提醒说，临下考只有十五分钟了。她赶紧把答案写在一张纸条上，乘监考老师不备，给殿维扔了过去。殿维正等得心急，一见纸条，如获至宝。好在数学要写的答案也不多，只照着写，十五分钟也还是绰绰有余的。

下了考场，殿维对亚心说：

"多亏了你，你的好处我会一辈子记着的。以后你的事就是我的事，有什么要我帮忙的，我一定尽全力。"

亚心没有说什么，只是笑了笑，走开了。

总算熬到了最后一门——物理。第三天下午，天气分外炎热、沉闷，一会儿雷电大作，豆大的雨点劈里啪啦打下来，教室里暗得白天也开了灯，考生们更觉郁闷。

物理是理科最难的一门，一个钟头过去了，大部分人只做出了四分之一的题，其他的题简直无从下手。只好或抬头望着天花板发愣，或低头盯着桌面出神，或四顾左右，看能否得到一些外援。

　　幽兰原本基础就不很扎实，又误了一个多学期的课，那一段讲的内容正是电学中最难的部分，虽然后来也补了补，但总是囫囵吞枣，夹生的地方不少。偏偏这部分的题又占了好几道，这时急得抓耳挠腮。她假意说自己没带圆规，向坐在她左边的步云借，实际上是向他求援，挤了挤眼，意思是快帮我一把。可步云却只顾自己做题，只用一只手把圆规递了过去，看也没看她一眼。气得幽兰牙一咬，不再理他了。

　　天娇正坐在步云的左边。她平时学习就不怎么用功，到考场上更是抓了瞎。她不会的太多，也没有过多地想让别人帮忙。看了看表，还有四十多分钟，索性掏出指甲刀修剪起指甲来了。这时步云正做最后一道选作题，因他的圆规被幽兰借去了，看幽兰不理他，只好向天娇借了。天娇自己不用，便笑一笑给他递了过去。步云用完圆规，题也都做完了。他估计天娇做不出多少，便把比较难的题的答案都写在一张小纸条上，利用还圆规的机会递了过去。这时监考老师正好走了过来，但一瞅，纸条是递到了肖书记的女儿手里，便装作没看见，掉头走了。天娇打开一看，是答案，喜出望外，赶紧用笔唰唰地写到卷子上。

　　这些，都让坐在他们后排的善行看到了。他很想帮幽兰一把，但他的位置在幽兰正后面，无法和她通过眉眼沟通，只好把答案写在小纸条上，揉成团，悄悄从下面给她扔过去，希冀她能发现捡起来。但扔了几次，她都没反应。他怕监考老师发现，又不敢一直扔，急得抓耳挠腮。最后好不容易看到她无意中把头向后面转了转，他俩对视了一下，他有意用手指了指她下面，示意她捡拾。她心领神会，赶紧猫下腰去。不料此时监考老师正走了过来，看她从地下捡起一张小纸团，便要求她交出来。她则把纸团死死地攥在手里，不肯交出去。监考老师发火了，厉声命令她把手张开，说她如果不交出来，就要把这事上报，交学校处理。这下，全考场的人都听见了，一齐把目光投向这里，善行心慌得脸色都变了。她自知理屈，怕把事情闹大，不仅自己被处理，还会连累到善行，只好乖乖地把纸团交了出去。好在监考老师也想息事宁人，没再往下追究，这事才算就此打住。

　　黑色的三天高考终于结束了，奋斗了三年的学子们纷纷整理行李，离开母校。但亚心却顾不得回家，城里还有比高考更要紧的事揪着她的心——她得为哥哥的事去找人说情。

　　她准备首先去找殿维。这还是她第一次想到要到他家。她想起一入学第一次分座位的事，不禁好笑，那时是多么地幼稚呀！又想起和殿维一起在农场劳动的情景，心里涌起一股说不清的感觉，那是多么愉快的一段日子！刚过了一两年，竟发生这么多的变故，她不禁悲从中来，自己的遭遇为何如此悲惨呢？这样想着，已来到殿维的门前。

她这是生平第一次上门求人，正要走上去敲门，又踌躇起来。她又想到哥哥和殿维之间屡屡发生摩擦的事，她不能不在心里怪怨哥哥的脾气。到如今为了他她又不得不上门向人家求助。凭良心说，人家殿维并没计较，对她一直很好，这也正是当殿维在高考中求她在考场上帮忙时，尽管她明知这违犯纪律，但还是爽快地答应他的原因。他说过，有什么需要他帮忙的，他一定会尽力；因此她相信，这次纵然办不了事，他也不会断然拒绝、给她难堪的。她也不敢期望太高，毕竟这事关系重大，并不是他以至他父亲一个人就能决定了的；即使办不成，她也不会埋怨他的，她只是想碰一碰运气。想到此，她便鼓足勇气，扣响了门环。

里面有人应声，出来开门的是一位四十多岁、身材苗条、举止端庄的女人。亚心猜想她一定是殿维的母亲，便上前很有礼貌地问：

"伯母，殿维在家吗？我是他的同学。"

"在，在，快进来吧。"女人一面往里让着亚心，一面向屋里说，"殿维，你的同学找你。"

殿维答应着走出来，一看是亚心，十分高兴，笑着说：

"你还是第一次来我家，怎么找到的？"

"鼻子底下有嘴，还能找不到吗？"亚心也笑着回答。

"是，是。我家其实挺好找的，进政府家属院一问就行了。"说着，把亚心直接引进他住的屋子。

殿维家原本在朱龙村有一套豪华的宅第，但郑志斌嫌那太显眼，便搬进政府院来住，和其他一般干部一样住排房。后来，政府办公室的人为安全起见，把他家占的三间房子隔开，单另安了一个门，才成了独门独院。为此，郑志斌还狠狠批评了他们一顿。不过，既然已经隔开了，也就一直这么住着。中间一间是会客室，左面一间是郑志斌夫妇的卧室，右面一间是殿维的卧室。

"坐，坐，不要客气。"殿维让着，准备给她从暖壶里倒水。这时，他母亲从那面端过来一盘切好的西瓜，亲热地说：

"大热天的，吃点西瓜吧。"

"太打搅您了，伯母，您忙您的。"亚心谦让着。

"有什么打搅的，你们聊。"说着，放下盘子出去了。

"亚心，你不说我也知道，你是无事不登三宝殿，总是为你家的事着急了。我已经给我爸说过了，他也很同情你们兄妹俩，我看这事有门儿。"等亚心坐好后，殿维开门见山就说到了正题上。

"那就多谢你和你爸了。不瞒你说，我正是为我哥的事来的。发生了这么大的事，现在就剩我一个人，我还能怎么办呢？"殿维既然直截了当，亚心也便实话实说。

"感谢倒不必。你不是也在考场上帮了我的大忙吗？我们今后还需要互相帮助。不过，也不是我事后诸葛亮，或者是站着说话不腰疼，你哥如果当时不要太冲动，稍微冷静一点，不要直接去报仇杀人，而是到公安局去告他，我想事情早解决了，仇也报了，哪会闹到现在这一步？"

"反正现在说什么也晚了。我哥那牛脾气，你是领教过的，真不好意思。可是那些坏蛋也的确太歹毒了，归了谁也难咽下这口气！"

"那倒也是。反正这事有我，我会尽力帮你的，你也不要太愁闷了。我估计，我们高考的成绩不会差，一定能考上的。我们要能录取到一个学校就好了。"

"我现在根本没心思想这些。连家都没了，还上什么大学？谁供呀？那可不是说句空话，要熬四五年哪！"

"会有办法的，你千万不要太悲观了。"

又坐了一会儿，亚心准备告辞。殿维说：

"是不是再等等，等我爸回来，你直接对他说说。"

"不用了，有你说就行了。你爸是大干部，我心里挺紧张的，怕说也说不好。"

"我爸对人挺随和的，你还是亲口对他说说好。"

"不了。"亚心说着就走出殿维的屋子，又专门去那面向殿维母亲告了别，才往出走。

殿维母子一起送出门，看着亚心远去了，母亲问殿维说：

"这女孩儿叫什么？又文雅，又有礼貌，长得也挺秀气的。"

"她就是柳下村被人害死的柳忠的女儿，叫柳亚心。人们传的前两天杀了凶手的那人就是他哥。"

母亲恍然大悟，说：

"噢，原来是她。这孩子命好苦，挺可怜的。"

"她来就是想请我爸给帮帮忙，免了他哥的罪。"

"应该，应该。我给你爸说说。"

"那谢谢妈。"

从殿维家出来，亚心回味着他的话，心里比先前舒畅了许多。又开始思虑下一步的行动。她和天娇虽同学三年，没甚深交，但也没发生过什么不愉快的事。

而天娇和哥哥士威相处得倒挺不错。哥哥还给她输过血，她父亲还为此专门请哥哥到她家吃过一顿饭，估计天娇也一定会像殿维一样答应帮忙的。更何况天娇的父亲还请自己的父亲作过报告，互相认识；虽说地位悬殊，但应该是不会坐视不理的。她越想越觉得有了信心，便决定第二天一早，就去天娇家。

天娇比殿维更为士威的事着急，但她对亚心却没有好感。亚心有的，她没有，因而她恨亚心。比如，中考成绩，她是第二名，可上了高中，亚心的成绩老在她前面，亚心进入前五名，可她却落在倒数五名，因而她恨亚心，甚至恨所有学习成绩好的同学。再比如，她和亚心个子都不是很高，但亚心显得苗条秀气，她却显得粗笨臃肿，因而她恨亚心，甚至恨所有身材苗条的女生。又比如，她和亚心性格中都有点倔强的味道，但亚心因此而博得男孩子的好感，而她却因此而使男孩子生厌，因而她恨亚心，甚至恨所有和亚心要好的男生。还有，她对士威有好感，士威对她也不错，但亚心偏偏是士威的亲妹妹，她无法取代亚心在士威心中的位置，因而她也莫名其妙地恨亚心，甚至恨一切和士威要好的人。反过来，她有的，亚心没有，她又瞧不起亚心。比如，她有一个县委书记的爸爸，而亚心的父亲只是个开山的；她家在县城，而亚心却是个山巴佬，如此等等。所以，她从不把亚心和自己放在同一个平面上，认为她是没法和自己相比的，以此来平衡她那颗失重的心。柳忠被害的消息传来，全班同学都大为震惊，可并没有引起她的太多关注；直到士威杀了凶手，并把头挂在电线杆上，而被公安局通缉，她才被惊得目瞪口呆，怎么也想不到竟会出这种事。她赶紧向爸爸诉说，请他救士威。

这时的肖礼比天娇更要着急万分。自柳忠的诉苦报告后，肖礼的脑子里无时不在想着士威这个自己的亲生儿子。他曾盘算，私下给柳忠一笔钱，请他把这个儿子还给他，但又一想，这不是钱能办到的事，柳忠绝不会让，他也不能去认，只好放弃了这一想法。他又盘算，等士威高中毕业考上大学，他暗中出钱供他上学，早做些补偿，到将来适当时候再相认，这个办法或许可行。柳忠开山发生意外，世上再没人知道他的事了，他暗暗感谢上苍。谁料想士威又干出了这么一件惊天动地的事，给他来了个措手不及。这孩子骨子里也许还真像他，有一股子赤着膊子打天下的男儿气概。但眼前他该怎么救他呢？他甚至焦虑得彻夜难眠。

这时，听得有人敲门，韩妈便去开门：

"姑娘，你找谁呀？……肖书记不在。"韩妈看出是一个农村打扮的姑娘，怕是来上访告状的，肖礼曾吩咐过，要是这样的人找就说我不在。

"我是找天娇的，是她同学。"亚心赶忙解释。

"噢，原来是天娇的同学，那快进来吧，她在家呢。"韩妈立即改变了态度，热情地把亚心引进门。并向东楼上喊着：

"天娇，你的同学来找。"

放假了，天娇起的迟，还正在屋里梳洗：

"谁呀？这么早来做甚？"

推开房门，一看是亚心，心里掠过一丝不快，但又想了解一下士威的情况，就装出热情的样子，说：

"噢，是亚心呀，快上来吧。"

亚心一进屋，见屋里乱七八糟：床上被子还没迭，一个角都快拖到地下了，枕头斜躺在床中央；椅子放在地中间，上面堆满衣物；真是站没站处，坐没坐处。

亚心抱歉地说：

"我来早了，你刚起床吧？"

天娇觉得有点失面子，忙解释说：

"这几天我爸特别忙，昨夜很晚才回来，我也放假了，所以起得迟。"

亚心有点诧异：你爸不是不在家吗？但很快就想到：人家一定是不想接见一般人。反正也不准备见肖书记，还不如趁早打消了人家的顾虑，就顺势说：

"是，是，领导干部工作就是忙。你高考这一段也太累了，该好好休息休息。我也没什么大事，就想找你说一说。"

天娇见亚心老站着，觉得总不好，忙把床上的被子、枕头推到一头，说：

"坐吧，坐我床上吧。"

亚心把椅子挪了挪，欠身坐在床沿：

"我也是为我哥的事急胡涂了，这么早来找你，真不好意思。我是想你爸……"

"你干嘛不去找郑殿维呢，他爸现在是书记兼县长，大权独揽。你又不是不知道，我爸早不在咱县里了。"

亚心的话被堵在嗓子眼里，情知这话是有意数落她的，感觉心里憋得慌，后悔来找她。但为了哥哥，既然来了，她还是强忍着，尽可能心平气和地说：

"昨天我已经找过郑殿维了，他也答应帮忙。我想都是一样的同学，你爸现在又在地区，我哥的事可能县里还不一定能做得了主，所以就冒昧来找你。不行就算了。"说完，站起身，准备离开。

这下，天娇倒觉得自己有点不近人情了，而且她还急于想知道士威的近况，忙说：

"你看你，倒生我的气了，我又没说不帮忙。士威现在怎么样？我爸昨天还专门问起他来呢，唯恐他再出事。"

"噢，真的吗？"亚心觉得有点意外，停了一下，才说，"我哥多少天来一点消息也没有，真急死人了。"

"你还是该想办法和士威联系一下，告诉他说同学们都挺惦记他的。"她本来想说是她很惦记他，但话到嘴边还是没有说出口。

"我怎么敢和他联系呢？公安局的人天天在抓他，他敢露面吗？"

"我爸说了，他一定会保护他的。"天娇脱口而出，马上想起爸告诉她这话不许对别人讲，就又赶紧补了一句，"你可千万不要对外面的人讲，我爸也感到很难办。"

"如果是这样，那你就代我谢谢你爸吧。"

说完就起身告辞。天娇感到一开始时对亚心有些冷淡，怕她告诉士威，就专门下楼来，半开玩笑地说：

"你要能见着士威，可千万别在他面前说我的坏话教他恨我呀！"

"你爸要能保护他，那他谢你还来不及呢，怎么会恨你呢。"

这时，肖礼正准备出门，听见她俩似乎在说士威的事，就问天娇：

"她是谁呀？"

天娇回答：

"她就是士威的妹妹柳亚心。"

肖礼一听，显出特别热情的样子，忙说：

"噢，是士威的妹妹呀！我正有话要对你说呢，快回家坐坐。"

亚心见肖礼如此热情，忙说：

"刚才天娇已经说了，您很关心士威的事，我们兄妹太感谢您了。您太忙，我哥的事，我都给天娇讲了，让她告诉您吧。"说着，要走。

肖礼忙说：

"不忙，不忙，还是回家坐坐吧。"

亚心见肖书记是真心留她，觉得直接对他说说也好，就说：

"好吧，那就打扰您了。"

进屋后，肖礼又是倒茶，又是递水果，显得特别热情，亚心简直有点受宠若惊了。坐定后，肖礼又详细询问从英子被害，到柳忠遇难，直到士威复仇的整个过程。亚心见他真心，也就一五一十地都说了。最后肖礼拉着亚心的手说：

"你见了士威，告诉他说，你父亲不在了，我一定会像柳忠一样，尽最大努力保护他的。"亚心简直不敢相信自己会遇到这样的好人——人家是地区的部长，竟会对她说出如此亲切的话！便千恩万谢，心情舒畅地离开了肖家。

这下她该回家了。可她的家在哪里呢？

这个，远平婶婶早为她想到了。当亚心还在城里的时候，母亲就安顿冠仁去接亚心一起来家住。到家后，母亲抚摸着她的头说：

"孩子，不要多心，从今往后，这儿就是你的家了。"

亚心抱住远平婶婶泣不成声，她也感到自己一个人确实无法忍受那顿失亲人的悲痛和孤单，就说：

"婶婶，我自小就没娘，从今往后，您就是我的亲娘了。"

于是，她便和母亲住在一起。冠仁另外睡到夏天临时作厨房的茅草房里。

这天晚上，三人正在谈论着士威，挂念他在外受苦。突然听得院子里好像有声音，冠仁忙跑出去看，原来正是士威从后门翻墙跳了进来。冠仁赶忙把他迎进屋里。

亚心一见，眼泪不觉已掉下来了。母亲忙抓住他的手，说：

"孩子，回来就好，快说说你这几天是怎么过的？"

士威也忍不住眼圈湿润了，说：

"能到哪儿？还不是在外面庄稼地里过夜。"

母亲眼泪也止不住流出来了，抚摸着士威满是泥土的脸，说：

"孩子，受苦了。全是让我们家连累了，让你爹遭了害，累你也东躲西藏。"说着，赶紧下炕准备给士威做饭吃。士威说：

"哪能怪你家呢？还不是那些狗日的们丧尽了天良，我恨不得把他们都宰了。"

冠仁说：

"现在事情已经真相大白，颜克俭也被逮到公安局去了。我看你还是到公安局去把事情说清楚吧。你是仗义杀人，我想也许不会太追究，兴许能放回来的。事情总得有个了结，老这样东躲西藏，也不是办法呀！"

"那怎么行，还不是自投罗网！我看哥还是先在外面躲一阵子。我已经找过肖天娇，肖书记已答应帮忙，还亲口对我说，他要尽力保护你。我看总会有个结果的，等有了结果，再到公安局也不迟。"

"我看亚心的话有道理。我上次给肖天娇输过血，他爸还请我吃过饭，又请我爹做过报告，我觉得肖书记对人挺好的，既然他说了，相信会帮忙的。"

冠仁听他俩一说，也觉得这样有道理，就又回头对士威说：

"既然你还得躲起来，那我给你指一个最安全的地方。"

说着，冠仁第一次向他俩讲了自己上次失踪的经过，要士威去覆华山上去躲藏。

"那地方根本没有人，上面又有山洞可住，你从家多带些干粮就行了。我上次回来时走错了方向，绕了个大圈子，要是从咱们这里直接去，也不是太远。过几天，我还可以给你再送吃的去。"

士威一听，说：

"那好，就这样。那我现在就趁黑夜走。"

这时，母亲饭也做好了，说：

"快吃饭，吃了就走。"

饭后，又烙了二十几个饼子，装在一条布口袋里。还带了一条线毯子，一条长绳子。士威便趁夜上路了。

这下，冠仁和亚心多日揪紧的心总算可以稍稍放松一下了。可那一头的弦又一天比一天绷得更紧了。他们整日扳着指头，焦急地等待着高考阅卷和录取的结果。这上头，命运又是如何为他们安排的呢？

第三十一章　铁门森森

盛夏七月，骄阳似火。帝尧大学虽已放假，但却比放假前更加门禁森严，大铁门紧闭，只留旁门出入。专门派来担任警戒的两名武警战士全副武装在大门两侧执勤站岗，汗流浃背，把军装都湿透了；尽管烈日炎炎，但门卫却不敢在室内稍作停留，整天在门口仔细地盘查着每一个手持证明信的人，不敢稍有疏忽，唯恐一着不慎丢了饭碗。

学校图书馆大楼铁门紧闭，内外隔绝。屋外，槐树的叶子也蜷缩了起来，枝条无力地耷拉着；知了的叫声从斜刺里左一声右一声地传来，惹得人烦躁不安。屋内，正在阅高考语文卷的老师们，也顾不了斯文了，无论男女，个个赤膊，挥汗如雨。封闭沉闷的狭小空间，无休无止的重复劳动，千篇一律的考生作文，把人们的大脑搅成一锅浆糊，铸成一块铅锭，混沌而沉重。大家都懒得说上一句话，屋里的空气沉闷得简直要把人憋出病来。

"啊，是一首诗！"有人欣喜地叫出声来。

"快，念！也让我们换换脑筋。"立即有人应声。

"对，都停一停，欣赏欣赏。"大家几乎一齐附和。

"一位姑娘的故事，

登在报纸上，

佳话千里。

一位姑娘的故事，

挂到电杆尖，

波谲云诡。

……

……

一位姑娘的故事，

是一支协奏曲，

风和日丽。

一位姑娘的故事，

是一出窦娥冤，

撼天动地！"

这位老师念完了，人们似乎都进入诗的境界，在体味，在思索；纷纷拿去传阅，仔细审读；互相议论着，争相发表意见。阅卷室的气氛顿时热烈起来。

"这首诗联系题目中一位姑娘的故事，又写了另一位姑娘的故事。对比强烈，饱含感情，震撼人心。可这另一位姑娘的故事到底是什么样呢？我们单就诗句本身无法全面了解。不了解这其中的内情，是难以对这首诗作出评判的。"一位戴眼睛的老者第一个发表了自己的意见。

"我们从诗中虽然无法全面了解这位姑娘的故事的细节，但从'波谲云诡'、'血溅泪飞'、'天涯浪迹'、'撼天动地'这些词语推测，肯定是一位好姑娘被坏人杀害了，而且诗中明确写明是'一出窦娥冤'。这位同学正是把一曲共产主义的凯歌和一出窦娥冤加以强烈对比，以诗的形式表现出来，令人耳目一新，实乃不凡之作，我看应该给高分。"一位中年人从对诗作本身的分析出发谈了自己的看法。

"在全国上下学习雷锋精神的高潮中，哪会有这种事发生呢？这纯粹是对我们伟大社会主义祖国的攻击，我看这首诗大有政治问题！"一个年轻人显得有些激动，站了起来。

"也不能这样说。伟大领袖指出'千万不要忘记阶级斗争'，这正是阶级斗争的尖锐表现嘛。这位姑娘肯定是贫下中农的女儿，被一伙地富子弟杀害了。"一位女教师不动声色地据理反驳。

"那倒不一定。如果是一伙贫下中农子弟杀害了一个地富的女儿，又该怎样解释？"一个高个子教师提出疑问。

"你怎么会这样想！贫下中农杀害地富女儿，那怎么能是'窦娥冤'呢？你应该注意自己的立场。"一个干部模样的人说。

"那算我没说。"高个子吓得再不敢多言。

"看来只有查清与这个故事有关的人的政治情况才能下结论。"有人这样说。

"我们又不是公安局，这些一下子能调查清楚吗？"有人表示反对。

"再说，高考卷是密封的，我们又不能拆了卷子再打分。"有人又提出了疑问。

一时众说纷纭，莫衷一是。

"还是将这份卷子上报领导组，拆封后查明考生的政治情况再定成绩吧。"

有人提出新的建议。

"那我们也得有个初步意见呀！"有人又提出补充意见。

这时，祝嵒馨坐不住了。他一听那首诗，就猜测十有八九不是冠仁就是亚心写的。他在心里暗暗怪怨：这两个孩子，向来是十分谨慎从事的，这次一定是气愤得失去理智了。怎么能在高考卷子上写这些东西呢？这不是自己给自己找麻烦吗？特别是冠仁，要是作文一旦扯上政治问题，那肯定是最低分，而且还会牵连到政审上。本来自己的政治情况就够呛了，这作文再要有个差错，那还能有录取的希望吗？你十二年寒窗苦读不是都白费了吗？他真为冠仁感到不安。但事已至此，他只能尽最大努力为他们辩护，千万不能让在打分前拆开密封，不然后果不堪设想。他在脑子里很快地整理了一下，想了想哪些该说，哪些不该说，什么事该这样说，什么事该那样说，然后清了清嗓子，站了起来：

"我可以给老师们提供一些情况，相信大家听了我的介绍后会做出比较一致的结论来的。在高考前不久，我们那里确实发生了这位学生在诗中写到的那位姑娘的故事。她很小的时候就不知因为受了什么刺激而疯了，今年端午节前的一天晚上，被本村的一伙坏蛋轮奸死了后，又装进麻袋扔到湖里，到七一龙舟大赛时才被无意中发现。而同村一位善良的老贫农却因此被冤屈关进监牢。这时邻村的一位几代苦大仇深的老贫农发现了那伙人作案的证据，正要到公安局去告发时却又被那伙人暗害了。这时，他的一对儿女即将参加高考，他们都是团员，班里的干部，一贯表现很好。儿子血气方刚，不惜放弃高考，自己通过实地调查证实了那伙凶手，一怒之下，便把其中的一个主要凶手问明口供后杀了，把头挂在电线杆上。因此而受到公安局的通缉，至今不知去向。这件血案，在朱龙家喻户晓，妇孺皆知，所以哪个参加高考的学生都有可能把这个故事和作文题中的那位姑娘的故事联系起来。这完全是出于一种正义感而抒发感想的，是不存在什么政治问题的。所以我觉得查清这位考生的政治情况后再打分是没有必要的。按作文评分标准来衡量，无论从内容到形式，从篇章到语言，这篇作文都堪称高考作文中的上乘之作，我的意见是打最高分。"

"你刚才不是说那位被害的老贫农的一对儿女今年都参加高考吗？我看这首诗最大的可能就是他的那个女儿写的。"有人说。

"有可能。"不少人附和。

"很有可能。"大家一致赞成。

这样，这首诗便以最高 39 分的成绩写在了卷面上。

尽管阅卷组最后议定判最高分，且不作为特殊卷上报，但还是被复查组的人复查试卷时作为问题提了出来，上报了阅卷领导组。阅卷领导组开会讨论，由于意见分歧很大，无法统一，只好写出正式报告，再度作为问题，提交省招生委员会审议。省招生委员会接到报告后，根据招委主任（分管文教的副省长）的批示，作出决定：由招生办工作人员拆封，查阅该生档案。如该生出身及政审有问题，即视为恶意攻击，试卷判0分，取消该生录取资格，并记录在案，交当地公安部门严密监视。如该生出身贫下中农，无政治问题，则视为阶级斗争观念强，政治立场坚定，试卷判最高分，优先录取。

听到这一消息，祝喦馨如坐针毡，心想要是冠仁，这下就全完了。可最后结果下来，阅卷组的分析没有错，写这首诗的正是那位被害老贫农的女儿，因此试卷判最高分，优先录取。整个阅卷组的老师们都为之欢呼雀跃。

同时因了亚心这首诗，士威的事也震动了省里高层，专门打电话向朱龙县郑志斌了解情况。郑志斌受了妻儿之托，当然为士威说了不少好话。再加上肖礼上下多方活动，省公安厅终于做出决定：对柳士威的通缉令虽为维护无产阶级专政的声誉，不明令撤销，但暗中指令各级公安部门停止执行。当然此决定绝对保密，概不通知本人及其亲属。所以亚心等并不知情。

阅卷结束，颜冠仁的成绩名列全省第一，五门总分498分。虽然高考成绩是绝对保密的，但高考状元颜冠仁的名字还是在私下里广为传颂。

紧张的高考录取工作开始了。录取之重要性远非阅卷可比，省教育厅与帝尧大学更不在一个层次上。教育厅招待所的大门警卫森严，岗哨林立，所有人员都必须凭特殊证件进出。由于能找上门子的人很少，一般人又怕沾上政治问题，都望而却步，所以门口倒反而显得比平时冷清了许多。

但里面可热闹了。全国各大学的招生人员陆续到达，但录取的各项准备工作还远远没有就绪。人们像无头的苍蝇一样，到处乱钻。分管教育的副省长觉得有失面子，在大庭广众之下向教育厅长发开了火。厅长憋得脸红脖子粗，一回办公室便把招生办主任叫来狠狠训了一顿。招生办主任立即召集全体工作人员开会，骂骂咧咧地把大伙儿数落了一顿。真应了那句话：官恼了打衙役，衙役恼了挨官打。具体办事的人又何尝不是窝着一肚子火呢？阶级斗争的口号喊得震天响，头头们早就讲了，今年的高考录取政审工作一定要严格把关，但具体怎么个严法，怎么个把法，上边却没有具体的条条杠杠，大家心里都没有谱，怎么个准备法呢？直到八月上旬，屎紧到屁股门上了，才传达了一位中央领导的讲话精神，说是对家庭有政治问题的人"不能一个不取，不能多取一个"。这样一句囫囵头子的话，让人怎样掌握呢？招生办赶紧根据省领导"宁左勿右"的指示，拟订出一个《高考政审分等划级标准》的草案来，制订了有关的录取原则。但这些草案和原则在具体的录取过程中还是不好掌握，难以操作。这不，领导又打板子了。

该怎么办呢？招生办主任说，只有再细一步了。在拟出的标准草案的基础上，再搞出一些更细的条条杠杠来。然后再根据这些条条杠杠，把所有考生的政治情况也像考试成绩一样全排出队来。这样，不就可以像剁蚯蚓一样，想从哪剁就从哪剁好了。剁错了，它不是自己还可以长住吗？

把几万个家庭和社会关系的政治情况千差万别的考生排出队来，谈何容易？这该有多大的工作量呀！招生办的人手不够，只好临时把教育厅各处室暂时没有紧要工作的人都抽出来突击，还是不够。又紧急通知阅完卷尚未回家的老师也留下来帮着干。但又有人提出，这些阅卷老师的政治可靠程度无法保证，万一发生政治问题，谁能负起这么大的责任呢？但谁又能马上发明并立即大量制造出一种既可以储存能溶解任何一种物质的溶液又不被任何一种物质的溶液所溶解的器皿呢？不得已只好决定让这些人只做些抄抄写写的事务性工作，不得参与分等划级的决策事项，而且必须与教育厅的人一一配对，并由招生办的人监督工作。事前还要对他们严加教育，讲明如发现篡改或泄露机密情况的要立即撤换，并视情节轻重给予相应的处分。

祝峒馨本来准备一阅完卷就回家的，这次也被抽了去。他本来是一年被蛇咬、三年怕井绳的，不想踏入这是非之地，但又怕落下不服从分配的罪名，不敢不留下来。

他被分到理科组，与教育厅一个快六十岁的老头儿配对。共给他们分下500份档案，两人占一间办公室，要求五天内完成。

招生办拟定的分等划级标准是严格保密的，属于"绝密"等级，只供教育厅的人掌握，是不得让抽调回来的老师知晓的，万一发生问题，双方都要受处分，所以各个组都不折不扣地照此执行。但这位老头儿却特别。他原是一位老红军，长征中当马夫，在一次战斗中脑部受了伤，动作和语言都有一些障碍，又不识几个字，转业后虽无法安排领导职务，但级别却最高。在整个教育厅革命资格最老，没有人敢对他的政治可靠程度提出质疑。他常说，我经见得多了，不识字，懂公事。所以从来不把厅里的安排当回事儿，总是我行我素，当然也没人敢对他说三道四。这次也一样，一拿回档案，就对祝峒馨说：

"祝—老—师，全—给—你—吧，都—是—你—的—事。我—在—旁—边—看—着—就—行—了。"说完，把一大堆文件和材料一股脑儿都给了祝老师。

祝嵒馨真是受宠若惊，连眼睛也不敢瞅一下，慌忙把文件和材料又小心翼翼地递了回去：

"老同志，这怎么行！我只能做具体的事务性工作。"

老头儿费力地抬起手，痉挛地颤抖着，说：

"别—听—他—们—那—一—套，没—事—儿，有—事—我—顶—着！"说完，又把那堆文件和材料推了过来。

这下，祝嵒馨没法拒绝了。走过去，把门锁轻轻关上，忐忑不安地开始阅读那些绝密的文字和图表。

〈绝密〉 高考政审分等划级标准（第三次修订草案）

等	级	家庭和社会关系政治情况	录取原则	备 注
左 ∧ 一 等 ∨	① 级 左 上	高级革干（12级以上） 高级军干（师级以上） 高级烈士（按以上两项 低一级掌握） ……………	绝 优 录 取	省级以上领导干部子女由 重点大学录取，严格保密
	② 级 左中	中级……（16级以上） ……（团以上） ………… 知名人士（国家级）	特 优 录 取	…………
	③ 级 左 下	一般革干 ………… 工人、贫雇农…… ………… 知名人士（省级） ………… …………	优 先 录 取	………… ………… …………
中 ∧ 二 等 ∨	④ 级 中 上	店员、下中农 城市贫民 …………	正 常 录 取	……
	⑤ 级 中 中	中农、小商小贩…… 教师、医生…… …………	一 般 录 取	…… ……

等	级	家庭和社会关系政治情况	录取原则	备　注
中 ∧ 二 等 ∨	⑥ 级 中 下	富裕中农…… 小手工业主…… ……………	部分学校 和专业限 制录取	…… ……
右 ∧ 三 等 ∨	⑦ 级 右 上	不戴帽地主、富农…… 小资本家…… 摘帽右派…… 低级反动军政警宪人员…… 反动会道门一般人员	大部分学校和 专业限制录取	…… …… ……
	⑧ 级 右 中	一般的地、富…… 右派分子…… 民族资本家…… 中级反动军（连长以上）政（科 长以上）警（警长以上）宪（宪 兵）人员…… 反动会道门骨干分子……	基本不 予录取	…… ……
	⑨ 级 右 下	被杀、关、管的地富反…… 买办资本家…… 高级反动军（团以上）政（县 以上）…… 反动会道门首要分子…… …………… …………	不 准 录 取	有全国以至国际影响的反 动代表人物的子女按统战政 策和管理权限报省和中央特 批录取

下面是密密麻麻的小字，祝昷馨只有把眼睛靠得近近的，才能勉强看清：

〈绝密〉　附件一　有关排队的几点说明

1. 同等情况按照先家庭成员后社会关系的顺序排列。

2. 家庭成员按照先父后母再其他的顺序排列。

3. 社会关系按照先外祖、舅再叔伯姑姨的顺序排列。

4. 属同一级中不同情况的，按照表中的顺序排列。

5. ……

6. ……

……

……

〈绝密〉 附件二 有关录取原则的几点具体规定

1. 绝优录取的不考虑成绩高低。

2. 特优录取的降 50 分。

3. 优先录取的降 30 分。

4. 部分限制录取的学校和专业见附件(1)。可录取的提高 30 分。

5. 大部限制录取的学校和专业见附件(2)。可录取的提高 50 分。

6.……

……

……

〈绝密〉 附件（1）

…………

…………

〈绝密〉 附件（2）

…………

…………

〈绝密〉 附件（3）

…………

…………

…………

…………

祝喦馨正在聚精会神地看着，突然听得有人敲门，他活像一个摸进人家家里的小偷，而主人却正好归来，吓得一下子慌了手脚，像触电似地赶紧把材料阖上。想了想觉得还是不妥，又赶紧手抖抖地把材料推到老头儿那一边去。慌乱间用力过猛，材料啪的一声掉到了地下。这时，老头儿已开了门，他又不敢去捡起来，心咚咚地要跳出胸膛，人却像傻子一样呆呆地坐在椅子上。

原来是招生办的人送来了"分等划级排队登记表"。那人一眼看见地下的绝密材料，瞥了一眼；老头儿眼瞪得老大，神情不快地说：

"刚—才，我—去—开—门，不—小—心—掉—在—地—下—了，怎—么，有—问—题？"

那人慌忙说：

"没问题，没问题，您老还会有问题？"说着，弯下腰把材料捡起来，恭恭敬敬地放在老头儿那边的桌面上，出去了。

招生办的人走了很长时间了，祝岊馨才慢慢缓过神来。依旧轻轻把门锁上，心有余悸地对老头儿说：

"您老快把那材料保存起来吧，我可死也不敢再看了。有什么不知道的，到时候我再问您吧。"说着，便开始查阅档案。

由于都是他一个人干，文件也只草草看了一遍，印象不深，多半得问老头儿，老头儿慢条斯理地翻看文件，好长时间也给他说不出来，所以他总是顾了这头，丢了那头，要返工好几次，进度很慢。一天一夜下来，才初步查阅了四五十份，排队的事还没着手呢。照这样的速度，猴年马月才能弄完哪！以后速度稍微快了点，但每晚也都要加班熬到后半夜两三点以后。

祝岊馨本来就有失眠的毛病，又经过一次惊吓，这几天又天天加班熬夜，神经高度紧张，头脑昏昏沉沉，结果越睡得迟，越睡不着，脑子里老是转着高考政审排队的事，挥也挥不去。

由于实行区域回避，阅卷教师不得参与对本县区考生的政审排队工作，所以祝岊馨对他最关心的自己的学生的排队情况一概不知。他虽然再过三两天就要回去了，再无资格参加下一步具体的录取工作了，但他还是不由得老在思虑着他们可能的录取结果。他虽然参加了语文科全部的阅卷工作，但除了颜冠仁因是全省第一名他听说了以外，即今他并不知晓其他任何一个学生的成绩。但他是十分了解自己的学生的，他暗暗在脑子里对他们的成绩进行估算，又把他们的政治情况进行分等划级，然后两相对照，进行着自己的"录取"。

他首先想到了冠仁。由于他的成绩是全省第一名，全国的名牌大学一来就都点名要录取他。但一看他的政审材料，又都像触着了高压线，几乎全被电倒了，谁还敢再靠近一步？"怎么会是这样呢？"整个录取场所都如同炸了锅。"不是有个原则叫'不可一个不取'吗？提高50分，哪怕提高100分，这个学生的成绩也是绰绰有余的，我就录取'这一个'。"竟然有一个学校的招生人员决定要踩这根高压线。"绝对不行！连他本人都是内控对象，怎么可以录取！想一起去死吗？你自己早死了，还能救得了他！"校长是过来人，深知这高压电网的厉害。结果不仅事情没办成，连那个招生人员也被调回去停职检查。"既然是这样，那又何必要让人家参加高考考试呢？"对炸了锅爆出的传言，祝岊馨这个本不该待在这里的人只能装聋作哑，连现在腹诽一下也绝对是罪过。

他又想到了成名。这孩子作文走了题，但按他们阅卷时定下的原则，这类作文如果本身写得不错，可以给到25分，就是说按满分算下来，他也只少了15分（更何况作文是不打满分的，亚心的作文不是才给了39分吗？），最多20分吧。因此，估计凭他的功底和以后几门课的超常发挥（多亏了蓓蓓啊），成绩仍然不会差，超分数线50分应该是不成问题的。他的政治情况应该属于"右上"，三等七级吧，不是还强调说，重在个人表现吗？他可一直是学生干部，我给他写的评语是很好的。虽说到毕业也未能入了团，但一直是重点培养的积极分子呀！由此分析，他被录取的希望还是蛮大的。

他又想到了亚心。这孩子临高考家里遭了不幸，高考作文又明显是走了一步险棋，可不料因祸得福，不仅作文得了最高分，听说还因此引起帝尧大学录取人员的重视，一来就点名要调阅她的档案。相信她会考上这所向往已久的名牌大学的。

他又想到殿维、天娇。他们起码是属于"左中"，一等二级，该特优录取的。降50分，殿维应该没问题；天娇嘛，不知她临场发挥得怎么样？

他又想到了步云、幽兰、蓓蓓、善行……想到了这个班的每一位同学……

横竖睡不着，他的思绪越飞越远，如脱缰的野马，连他自己也无法收住了。

他从现今的高考，想到了自己当年的高考，更想到了在中国延续了一千多年的科举制度。他的脑海里出现了这样一幕情景：和蜿蜒在中国北部崇山峻岭中的万里长城一样，和奔腾在华夏腹地丘陵峡谷间的长江黄河一样，千百年来一条浩浩荡荡的人才的长河比长城更长，比黄河更宽，从全国各地汇聚到京城，鱼贯进入天安门、午门、端门、保和殿，又迤逦流向全国各地。是它统辖着祖国的府县州郡，是它护卫着神州的边塞雄关。历代的帝王们看着这条人才的长河，狡黠地笑了："钓着了，钓着了……""入吾彀中矣！入吾彀中矣！"历代的士子们或显出"春风得意马蹄疾，一日看尽长安花"的荣耀，或发出"太宗皇帝真长策，赚得英雄尽白头"的慨叹。尽管也发生过大大小小像范进中举喜极而疯、蒲松龄连中三元却屡试不第那样的悲剧，但千千万万的读书人还是把"金榜题名"作为人生奋斗的最高目标，列为人生四喜之一，孜孜以求。

当然，我们今天的高考还远不能与昔日的科举相比。昔日的科举是一种选拔官吏的制度，考中了即可做官，所谓"朝为田舍郎，暮登天子堂"。而今的高考则只不过是一种选拔学生的制度，考上的不过只是取得了一种受教育的资格而已。但而今的高考却似乎比昔日的科举选拔起来要离奇得多。通观一千多年的科举史，起码从公开的选拔标准上好像还只有本人品行才学这一条，还没有听说有出身门第等所谓的政治条件。既重出身门第，还要考试干什么？科举的进步正在于对"上品无寒门，下品无势族"的门阀制度的否定。如今，当科举也早已被更进步的东西所否定的时候，与门阀制度毫无二致的根据家庭出身分等划级的选拔录取体制却反而大行其道。我们生活的时代到底是前进了，还是后退了？真使人如坠入五里雾中。

还是回到现实中来吧。像颜冠仁这样的学生，家庭的政治情况当然是属于最最反动的"三等九级"——"右下"了，但从这孩子身上却似乎看不出一点"反动"的迹象，反而对我们的新国家仍抱着一颗赤子之心，时刻盼望着能入团，能报效祖国。把这样的孩子录取到大学，让他学到更多的知识和本领，他就会颠覆我们的红色江山吗？难道只有把他一生捆绑在山沟沟里，监督劳动改造，才对我们的新国家有利吗？

当然，我们只是平头百姓，鼠目寸光，不懂得从战略的高度看问题。我们考虑的只是个人的小问题，伟大的革命家、战略家们考虑的却是江山千秋万代永不变色的大问题。像秦始皇那样，想的是江山传到二世、三世，以至万万世，所以才会惧怕儒生们的反抗，才会焚书坑儒，以为这样江山就一定会永保太平。可惜"坑灰未冷山东乱，刘项原来不读书"，帝王们最害怕的是人们书读得太多，但造反的往往不是那些读书的儒生，历史真是滑稽啊！

人真是一种奇怪的动物，人生不满百，常怀千岁忧，伟人和庸人也似有相通之处。女娲也好，上帝也罢，当初他们造人时，都犯了一个致命的错误；不，也许是一个不经意的疏忽；不，也许更可能是一个精心的设计！那就是：他们造出来的这个人是感觉不到另一个人的痛苦的，包括肉体的，也包括精神的；即使是这个人，随着时间的推移，再深重的痛苦也会渐渐淡化以至完全消失的。只有那些死心眼的读书人才会把这些痛苦铭刻在心，像司马迁那样把一个虚无缥缈的生命的意义看得比天还重，才会终生活在痛苦中，哪像人家后代那些李莲英们活得既威风又滋润呢？祝喦馨在心里嘲笑着自己：你又从何时起开始忧国忧民了？真是杞人忧天，庸人自扰！

烈日炎炎如火烤，铁门森森冷似冰。经过五天五夜的苦战，他终于把那500份档案按政治情况排出了三等九级，身心疲惫地离开省城，回到了朱龙。同学们都纷纷前来向他打听录取的消息，但他能告诉他们些什么呢？

第三十二章　笑耶哭耶

又半个月过去了，学子们焦急的等待终于陆续有了结果。校园里人来人往，一派喜气洋洋的气氛。群雕两旁的黑板报上贴出了大红的"喜报"：

郑殿维　　帝尧大学政治系
柳亚心　　帝尧大学历史系
……　……
肖天娇　　虞舜工学院机电系
钱步云　　虞舜工学院机电系
……　……
胡善行　　大禹农学院水利系
……　……
吕蓓蓓　　唐叔师专中文科
……　……
……　……

朱龙中学成了社会各界关注的焦点，学生、家长以至社会上各行各业的人纷至沓来。听说朱龙中学今年考得不错，第一次打开了帝尧大学的大门，并夺得了全省高考状元的桂冠，不少人慕名而来想一睹这位状元郎的风采。但不知是哪里阴差阳错地出了问题，听来的和看到的却对不上号，大家都围在"喜报"前议论纷纷。

校办公室门前早挂起了一条横幅，"一颗红心，两套准备"八个大字格外醒目。但人们心里明白：那不过是句口号，哄骗不了人的。什么"两套准备"，分明是"上天入地"！颜冠仁、贾成名、甄幽兰们不是也都接到一份通知书吗？上面还赫然印着：

★★★同学：

伟大领袖教导我们：

"农村是广阔的天地，在那里是可以大有作为的。"

……　……

　　但这些"大有作为"的名字为什么不也用大红纸写在"喜报"上呢？可要是真的写出来，这些人还有地缝儿可钻吗？

　　但上天也好，入地也罢，种种至关重要的手续却是不能不来办的。你看，黑板报那边不是贴着一张黄纸黑字的告示吗？

通　　知

全体毕业班同学：

　　从八月十五日起三天内办理各项离校手续，过时不候。……

　　中国人第一次整体失去迁徙的自由，坠落到人不如鸟的境地，统统变成只能在原地自生自长的"植物人"。一个农家子弟考上高中，才可以把户口和粮油关系转到城里，成为临时的城镇人口。高中毕业后如果能考上大学，才可以把户口和粮油关系转往城市，成为永久的城市人。但如果考不上大学，就必须又全都转回农村去。这一转之间，便是天堂与地狱的界口，享福与受苦的分野。

　　还有一种比这更为重要的"组织关系"。"组织"是专有名词，是专指党团而言的。如果一个人高中毕业即在党，那简直就是龙凤的化身；不过正因如此，这样的人也只能是凤毛麟角，一般人是不敢觊觎的。团是党的后备军，因而在团便成为一个人政治身份的象征，荣耀的资本。不管走到哪里，一出示"组织关系"，便马上接上了头，被视为自己人。所以人们都把它视为比自己的自然生命还要重要的政治生命。

　　还有高中毕业证，那是自己三年艰苦学习的结晶，三年寒窗不就是为着这一纸文凭吗？即使再倒霉，也不能不来取呀！

　　正由于这几样东西如此重要，更由于这是同学三年最后说"再见"的时刻，所以一般人不是有极特殊的情况是不会不来的：即使他刚死了爹娘，悲痛欲绝；即使他名落孙山，无颜见人；即使他债台高筑，欠下一屁股伙食费；即使他病魔缠身；即使他……

　　办当然是要来办的，但在这天堂与地狱的界口，有人欢笑有人哭，各人的心境与来校的迟早便自然的既有规律可循而又杂乱无章了。

最早来的不用说是那些金榜题名、走到天堂门口的人。

第一个来的正是郑殿维。你看，那礼堂东墙上不是正有一条标语在欢迎他吗？

"热烈祝贺郑殿维、柳亚心二位同学被帝尧大学录取！"

殿维看着标语，志得意满地走到礼堂边，正碰上万金有。还没等他向万书记问好，万金有倒先开了口：

"殿维，祝贺你考上帝尧大学！"

听说这就是考上帝尧大学的那位高考状元，一群人马上围了过来：

"就是不一般！身材高大，相貌堂堂。"

"叫什么？"

"叫郑殿维！"

"不对吧……不是叫什么颜……"

"你这个人怎么……"

"难道是我听错了？"

"少说两句也没人把你当哑巴！"

"到底是书记的孩子！真是龙生龙凤生凤呀！"

"噢，原来是书记的孩子……"

"对，郑书记自己就是名牌大学毕业的，真是教子有方啊！"万金有一面夸赞着，一面叫校办公室的干事过来，说：

"你快去，替殿维把一切手续办好！他还有更要紧的事去做呢！"

"谢谢万书记！"

"我要到政府那面开两天会，你来的正好，你是团委副书记，同学们的团组织关系就由你给办吧。开学还有一段时间呢，有空来玩儿！"

"好！"殿维答应着，拐到团委会办公室那面去了。

第二个来的便是肖天娇了。她高中三年学习成绩一直上不去，这使她在那些学习好的同学面前抬不起头来，常常莫名其妙地发火；这次高考下来，那些学习好的不少都名落孙山，而她却考上了，这让她大大地吐了一口气，她感到从未有过的惬意与舒畅。

本来钱鸿飞早几天就到她家，告诉说一切手续都由他去办，她就不用操心了，但今天她还是早早地来到学校。她专门到物理老师家去拜访，说是告别、感谢，其实内心却是要向他说："你老说我物理不行，可结果怎么样？我偏偏考上了工学院机电系！"

当然她早早来到学校，还有一个不能告人的目的是想碰到亚心，告诉她对士威的通缉令停止执行了。这件事在她出门时爸还专门叮嘱过呢。她在祝老师那里坐了一会儿，不见亚心来，就又跑到殿维的团委办公室来，想向他打听亚心今天会不会来。但她又不愿意直接问，就先转弯抹角地说：

"你知道今天还有哪些同学要来？"

"我也不清楚。"

第一句没有结果，天娇只好再迁回一圈：

"你们哪一天开学？没有事先约定一起走哇！"她知道只有亚心和殿维是同一所学校，所以这里的"们"实际上是专指"亚心"的。

"你们约定了吗？"殿维显然不想正面回答这个问题，便反问了一句，他这个"们"当然是专指"步云"的。

天娇显然也听出了殿维问话的含义，冷冷地说：

"我们？各走各的，有什么可联系的？"

"全县就你两个，还是一起走得好。"

"你们要一起走，我们也肯定一起走。"

"是吗？"

"当然是。"

"不瞒你说，我和亚心已经约定让她坐我爸的车一起走。"殿维只得如实相告。

"我也实话告诉你吧，我和步云也早约定，坐我爸的车一起走。"天娇却是有意作假。

"那就好。"殿维反倒完全当真了。

但天娇想要了解的情况还是一点也没有了解到，这时只得直接问了：

"那你也一定知道士威的情况了？"

"他的情况我也不清楚。不过，我已经告诉亚心，对他哥的通缉令不执行了，估计他很快就会回来的。"

殿维没有想到天娇，更不会想到肖礼竟然对士威的事特别关心，以为只是随便问问，便没有太多考虑，如实对她讲了。但天娇听了，却直后悔：自己由于不愿直接找亚心，没有把这事先告诉了士威，以表示她和她爸对他的关心，反而让郑殿维抢了先，去讨柳亚心的欢心，心里很不是滋味。便快快地说：

"那你在吧，我先回去了。"

　　天娇要与步云同车去报到的话，虽然她是为报复殿维而假说的，但事实却是真的。今天一早，钱鸿飞带步云到肖家，就是专门商谈这事的，可由于天娇早早去了学校，所以她此时并不知情。步云听说天娇已到学校了，便也急急地赶到学校。先到祝老师办公室，问天娇来过没有，祝老师告诉他，天娇来过了，现在可能在团委办公室。步云又急急地跑到团委，殿维说她刚走。步云又急急地奔出学校追赶天娇，在校门口恰好碰上迎面而来的幽兰和善行。

　　幽兰自从她娘的事在全县传扬以后，一直不想见人。这次她自己又高考落榜，更不想见任何人。明知是万金有不给帮忙，甩了她；当然她是绝不会放过他的，但一下子还想不出一个惩治他的好办法。所以在这种时候她是不想去学校的。可离校手续又不能不去办。她左思右想，觉得一般中午人最少，就早上从家出发，估计快中午十二点时才低着头往学校走，生怕碰上老师和同学。谁料，刚走到十字街口，便正好碰上从村里来的胡善行。

　　善行父亲就在城里工作，他本来是可以由父亲办理离校手续，不必老远的再亲自跑到学校来的。他高中三年虽一直担任干部，却由于生性懦弱，学习又不太好，同学们总看不起，他也时常感到自卑。但这次高考，他竟然榜上有名，令他大喜过望，特别想到学校见见老师、同学。他虽不是一心想夸耀的人，但考上大学，毕竟是风光的事，该露露脸。再者，他的内心一直暗恋着幽兰，而幽兰却对他不理不睬。直至那次农场劳动，他冒着危险救了她，她对他的态度才有了比较大的改变。他知道她是爱攀高枝的人，他在她心里的位置仍然不高。这下他考上了大学，而她却落榜了，他在她心中的位置或许可以提高一大截。趁这时向她表白，估计她不会拒绝的。今天，他下了最大的决心，一定要见到幽兰，向她表白一切。他真是要双喜临门了，正好，一走到十字街口，就看到了从北门走过来的幽兰。

　　他高兴得几乎要发狂了，跑上前去，高声叫着：

　　"幽兰，是你呀！真巧！"

　　幽兰虽然低着头，但她也早就看见善行了，她想躲开，故意朝街边的商店里走去。不提防，善行一下子跑过来，叫着她的名字，满面春风地站到她面前。

　　幽兰的眼睛湿润了。她是和钱步云坐一辆胶轮车来到高中的，可现在他却根本不把她放在心里。她也曾向郑殿维投送过多情的秋波，但他却始终对她不理不睬。狼心狗肺的万金有想占有她，她也曾想攀上这棵大树，但这家伙最终还是把她甩了。毒蛇咬伤了她，是善行一家救了她，是善行一直关怀、爱护着她，而她却一直对善行淡漠疏远。在高考那决定一个人一生命运的考场上，她虽满怀希望地向步云求救，但步云却对她不理不睬；而人家善行却冒着被监考老师发现的危险主动给她扔纸条，虽然她最终未能沾上光，但还是从心底对善行感激不尽。到如今，人家考上了大学，自己却名落孙山，可人家一见她还如此热情，她真觉得三年来实在对不住善行，忙动情地说：

"啊，是善行呀！恭喜你考上大学！"

"你的学习实际比我强，只是耽误了一个学期，一下子难补上。你千万不要灰心，我把所有的复习资料都给你，再好好补上一年，明年肯定能考上一所好大学！"

"但愿如此，多谢你啦。"

"走，我们去学校办手续吧。"

"我没考上，觉得丢人，本不想来的。更不想见同学和老师。现在碰上你，没办法，那就走吧。"

"这有什么！考试是碰的。没考上的人多着呢，又不是你一个。连颜冠仁、贾成名都没考上，你还有什么觉得丢人的？"

"人家和我不一样，是因为政治上的问题，人们是不会笑话的。"

"你不是因为病耽误了吗？人们又不是不知道，这有什么不一样的？要说不一样，那就是你明年考上的希望很大，而他们却更没有希望了。"

"那倒也是。"幽兰还从未发现原来善行竟然挺会说的。她的心情舒畅了许多，步子也轻快起来了。

在校门口，三人见面了。善行热情地和步云打招呼，问他：

"开学你准备怎么走？听说咱们两个学校是对门儿，一起走，好吗？"

"我倒想咱们一起走，可我爸说要搭肖书记的车，恐怕没法一起走了。"

"那就算了，我也是随便说说。"

"你和人家瞎掺乎什么！人家是什么人家，你是什么人家？走，咱们进学校去吧。"幽兰说着，拉起善行的手，往里走。

善行没想到幽兰会当着步云的面说出这样的体己话，倍感亲切，高兴得几乎有点不相信眼前的一切，而步云也大感意外，两人一下子都愣住了。幽兰正是要当面刺激一下步云，出一出胸中的闷气，见两人那惊愕的样子，又故意紧紧地靠住善行：

"还愣着干什么？走呀！"于是两人便快步进了学校。

步云站在那里，觉得茫然若失，心里很不是滋味。愣了一阵，忽然想起要追赶天娇，又急忙大步流星地向前走去了。

成名自接到那个"农村大有可为"的通知书以后,整日闭门不出,在家愁眉苦脸,以泪洗面。上了三年高中,毕业了竟落得如此下场,他实在心不甘。在学习上除了冠仁,他是稳拿第二的;而且冠仁考文科,他考理科,他自信考理科的同学中没人能考过他的。他虽出身富农,不知道村里和学校在政审表上填了些什么,但父亲并没有什么政治问题,他们还能假捏?他自己虽说至毕业也没能入团,但他一直是学习委员,自认为各方面表现都不错。特别是听祝老师阅卷回来后说他那种作文顶多也就少打十几分,所以虽不敢奢望考上名牌大学,但对考个普通本科院校还是挺有信心的。谁料,结果竟会是这样!总是作文那十几分给砸了!他恨自己,怎么能在高考场上把作文题看错呢?真是命运在捉弄自己,破船偏遇顶头风,"成名","成名",还成什么名!他怪怨那只捉笔的右手,在炕沿上猛磕,把小指头都磕得骨折了。可那能怨手吗?是你的脑子有问题!他又攥起双拳猛击自己的头,打得眼前金针乱冒,晕晕乎乎摔倒在地。多少时间过去了,才又爬了起来,两只手狠命地揪住自己的头发,一团一团的往下拽,好像这样就可以脱离苦海。最后全身筋疲力尽了,但脑子却又异常清醒了,原来自己仍徘徊在地狱门边,便颓唐地倒在炕沿上放声大哭。他就这样整天无缘无故地作践着自己,精神几乎完全崩溃了。

规定办手续的日期一天天临近了,他实在不想再踏进那所上了三年学最后却一败涂地的学校。可谁能替他呢?效实吗?那所学校给他带来的又是什么呢?况且他与那所学校已经没有什么瓜葛,没有什么手续可办了。但他不是那种把烦恼老放在心上的人,这时的他反倒想再去那所学校看一看。两年了,他已经习惯了农村的生活。他从不把气恼对准自己,而是对准别人;哪怕因此而碰得头破血流,他也从不后悔,而是想着更严厉地去对准他们。他毕竟在村里打出了一片天下,不要说"二流儿"他们,就是"毛骚猪"也不敢轻易撩逗他。他真想回学校再给万金有两拳。但此时他想的更多的还不是去报复,他相信君子报仇,十年不晚。而想的最多的是香香。两年了,他越来越觉得跟前应该有个女人,这个女人只有香香。他觉得这事不能再耽搁,这可不是十年,也许一两年就会晚了的。他估计香香会和蓓蓓一起去学校办手续的,所以极力撺掇和成名一起去学校,说:

"不为其他吧,你也不为见一见蓓蓓呀!"

这一句真是戳到了成名的痛处。上了三年高中,可以称得上他知心的同学只有两人,一个是冠仁,一个就是蓓蓓。他此时最想见的也就这两人。他与蓓蓓,虽然从未有过相依相偎的缠绵，更未有过相拥相抱的浪漫，但两人确已心心相印，相慕相怜。蓓蓓能考上，他从心里为她祝福；尽管这么个学校对她来讲是大大屈才了，他也为她抱憾。但一想到人家蓓蓓不管如何，总是考上个学校，与自己已有了天渊之别。一想及此，那急于想见的心一下子又凉了。至于冠仁呢？人家以全省头名状元的成绩竟至于此，那自己还有什么抱屈的呢？也许只有想到冠仁，他的心境才会稍稍得到一些平衡，他才深深感到什么叫做"同病相怜"。此时，只有他们之间才有共同语言，才有见面的必要，他真的急于想见见这位仰慕的知己了。

于是，兄弟俩这一天一早就出发了。半晌午时分，到了学校。从祝老师那里了解到冠仁的手续已由亚心全给办了，估计他不会再来了；但蓓蓓还没有来过，肯定还会来。两人心里一喜，但他们不愿在学校多停，怕无意中碰到认识的老师觉得难为情，想匆匆办完手续，快点到香丘——她们姊妹俩的必经之地——去苦等。

不料，一出祝老师办公室便看到万金有正从对面走了过来。成名想既然碰上了，不管怎样总是老师，还是该打个招呼，但又怕效实惹事，赶紧从后面推了一把示意他躲开，效实也觉得在这样的场合没必要和这种人斗气，也就顺从地假装没看见抄小道绕了过去。成名则大步走上前去向万老师施礼问好。孰料，万金有劈头一句话便打得他满眼金针乱冒，仓皇逃了出来：

"告诉你吧，你的政审结论写的很明白，就是不准录取。你还来学校干什么？回去在农村那块广阔天地里好好接受改造去吧！"

效实听罢哥哥的哭诉，七窍生烟，定要返回去与万金有理论，揍他一顿才解气。亏得成名苦苦相劝，弟兄俩才从这股突袭而来的愤懑之气中勉强解脱出来：我们这次来的目的并不在这儿，我们是要见那对心爱的人儿呀！

夏日的香丘，绿草青青，繁花似锦，真是迷人。效实好像又回到了平生最幸福的那个夜晚；成名眼中的香丘则幻化成蓓蓓泪光点点的脸庞。他们向浊水河的方向望了又望，但太阳西斜了还不见一点人影。

"看来是不会来了，咱们走吧，再迟就回不去了。"

"再等等。咱们两个人相跟，迟点儿也不要紧。"

"那坐着也是坐着，来，咱俩给她们编个花冠吧。"

"好主意。"

两兄弟说着，采集了各种五颜六色的野花开始精心地编织起来……

两顶精美的花冠编成了，太阳也落山了……

他们在这里等了很久，很久，但那对心爱的人儿到星星满天时也没有出现。最后兄弟俩只好把浸透了他们全部爱的两顶花冠整整齐齐地放到香丘的最高处，一步一回头地快快地往西走去了——一心想着她们姊妹俩到学校时肯定会在香丘停留，一看到这两顶花冠就会想到这是他们兄弟的两颗心，一总会激动地自己戴到头上的……

当成名、效实兄弟俩在香丘苦等的时候，香香、蓓蓓姊妹俩还在林芝村的家里为怎样去学校而犹豫不决。

这半年来，香香憔悴了很多。在这当儿，她比谁都更想见到效实，但她又怕见到效实。在香丘依依惜别之时，她向效实发誓，要守身如玉，等待效实。但她一个弱女子，在如此污浊的环境中，要做到这一点，比她想的不知要难上多少倍！到处是色狼的眼睛，到处是阴暗的陷阱，她真是防不胜防啊！她回村以后，一直以为老会计是个真心关心她的好人，但为蓓蓓填写家庭政治情况调查表的事让她看清了他的真面目。但她左防右防，还是没能防住。没想到就在今年夏季搞年中预分时节，她和老会计在一起加班搞了几个通宵，那天晚上她实在太累了，老会计让她吸吸"洋烟"提神。她根本不了解那东西的威力，以为老会计那么老了，还那么有精神，就是常吸那东西的缘故；那东西又贵又缺，老会计是关心她，才舍得给她吸。谁想，她吸了以后，便神情恍惚，在夜深人静之时糊里糊涂地被那个"洋烟鬼"强暴了。她真是欲哭无泪啊！她的身心又一次受到极大的摧残。她特别想见到效实，只有效实才能保护她；但她又觉得对不起效实，所以又很怕见到他。她内心矛盾着，煎熬着。

蓓蓓也是含着眼泪看完通知书的。考上这么个学校，心里真不知是啥滋味。她打听了一下，她的这个学校最差，觉得没脸见人，整日躲在家里闭门不出，眼泪汪汪。

香香则觉得，好歹总算考上个学校，应该知足了。她劝慰蓓蓓说：

"不是你学习不好，是那个该死的吕万忠连累了你。人家颜冠仁、贾成名连个大学的边儿都没沾上，不是我为你在大队求爷爷、告奶奶，恐怕你连这么个学校也捞不上，要怨也只能怨命了。"她本想把自己被老会计强暴的辛酸事告诉妹妹，但忍了忍还是没有说出来。

蓓蓓听着姐姐的话，百感交集。想想姐姐，想想成名和冠仁，自己真算得上是幸运儿了。

"姐姐，明天是办手续的最后一天了，要不，咱俩一起去学校吧。"

"我……"

"走吧，兴许成名和效实也会一起去。"

"倒也有可能……"

"那就这样定了吧。"

"噢……明天起来再说吧。"

但过了一夜，香香觉得她还是不去的好，蓓蓓只好一个人孤零零地匆匆而去，匆匆而归。路过香丘，她也曾浮想连翩，但她一个人实在没有心思向那儿多望一眼。在那儿多停留一分，只能让她多痛苦一分，多伤心一分。

香丘的那两顶精美的花冠最终未能戴到心爱的人儿头上。她们被狂风暴雨无情地抛卷到天边而无影无踪，仅仅存留于那对兄弟的梦中了……

第三十三章　梦在心中

除柳士威被通缉亡命天涯外，颜冠仁是整个毕业班里唯一没有亲自到学校去办理离校手续的人。他以全省第一名的成绩而录取无门，内心的痛苦是无以言状的。

他为自己的不幸命运而怨恨。可他该怨恨谁呢？爷爷吗？父亲吗？还是……他的怨恨找不到对象，这怨恨便无法排解，只能越积越深，越积越厚，堵得他几乎喘不上气来。

他想为自己的不幸命运而呼喊。可他有这个权利吗？没有，根本没有，他只能沉默。沉默只能带来更大的痛苦，在痛苦中经受煎熬，他的全部身心都简直要被煎干了，熬完了。

他想把自己的不幸命运向别人诉说。可他能向谁诉说呢？每天见面的只有母亲和亚心，自己的痛苦能向她们诉说吗？

多少年，母亲几乎完全是在痛苦中熬过来的。姐姐刚刚遭难，母亲的心还在滴血。他本想自己考上大学，来抚慰一下母亲滴血的心。但现在他却落了榜，这无异给母亲滴血的心上又撒了一大把盐。母亲已在受着比他更深重的煎熬了，他还有什么可诉说的呢？

亚心考上名牌大学，他打心眼儿里为她高兴。这是她十几年来寒窗苦读的结果。她有聪明的天赋，坚强的毅力，相信她会大有作为的。她可以告慰她父母的在天之灵了。他明白，在这一点上，他和亚心的心境是完全不同的。他忍心为了诉说自己的痛苦而搅了亚心愉快的心境吗？

亚心的前途是光明远大的，绝不能因为他而受到丝毫的损害。亚心眼下困难重重，他必须尽自己最大的努力为她排忧解难，肩起沉重的闸门，放她到光明的地方去。但这不能是别的，只能是一个兄长对妹妹——实际上他只比亚心大几个月——尽的责任。他深知，他和亚心之间现在已隔着一道山一样的屏障了——当然他也深知，此时亚心还没有意识到这一点，或者说没有把它当作一种屏障——他必须搁置——也许是永远的——那种感情。这对他当然是万分痛苦的，但他必须这样做，他必须用理智战胜感情。这些，他能向亚心诉说吗？

亚心开学的日期越来越临近，冠仁的心里有一种说不出的滋味。而且这种滋味越来越强烈，困扰着他，煎熬着他，使他食不甘味，夜不成眠。

母亲看着儿子抑郁的面容，她和儿子受着同样的煎熬，但她比儿子想得更细、更具体。

从上高小起，她是看着亚心长大的。她从心底喜欢这个姑娘，这孩子善良、文静、坚毅……她心里时时泛起憧憬。不论在做针线活，还是在田里劳作，一想起这两个孩子，脸上就不自觉地浮起甜甜的微笑。她时时在心里为他们祝福，为他们祈祷，愿他们能……

但不幸的遭遇接连不断，打得老人晕头转向：我怎么得罪了老天爷，要这样来对我的一家和我的亲人们呢？

高考揭晓了，亚心考上了名牌大学，她真为她高兴。专门去柳忠的坟前祭奠，告诉他这个天大的好消息，也告诉他不要为女儿担忧，她会为她安排好的。她默默地承担起一个母亲应该承担的全部责任，为亚心准备着一切。

但她在为亚心欣慰的同时，不能不心疼自己唯一的儿子。她看着儿子凹陷的眼睛，心里充满了内疚——儿子是她们老一辈给带累的。她恨自己，不能为儿子减轻一丝一毫的痛苦。她心急如焚，无法和儿子交谈他自己的事，劝慰往往带来更深重的悲哀。

在这段时间里，亚心是他们唯一的话题。只有谈起亚心来，母子俩脸上才会出现一点笑容。这天，亚心回柳下村家里收拾要带的东西去了，母亲把冠仁叫到身边，从破大柜里取出一个珍藏的小箱子。轻轻地打开锁，里面是一对银手镯。母亲小心地拿在手里，看了看，对冠仁说：

"这是娘成亲时，你奶奶亲手送给我的。我一直珍藏着。在最困难的那年，也没舍得卖了。娘本来准备在你结婚时亲手送给你媳妇的，可如今不时兴这个了。眼下亚心上学急等钱用，娘想让你拿去到银行兑了现钱，你觉得怎么样？"

母亲盯着儿子的脸，看他有什么反应。冠仁并不知道母亲还珍藏着这对手镯，看看母亲，又看看手镯，一时不知该说什么好。

母亲看着儿子，接着说：

"亚心是个好闺女，娘本来准备将来送给她的，可眼下……"

"娘，别说了，兑了吧。"

冠仁不等娘说完，擦了一把溢出的眼泪，一手拿过手镯，就低着头快步往外走。

没提防，与正进门来的亚心撞了个满怀，两人都一下子呆住了。

"婶婶，拿这手镯去做什么？"亚心看了看冠仁手里的银手镯，不解地问。

"噢，对了，那是他奶奶给我留下的，我寻思现在也不时兴这个了，想让仁子去兑了。"

亚心明白了，总是要为自己上学凑钱的，忙说：

"婶婶，千万不能为了我，把您老的珍藏卖掉哇。再说，我已经有钱了，"说着，从口袋里掏出两张十元的票子来，"我整理家里的东西，发现我爹不知什么时候放在箱子底的一个纸包，打开一看，原来是二十元钱。"

"总是你爹早积攒下，准备你们兄妹上大学时用的。"

亚心鼻子一酸，抱住母亲哭了起来。

"好了，孩子，这下你上学走就不用愁了。这对手镯，娘就再保存着，等到时候再送给你。"

母亲说着，瞅了瞅冠仁，又瞅了瞅亚心。冠仁有意把脸避开；亚心似乎看出点什么，脸一红，低下了头。

停了一会儿，母亲又对他俩说：

"不是说通缉令不执行了吗？你俩明天就赶紧上山把士威接回来吧，在外面总让人放心不下。"

"我也正想这事呢。今天回去，已经把家整理好了。"

"还是在这儿一起住好了，南房里我一个人，还觉得闷得慌。"

"先接回来再说，反正已经是一家人了。"

第二天，冠仁和亚心一早便出发往覆华山去。

他们在山间小路上走着。两边山崖上松树的虬根像龙爪似地紧紧抓住嶙峋的怪石，盘曲的主干倔强地探下头来，像是要吸饮山涧的溪水，墨青的细枝在微风中婆娑起舞，时而一两只小松鼠在树枝间跳来跳去，给寂静的山林平添了几分趣意。

亚心望着山崖，想到自己就快要开学离家了，这也许是他俩最后一次长时间地单独在一起，觉得有许多话要向冠仁说，可又不知该如何开口，而冠仁却总是沉默不语，不得已时才讷讷地应一声。

"祝老师特想见你，和你谈一谈，可你那天没去。他知道你心里苦闷，也很为你难受。我们是不是抽时间去看看祝老师？"亚心想找一个话题，便从祝老师谈起。

"祝老师对我的帮助教育太大了，是我上学以来遇到的最好的老师。我知道，我应该去看望他；不去，实在是太失礼了。可我现在真的没有颜面去见他，我的心里只有愧疚，相信祝老师能理解的。等有朝一日，我略有长进时，一定会专门去登门拜访的。我是一辈子也不会忘记祝老师的恩德的。"谈到祝老师，冠仁的话多了一些。

"祝老师主要是想告诉你，说不定政策会有变化，希望你明年再考一次，也许会被录取的。"

这是祝老师的意思，更是亚心的意思，她多么希望能和他一起上大学呀！

"今年考了全省第一还不顶事，明年还能有什么希望？"冠仁则对上大学完全绝望了。

"那你以后有什么打算？"

"还能有什么打算？不过，你可以相信，我不会沉沦的。苏联作家奥斯特洛夫斯基在他的名著《钢铁是怎样炼成的》一书中有这样一段名言：'人最宝贵的是生命，生命属于人只有一次。一个人的生命应当这样度过：当他回首往事的时候，不因虚度年华而悔恨，也不因碌碌无为而羞耻。这样，在临死的时候，他才能够说：我整个的生命和全部的精力，都已献给世界上最壮丽的事业——为人类的解放而斗争。'你知道，我是把这段话当作座右铭的。"

"这我相信。是的，我们都非常爱读奥斯特洛夫斯基《钢铁是怎样炼成的》这部名著，都把他的这段话当作自己的座右铭，端端正正地写在自己日记本的第一页上。奥斯特洛夫斯基最后成为著名作家，写出了《钢铁是怎样炼成的》这部名著。你酷爱文科，文科主要靠自学。你既可以搞研究，也可以搞创作。古时候有多少伟人不是应试不第而名垂千古的吗？"

"我无法和他们比，现今也与古代完全不同，我不敢奢望名垂千古；但我很喜欢李白的那句诗'天生我材必有用'，我相信我的一生不会白过的。说来好笑，接到通知书的那天，我在从大队兼职邮递员家往回走的路上，心事苍茫中竟突然萌发了想以此为题材创作一部长篇小说的念头。你说，我这不是痴人说梦吗？"

"啊？！真的吗？以你的执著，我想你的这部长篇巨著一定会完成的。"

"唉，哪会呢？我也只是那么一闪念，你可倒当真了。正如我以前给你说过的，我早预感到我这一生注定是要戴着脚镣跳舞的。但前进的路还是比我预想的要坎坷得多，我真不知道前面还会有什么等着我。"

"你千万不要太悲观，我真担心你会被忧伤压垮的。你还记得我给你念过的闻一多的那首诗吗？'你大胆地走，让我掇着你的手。''戴着爱的圆光，我们再走，管他是地狱，是天堂！'"

"你的话把我冰冷的心捂热了……不要担心我，我不会被压垮的。我虽然上不了大学，但我照样可以在家读书学习。你知道，我的心只要用在读书学习上就会把一切都抛开的。"

"那就好。我还是那句话：戴着脚镣跳出的舞也许更好看！"

"帝尧大学是名牌大学，你又上的是历史系，我对历史很感兴趣，我可以向你学。"

"这倒是个好主意。我可以把学过的教材、讲义，连我的笔记，都给你。我在校内学，你在校外学，咱们一起学习，将来一起搞研究，只要我们一起努力，肯定会出成果的。"

心只有用心才能捂热啊！两颗滚烫的心交融在一起，两人找到了共同有兴趣的话题，憧憬着未来美好的前景，仿佛已经置身书斋，说起来滔滔不绝，甚至连一些不知道何年何月才会遇到的细节都谈得津津有味。

开始走上爬山的路了。过了"努断筋"，转过"十八盘"，覆华山顶便遥遥在望了。

葱绿的长青藤从悬崖上披覆下来，一直伸向洞底，像条条长龙在溪边饮水；清泉滴在石上，发出叮咚叮咚的响声，与山崖上翠鸟啁啾啁啾的叫声遥相呼应，像在演奏一支充满幽情的乐曲，令人乐而忘忧，遐想联翩。

冠仁想起在"石足洞"中的神奇经历，想起亚心那肿得像桃儿一般的眼睛，看着亚心深情地说：

"你就要离开家，第一次出远门了，外面可不像家里呀！你从小在山里小地方长大，到了外面的大世界，我真有点不放心。"

"不要紧的，经过了这许多变故，我已经不是那个光会哭肿眼睛的小姑娘了。再说，还有郑殿维和我在一个学校，毕竟也是三年的老同学了，也会关照的。"

"噢，是，是，我倒忘了，你们还是三年的同桌呢。有郑殿维和你在一起，我就放心多了。"

"唉，在那档子事上，郑殿维确实是有点霸道，可你也太……但话又说回来，官家子弟能像他那样也算是不错的了，这次在我哥的事上他也帮了不少忙，他还主动约我开学时坐他爸的车一起去。"

"真的吗？你答应他了？"冠仁感到有点意外，脱口而出。

"你是不是觉得我不该答应？可人家好心好意，要不答应，不太好吧。"亚心已听出了弦外之音。

"我可没那意思，这完全是你自己的事。"

"那你的意思呢？"

"郑殿维聪明能干，家境又好，将来前程不可限量，我衷心祝愿你们能比翼双飞。"冠仁说着，同时在心里问着自己："你的话是发自内心的吗？"他在心里掂来掂去，最后在心里回答说："是的，是真的，我是真心祝愿她好。"

"原来你把这样一件小事，看得如此重大，你一定是早深思熟虑过了，怪不得这一段老是对我沉默不语。"亚心一下子明白过来，鼻子有点抽搐，快要哭出声来了。

"我是真心为你好……"冠仁也鼻子发酸，泪眼模糊了。

"那我问你，昨天那对银手镯到底是怎么回事？"亚心又直问过来。

"昨天我娘不是已经给你说清楚了吗？还有什么问的。"

"可婶婶说，到时候再送给我。那是什么意思？"

"你千万不要在意我娘的话，那只是老人家自个儿的想法。"冠仁显得有些局促，忙解释说。

"那你的意思呢？我可在意你的想法呀！"亚心简直是单刀直入。

"我……"冠仁想不到亚心竟会问得如此直截了当，一时语塞，真不知该如何回答。

"我早看出来了，自我接到录取通知书后，你对我就和以前完全两样了。要是这样，我宁愿不上这个学。"亚心说得斩钉截铁。

"亚心，你千万不要误会。我是打心眼儿里祝贺你考上名牌大学的，我是真心为你好……"冠仁不知该如何说才能表白自己的一片苦心。

"这我清楚，我还不了解你吗？我丝毫也不怀疑你的真心。可你也不问问我心里想得是什么吗？"亚心看着冠仁热泪盈眶的样子，自己的泪水早抑制不住像黄河一样泛滥了。

"你的心里在想什么，我能不清楚吗？可你就要上大学了，要为你的将来多想想，千万不要一时感情冲动。"

"我这是一时感情冲动吗？我可以对天发誓。"说着，对着山崖大声地喊起来：

"上邪！我欲与君相知，长命无绝衰。山无陵，江水为竭，冬雷震震，夏雨雪，天地合，乃敢与君绝！"

"人生得一知己，足矣！两情若是久长时，又岂在朝朝暮暮！"冠仁也激动地面对山崖，大声地喊了起来：

"海内存知己，天涯若比邻。无为在歧路，儿女共沾巾。"

两人都热泪滚滚，情不自禁地抱在了一起。

四野一片静谧，一对翠鸟落在一株高高的山果树上，停止了鸣叫，互相用嘴轻抚着羽毛。

傍晚时分，他俩攀上了覆华山顶。斜阳的余辉染红了山顶的石尖，薄雾从山腰渐渐浮起，给覆华山蒙上了一层神秘的面纱。三个患难与共、相依为命的年轻人在此时此地会面，怎能不百感交集呢？

士威这一段心上的弦绷得太紧了。父亲无端遭害，令他坐卧不宁，气愤填膺。他虽未能救父亲于事先，但能手刃凶手于事后，也算尽了人子之孝了。即使因之坐牢杀头，他也心甘情愿，义无反顾。所以通缉令对他来说是意料中的事，他心里并未觉得有多少惧怕。杀人，这在一般人听来都是胆战心惊的事，而在他，已是亲手干过了。现在想起来，他不仅不后怕，反而感觉十分快意。敢于杀人，那世间还有什么他不敢干的事呢？

他知道自己不是读书的料，所以对上了三年高中竟未能参加高考虽有些遗憾，但觉得为父报仇，也值得。他敬仰的是那些打抱不平的英雄，鄙视的是那些溜须拍马的小人。他是宁折不弯的人，他这次是做了一件惊天动地的大事，他为此感到十分自豪。

父亲去了，他只有妹妹亚心一个亲人了。她考上了名牌大学，他为她高兴。他深知妹妹天赋极高，相信她会有远大前程的。供亚心上学，这是他以后几年的主要任务。亚心，放心吧，爹娘不在了，有哥哥，我不会让你受苦的。有谁要是敢欺负你，我一定会宰了他的。

冠仁这一家，是他在这个世界上最亲近的、可以为之献出一切的一家。父亲为这一家遭难，相信爹不后悔；他又为这一家遭难，他也不后悔。冠仁和亚心是多好的一对儿呀！他为冠仁的遭遇惋惜，这样的一位天才——他是这样看冠仁的——也许要在这山野中默默无闻地苦度一生。亚心和他也许……也许……他想不出，也不愿再往下想。

他是拿得起放得下的人，今夜三人能在这覆华山顶聚会，就把一切烦恼全抛开，痛痛快快地过一晚吧！

天渐渐黑了下来，士威从四野弄来了干柴，把篝火点燃起来。又在中间搭起一个三脚架，挂起了饭锅。他要用自己亲手采摘的山蘑菇、山金针，亲手猎获的山鸡、野兔，招待他的两位亲人。三位长年很少闻到荤腥的年轻人在繁星满天的旷野山顶尽情享受着难得的美味野餐。

"哥，郑殿维告诉我说，上边决定，对你的通缉令不再执行了，我和冠仁就是来接你回家的。"

"噢，那好。没见着肖天娇吗？她父亲是怎么说的？"士威更相信肖书记的。

"没见着。听郑殿维说，她也想见我，估计也是说这事，我想不会错的。"

"你最近又找郑殿维了？"士威反问了一句。

他听亚心说，这次郑殿维在他的事上帮了大忙，但他对郑殿维从来没有好感。尽管在高中后期他听亚心的，尽量避免与郑殿维发生正面冲突；但他总觉得这家伙心术不正，虽没有多少事实，只是凭感觉而已。他早看出他对亚心有意，也明显地感到后期亚心对他有了一定的好感。他真担心亚心受他的害，所以时时提醒着她。

"是她找我，还约我开学时坐他爸的车一起走。"亚心嗫嚅地说。

"为什么要坐他的车走？咱不能自己坐公共汽车吗？"士威显然有些生气了。

"人家是好意，你老是把人家想得有多坏。"

"我不是把他想得有多坏，但总觉得还是咱自个儿坐车好。冠仁，你说呢？"士威想冠仁一定会支持他的。

"这事，亚心在路上已经对我说过了，我看也没什么，坐郑殿维的车去，总比让亚心独个儿走，咱们放心些。"

"想不到你也……唉，那还说什么？什么时候走？"

"九月一号一早就走。"

"那到时候我把你送到城里。"

"还送什么？他说直接到村口接我。"

"那不行！他的车绝不能进咱村，让村里人看见多不好。"

"那就让他把车开到珠山吧。"

"也行。钱呢？我这里还有十元钱，你拿上。"

"你哪儿来的钱？我的钱已经够了。有爹早存下的二十元钱，婶婶又给了我十元。"

"这次我只能给你这十元钱了，以后的花销我会给你按时寄去的。至于我是偷的还是抢的，你就不用管了。"

月亮升上了中天，石壁被照得格外鲜明。饭后，冠仁站起来，眼盯着那两个一丈见方的大字，又沉浸在先前的梦境中了。

"跖语，是跖语，就是跖语！"他大喊了起来。

"怎么回事？怎么回事？"士威和亚心都诧异地问起来。

冠仁把他俩领到石壁旁，第一次向他的两个知己详细讲述了他在石足洞中的奇特经历和神奇梦境。士威第一次听到关于"跖"的故事，十分好奇，忙问：

"那你说说，这个'跖'究竟是何等样人啊？"

"我们不是刚在《窦娥冤》中学过吗？"亚心插了一句。

"我当时根本没在意。"士威不好意思地摸了一下自己的头。

"对，我也是从学了那一课以后，才分析确定这两个字是'跖语'的。自那以后，我就非常注意书上关于这方面的记载，但到现在了解得还只是一星半点。有的书上说，他是春秋时的大盗，有'从卒九千人，驱人牛马，取人妇女，侵暴诸侯，横行天下'。有的书上说，他是奴隶起义的首领，被统治者诬之为盗，所以历史上一直称盗跖。有的书上又说是黄帝时代的人，更有的书上说他纯粹是子虚乌有，是人们胡编乱造出来的。"

"那传说我们这一带的人是盗祖的后代，该是真的了。"

"他不是姓柳，而是姓柳下啊！"

"那不是与我们柳下村有缘了。"士威高兴地说。

"噢，这倒是个新发现，我还没想过。"冠仁好像悟到了什么。

"是应该好好研究研究。"亚心也对石壁文字产生了浓厚兴趣，便和冠仁一起绕石壁仔细地察看起来。士威则对这些没有多大兴趣，便干他自己的事去了。

夜已经很深了，月亮也已转到了西天，四野一片静寂。但冠仁和亚心还在依偎着仔细端详那些文字，边看边讨论着，忘记了一切，仿佛今夜就要把其中的奥秘全都挖掘出来，连他们自己也不知道是何时才停下来的。

亚心突然听得有人说话：

"何等轻佻女子，竟于光天化日之下与一青年男子躺在一起！"

她睁眼一看，自己真的与冠仁背靠石壁立躺在一起，顿时羞得双手掩面，赶紧挪开。见有两位老者正向这边走来，一个很像是父亲，正自纳闷，险些喊出：

"爹，你怎么来了？"

却听那人说：

"她可不是什么轻佻女子，是咱家的裔孙女呀！"

啊？！原来不是父亲，倒像是冠仁讲的那位脸色黝黑、横眉怒目、腰佩宝剑的老者！

这时，冠仁也慌张得挪开，打躬作揖：

"不知您老驾到，有失远迎！"

那人也不答话，回头对同行的老者说：

"这位就是我给你讲的颜回的裔孙。"

"噢，那你与孔仲尼打赌的，便是此子了。"

"正是此人。你看，他们现在已经对我的学说大感兴趣了吧。孔丘必输无疑！"

"可你有没有想过他俩的前程呀？你可要把他们害苦了哇！"

"此话怎讲？如今不是正高喊着要让饥寒交迫的奴隶起来吗？我的学说将大行于天下，他们怎么会受苦呢？"

"这一点你可想错了。你的学说也许会大行于天下，但绝不会用你的名义；他俩或许会受你的蛊惑成为你的追随者，但你所引领的这些人仍将是被围剿的对象！"

"这不可能吧。"

"这方面我可比你经见得多。不信，咱弟兄就再赌一把，我料你必输无疑！"

"赌就赌！"

"这次咱们可是把自家的裔孙女也押上了！"

说着，二人击掌为誓，转到山那面去了。

亚心听着，心突突地乱跳起来，忙拉住冠仁的手说：

"我怕！我怕！"

冠仁听得亚心的声音，猛然从睡梦中惊醒，原来昨晚两人竟是靠着那个篆书的"心"字并排立躺了一夜，太阳早升起老高了。忙推推亚心，慌得叫道：

"怎么了？怎么了？"

亚心才醒了过来，睁眼一看：

"啊，是个梦！"

"怎么，你做梦了？梦见了什么？"

"我也梦见你说的那个脸色黝黑、横眉怒目的佩剑老者了。"

"噢？那他和你说了些什么？"

"他没有和我多说什么，但他们两位同行的老者之间倒好像说了不少话，可我却大都忘记了。"

"还有一位老者？！是孔子吗？他说了些什么？"

"好像不是孔子，他们说是弟兄，似乎也要打什么赌。"

"又是打赌！是不是又拿我作赌注呀？"冠仁陷入了沉思。

"好像说是把我也给押上了，所以我才拉着你喊怕的。"

"这……"冠仁一下子脸色大变。

"这只是个梦,你怎么那么当真呢?总是昨夜听了你的话,又睡得晚,就做梦了。"

亚心思忖着:自己怎么竟会与冠仁同做一梦,而且是在"心"字的背景下,这预兆着什么?是"义结同心"吗?不由得心中一喜;但又不好意思说出来,就有意把这梦淡化,故意装出一种无所谓的样子;但看到冠仁异样的脸色,想想梦中什么"前程"、"受苦"、"围剿"之类的话,不免又心有余悸起来。

冠仁也觉得对别人随便做的一个梦,自己却一再追问,有点不好意思,怕亚心多心,就说:

"我也是随便问问,觉得有趣罢了。"

说着,两人相视一笑,向石壁正面走了过去。

昨夜,士威看他俩相依相偎、亲亲热热的样子,像一对恋人就要离别了,该有多少话要说呀,便有意没去打扰他们,管个儿睡了。早上起来,又见他俩还并排立躺在石壁边没有醒,笑了一下,便自个儿做饭去了。这时见他俩走了过来,就说:

"快吃饭吧,吃饱了,好下山哟。"

"我们自己都不知道,怎么昨晚在石壁边站着睡了一夜,你为何也不叫一声?"

"我早就睡了,哪里知道你们的事!"

"好,我们一吃完就动身。"

亚心开学的日子终于到了。

前一天,母亲把士威和亚心都叫了来,多少年来头一遭不是大年初一却吃了一顿全白面猪肉馅的饺子。下午又和他们兄妹一起去柳忠的坟上祭奠。还把她几天来戴着老花镜精心绣成的一个鸳鸯针线包郑重地送给亚心。

傍晚,冠仁又把他们一直送到珠山脚下,才依依惜别。临别时冠仁眼含热泪一句一顿地说:

"亚心,明天你就在这儿坐车,今天就当是我送你了……明儿你一早就走,到时候我就不来了……祝你一路顺风!"

"好吧……我一到学校就给你写信……你多保重……"亚心更是哽咽得说不下去了。

第二天,窗纸微微透白,兄妹俩就早早吃了饭,士威背着行李,亚心提着书兜,沿南堤向珠山这边走来。两人谁都不说一句话，都怕一说话触动那敏感的神经，放开眼泪的闸门——兄妹俩昨天就约定，上学这是好事，不能用眼泪告别——就这样默默地来到珠山脚下。

两人对视了一下，都看见了：一辆吉普车已驶下朱龙山，沿西堤向这面开过来，再有几分钟就来到这里了。

"车就要来了，我先回去了。"士威放下行李，说了出门后的第一句话，就要迈步离开。

"不再待会儿了？"亚心的话里夹着哭音。

"不了。"士威的嗓音也有些发颤了。

但他并没有朝回家的方向走，而是快步上了珠山。亚心看着哥哥的背影，眼泪怎么也止不住了。

这时，汽车已经鸣着喇叭开了过来。车一调头，殿维便跳下车来，热情地说：

"亚心，等急了吧。你先上车，坐到前面；给我行李，我把它放到后面去。"

亚心嫣然一笑。她并没有照殿维说的先上车，而是一直在车门前等着。她抬眼看看珠山，但哥哥的影子早不见了，只看见佛塔的尖顶染上了一抹红霞。她又放眼望望双乳山坡，仁里村还笼罩在轻纱似的晨雾中。

殿维把行李放好，走了过来：

"你怎么还没上？"

"还是你先上，我坐后边。"

殿维还要推让，司机说：

"不用推让了，坐哪儿也一样，还是殿维你坐前面吧。"

殿维也就不再推辞，先上了车。亚心最后向珠山和仁里方向望了一眼，心里说："我走了。"然后低着头上了车。

车门一关，汽车便开动了；霎时便缩小成一个黑点；眨眼间已经箭一般飞到天边，无影无踪了。士威怅然若失，像泥塑一样呆呆地站在珠山的碎石台阶上，一动不动。

突然，有人在他肩头拍了一下，他猛一回头：

"啊，是你呀！昨晚不是说好，你不来了吗？这么早，你还是赶来了。"

"我怎能不来呢？在家也睡不住……"

"那你为什么不再下去见她一面？"

"只要从后面再看看她就行了。"

两个年轻人都泪眼模糊，百感交集，久久地抱在一起。

东方一轮红日正喷薄欲出，但西天边上大片的乌云也在加紧汇聚……

"要下雨了，走吧。"

两人的手分开了，眼睛深情地注视着对方，看着那里面水的澎湃，火的炽烈，突然不约而同地把右手高高地举过头顶，在空中猛击了一下，听得见体内心的激荡，气的宣泄，感觉到周围声波在传送，空气在震颤。然后，一扭头，迈开大步，一个向南，一个向北，各自走各自的路去了……